Matthew Costello
Neil Richards

CHERRINGHAM
LANDLUFT KANN TÖDLICH SEIN

Sammelband I

Folge 1: Mord an der Themse
Folge 2: Das Geheimnis von Mogdon Manor
Folge 3: Mord im Mondschein

AF130014

BASTEI ENTERTAINMENT ■■■■▶

BASTEI ENTERTAINMENT

Vollständige ePub-to-Print-Ausgabe des in der Bastei Lübbe AG
erschienenen E-Books Cherringham Sammelband I - Folge 1-3
von Neil Richards und Matthew Costello

Bastei Entertainment in der Bastei Lübbe AG
Copyright © 2016 by Bastei Lübbe AG, Köln
Übersetzung: Sabine Schilasky

Textredaktion: Dr. Arno Hoven
Lektorat/Projektmanagement: Michelle Zongo
Covergestaltung: Jeannine Schmelzer unter Verwendung von Motiven
© shutterstock/Peter Gudella
© shutterstock/Paul Matthew Photography
Satz: readbox publishing, Dortmund
Druck: BoD, Hamburg

ISBN 978-3-7413-0007-3

www.bastei-entertainment.de

www.lesejury.de

Die Hauptfiguren

Jack Brannen ist pensioniert und frisch verwitwet. Er hat jahrelang für die New Yorker Mordkommission gearbeitet. Alles was er nun will ist Ruhe. Ein Hausboot im beschaulichen Cherringham in den englischen Cotswolds erscheint ihm deshalb als Alterswohnsitz gerade richtig. Doch etwas fehlt ihm: das Lösen von Kriminalfällen. Etwas, das er einfach nicht sein lassen kann.

Sarah Edwards ist eine 38-jährige Webdesignerin. Sie führte ein perfektes Leben in London samt Ehemann und zwei Kindern. Dann entschied sich ihr Mann für eine andere. Mit den Kindern im Schlepptau versucht sie nun in ihrer Heimatstadt Cherringham ein neues Leben aufzubauen. Das Kleinstadtleben ist ihr allerdings viel zu langweilig. Doch dann lernt sie Jack kennen …

Matthew Costello
Neil Richards

CHERRINGHAM
LANDLUFT KANN TÖDLICH SEIN

Mord an der Themse

Aus dem Englischen von Sabine Schilasky

1. Ein erfrischender Spaziergang

Mrs. Louella Tidewell – für ihre besseren Freunde schlicht »Lou« – klappte ihren Mantelkragen hoch, als ihr eine kalte Windböe vom Fluss entgegenblies. Brady, ihr Golden Labrador, rannte über die große Wiese und würde es wohl schon schaffen, so hoffte Lou, den Haufen von Pferdeäpfeln auszuweichen.

Labbis, dachte sie nicht zum ersten Mal, *sind doch ausgesprochen klug.*

Und wie gut ihr Bradys Gesellschaft tat, seitdem Mr. Tidewell das Zeitliche gesegnet hatte, was recht plötzlich geschehen war: In dem einen Moment hatte er noch seine Zeitung gelesen, ein Glas Sherry neben sich, und im nächsten seine Augen geschlossen – und er war tot.

Und hatte Lou allein zurückgelassen. Sie mochte viele Freunde haben, aber das war nicht ganz dasselbe, nicht wahr?

Nun ging sie weiter und schlenderte näher am Fluss entlang, der unweit des kleinen Ortes vorbeifloss. An den wenigen sonnigen Sommertagen war die Themse wunderschön, jetzt hingegen so dunkel und grau, dass sie an diesem bewölkten Morgen beinahe unheimlich wirkte.

»Ich glaube nicht, dass wir heute noch Sonne kriegen«, sagte Lou.

Es störte sie nicht, dass sie Selbstgespräche führte, wenn sie allein war. Sich selbst gegenüber konnte sie ja jederzeit behaupten, sie würde mit Brady reden, wie sie es zu Hause auch tat.

Sie drehte sich zu ihm um und bemerkte, dass der Hund unvermittelt stehen geblieben war, als hätte er ein verirrtes Kaninchen entdeckt. Vielleicht war er auch bloß in einer uralten Erinnerung an ein früheres Leben als Jagdhund versunken.

Fast sah es so aus, als wollte er auf die lang gezogene Biegung hinweisen, an der sich die Themse verbreiterte. Dort befand sich ein Wehr, allerdings strömte das Wasser selbst in dem Kanal daneben immer noch schnell, besonders nach starken Regenfällen. *Und zurzeit haben wir wahrlich mehr furchtbare Wolkenbrüche, als wir verdienen,* dachte Lou.

»Was ist denn, Brady? Gibt es etwas zu jagen?«

Doch anstatt loszurennen und zu erforschen, was immer er entdeckt haben mochte, kam Brady zu ihr zurück und umkreiste sie. Eine weitere Windböe traf sie, und instinktiv fasste Lou sich an den Hals, um zu überprüfen, ob sie ihren Mantel auch tatsächlich bis ganz oben zugeknöpft hatte.

Brady winselte.

Komisch. Eigentlich gab er nur dann ein Winseln von sich, wenn er rauswollte, um sein Geschäft zu erledigen.

Plötzlich sprang Brady wieder weg. Es waren jedoch nur wenige Schritte – als forderte er sie auf, ihm zu folgen. Am liebsten wäre Lou umgekehrt und nach Hause gegangen, zurück in die Wärme. Unvermittelt musste sie an eine schöne Tasse englischen Frühstückstee und eine getoastete Scheibe Mehrkornbrot von der örtlichen Bäckerei Huffington's denken. Lou würde den Toast mit Marmelade und – warum nicht? – mit Butter bestreichen. Und anschließend die Zeitung lesen.

Ja, genau das war es, wonach ihr der Sinn stand.

Aber da Brady sich so seltsam benahm, ging sie stattdessen in die Richtung, in die er sie scheinbar führen wollte. Der Labrador lief nun mit einer Ungeduld voran, die Lou nicht teilen konnte.

Sie musste aufpassen, wo sie hintrat, und das nicht allein wegen der Pferdeäpfel. Jenseits des Uferwegs sah der Boden zwar eben aus, war aber in Wahrheit voller Furchen und Vertiefungen, die vom dichten, hohen Gras verdeckt wurden. Zudem bog der frische Morgenwind die Halme über die Stolperfallen.

»Ist ja gut, Brady«, sagte sie zu dem kläffenden Hund. »Ich komme ja, es geht nur nicht so schnell.«

Sie holte Luft und spürte förmlich, wie die morgendliche Kälte im Innern ihrer Brust haften blieb.

Inzwischen stürmte Brady vorwärts. Sie waren nahe der Flussgabelung, wo ein Arm nach rechts zum Wehr ging, während der linke sich weiter zu den anderen Dörfern schlängelte, an denen er träge vorbeifloss.

Die mächtige Themse war hier in der Region nichts als ein verschlafenes Flüsschen.

Brady war stehen geblieben, und abermals sah er wie versteinert aus. Er stand stocksteif da und blickte hinüber zum Wehr. Seine Augen fixierten etwas im flachen Bereich des Wassers, das dort schäumte und blubberte.

Lou holte ihren Hund ein, streckte eine Hand nach unten und strich ihm ruhig über den Kopf.

»Ich habe keine Ahnung, was du da siehst, mein Freund. Auf der anderen Seite könnten Kaninchen sein, aber …«

Sie verstummte.

Zuerst war es einer dieser Momente, die sich mit dem Alter häuften. Man sah etwas und – wie es Lou jetzt immer häufiger passierte – sagte dann spontan: »Ah, das ist ja ein …« Und man glaubte, es wäre dieses oder jenes, bis man näher heranschritt, genauer hinblickte und zu der Auffassung gelangte, dass es sich doch um etwas anderes handelte.

Solch einen Moment schien Lou nun zu haben, da sie dachte, einen Kleiderfetzen zu sehen: glänzend, funkelnd, festlich irgendwie – glitzernd im trüben Morgenlicht und mit der Wasseroberfläche um die Wette schimmernd.

Lou ging näher heran. Und dann erkannte sie, dass es sich tatsächlich um Kleidung handelte.

Eine Art Rock. Und etwas stumpf Wirkendes, aber eindeutig Weißes. Eine Bluse.

Ihr Verstand ergänzte blitzschnell die Einzelheiten. Womöglich begriff ein Teil von ihr, was sie hier erblickte, noch bevor sie sich dessen richtig bewusst wurde.

Ein schlammig brauner Bereich entpuppte sich als ein nach unten geneigter Kopf, bei dem das Kinn an der Brust lag, sodass Gesicht und Augen verborgen waren.

Und als Lou das bewusst wurde, dämmerte ihr langsam, was sie sonst noch erkennen konnte: Arme, die aus einer Bluse ragten. Der eine von ihnen war fast horizontal zum Körper – seine Finger zeigten träge nach Osten -, der andere baumelte im rauschenden Wasser, die Hand unter der Oberfläche versteckt.

»Du lieber Himmel!«, entfuhr es Lou.

Brady hatte gewimmert, aber auf den Klang ihrer Stimme hin drehte er sich zu ihr und blickte sie an. Lou kam es vor, als würde er traurig gucken, so als wüsste er, dass das hier nicht gut war.

Normalerweise ließ sie ihren Hund auf dem Weg zurück ins Dorf frei laufen und nach Belieben herumschnüffeln, bis sie ihr kleines Cottage in der Nähe des Marktplatzes erreichten. Jetzt aber holte sie aus ihrer Tasche die Leine und klickte sie an Bradys abgewetztes Halsband.

Auch wenn er zog und zerrte: Sie wollte ihn an ihrer Seite haben, während sie ins Dorf zurücklief – zur Polizei, um ihre Entdeckung zu melden.

2. Sarah und Sammi

Sarah schaltete den Fernseher aus.

»Auf geht's, Leute, sonst kommt ihr noch zu spät. Schnappt euch eure Taschen und die Brotdosen. Schnell, wir müssen los.«

Während sie die Müslischalen in der Spüle übereinanderstellte, beobachtete Sarah, wie ihre beiden Kinder, die dreizehnjährige Chloe und der zehnjährige Daniel, langsam auf den Flur zuschlurften. Zwar beklagten sie sich nicht sonderlich über die Schule, aber besonders begeistert wirkten sie morgens auch nicht.

Und Chloe schien mit jedem Tag verschlossener zu werden. *Erinnert mich an mich selbst in dem Alter*, dachte Sarah. *Mensch, war ich schwierig!* Sie blickte sich rasch in der Küche um, denn sie wollte sichergehen, dass alle Elektrogeräte ausgeschaltet waren. Erst vor wenigen Wochen hatte eine alte Dame in einer der betreuten Wohnungen am anderen Dorfende ihren Toaster angelassen – mit dem Resultat, dass ihre Wohnung, nun ja, getoastet worden war.

Sarah hatte sich angewöhnt, alles doppelt und dreifach zu überprüfen. *Sicher ist sicher. Das hätte ich auch bedenken sollen, bevor meine schöne Ehe in die Brüche ging. Da vertraut man blind darauf, ein glückliches Paar zu sein, und dann kommen plötzlich die ganzen Affären des Partners ans Tageslicht. Und was bleibt? Ein Klischee: zwei Kinder und eine alleinerziehende Mutter »in einem gewissen Alter« – was immer das heißen sollte.*

Die Kinder gingen nun aus dem Haus – sie bewohnten zu dritt eine kleine Doppelhaushälfte – und trotteten auf den RAV4 zu. Der Toyota-Geländewagen war eines der wenigen Dinge, die Sarah aus den Trümmern ihres Londoner Lebens hatte retten können.

»Du kannst den Wagen haben. Und die noch fälligen zwölf

Raten übernehmen«, hatte Oliver ihr damals grinsend mitgeteilt. *Dieser Mistkerl!*

Sie zog die Haustür fest hinter sich zu und stieg über die Fahrräder von Chloe und Daniel. *Gott, der Rasen muss dringend gemäht werden!* Es war nur ein winziger Flecken, dennoch sah er wie eine Wiese aus. Heute würde sie es nicht schaffen, denn sie hatte noch einen Haufen Arbeit vor sich: Drei Websites wollten gestaltet werden.

Sarah mochte es, so beschäftigt wie möglich zu sein. Und was das anbelangte, musste sie sich – mit den Kindern und dem Büro – in letzter Zeit keine Sorgen machen.

Nachdem sie Chloe abgesetzt hatte, hielt sie vor der Cherringham Primary. Wochentags um halb neun verwandelte sich der Straßenabschnitt vor der Grundschule in einen Grand-Prix-Boxenstopp. Mütter und Väter strömten durch das Haupttor, Kinderwagen und Buggys waren auf Kollisionskurs; Autos hielten an, denen in Rekordzeiten Kinder entstiegen und die anschließend schnell weiterbrausten.

Wie immer gab es nirgends eine Parklücke; also hielt Sarah mitten auf der Straße.

Daniel erhob sich hinten von der Rückbank, um auszusteigen. »Heute Nachmittag hab ich Schwimmen, Mum. Da komme ich später.«

»Ist gut, Spatz, dann sehe ich dich zu Hause«, erwiderte Sarah und wartete darauf, dass die hintere Tür zugeschlagen wurde.

Bevor sie wegfahren konnte, zeigte sich ein Gesicht in ihrem offenen Fenster: die gefürchtete Angela.

»Ist das nicht entsetzlich?«, sagte Angela, deren Pausbacken gerötet waren von der Anstrengung, ein sabberndes Krabbelkind auf ihrem Arm zu tragen.

»Wie bitte? Was?«, fragte Sarah gedankenverloren. Angela war sozusagen die Linearachse in der örtlichen Gerüchtemaschinerie. Nur weniges entging ihrer Aufmerksamkeit – oder ihrem vernichtenden Urteil. Sarah wartete höflich auf die heutige Skandalmeldung.

Aber auf das, was Angela als Nächstes sagte, war sie nicht gefasst gewesen.

»Und du ... du musst *so* traurig sein, wo sie doch deine beste Freundin war und so.«

Angelas Worte waren plötzlich so eisig und schneidend wie der kalte Wind in der Morgenluft.

»Was meinst du denn damit, Angela?«, fragte Sarah ungeduldig.

»Na, Sammi Charlton natürlich«, antwortete Angela. »Ich bin davon ausgegangen, jemand hätte es dir schon erzählt. Sie glauben, dass es eine Überdosis war. Würde mich nicht wundern, denn sie hat ja alles Mögliche genommen. Nicht, dass ich behaupten will, du hättest das auch gemacht, versteht sich.«

»Angela.« Sarah hielt ihre Stimme ruhig. Sammi und sie waren gut befreundet gewesen. Aber das war lange her – vor London und bevor Sammi verschwand. »Was ist mit Sammi passiert?«, wollte Sarah wissen, der es vor der Antwort graute.

»Na, sie haben sie heute Morgen unten am Wehr gefunden. Ertrunken. Ich dachte ehrlich, dir hätte jemand was ...« Weiter sprach Angela nicht.

Sarah spürte, wie sich ihr der Magen umdrehte. Sammi war tot ...

Bei aller Verrücktheit ihrer Freundin – das schien völlig unwirklich. Und sie war nicht einfach irgendwo gestorben, es hatte sich auch noch *hier* ereignet, nachdem sie so viele Jahre fort gewesen war. Hier in dem Dorf, in dem sie beide aufgewachsen waren.

»Bist du sicher?«

Ein Auto hinter Sarah hupte wild.

Angela wandte sich schon ab, als sie ihr endgültiges Urteil

über die Angelegenheit von sich gab: »Oh ja, meine Liebe. Daran besteht kein Zweifel. Sie ist so tot, wie man nur sein kann.«

Sarah parkte auf dem Marktplatz und holte sich bei Huffington's einen Kaffee, ehe sie in ihr Büro ging. Die Immobilienmakler im Erdgeschoss öffneten ihre Geschäftsräume erst um zehn, und Sarah war gewöhnlich die Erste im Gebäude.

Sie sammelte die Post auf und stieg die schmale Treppe in den obersten Stock hinauf, wo sie die Computer auf ihrem Schreibtisch hochfuhr. Dann ging sie hinüber zum Fenster.

Von hier oben, drei Stockwerke hoch, konnte sie hinunter auf den Dorfplatz und über die Dächer hinweg zum Fluss und zu den weit entfernten Wiesen sehen.

Viel Platz hatte sie nicht in ihrem Büro, doch allein für diese Aussicht liebte sie es.

Von hier oben war das Wehr hinter dichten Bäumen verborgen. Allerdings konnte Sarah erkennen, dass sich der Verkehr auf der Straße Richtung Zollbrücke staute und die Wagen nur im Kriechtempo vorankamen. Dort unten musste immer noch die Polizei sein.

Sie konnte es nach wie vor nicht glauben. Sammi sollte tot sein?

Es stimmte, dass Sammi ihre Freundin gewesen war, doch traf diese Bezeichnung nicht mal annähernd das, was sie füreinander bedeutet hatten.

Sammi war ihre Verbündete gewesen, ihre beste Freundin, ihre Schulter zum Ausweinen, ihre Komplizin während der wilden Teenager-Jahre sowie durch die wichtigen Schulprüfungen – zunächst zum Abschluss der Sekundarstufe I und dann zwei Jahre später bei den A-Levels. Sie hatten in der wohl intensivsten – und möglicherweise besten – Phase ihres Lebens gemeinsam gelacht, getanzt, gespielt und getrunken.

In einem Jahr hatten sie sich sogar die Freunde geteilt! Gott, war das ein Chaos gewesen … über das sie später lachen konnten, als sie ihre Tagebucheinträge verglichen.

Und dann – komisch, wie das immer geschieht – gewöhnten sie sich schlicht daran, einander nicht mehr so oft zu sehen, weil sie unterschiedliche Wege einschlugen.

Sammi ging an die Schauspielschule, Sarah an die Uni. Sammi reiste durch die Welt, jagte ihrem Traum von der großen Schauspielkarriere nach, während Sarah nach London zog, sich einen Job suchte, Oliver heiratete und Kinder bekam.

Erst nach und nach nahm Sarah die Warnzeichen wahr, dass nicht alles gut lief.

Sammi kreuzte immer mal wieder unangemeldet auf, weil sie ein Bett für die Nacht brauchte, und nach einem angespannten Auftakt entkorkten die beiden dann eine Flasche Wein, anschließend noch eine und noch eine. Sie redeten über alte Zeiten, und Sammi erzählte bis zum Morgengrauen von ihren haarsträubenden Abenteuern. Danach verschwand sie zum Flughafen, und Sarah hörte und sah nichts von ihr – bis zum nächsten Mal.

Das letzte Mal, dass sie Sammi gesehen hatte, war vor zwei Jahren in London gewesen. Da waren Oliver und sie noch zusammen. Sammi hatte angeblich einen Model-Job in Tokio, auch wenn der sich für Sarah etwas halbseiden anhörte. An jenem Abend blieben sie, nachdem die Kinder im Bett waren, zu dritt lange auf und tranken zu viel. Und mit zunehmendem Alkoholpegel flirtete Sammi für Sarahs Geschmack zu heftig mit Oliver.

Oliver hingegen – noch so ein Alarmsignal – schien es nichts auszumachen.

Es endete mit einem mächtigen Streit, und alle gingen wütend ins Bett. Am nächsten Morgen war Sammi zum Flughafen aufgebrochen, ohne sich zu verabschieden. Seitdem hatte Sarah sie nicht gesehen. Und würde es auch nie wieder, wie ihr jetzt klar wurde.

Sarah sah hinunter zum Marktplatz – zu den Teestuben und dem Café. Zur Bushaltestelle. Zum alten Pub – *The Angel*. Zur Steinbank vor dem Gemeindesaal. Zur Bibliothek mit ihrer großen Veranda vorn. Früher mal hatte Sammi und ihr dieser Platz gehört. Es war *ihr* Platz gewesen, jeder Quadratzentimeter davon.

Sarah wischte sich über die Augen. Dann setzte sie sich an ihren Schreibtisch, zog die Computertastatur zu sich heran und meldete sich an, um mit der Arbeit zu beginnen. Solche Dinge passierten eben, das wusste sie nur zu gut. Sie musste heute drei Websites fertigstellen, und sie hatte keine Zeit, Erinnerungen nachzuhängen.

Zumindest jetzt noch nicht.

3. Die Todesursache

»Bleib, Riley«, sagte Jack Brennan, als er die Läden vor der Kajütentür zuklappte und das Vorhängeschloss einrasten ließ.

Riley stand wartend am Flussufer, wedelte mit dem Schwanz und wollte dringend in den schönen Sommermorgen losgelassen werden, um die Freuden der weiten Wiese zu genießen. Jack steckte den Schlüssel ein und ging über die Bohlen, die sein Boot, das er auf den Namen *The Grey Goose* getauft hatte, mit dem Trockenen verbanden.

Aus Gewohnheit prüfte er die Festmacheleinen an Bug und Heck und musterte den großen, alten holländischen Lastkahn entlang der Wasserlinie. *Ist bald Zeit für einen neuen Anstrich,* dachte Jack.

Darauf freute er sich, denn er war gerne beschäftigt.

Nachdem er sich vergewissert hatte, dass Rileys Leine in seiner Tasche war, brach er auf zu seinem Morgenspaziergang den Fußweg hinunter.

Drei Meilen hin und zurück. Jeden Morgen, seit er aus New York hergezogen war, ging Jack Brennan diese Strecke, bei Wind und Wetter.

Anderthalb Stunden dauerte sie einschließlich Kaffee und Zeitungslektüre in dem komischen kleinen Café im Dorf. Früher mal wäre er die Meilen gelaufen, doch heute wusste er seine Knie zu schätzen und hatte vor, sie noch weitere dreißig Jahre zu behalten; also war Gehen prima.

Riley lief voraus, wenn auch nie weiter als hundert Meter. Der Springer Spaniel kannte die Regeln. Einen Sommer lang hatten sie die Grundlagen ihrer Beziehung festgelegt, als Riley noch ein Welpe war, und nun saßen sie wie eine Eins. Nach interessanten Wochen und einiger Überzeugungsarbeit hatte Riley schließlich sämtlichen Bedingungen von Jack zugestimmt.

Der Hund war ein bisschen stur, ähnlich seinem Herrchen. Vielleicht mehr als ein bisschen.

Jack atmete tief ein. Heute war so ein Tag, der ihm sagte, dass die damalige Entscheidung, herzukommen und hier zu leben, richtig war. Obwohl der heutige Morgen recht kalt und nass gewesen war, hatte sich die Sonne durchgesetzt und wärmte bereits alles. Auf der anderen Seite des Flusses hing Dunst über der Wiese, und direkt über der Nebelwolke huschten Schwalben am Himmel entlang, tauchten mal im Blitzflug nach unten und schossen dann wieder steil hinauf.

Von den Möwen und Fischerbooten von Bay Ridge, New York, war es ein weiter Weg bis hierher.

All die anderen Boote auf dem Fluss erwachten gerade zum Leben. Fernseher und Radios waren zu hören, und es roch nach Schinkenspeck mit Eiern.

Ungefähr alle zwanzig Meter war hier ein Boot vertäut – ein wahrer Mischmasch von Kanalschuten, Flusskreuzern, Jachten, kleinen Booten und Speedboats. Durch und durch englisch, diese kuriose Ansammlung.

Doch was wollte man auch anderes am billigeren Ende des Dorfes erwarten? Weiter flussabwärts, auf der anderen Seite der Cherringham Toll Bridge, lagen die wuchtigen Plastik-Ungetüme: groß genug für Cocktailpartys und Dinner an Deck.

Jack nahm an, dass sich einiges an Londoner Geldadel auf diese Kähne verirrte.

Nicht, dass er jemals auf so ein Schiff eingeladen würde. Für so etwas war Jack Brennan, der Amerikaner vom alten Hausboot, der sich nicht mehr täglich rasieren musste, einfach nicht der richtige Typ. Er hatte sich daran gewöhnt, dass ihn die Einheimischen fragend musterten. Ein kurzes Lächeln, und sie zogen weiter. Gewiss wunderten sie sich, dass ein Yankee hier lebte … und dann auch noch ausgerechnet auf einem Hausboot.

Als er eine Uferbiegung erreichte, konnte er weit hinten auf dem Hügel Cherringham sehen und sogar die Kirchenglocken hören, wenn er genau hinhorchte.

Dienstag ... Heute proben sie das Läuten, dachte er. Mit ein bisschen Glück waren die fertig, bevor er sich seinen Macchiato bestellen würde. Nichts gegen ein wenig Lokalkolorit – und Glockengeläut hatte durchaus seinen Charme -, aber bitte vor oder nach Jacks Frühstückszeit.

Hinter der Biegung fiel sein Blick auf etwas, das die friedliche, malerische Szenerie empfindlich störte.

Einst war Jack dieser Anblick allzu vertraut gewesen, nicht jedoch hier, in seiner neuen Wahlheimat.

Weiter vorn am Wehr standen ein Krankenwagen und zwei Streifenwagen mit blinkenden Lichtern. Unweit von ihnen stiegen Männer in weißen Anzügen aus einem weißen Van.

Jack nahm an, dass es sich um ein Team von Kriminaltechnikern handelte, obgleich die britische Version eher wie eine Seuchenschutzeinheit aussah.

Die sind hier echt anders, fuhr es ihm durch den Kopf.

Und das war der Hauptgrund, weshalb es ihn hierher verschlagen hatte. Er wollte weit, weit weg sein ... von vielem ...

Die Polizei hatte den Bereich um das Wehr mit schwarz-gelbem Band abgesperrt. Eine Handvoll Leute aus dem Ort beobachtete von der Brücke aus das Schauspiel.

»Riley!«, rief Jack. Widerwillig kam der Hund zu ihm zurück, und Jack nahm ihn an die kurze Leine. Riley war zwar neugierig und stur, doch er gehorchte aufs Wort.

Als sie sich dem Absperrband näherten, stellte sich ihnen ein junger Polizist in den Weg.

»Bedaure, Sir, hier gab es einen Zwischenfall. Leider müssen Sie einen Umweg machen und über die Felder gehen.«

»Kein Problem«, antwortete Jack.

Der Polizist beäugte ihn etwas genauer. Es war der Akzent. »Amerikaner sehen wir hier selten.«

Jack schlug eine ungewohnte Regung entgegen: Misstrauen.

»Wohnen Sie auf einem der Hausboote, Sir?«, wollte der junge Mann wissen.

Jack nickte. »Stimmt.«

»Na, dann wissen Sie ja den Weg«, sagte der Cop.

Jack nickte wieder und wandte sich ab.

»Komm, Riley«, befahl er seinem Hund.

Jack interessierte sich nicht für den Tatort. Solche Sachen hatte er weidlich genug in den Staaten gehabt. Was hier auch passiert war, er musste rein gar nichts darüber wissen.

Doch als er den Umweg einschlug, konnte er fühlen, dass ihn der Cop beobachtete. Merkwürdig. Wenn man hier nicht seine Nase in alles und jedes steckte, hielten die Leute einen anscheinend sofort für verdächtig.

Ja, selbst nach einem Jahr konnte ihn England immer noch verblüffen.

Sarah schaltete ihren Computer aus.

Was für ein Tag! Sie hatte zwei der drei Websites fertiggestellt, konnte sich jedoch nicht dazu bringen, die letzte von ihnen anzugehen: eine neue Website für Bassett and Son's Funeral Directors. Sarah wünschte, sie hätte Bassett und seinem Sohn gesagt, sie könnten sie beide mal gernhaben: Der eine wollte »etwas Frisches und Heiteres«, der andere »etwas Pietätvolles und Getragenes«.

Von wegen getragen …

Sie sah auf die Uhr. Es war sechs. Ihre Kinder kamen beide spät aus der Schule, rechneten also nicht vor sieben mit einem Abendessen.

Sarah griff nach ihren Autoschlüsseln und ging hinaus.

Am Fluss unten lief der Verkehr nun wieder flüssig. Sarah parkte auf der Dorfseite der Brücke, die sie anschließend zu Fuß überquerte. Dann ging sie hinunter zu dem kleinen Parkplatz, wo noch ein einzelner Streifenwagen stand.

Weiter flussaufwärts konnte sie das Wehr und einen weiteren Polizeiwagen sehen. Anscheinend wurde der Bereich nach wie vor bewacht.

Sie lief den Uferweg entlang, der von der untergehenden Sonne beschienen wurde und wo es immer noch warm war. Der Jasminduft wirkte unpassend, denn sie wollte zu der Stelle, an der ihre beste Freundin gestorben war, und nicht durch die Landschaft spazieren gehen.

Sarah hatte lange mit sich gerungen, ob sie hierherkommen sollte. Doch letztlich war es ihr richtig erschienen.

Die Polizei hatte den Bereich um das Wehr herum mit Absperrband gesichert, das nun ein einsamer Polizist wieder entfernte.

Sarah kannte ihn. Wie oft hatte er sie schon gebeten, mit ihm auszugehen, seit sie ins Dorf zurückgekommen war? Und wann würde er damit aufhören?

»Hallo, Alan!«, rief sie ihm zu, als sie nahe genug war.

Der Polizist drehte sich um. Das Absperrband war in großen Schlaufen um seine Arme gewickelt.

»Ah, bei dir wollte ich sowieso noch vorbeischauen. Weil es doch Sammi ist und so, nicht? Ich dachte, du bist bestimmt, na ja, traurig.«

»Was ist überhaupt passiert?«

»Du weißt, dass ich dir das nicht sagen darf, Sarah. Und wir ermitteln noch. Aber du kennst doch Sammi.«

»*Kannte*. Komm schon, Alan«, forderte sie ihn auf.

»Es gibt Regeln, an die ich mich halten muss; Vorschriften, nicht?«

»Mein Gott noch mal!«, rief sie verärgert. »Sammi, du und ich haben früher da unten Cider getrunken. Muss ich vielleicht jeden daran erinnern, dass du damals mit ihr beim Nacktbaden erwischt wurdest?«

Er grinste unglücklich. »Denkst du, das habe ich vergessen? Bloß weil ich diese Uniform trage, ist es für mich nicht leichter, okay?«

Sarah war gerührt.

»Ja, ich weiß.«

»Das ist … das ist doch Mist, dass ich ganz alleine hier unten bin!«

Sarah legte eine Hand auf seine Schulter und hoffte, dass er es nicht falsch deutete.

»Tut mir leid, Alan.«

Er nickte. Ihr Trost tat ihm sichtlich gut.

»Wir hatten gute Zeiten, nicht?«, fragte er.

»Ja, hatten wir. Man ahnte nie, was ihr als Nächstes einfiel, unserer Sammi.«

Alan lachte. »Bis sie unserem alten Cherringham den Rücken kehrte, was? Ab nach London, ins rauschende Leben. Kann ich ihr eigentlich nicht verdenken.«

Sarah nickte. »Stimmt. Also, was ist passiert?«

Alan zuckte mit den Schultern und trat einen Schritt näher an Sarah herein. Die Wärme des Sommertages ließ allmählich nach.

»Na gut, aber das hast du nicht von mir, okay? Eine alte Frau hat sie heute Morgen gefunden. Die Leiche hatte sich im Wehr verfangen, war halb unter Wasser. Die Kriminaltechniker meinen, dass sie weiter oben reingefallen ist und hierher getrieben wurde. Und dann ist sie vorm Wehr hängen geblieben.«

»Hast du gewusst, dass sie nach Cherringham zurückgekommen ist?«

»Nee. Obwohl ich gehört habe, dass sie gestern Abend im Ploughman gewesen sein soll. Da hat sie angeblich einiges getrunken.«

»Einiges zu viel, meinst du?«, fragte Sarah.

Wie sie Sammi kannte, könnte noch anderes außer Pints und Kurzen im Spiel gewesen sein. Diesen Teil des ausschweifenden Lebens hatte Sammi ebenfalls ausgekostet.

»Schätze schon. Wenn du mich fragst, ist sie runter ans

Wasser, um eine zu rauchen. Ein bisschen ausgeflippt war sie ja immer, nicht? Jedenfalls hatte sie zu viel intus, geht am Ufer entlang und fällt rein. Oder sie will schwimmen. Verrücktes Ding …«

»Wo hat man sie hingebracht?«

»Die Leiche? Nach Swindon«, antwortete er. »Die machen die Autopsie.« Er schnupperte in die Luft. Der Sherlock Holmes von Cherringham. »Ich schätze, es war ein Unfall. Sie ist schlicht ertrunken.«

Sarah sah Alan an, und für einen winzigen Moment erkannte sie in seinem Gesicht den Teenager, mit dem sie zur Schule gegangen war.

»Ich gehe mal ein Stück am Ufer entlang. Flussaufwärts. Ist das okay?«

»Ja, sicher. Du musst bestimmt ein bisschen nachdenken, den Erinnerungen nachhängen und so … Hier ist ja nicht mehr gesperrt. Aber … geh nicht zu dicht an den Rand, ja?« Er lächelte nicht.

»Ich pass auf«, versprach Sarah.

Sie nickte ihm zu und ging weiter, wobei sie dachte, dass er recht hatte, was die Erinnerungen und so betraf. Aber die allein waren es nicht. Sammi – ertrunken? In den kalten Fluss gefallen?

Das ergab absolut keinen Sinn.

4. Jack und Sarah

Jack lehnte sich auf seinem Liegestuhl zurück, paffte sanft an einer Cohiba – einer echten Havanna – und schaute zu, wie die Sonne gemächlich hinter dem weiter weg gelegenen Ort versank.

Solche Momente, an lauen Sommerabenden wie diesem, waren Vollkommenheit schlechthin.

Vor ihm floss die Themse; hier war sie tief und breit genug, um kleine Jachten, Kajaks und Ruderboote zu einem Abendtörn zu locken.

Neben ihm auf dem warmen Holzdeck schlummerte Riley, als wüsste er, dass er außer Dienst war. Und an seiner anderen Seite stand ein Wodka-Martini auf dem kleinen Kartentisch. In der klaren Flüssigkeit fing sich das Farbenspiel der untergehenden Sonne.

Der silberne Shaker neben dem Glas schwitzte.

Damals in Marty's Bar in Sheepshead Bay musste Jack dem Besitzer erst erklären, wie man den perfekten Martini machte. Für Marty gehörte die »höhere Mathematik« von Bier und Schnaps schon zu dem Kompliziertesten, mit dem er zuvor konfrontiert worden war.

Katherine hatte auch sehr gern Martini getrunken. Bis zum Schluss.

Er nahm einen Schluck. *Auf Katherine*, dachte er.

Auf seinem Schoß hatte er eine kleine Schachtel mit Schwimmern, Schnur, Federn und Haar, aus denen er sich seinen allerersten Fischköder basteln wollte. Er mochte über fünfzig sein, aber es gab immer noch Dinge zu lernen, und Fliegenfischen war eines davon.

Zufrieden atmete er aus. Vollkommenheit? Nun, die hätte er vielleicht, wenn er nicht alleine wäre. Aber er hatte sich ja geschworen, nicht mehr an die Vergangenheit oder die verlorene Zukunft zu denken.

Und es wurde mit jedem Tag ein bisschen leichter.

»Entschuldigung!«

Die Stimme war laut – lauter als nötig an solch einem stillen Abend – und klang irgendwie ungeduldig. Riley stand auf und spitzte die Ohren, um zu sehen, was das Getue sollte.

Jack drehte sich mühsam auf seinem Liegestuhl um, sodass er zum Ufer sehen konnte. Eine Frau stand an seiner Laufplanke und guckte zu ihm nach oben. Sie war Ende dreißig, schlank – ungefähr eins siebzig groß und um die hundertvierzig Pfund schwer -, hatte blaue Augen, eine blonde Stachelfrisur und sah ein bisschen elfenhaft aus.

Sie trug eine weiße Bluse, lange blaue Shorts und Turnschuhe. Ihren Beinen und der Taille nach zu urteilen war sie gut in Form, eventuell eine Läuferin. Und sie wirkte professionell, wie eine Geschäftsfrau.

Du kannst deine Arbeit als Detective an den Nagel hängen, aber du wirst immer ein Detective bleiben, dachte er. Nach wie vor achtete er auf Details. Jedes Bild und jedes Profil erzählte eine Geschichte.

»Darf ich an Bord kommen?«

Jack überlegte.

»Nein, bedaure.«

Die Frau sah entsetzt aus, als hätte er sie eben beleidigt.

»Ah, verstehe.«

Jack sah ihr an, dass sie über ihren nächsten Schritt nachdachte. Da er sich bisher nicht den Höflichkeitsritualen, antiquierten Manieren und allgemeinen Verhaltensregeln der Engländer angepasst hatte, war er derartige Reaktionen mittlerweile fast gewöhnt.

»Entschuldigen Sie vielmals«, sagte sie. »Was ich meinte, war, ob ich Sie kurz sprechen dürfte.«

»Wie kann ich Ihnen helfen?« Er paffte an seiner Zigarre, deren silbrige Aschenspitze wuchs.

»Nun … Es ist etwas passiert, auf dem Fluss. Eventuell sind

Ihnen die vielen Polizisten aufgefallen. Und ich habe mich gefragt, ob Sie letzte Nacht auf Ihrem Boot waren?«

»Kann schon sein.« Er rang sich ein Lächeln ab. »Arbeiten Sie undercover, Officer?«

Hierüber schmunzelte sie und strich sich durchs Haar.

»Nein, Verzeihung. Es ist nur so, dass ich mich gefragt hatte, ob Sie irgendetwas gehört haben.«

Jack dachte eine Minute lang nach.

»Nein. Und wenn es Ihnen nichts ausmacht, Miss …«

»Ich meine, ob Sie irgendwas Ungewöhnliches gehört haben; Sie wissen schon.«

»Ich sagte bereits, nein.«

»Dann haben Sie gar nichts gehört?«

»Die Antwort bleibt dieselbe – nein.«

»Wissen Sie, die Sache ist die, dass eine Freundin von mir … Nun, die Polizei sagt, sie ist in den Fluss gefallen und ertrunken, wissen Sie. Letzte Nacht, gleich da unten.«

»Aha! Ich habe die Blaulichter gesehen. Und um ehrlich zu sein, hat es mich nicht sonderlich interessiert.«

Er paffte noch einmal an seiner Zigarre und trank den letzten Schluck Martini aus seinem Glas. Zeit für einen zweiten.

»Am Wehr«, fuhr sie fort. »Jemand hat sie dort gefunden. Sie war am Wehr hängen geblieben. Tot. Heute Morgen. Meine Freundin Sammi. Jedenfalls habe ich überlegt, als ich hier langging, ob sie irgendwo hier ins Wasser gefallen sein kann. Deshalb wollte ich Sie fragen, ob Sie letzte Nacht etwas gehört haben.«

Die Frau lächelte, als könnte sie ihn so bewegen, ihr doch helfen zu wollen. Fast tat sie ihm leid. Wie konnte sie auch wissen, dass er mit alldem abgeschlossen hatte?

Endgültig.

»Nein. Nichts.«

Sie runzelte die Stirn und nagte an ihrer Unterlippe.

Offensichtlich war sie enttäuscht. Nur konnte er daran rein

gar nichts ändern. Und sowieso war das Letzte, was er jetzt wollte, eine Unterhaltung über ein armes Mädchen, das in den Fluss gefallen und ertrunken war. Er wollte sich wieder seinem Köder widmen und dem Sonnenuntergang zusehen, der beinahe vorbei war.

Doch die Frau blieb.

Die ist wirklich beharrlich.

Schließlich sagte sie: »Na gut! Okay. Danke für Ihre Hilfe.«

Beharrlich und *sarkastisch.* »Kein Problem.«

Sie ging einen Schritt weg, dann drehte sie sich wieder um. »Ja, sicher, kein Problem für *Sie.* Aber falls Sie sich zufällig doch an etwas erinnern, könnten Sie es vielleicht der Polizei erzählen? Das wäre wirklich sehr … nett von Ihnen. Meinen Sie, das könnten Sie machen?«

»Sicher. Ich merk's mir.«

Sie ging weg, und Jack glaubte, schwören zu können, dass er sie leise *Dämlicher Yankee* fluchen hörte.

Allerdings konnte er auch nicht behaupten, die »besonderen Beziehungen« zwischen Engländern und Amerikanern gefördert zu haben.

Riley sah der Frau hinterher, ehe er wieder zu seinem Platz neben Jack tapste und sich hinlegte.

Jack lehnte sich auf seinem Liegestuhl zurück, nahm den Shaker, schenkte sich ein und trank einen großen Schluck des mittlerweile geschmolzenen Eiswassers. Dann blickte er auf das tiefe, fließende Wasser der Themse, das an seinem Boot vorbeiglitt.

Schließlich nahm er die kleine Schnurrolle und eine winzige rote Feder auf und begann, die Haken auf dem Kartentisch auszulegen.

Sie glaubten also, dass die Tote hier oben in den Fluss gefallen war? Plötzlich dachte er weder an den Köder noch an die Zigarre oder die am Horizont versinkende Sonne.

Na, das ergab keinen Sinn. Überhaupt keinen Sinn.

5. Der Tag danach

Sarah betrachtete das Kunstwerk des Marketingchefs von Bassett and Son's Funeral Directors und schloss die Augen. War dies jetzt wirklich das, was aus ihrem Leben geworden war? Vor drei Jahren um diese Zeit hatte sie noch Klienten in Cannes mit ihren Ideen für tolle Social-Media-Kampagnen umgehauen.

Jetzt war sie bei: »Ein Begräbnis bezahlen, eines umsonst.« Musste sie den Kunden wirklich erklären, warum das bei Pizza funktionierte, nicht aber beim Sterben?

Und, Gott, tat ihr der Kopf weh!

Gestern Abend hatten die Kinder ihr Abendessen anbrennen lassen, sodass der Rauchmelder losgegangen war. In dem Chaos hatte Sarah völlig vergessen, selbst etwas zu essen. Danach hatte sie alleine eine Rotweinflasche geleert – Erinnerungen an Sammi nachgehangen – und war auf dem Sofa bei einer blöden Frauenserie eingeschlafen, die sie immer guckte und jedes Mal blöd fand.

Grace stellte ihr einen Kaffee auf den Schreibtisch und lächelte.

»Ah, du bist ein Schatz! Was würde ich nur ohne dich tun, Grace?«

»Wahrscheinlich ein winziges bisschen Gewinn machen. Aber ich beklage mich nicht.«

Sarah lachte. Grace war ein echter Glücksgriff – achtzehn Jahre, fleißig, klug und ehrgeizig. *Hach, noch einmal achtzehn sein!*

Sarah legte den Kopf auf ihre verschränkten Arme, die auf dem Schreibtisch lagen. Eventuell half ein kurzes Erfrischungsnickerchen. Das Telefon läutete. Grace nahm ab und stellte das Gespräch zu Sarah durch.

»Irgendein Typ für dich. Er sagt, es ist wichtig.«

Sarah formte lautlos mit ihren Lippen die Frage: *Wer ist das?*

»Keine Ahnung. Die Stimme hört sich amerikanisch an, würde ich sagen.«

Sarah stutzte. In letzter Zeit hatte sie nur mit einem einzigen Amerikaner geredet, und sie wollte keine Sekunde mehr mit ihm etwas zu tun haben. Er konnte es einfach nicht sein.

Sie nahm den Hörer auf.

»Sarah Edwards.«

Die Stimme am anderen Ende kam direkt zur Sache.

»Ihre Freundin Sammi. Ich habe über diese Theorie nachgedacht, dass sie weiter oben am Fluss ins Wasser gefallen ist. War das Ihre Idee oder die der Polizei?«

»Das hat die Polizei gesagt. Indizien, schätze ich.«

»Tja, die Polizei liegt hier falsch. Wollen Sie wissen, was wirklich mit ihrer Freundin passiert ist?«

»Ich verstehe nicht, was Sie meinen …«, sagte Sarah.

»Viel klarer kann ich mich wohl kaum ausdrücken. Möchten Sie wissen, wie Ihre Freundin Sammi gestorben ist?«

Wo war der feindselige Yankee geblieben?

»Ja. Ja, natürlich will ich das.«

»Gut, denn ich bezweifle, dass sie ins Wasser gefallen ist.«

»Genau das dachte ich auch.«

»Okay. Haben Sie jetzt Zeit? Wir treffen uns um zehn am Wehr.«

»Aber …« Die Leitung war tot. Sarah starrte eine kleine Weile ins Leere. Dann griff sie nach ihrer Handtasche und ihrem Handy.

»Grace, ich muss kurz weg.« Auf einen spontanen Einfall hin fügte sie hinzu: »Und falls ich nicht zurückkomme, sag der Polizei, dass ich mit diesem Amerikaner vom Hausboot weiter oben am Fluss verabredet war.«

»Mit diesem Amerikaner? Was ist los, Sarah?«

Doch Sarah war schon weg.

Sie stellte ihren Wagen auf dem Parkplatz am Wehr ab.

Das Absperrband war verschwunden. Niemand käme darauf, dass man erst vor vierundzwanzig Stunden eine Leiche aus dem schäumenden Wasser gezogen hatte. Das Dorf und seine Bewohner machten schon wieder weiter wie bisher: nett und ordentlich.

Beim Geräusch eines Außenbordmotors drehte Sarah sich um. Ein Ruderboot kam auf sie zu, und in ihm saß der unhöfliche Amerikaner, dem zu begegnen sie gestern das Pech hatte. Neben ihm hockte sein brauner Springer Spaniel.

Wenigstens blickte der Hund freundlich.

Der große Amerikaner wirkte in dem kleinen Boot fast komisch. Er war braun gebrannt, trug ein weißes Polohemd sowie eine Jeans und hatte den selbstbewussten, sturen Gesichtsausdruck von jemandem, den es nicht im Mindesten kratzte, was die Welt von ihm hielt.

Sein grau meliertes Haar war zerzaust wie das eines Jungen, der einen ganzen Sommer lang in keinen Spiegel geguckt hatte. Allerdings waren die Bartstoppeln von gestern Abend weg.

Und als das Boot näher kam, konnte Sarah sehen, dass seine Jeans zwar ausgeblichen, aber gebügelt war.

Er nickte ihr zu, drosselte den Außenbordmotor und lenkte das Boot an den Anleger. Sarah erschrak ein bisschen, als er ihr ein Tau zuwarf, fing es aber geistesgegenwärtig und wickelte es um einen Poller.

»Hüpfen Sie rein«, sagte er zu ihr. »Riley, mach mal Platz!«

Der Hund huschte zum Bug. Sarah blieb, wo sie war.

»Was ist? Haben Sie Angst vor Wasser?«, fragte er. »Oder ist es das Boot?«

»Mich schreckt weniger das Boot als *Sie*. Waren Sie ein Bootsmann in den Staaten?«

»Bootsmann?« Er lachte. »Ist schon okay. Ich weiß, was ich tue. Mehr oder weniger. Ich war oft zum Fischen draußen vor Breezy.«

»Breezy? Wo auch immer das sein mag ... Also, Sie wollen,

dass ich zu Ihnen in Ihr Boot steige, obwohl ich nicht mal weiß, wie Sie heißen?«

»Jack Brennan.«

»Und Sie sind hier, um …? Sie könnten alles Mögliche sein: sogar der nette Serienmörder – was auch immer.«

»Nein, der bin ich nicht. Ich war früher ein Cop, ein Detective beim NYPD, um genau zu sein. Wenn Sie artig sind, werde ich Ihnen sogar meine Dienstmarke zeigen. Ich habe Auszeichnungen erhalten, stand in der Presse – der ganze Zauber. Sie können mich überprüfen. Aber im Moment möchte ich Ihnen etwas zeigen, das im Hinblick auf Ihre Freundin Sammi wichtig ist.«

»Warum?«

»Weil ich es hasse, wenn Cops ihre Hausaufgaben nicht machen und bei der einfachsten Ermittlungsarbeit schlampen.« Er schnupperte in die Luft. »Und das tun sie manchmal.«

»Und Sie denken, dass ihnen das in unserem Fall passiert ist?«

»Oh ja! Mächtig sogar. Springen Sie rein, dann zeige ich es Ihnen.«

Jack hielt das Boot ruhig und blickte sie erwartungsvoll an.

Sarah kam der flüchtige Gedanke, dass dieser Moment ihr Leben verändern würde. Dann verschwand er wieder.

Sie nahm seine ausgestreckte Hand und stieg neben dem Hund des Amerikaners an Bord.

Jack wickelte das Tau ab, startete den Außenbordmotor und wendete das Boot, bevor er vom Kai wegsteuerte.

Sarah saß mit Riley im Bug und hatte das Gesicht Jack zugewandt, während er sie flussaufwärts schipperte. Keine Sekunde ließ sie ihn aus den Augen.

Er lächelte vor sich hin.

»Entspannen Sie sich.«

»Woher hatten Sie meine Telefonnummer? Besser gesagt, woher wussten Sie überhaupt, wie ich heiße?«

»Wie ich bereits erwähnt habe, war ich früher ein Cop.«

»Stimmt. Das werde ich überprüfen.«

Sie verstummte. Jack lenkte das Boot an den vertäuten Hausbooten vorbei und drosselte das Tempo, als sie sich der *Grey Goose* näherten.

»Jetzt sagen Sie schon. Wie haben Sie meinen Namen und meine Nummer herausbekommen? Ich bin bloß neugierig.«

Er grinste. »Wo gehen Sie denn hin, wenn Sie in diesem Ort irgendwas erfahren wollen?«

»Zur Bäckerei Huffington's.«

»Richtig«, sagte er. »So hat die Welt vor Google überlebt, mit Cafés und Bars. Wie auch immer – sehen Sie das Holzscheit unten bei Ihren Füßen? Würden Sie es bitte aufheben.«

Jack beobachtete, wie sie das schwere, nasse alte Holzstück unter der Sitzbank hervorholte. Sie war stark, fand er. Eine Frau, die es gewohnt war, Dinge selbst zu erledigen. Das und der fehlende Ring legten nahe, dass es keinen Mr. Edwards gab.

»Was jetzt?«, fragte sie.

Jack wendete das Boot, lenkte es seitlich zu den vertäuten Booten und stellte den Motor ab. Das Boot wippte langsam stromabwärts.

»Werfen Sie bitte das Scheit über Bord.«

Sie hievte es über den Bootsrand. Es landete platschend im Fluss und begann vor ihnen herzutreiben.

»Also«, sagte er, »stellen Sie sich vor, das ist Ihre Freundin Sammi. Sie ist in den Fluss gefallen. Es ist mitten in der Nacht, und keiner kann hören, wie sie gegen die Strömung kämpft.«

»Danke für die bildhafte Beschreibung.«

Jack startete wieder den Motor und stellte ihn so ein, dass sie neben dem Holzstück blieben.

»Sehen Sie, wie schnell sie treibt?«

Sarah nickte.

»Sobald man an die Biegung kommt, wird der Fluss schneller«, erklärte er.

Jack konnte sehen, dass Sarah das Holzscheit nun aufmerksam beobachtete.

»Sehen Sie das Wehr da hinten?«

Wieder nickte Sarah.

Jack öffnete das Drosselventil und steuerte auf das Ufer mit dem Anlegesteg zu. Nun verloren sie das Holzscheit aus dem Blick, das sich weiter flussabwärts bewegte.

»Sehen Sie?«, fragte er.

Sarah drehte sich zu ihm und starrte ihn an.

»Als sie vor Jahren das Wehr bauten, hoben sie daneben einen tiefen Kanal aus. Jeder Müll, der flussabwärts treibt, fließt direkt in den Kanal. Deshalb ist das Wehr immer sauber. Kein Reisig, keine Äste … und keine Leichen.«

»Demnach ist Sammi nicht weiter oben in den Fluss gefallen?«, schlussfolgerte Sarah.

»Nein. Ich schätze, dass sie in dem seichten Wasser ertrunken ist, in dem sie gefunden wurde; genau dort an der Stelle.«

»Aber wieso sollte irgendwer da ins Wasser steigen?«

»Ja, wieso? Und das ist nicht alles. Sehen Sie das Ufer da, gleich beim Wehr?«

Er wies zu dem Schlammstreifen unterhalb des Parkplatzes und der Anlegestelle.

»Das sind Reifenspuren. Und sie sehen frisch aus, nicht älter als einen Tag.«

»Da ist jemand mit dem Wagen runtergefahren?«

»Ja. Jemand ist rückwärts runter zum Wehr gefahren. Und hatte hinterher reichlich Schwierigkeiten, wieder raufzukommen. Die Reifen sind im nassen Schlamm durchgedreht und haben sich immer tiefer eingegraben.« Er holte Luft. »Muss ziemlich nervenaufreibend gewesen sein. Komisch ist, dass die Polizei die Spuren gesehen haben muss.«

»Augenblick mal! Was sagen Sie da? Wollen Sie mir erzählen, dass Sammi ermordet wurde? Von demjenigen, der den Wagen fuhr?«

Jack wählte seine nächsten Worte mit Bedacht. »Was ich Ihnen sagen kann, ist, dass es kein Unfall war. Ich habe hinreichend Leichen aus Manhattans Gewässern gezogen, um so viel zu wissen. Und wenn es Mord war, werden wir eine Menge brauchen ...«

»Wir? Und was brauchen?«

»Verdächtige. Motive. Beweise.«

Er sah sie an. »Ihre nette hiesige Polizei mag sich ja eine Geschichte zu dem Fall zurechtgelegt und anschließend einfach mit der Arbeit weitergemacht haben. Nun aber, da Sie, sagen wir mal, mich neugierig gemacht haben, können Sie und ich – sprich: wir – nicht gerade viel vorweisen, um mit der Arbeit weiterzumachen.«

Und dann ging es ihr auf.

Sarah begriff, dass er meinte, sie beide – gemeinsam – sollten den Mord an Sammi aufklären; denn er sagte ja, dass sie ermordet wurde.

Sie würden zusammenarbeiten. Und Sarah fand diese Vorstellung nicht beängstigend. Nein, ihre Freundin verdiente es, und außerdem dachte Sarah ...

Das könnte spannend werden.

6. Fragen für die Polizei

Und auf einmal waren sie dabei, einen Plan zu schmieden. Sarah war ganz gefangen von dem, was Jack erklärte, und von der Art und Weise, wie er die eindeutig falschen Schlussfolgerungen der örtlichen Polizei in der Luft zerriss.

Nachdem sie nun wusste, dass Sammi nicht in den Fluss gesprungen war – betrunken und unter Drogen –, hatte Sarah das Gefühl, sie schuldete ihrer lange verlorenen Freundin noch etwas.

Herauszufinden, wer es getan hatte.

Und Jack hatte ihr unmissverständlich zu verstehen gegeben, dass er trotz all seines Fachwissens auf ihre Hilfe angewiesen war. Ihm waren die Abläufe in der englischen Provinz ebenso wenig geläufig wie der Umgang mit Behörden, die alles hübsch und friedlich haben wollten und jede Unannehmlichkeit am liebsten rasch beseitigten – notfalls auch unter den Teppich kehrten.

Diese Leute hatten eine plausible Erklärung für Sammis Tod, und sollte die Autopsie nichts Gegenteiliges ergeben, war für sie der Fall erledigt.

Nur dass Sarah jetzt wusste, dass er keineswegs erledigt war und auch nicht sein würde – solange sie beide nicht die Wahrheit aufgedeckt hatten.

Doch wo sollten sie anfangen?

Jack meinte, dass die hiesige Polizei ein guter Ausgangspunkt wäre. Sie vereinbarten, sich gleich nach dem Mittagessen vor dem Polizeirevier zu treffen. Das bedeutete höchstwahrscheinlich, dass sie Alan begegneten.

Sarah dachte, dass dies heikel sein könnte, weil sie beide mit Sammi befreundet gewesen waren. Aber irgendwie würde sie es schon durchstehen.

Fürs Erste beschloss sie, Grace nicht zu erzählen, was sie vorhatte. *Bin bei einem Meeting*, rief Sarah ihr zu, als sie das Büro verließ.

Als sie nach draußen auf den Marktplatz eilte, stellte sie fest, dass der sonnige Vormittag in einen bewölkten Nachmittag übergegangen war.

Wie passend, dachte sie.

Jack stand vor dem Polizeirevier. Er hatte sich eine Baumwollhose und ein beiges Hemd angezogen, in der Hoffnung, so unter den Leuten nicht zu sehr aufzufallen.

Als er die Einheimischen beobachtete, die an ihm vorbei die Straße entlanggingen, musste er leider zugeben, dass sein Outfit wohl doch ein wenig zu rustikal war. In einer Kleinstadt im Mittelwesten der USA mochte eine solche Kleidung angehen, doch hier sahen die Leute aus, als würde schon ein Gang zum Schlachter nach besserer Kleidung schreien.

Außerdem war es kühl geworden. Dieses englische Wetter war wirklich gewöhnungsbedürftig. Im Nu konnte es sich radikal ändern: Im einen Moment war es sonnig und warm, wenige Augenblicke später bedeckt und kalt. Es ähnelte einer Fahrt auf einem Ozeanriesen durch den Nordatlantik. Nun ja, wenn man es recht bedachte, war der Unterschied zwischen einem Ozeanriesen und dieser Insel auch nicht so groß, denn sie lag schließlich im Meer, wo über ihr die Wolken und die Sonne Fangen spielten.

Er blickte auf seine Uhr, wartete auf Sarah und dachte ... *Will ich das wirklich machen? Mich auf diesen Schlamassel einlassen?*

Mord hin oder her, was ging es ihn an? Was war aus seinen Plänen geworden, sich Köder zu basteln, ein bisschen zu angeln und die Sonnenuntergänge des sogenannten »englischen Sommers« zu genießen, welche die Götter ihm schenkten?

Andererseits hatte die jahrelange Beschäftigung mit Toten – von Unschuldigen bis hin zu denen, die es verdienten – in Jack die Überzeugung gefestigt, dass man diejenigen finden musste, die dafür verantwortlich waren.

Und meistens war ihm das gelungen. Einige Male nicht, und die ließen ihm bis heute keine Ruhe.

Seine ungeklärten Mordfälle verfolgten ihn. Und wenn er hier nichts tat, würde es genauso enden ... Nachdem er nun wusste, dass es kein Tod durch Ertrinken war, konnte er nicht einfach die Sache auf sich beruhen lassen. Diese Sammi, diese junge Frau, die man tot in einem Fluss entdeckt hatte, war ihm wichtig geworden.

»Hallo! Tut mir leid, aber ich musste noch einige Sachen regeln.«

Jack drehte sich zu Sarah um.

Ein Lächeln. »Kein Problem. Ich bin ganz fasziniert von der Dorfszenerie.«

»Ja, ziemlich aufregend«, sagte sie.

»Für mich schon. Es ist nicht der Times Square.«

»New York City. Ich habe es früher geliebt. Damals mal ...«

»Ja, es hat etwas. Also, bereit, reinzugehen und mich vorzustellen?«

Sie nickte, und er spürte, dass sie unsicher war. »Es könnte ein bisschen komisch sein, Fragen zu stellen, und so.«

»Mit ‚komisch‘ kann ich umgehen.«

Wieder ein Nicken, dann ging sie voraus in das Polizeigebäude.

Als hätte er sie erwartet, stand Alan mit einem Stapel Papiere in der Hand vorne am Empfangstresen. Jack blieb einige Schritte hinter Sarah.

»Alan.«

Er wandte sich zu ihr um. »Sarah?« Er musterte Jack hinter ihr, der sich im Eingangsbereich umblickte.

»Alan, das ist Jack Brennan. Er ist ...«

Der Polizist trat einen Schritt näher und senkte die Hand, in der er die Papiere hielt. »Ich weiß. Sie sind der Yankee, der auf dem alten Fischerkahn wohnt.«

Jack nickte. Ein paar Sekunden lang schwiegen alle drei.

Dann bat Sarah: »Alan, können wir hier irgendwo ungestört reden? Jack hat, nun ja, einige Ideen. Was Sammi anbelangt. Was passiert sein könnte.«

»Du meinst, was das Ertrinken anbelangt?«

Sarah antwortete darauf nicht. Stattdessen fragte sie: »Können wir in dein Büro gehen? Nur kurz? Wir haben ein paar Fragen.«

Sie bemerkte, wie Alan sich versteifte. Das lief gar nicht gut.

»Fragen? Tja, normalerweise stellen wir die Fragen, nicht?« Er atmete tief durch und schien dann einzulenken. »Na gut! Aber machen wir es kurz. Ich habe tonnenweise Papierkram zu erledigen.«

Noch eine Pause.

»Wegen dem Ertrinken.« Mit diesen Worten ging er voraus, am Empfangstresen vorbei und einen schmalen Flur entlang.

»Wie sagt ihr Amerikaner noch gleich? ‚Schießen Sie los‘?«

Jack hörte, dass sich der Polizist an einem amerikanischen Akzent versuchte, den er sich wahrscheinlich aus zu vielen Folgen von *CSI* abgeguckt hatte.

»Sarah sagt, Sie haben Fragen?«, fuhr Alan fort, nachdem sich alle drei in seinem Büro gesetzt hatten.

Jack hatte schnell begriffen, dass diese beiden hier eine gemeinsame Geschichte hatten. Etwas in der Vergangenheit, das nicht mehr da war.

Er fing an zu erzählen, wie Sarah ihn angesprochen hatte; danach berichtete er von dem Experiment auf dem Fluss, den Reifenspuren und wie all dies die »offizielle« Version der Polizei infrage stellte.

»Ach ja? Nur damit ich das richtig verstehe, Mr. Brennan. Sie denken, dass Sammi ermordet wurde?«

»Ja, das denke ich.«

»Und Sie haben dieses Fachwissen ... woher?«

»Er war Detective beim Morddezernat in New York, Alan«, antwortete Sarah. »Hör dir wenigstens alles an, was er zu sagen hat.«

Alan schaute zunächst sie und dann wieder Jack an. »Wir sind hier nicht in New York, falls Ihnen das noch nicht aufgefallen ist.«

»Ist es durchaus. Als Detective wird man quasi darauf gedrillt, eine Menge Sachen zu bemerken. Ich erzähle Ihnen lediglich, was ich gesehen habe.«

»Alan, hast du eine Ahnung, warum Sammi zurückgekommen ist?«, fragte Sarah.

Gut gemacht, dachte Jack. Eine klasse Frage, die den guten, alten Officer Alan womöglich eiskalt erwischte.

»Nein. Na, wir konnten sie ja wohl auch schlecht fragen, oder?«

»Und ihre Eltern? Habt ihr …«

Sarah beugte sich zu dem Polizisten vor, um ihren Fragen den nötigen Nachdruck zu verleihen. Jack erinnerte sich wieder daran, dass diese Geschichte für sie etwas Persönliches war; Sammi war ihre Freundin gewesen.

»Natürlich haben wir«, erwiderte Alan. »Sie hatten nichts von ihr gehört. Anscheinend kam Sammi an und ging direkt zum Ploughman. Da trank sie einiges, bevor sie den Unfall hatte, und dort wurde sie auch zuletzt gesehen.«

Jack räusperte sich. »Sie ist also erst kurz zuvor wieder hier im Ort aufgetaucht, ohne Grund? Und hatte dann ihren Unfall?«

Alan blickte ihm nun direkt in die Augen. *Alles andere als glücklich und zufrieden,* ging es Jack durch den Kopf.

»Das geht Sie nun wirklich nichts an. Also laufen Sie …« – der Polizist drehte sich zu Sarah um – »und *du* lieber nicht rum und stiften Unruhe. Diese Geschichte ist Sache der Polizei.«

Jack stand auf.

Das Büro fühlte sich winzig an, klaustrophobisch eng. Überhaupt schien alles in diesem Ort klein zu sein: von den Tischen bei Huffington's, die so dicht zusammenstanden, dass das Bezahlen zum Hindernisparcours wurde, bis hin zu den schmalen Gassen zwischen den Häusern abseits der Hauptstraße.

»Richtig. Sache der Polizei.« Jack lächelte, während Sarah ebenfalls aufstand. »Wir fanden nur, dass Sie es erfahren sollten. Vielleicht möchten Sie jemandem mitteilen, dass Sammi nicht einfach ertrunken ist.«

»Spekulation. Reine Spekulation.«

Jack nickte erneut und erwiderte nichts darauf. Er wusste nicht, was er von einem Polizisten wie Alan halten sollte, der bei einem Todesfall im eigenen Zuständigkeitsbereich so wenig neugierig zu sein schien. Klar war allerdings, dass es nichts bringen würde, weiter mit ihm zu reden.

»Danke …«, sagte Jack, »für Ihre Zeit.«

Er verließ das Büro mit Sarah und dachte: *Das wird immer interessanter. Und verdächtiger.*

7. Tee mit Mum und Dad

Sarah sah zu Jack, der neben ihr auf der schäbigen Couch in der voll gestellten Wohnung saß.

Er warf ihr ein Lächeln zu, das offenbar bedeuten sollte: *Können wir das hier beschleunigen?*

Dann blickte sie wieder zu Sammis Mum, die ihnen gegenüber Platz genommen hatte, eine zerfledderte Serviette in der einen Hand und eine Teetasse in der anderen hielt, an der sie zwischen den Tränenausbrüchen nippte.

Sie hatten entschieden, dass ein Besuch bei den Eltern ihnen am ehesten einen Hinweis darauf geben könnte, weshalb Sammi nach Cherringham zurückgekehrt war – trotz Alans Zusicherung, dass sie nichts wussten.

»S-seid ihr sicher, dass ihr keinen Tee wollt? Ich kann …«

»Nein danke, Mrs. Charlton. Ist nicht nötig.«

»Wirklich nicht«, bekräftigte Jack.

Mrs. Charltons leichtem Lallen und ihren glasigen Augen nach zu urteilen war in ihrer Tasse wohl nicht bloß Tee, nahm Sarah an.

Sammi hatte immer erzählt, dass sie ihre Mutter früher nach der Schule schon halb besoffen vorgefunden und ihr Vater den Vorsprung seiner Frau zügig aufgeholt hatte, sobald er von der Arbeit heimkam.

»Kommt Mr. Charlton bald nach Hause?«, fragte Sarah.

Die Frau nickte. »Ja, die lassen ihn in der Geflügelfabrik Überstunden machen.« Ein zaghaftes Lächeln. »Er konnte noch nie Nein zu ein bisschen was extra sagen, weißt du. Nicht mal nach d-dem …«

Was bedeutet dieser Tod *eigentlich für die Eltern?*, fuhr es Sarah durch Kopf.

Hatten sie Sammi überhaupt gesehen? Sammi hatte früher oft gesagt, sie würde ihre Eltern nie mehr wiedersehen wollen, wenn sie erst einmal nach London ginge. Und dennoch war sie gestern Abend nach Cherringham zurückgekommen.

Sarah war sich nicht sicher, wie sie diesem Wrack von einer Frau Informationen entlocken sollte. Nach einigen Minuten schrecklicher Verlegenheit sprang Jack ein.

»Mrs. Charlton«, sagte er langsam, so als würde Sammis Mutter möglicherweise etwas Zeit brauchen, um ihre Aufmerksamkeit von Sarah auf den großen Amerikaner in ihrem kleinen Wohnzimmer zu lenken. »Ich helfe Sarah, ein paar Dinge zu ergründen. Ich lebe auf dem Fluss, auf einem Hausboot nahe der Stelle, an der Sammi gefunden wurde.«

Die Frau nickte wieder.

Noch ein rasches Lächeln von Jack, das absolut entwaffnend wirkte. Während sie ihn beobachtete, dachte Sarah, dass er in New York bei vielen harten Fällen Vernehmungen durchgeführt haben musste. Diese Geschichte kam ihm gewiss seltsam vor, so als wäre er unversehens in einer BBC-Krimireihe gelandet.

»Ihre Tochter Sammi kam am Montagabend her, nach Cherringham, und hatte ihren … Unfall.«

Die Frau bewegte ihren Kopf auf und nieder, während sie auf die Frage wartete.

»Kam sie vorbei, um Sie oder Ihren Mann zu besuchen?«

Die Polizei hatte diese Frage schon gestellt, wie sie von Alan wussten. Sarah vermutete, dass Jack einen besonderen Grund hatte, nochmals zu fragen.

Hastig schüttelte Mrs. Charlton den Kopf. Die Serviette schlängelte sich erneut mehrfach durch ihre Finger und würde wohl demnächst in zig Fetzen zerfallen. Es war anstrengend, dem zuzuschauen.

»Nein. Wir wussten ja nicht mal, dass sie kommt, und sie war nicht bei uns.«

Wie auf Stichwort schwang die Tür auf.

Und Mr. Charlton kam mit sehr finsterer Miene hereingestürmt.

Jack drehte sich zu dem Mann um, der das kleine Wohnzimmer betrat, als wäre es ein Käfig. Charltons Blick schoss von seiner Frau zu Sarah und schließlich zu Jack.

»Was wird das denn? Was zum Teufel ist hier eigentlich los? Seid ihr die beschissene Polizei, oder was?«

»Nein. Mr. Charlton, ich helfe nur Sarah …«

Der Mann verdrehte die Augen und sah weg, als könnte er seinen Ohren nicht trauen.

»Ein Yankee!« Er sah wieder Jack an. »Ein beknackter Yankee. Was sind wir hier? Sind wir jetzt vielleicht ein Bed and Breakfast?«

»Malcolm, sie haben bloß nach Sammi gefragt. Ob wir sie gesehen haben, und …«

Jack blieb ruhig, während Charlton einen Schritt auf ihn zu machte. Aus dem dezenten Schwanken des Mannes folgerte er, dass Charlton auf dem Weg von der Geflügelfabrik nach Hause in einem Pub für ein bis drei Pint einen Zwischenstopp eingelegt haben musste.

Jack überlegte, ob er aufstehen sollte. Doch er hatte das Gefühl, dass er mehr – oder zumindest *irgendwas* – aus Sammis Vater herausbringen könnte, wenn er sitzen blieb, statt ihn auf der winzigen Stehfläche, die dieses Zimmer bot, unnötig zu bedrängen.

»Sarah ist betroffen wegen ihrer Freundin«, erklärte Jack. »Und ich möchte, nun ja, eben helfen. Ihre Frau sagte, dass Sammi nicht bei Ihnen war.«

»Ist auch besser so gewesen!«, dröhnte der Mann, der viel zu laut für die beengten Raumverhältnisse sprach. »Was das verlogene Flittchen uns an Geld abgeknöpft hat! Und das meiste hinter meinem Rücken …« – er warf seiner Frau einen wütenden Blick zu – »… denn meine Alte konnte es ja nicht lassen, ihr immer wieder heimlich was zu schicken. Aber dem habe ich ein Ende gemacht, ein für alle Mal.«

»Hat sie sich viel bei Ihnen geliehen?«

»Und geklaut. Dauernd waren Sachen weg.« Wieder guckte er seine Frau an, deren Weinen aufgehört hatte. Sie saß vollkommen eingeschüchtert da. »Der Ring von deiner Mum zum Beispiel, stimmt's, Ruth? Mit einem echten Diamanten. Weg.«

Charlton atmete schnaufend ein.

Getrauert wird in diesem Haus schon mal nicht, dachte Jack. »Demnach haben Sie nicht gewusst, dass sie wieder hier war, und Sie haben sie auch nicht gesehen – ist das richtig?«

Charlton starrte ihn böse an. »Haben Sie was an den Ohren? Wir haben sie nicht gesehen, wie ich gesagt habe. Und wäre sie ...«

Jack zog die Brauen hoch.

»Wäre sie ...«

Aber Malcolm Charlton fing sich, als würde ihm klar, dass ihm seine alkoholschwangeren Worte zum Verhängnis werden könnten.

Er schnaubte erneut. »Zeit für mein Abendessen. Und Zeit für euch, uns in Frieden zu lassen. Damit wir um unsere reizende Tochter trauern können«, fügte er sarkastisch hinzu. »Mit anderen Worten: Raus hier!«

Nun stand Jack auf. Über seinem Kopf blieben nur Zentimeter bis zur Zimmerdecke.

»Tja, vielen Dank für Ihre Hilfe ... Mrs. Charlton, Mr. Charlton.«

Sarkasmus beherrschen viele.

Auch Sarah stand auf. Sie wirkte ein bisschen mitgenommen von dem Wortwechsel, rang sich jedoch ein kleines Lächeln ab, als sie ihm nach draußen folgte, wie Jack bemerkte. Draußen holten sie beide tief Luft – ohne den Gestank nach Zigaretten, billigem Whiskey und Erbrochenem.

Neben Sarahs RAV4 blickte Jack sich zu dem scheußlichen Wohnblock um.

»Nette Leute«, sagte er.

Sarah nickte. »Sammi hat es ihnen nicht leicht gemacht. Trotzdem – sie waren ziemlich grob.«

»Und der alte Malcolm klingt, als wäre er – bis heute – mächtig wütend auf seine Tochter.«

»Sie glauben doch nicht …«

»Glauben? Wir wollen nur ein paar Sachen herausfinden, Sarah, okay? Wie sieht es aus, haben Sie noch Zeit für einen weiteren Stopp?«

»Ich muss mich nur kurz bei den Kindern melden. Die kommen sicher ein bisschen länger alleine klar. Sie sitzen sowieso an den Hausaufgaben.«

Zwar hatten Daniel und Chloe von der Ertrunkenen gehört, doch Sarah verschwieg ihnen bewusst, dass sie Sammi kannte und sie gute Freundinnen gewesen waren.

»Was haben Sie vor?«, fragte sie.

»Ihr Freund, Officer Alan, sagte, dass Sammi im Pub war. Sie muss einen Grund gehabt haben. Fahren wir hin und sehen, ob wir den herauskriegen, okay?«

Sarah nickte zustimmend. »Danke, Jack! Sie war nicht Ihre Freundin, und es ist nett von Ihnen, dass Sie sich so viel Zeit nehmen.«

Er lächelte ihr zu. »Nicht – wie sagen Sie noch – der Rede wert? So kriege ich mal Ecken vom Dorf zu sehen, die mir sonst wohl entgangen wären. Und ich mag Pubs.«

Sie erwiderte sein Lächeln. Beide stiegen ein und fuhren zum Ploughman, einem Pub, in den im Laufe der Woche jeder Einheimische irgendwann einkehrte.

8. Im Ploughman

Am Eingang des Pubs, noch ehe sie sich unter den durstigeren Teil der Bevölkerung von Cherringham mischten, berührte Sarah Jacks Ellbogen.

»Jack. Das hier ist eine Dorfkneipe, okay?«

Er sah sie an. »Ich bin schon eine Weile hier.«

»Ja, aber hier verkehren nur Einheimische, und die werden nicht direkt begeistert sein, wenn jemand Fragen stellt. Erst recht nicht ...«

»Ah, wenn ein *Amerikaner* sie stellt!«

Sie nickte grinsend. »Genau. Deshalb sollte ich vielleicht lieber fragen. Und falls ich etwas auslasse ...«

»Schiebe ich Ihnen einen Zettel zu.«

Mit diesen Worten öffnete Jack die Tür, und Sarah ging voraus.

»Ein halbes Boddingtons bitte, Billy!«, rief Sarah.

Sie sah Jack an, dass er nicht wusste, was sie da gerade bestellt hatte.

Billy Leeper, der hier schon der oberste Barmann gewesen war, als Sarah zum ersten Mal legal einen Pub hatte betreten dürfen, zapfte bereits ihr Bier.

»Ich nehme ein Pint«, sagte Jack.

Als Billy die beiden Gläser hinstellte, blickte Sarah ihn an. »Billy, du hast bestimmt von Sammi gehört, nicht?«

»Ja, schlimme Geschichte. Das arme Ding. Ihr wart mal befreundet, nicht?«

Sarah nickte. »Alan hat uns erzählt, dass sie an dem Abend hier war, bevor sie starb.«

Sie spürte, dass ihre Frage Billy nicht behagte. »Stimmt. War kaum wiederzuerkennen, sag ich dir. Sie hatte wohl gerade eine harte Zeit hinter sich. War ein bisschen angeschlagen, wenn du verstehst, was ich meine.«

»Ja, ich …«

In dem Moment wurde Billy von einem Männertrio ans andere Ende der Theke gerufen. Sarah ertappte die Kerle dabei, wie sie zu ihr hinüberguckten. Möglicherweise fragten sie sich, was sie wohl mit dem fünfzigjährigen Jack machte.

Der Amerikaner neigte sich zu ihr und sagte leise: »Finden Sie heraus, mit wem sie geredet hat.«

»Ja, ja, ich weiß. Dazu komme ich gleich. Wenn er wieder da ist.«

Billy scherzte mit den drei anderen, die alle in Jeans und Denim-Hemden mit aufgekrempelten Ärmeln gekleidet waren.

Dann nickte der Barmann in Sarahs Richtung, und sie kam sich noch auffälliger vor.

»Das ist so peinlich«, flüsterte sie.

»Bleiben Sie dran«, erwiderte Jack. »Trinken Sie Ihr Bier. Der kommt schon wieder.«

Und nach einer ziemlich langen Zeit, wie Sarah fand, kam Billy Leeper vom anderen Ende der Bar zurück.

Eventuell dachte er, dass es nicht gut aussähe, wenn er nicht zu Sarah zurückkehrte, nachdem sie gerade angefangen hatte, über Sammis Tod zu sprechen.

»Ja, armes Mädchen. Sammi, mein Gott! Ich hab gehört, dass sie oben in London in ein paar üble Sachen verwickelt war. Aber, na ja …« – er grinste, und dabei war zu sehen, dass er auf dem Weg zu einem uralten Barmann einiges an Zähnen eingebüßt hatte – »… wer wäre das nicht?«

»Hat sie mit jemandem geredet, als sie hier war?«

Der Barkeeper sah von Sarah zu Jack und wieder zurück. Alle aufgedunsene Freundlichkeit wich aus seinen Zügen, und seine Augen verengten sich.

Obwohl dies Sarahs Heimat war, war auch sie lange fort gewesen. *Es ist nicht mehr* mein *Pub,* dachte sie.

Oder wenigstens noch nicht wieder.

»Ja«, antwortete Billy schließlich. »Ich meine, ich habe ein paar Worte mit ihr gewechselt. Sie war aber mit den Gedanken woanders. Und dann ist Robbo gekommen, und es schien, als ob die beiden sich hier verabredet hätten.«

Jack blickte fragend zu Sarah. Natürlich wollte er wissen, wer Robbo war, aber das musste warten, bis sie wieder draußen waren, beschloss Sarah.

»Und sie haben nur geredet? Hier?«

Robbo. Sammis früherer Freund war recht übellaunig und aggressiv, was er auch nie zu unterdrücken versucht hatte. Sarah machte einen weiten Bogen um ihn, seit sie wieder in Cherringham war. Und die wenigen Male, die sie im Pub gewesen war, hatte Robbo in der Ecke gehockt, seine Pints hinuntergeschüttet und ihr wütende Blicke zugeworfen. Er wusste, dass sie Sammi dringend geraten hatte, sich von ihm fernzuhalten.

Sarah erinnerte sich, dass eines Nachmittags Grace beim Tee erzählt hatte, er und seine Kumpel hätten Ärger mit der Polizei – irgendwas mit Drogen. Es könnte bloß Klatsch sein, aber Sarah würde es nicht überraschen, sollte es sich als wahr erweisen.

»Die sind an einen Tisch im anderen Raum«, berichtete der Barmann. »So spät am Abend isst da keiner mehr. Aber, Mann, das Gezeter war bis hier zu hören! Ich erinnere mich noch gut daran, weil es die zweite Halbzeit vom Spiel England gegen Deutschland war. Und keiner läuft von so einem Spiel weg, sage ich dir.«

Eine Stimme rief nach Billy, und er ging zu einem anderen Gast.

»Robbo?«, fragte Jack. »Wer ist Robbo?«

»Ihr Ex. Fieser Typ.«

»Ja, ich merke schon, dass Sie ihm nicht besonders zugetan sind.« Er schmunzelte. »Sie machen das übrigens super. Weiter so.«

Billy kam zurück. »Das ist auch schon alles, was ich …«

»Sind sie hiergeblieben?«

»Nee, wie gesagt, alle haben das Spiel geguckt, bis auf die zwei. Ich hab gesehen, wie sie rausgestürmt sind, erst Sammi, dann Robbo hinterher. Der war auf der Zinne. Du weißt ja, wie er sein kann. Ist aber schon ein bisschen besser geworden, seit er mit der Polizei zusammengerasselt ist. Jetzt muss er aufpassen. Aber an dem Abend war er ganz der alte Robbo.«

Also hatte es tatsächlich den von Grace erwähnten Ärger mit der Polizei gegeben. Da musste Sarah noch nachhaken. Bei dem, was Billy erzählte, war ihr eiskalt geworden.

Wenn Robbo wütend war, konnte alles Erdenkliche passieren.

»Sie sind einfach raus?«

Billy nickte. »Und nicht wiedergekommen. Ich konnte sie draußen auf dem Parkplatz sehen. Sie haben geredet, schätze ich. Vielleicht auch gestritten. Und als ich das nächste Mal nach draußen guckte, waren sie weg.«

Er wischte den Holztresen mit einem Lappen, was wohl heißen sollte, dass das Gespräch beendet war.

»Noch eine Runde für euch zwei?«

Sarah sah zu Jack, ob er glaubte, dass hier noch mehr zu erfahren war. Sie jedenfalls hatte den Eindruck, dass Billy ihnen alles gesagt hatte, was er wusste.

Nicht, dass es viel gewesen wäre.

»Für mich nicht«, antwortete Jack.

Billys Augen waren auf ihn gerichtet, als ahnte er, dass der Amerikaner hier die Fäden zog.

»Ich möchte auch nichts mehr.« Sarah stellte ihr halb ausgetrunkenes Bierglas ab.

Die Einheimischen sahen ihnen bis zur Tür nach, und Sarah kam sich vor wie eine russische Spionin im Kalten Krieg. Sie verließ den Pub mit Jack und trat hinaus in die kühle Luft des Sommerabends.

Unweigerlich fragte sie sich mit einem Anflug von Furcht:

Was tun wir hier eigentlich?
Und vor allem ... wohin wird es führen?

Kaum waren sie draußen, sagte Jack: »Wir wär's mit einem kurzen Abendessen? Eindrücke notieren und miteinander vergleichen?«

Sarah sah auf ihre Uhr.

»Tut mir leid, Jack, aber nach dem gestrigen Abend habe ich den Kindern gesagt, dass ich heute zeitig zu Hause bin und für sie koche.«

Jack schmunzelte. »Kein Problem. Was halten Sie davon, wenn ich Sie später anrufe?«

»Klar. Denken Sie, wir sollten mit Robbo sprechen?«

»Oh ja! Wissen Sie, wo er arbeitet?« Auf ihr Kopfschütteln hin fuhr er fort: »Können Sie das in Erfahrung bringen? Wir müssen ihn morgen mal besuchen.«

»Mach ich. Soll ich Sie mitnehmen?«, fragte Sarah.

»Nein, ich komm schon klar. Ist ein schöner Abend für einen Spaziergang. Fahren Sie jetzt ruhig nach Hause.«

Mit einem Nicken drehte er sich um und ging Richtung Brücke. Sarah blickte ihm nach, wie er lässig den Hügel hinunterschlenderte.

Abendessen? Wann hatte ihr das letzte Mal jemand vorgeschlagen, gemeinsam essen zu gehen?

9. Ein Besuch auf dem Bauernhof

Sarah saß auf dem Fensterplatz im Huffington's und trank ihren Kaffee. Donnerstags ging sie normalerweise erst nachmittags ins Büro, was allerdings nicht bedeutete, dass sie den Vormittag freihatte.

Es hieß lediglich, dass sie einen halben Tag zu Hause mit der wöchentlichen Wäsche, dem Schrubben des Küchenfußbodens und dem Aufräumen der Zimmer verbrachte. Anschließend machte sie einen Großeinkauf im Supermarkt und warf nach der Rückkehr noch einen Blick auf das Unkraut im Vorgarten, um wieder mal festzustellen, dass ihr die Zeit fehlte, sich darum zu kümmern.

Heute jedoch sollte es ein echter freier Vormittag werden. *Es sei denn*, dachte sie, *man betrachtet es als Arbeit, Privatdetektivin zu spielen.*

Vor sich hatte sie einen Notizblock voller Gekritzel über Sammi und die Sachen, die sie in den letzten paar Tagen erfahren hatte. *Notizblöcke lösen Fälle*, hatte Jack ihr gesagt.

Sie bezweifelte es, aber es war erstaunlich, wie viel sie in den letzten vierundzwanzig Stunden über Sammis Leben in Erfahrung gebracht hatte. Und auch über das anderer Leute hier.

Einige Anrufe bei Freunden hatten ein paar recht unappetitliche Geschichten über Robbo zutage gefördert, unter anderem Anzeigen von Freundinnen wegen tätlicher Gewalt – von denen es die meisten anscheinend nie vor Gericht geschafft hatten.

Keine Zeugen.

Oder Zeugen, die nie erschienen, wenn sie ihre Aussage machen sollten.

Doch bei dem jüngsten Vorfall war es am Ende zu einer Verurteilung zu drei Monaten gekommen, weil er eine junge Frau in einem Club geschlagen hatte. Er war gerade erst auf

Bewährung aus dem Gefängnis und arbeitete auf einer Farm ein paar Meilen außerhalb Cherringhams.

Es war unwahrscheinlich, dass er dem Leiter der Farm von seiner Haft erzählt hatte. Diese Ansicht vertrat jedenfalls Jack, als Sarah ihn am Telefon auf den neuesten Stand brachte. Das wiederum könnte ein geeignetes Druckmittel für sie sein, um Robbo zum Reden zu bringen.

Draußen wurde gehupt, und Sarah sah auf.

Ein kleiner grüner Sportwagen bog auf den Parkplatz am Markt ein, gleich gegenüber vom Café. Es war ein Austin Healey Sprite mit heruntergelassenem Verdeck. *Schicker Wagen,* dachte Sarah. Der Fahrer winkte. Es war Jack, der eine Pilotenbrille auf der Nase hatte und viel zu groß für den Zweisitzer wirkte.

Wahrlich eine Überraschung: Jack in einem Sportwagenklassiker aus den Sechzigern?

Sie trank ihren Kaffee aus, schnappte sich ihren Notizblock und ging nach draußen.

Als sie die Straße überquerte und in das Auto stieg, musste sie sich nicht umdrehen, um zu wissen, dass die Stammkunden im Huffington's bereits rege über ihre aufkeimende Beziehung mit »dem Amerikaner« diskutierten.

Beim Einfädeln in den Verkehr musste sie den Impuls unterdrücken, den Leuten nach Königinnenart zuzuwinken ... oder zwei Finger zu recken?

Mit offenem Verdeck war es viel zu laut, um sich zu unterhalten. Während der kurzen Pause vor einer roten Ampel oben an der High Street bat Jack um eine Wegbeschreibung.

»Hier links auf die Hauptstraße, dann kommt nach ein paar Meilen eine Abzweigung. Ich schreie rechtzeitig.«

Die Ampel sprang auf Grün, und mit einem knatternden Röhren brausten sie in östliche Richtung raus aus Cherringham.

Als sie sich der engen Biegung näherten, verringerte Jack die

Geschwindigkeit des Sprite so stark, dass sie kaum Schritttempo fuhren, und beugte sich auf seinem Sitz nach vorn, um besser sehen zu können. Die Trockenmauern zu beiden Seiten der schmalen Landstraße waren oben von Hecken bewachsen, sodass man unmöglich sehen konnte, ob jemand aus der entgegengesetzten Richtung kam.

Und Jack hatte in England die Erfahrung gemacht, dass der Gegenverkehr normalerweise doppelt so schnell fuhr wie erlaubt.

»Soll ich ans Steuer?«, fragte Sarah neben ihm.

»Nein, ich komme schon klar«, erwiderte er und versuchte, nicht die Stirn zu runzeln.

»Hier ist jede Menge Platz zum Ausweichen.«

»Nicht aus meiner Warte.«

»Egal«, sagte sie. »Wir haben ja den ganzen Tag Zeit.«

Jack warf ihr einen flüchtigen Blick zu. Zog sie ihn auf? Könnte sein.

Früher hatte sich Kath auf die gleiche Weise über ihn lustig gemacht. Weil er so vorsichtig war.

Auf die Art habe ich dreißig Jahre auf der Straße überlebt, Madam, ohne ein einziges Mal angeschossen zu werden, hatte er ihr stets erklärt.

Und du bist sicher, dass es nicht daran gelegen hat, dass du immer als Letzter am Einsatzort eingetroffen bist?, war für gewöhnlich ihre Entgegnung gewesen.

Doch heute hatte er eine andere Beifahrerin. Und solange sie in diesem Land Straßen bauten, die sich eher für Pferde als für Autos eigneten, würde er fahren, wie es ihm am sichersten erschien.

Die Straße wurde endlich breiter, sodass man ein wenig von der Landschaft zu sehen bekam. Hier oben war Jack noch nie gewesen. Die Umgebung bestand größtenteils aus Weideland; zudem gab es verstreut eigenartige Farmgebäude aus schwerem, honigfarbenem Stein.

In der Ferne konnte er Hügel sehen und die Umrisse des gewaltigen Hangars der RAF Belton, eines der belebtesten Militärflughäfen des Landes.

Dies waren nicht die Cotswolds, wie Touristen sie kannten: nichts von wegen Pralinenschachtel-Idylle – sondern Agrarwirtschaft par excellence. Und im Winter dürfte es hier oben karg und stürmisch sein.

»An der nächsten T-Kreuzung nach links«, instruierte Sarah ihn.

Er befolgte ihre Anweisung.

»Da ist die Clay Farm«, sagte sie und zeigte auf ein weit geöffnetes Tor sowie einen Kiesweg, der zu einem schmucklosen Bauernhaus aus den Sechzigern führte. Jack bog ein und steuerte auf einen zementierten Platz vor einigen Scheunen zu, wo schwere Traktoren und Auflieger parkten.

Die Farm wirkte verlassen.

Jack stellte den Motor ab. Hinter den Scheunen waren Geräusche von schweren Maschinen zu hören.

»Übernehmen Sie wieder das Reden?«, fragte Jack.

»Klar«, antwortete Sarah.

Sie sah nervös aus, fand Jack, als sie beide aus dem Wagen stiegen.

»Dieser Robbo tut Ihnen nichts, Sarah.«

»Das müssen Sie mir nicht erzählen. Falls es aussieht, als würde ich ihn schlagen wollen, halten Sie mich auf, okay?«

Jack nickte – und ermahnte sich im Geiste, keine Mutmaßungen mehr über sie anzustellen. Sarah konnte sehr gut allein auf sich aufpassen. Oder zumindest glaubte sie das.

Sie machte sich auf den Weg an der ersten Scheune vorbei, und Jack folgte ihr.

Sarah erkannte Robbo sofort, auch wenn er ihnen den Rücken zukehrte. Er war groß und drahtig, hatte das lange schwarze Haar zum Zopf gebunden und unter einen orangen Helm geschoben. »Mein italienischer Einschlag«, hatte er es früher in der Schule genannt. Nicht, dass er jemals in Italien gewesen wäre.

Jetzt stand er neben einer grellgrünen Hackschnitzelmaschine und fütterte sie träge mit abgesägten Ästen von einem Stapel auf dem Zementboden. Der Schredder fraß das Holz gierig und spie die Schnitzel hinten in einen Trichter.

Sarah ging vorsichtig um ihn herum, um Robbo nicht zu erschrecken, und bedeutete ihm, die Maschine abzustellen.

Ohne den Blick von ihr abzuwenden, beugte er sich vor, drückte einen Knopf, und der Schredder kam klackernd zum Stehen. Dann nahm er seinen Helm ab, zog seine Ohrstöpsel heraus und blickte hinüber zu Jack.

»Na, wenn das nicht die Admiralstochter ist«, sagte er und lehnte sich mit dem Rücken an die Maschine.

»Robbo.«

»Was wird das hier? Bock auf eine kleine Bauernhofnummer?«

Sarah hatte seit zwanzig Jahren nicht mehr mit ihm gesprochen, dennoch fiel ihr schlagartig wieder ein, wie er andere auf dem Schulhof tyrannisiert hatte. Bei Sammi oder ihr war es ihm jedoch nie gelungen.

»Ist eine Weile her, was?«

Er zuckte mit den Schultern und sah wieder zu Jack.

»Sind ein bisschen alt für sie, hä? Ich hoffe, Sie wissen, wo die schon gewesen ist.«

Jack lächelte, und Sarah fragte sich, wie er hierauf reagieren würde.

»Robbo – ist es okay, wenn ich Sie Robbo nenne?«, erkundigte sich Jack.

Robbo schien einen Moment verwirrt von Jacks Höflichkeit. Wieder zuckte er mit den Schultern.

»Gut«, sagte Jack und trat einen kleinen Schritt näher. »Also, es geht um Folgendes, *Robbo*. Erinnern Sie sich, dass Sie neulich Abend unten im Ploughman waren?«

»Kann schon sein.«

»Wie auch immer ... Robbo ... Es hat sich herausgestellt, dass Sie der Letzte waren, der unsere Freundin Sammi lebend gesehen hat.«

»Was soll das werden? Wer zum Henker sind Sie überhaupt?«

»Tja, kurz nachdem Sie und Sammi den Pub verlassen hatten, lag sie tot im Fluss. Das wissen Sie natürlich. Er weiß es doch, nicht wahr, Sarah?«

Sarah begriff, was Jack vorhatte.

»Oh ja, ich denke, das weiß er, Jack. Robbo ist ein cleverer Bursche. Er guckt viel Fernsehen. Du guckst doch viel, nicht, Robbo? Krimiserien, oder?«

»Kann sein. Aber ich weiß nicht, was ...«

»Nun, Robbo«, fiel Sarah ihm ins Wort, »du weißt doch, dass es immer der Letzte ist, der das Opfer lebend gesehen hat, den man verdächtigt.«

Sie lächelte ein klein wenig.

»Verdächtigt? Was für ein Verdacht soll das denn sein?«, fragte Robbo. Er war jetzt noch verwirrter, ähnlich einem Boxer, der einen Schlag kassiert hatte und sich nicht mehr richtig an die Abläufe erinnern konnte.

»Mordverdacht natürlich«, antwortete Jack.

Robbo blinzelte heftig.

»Wer sagt, dass sie ermordet wurde? Sie ist reingefallen, oder nicht? Das sagen alle.«

»Die Cops inzwischen nicht mehr, Robbo«, entgegnete Jack. »Sie denken, dass es womöglich doch Mord war. Und da Sie auf Bewährung sind ...«

»Woher wissen Sie das?« Er blickte sich ängstlich um. »Sie können nicht rumlaufen und solchen Mist erzählen. Und wer sind Sie eigentlich?«

Robbo begann sich nervös von einer Seite zur anderen zu bewegen. Sarah trat einen Schritt zurück.

Das kriegt jetzt etwas von einem Kreistanzspiel.

»Aber, Robbo, hast du deinem Boss etwa nicht gesagt, dass du auf Bewährung bist?«, fragte sie. »Das solltest du unbedingt – ich meine das ernst.«

Sie sah, wie er die Hände zu Fäusten ballte.

»Komm mir nicht blöd, du blöde …« Er fing sich wieder. »Wenn er das hört, bin ich meinen Job los.«

Sieh an! Robbos Selbstbewusstsein war verpufft. Sarah gewann den Eindruck, dass sie ihn bestens unter Kontrolle hatte. Sie blickte hinüber zu Jack, der kaum merklich nickte. Zeit für die Daumenschrauben …

»Du hast ganz andere Sorgen als deinen Job, Robbo. Wir reden hier von Mord, schon vergessen?«

»Ich hab sie nicht umgebracht. Ich hab bloß mit ihr geredet!«

»Und wann war das, Robbo? Im Pub?«

Robbos Blick huschte von ihr zu Jack und zurück zu ihr.

»Wenn ich euch das erzähle, könnt ihr mir dann die Polizei vom Hals halten?«

»Sicher doch, Robbo«, sagte Sarah. »Wir wollen nichts weiter, als herausfinden, wer Sammi ermordet hat. Und wir haben kein Interesse daran, dass die Polizei ihre Zeit mit der Ermittlung gegen Unschuldige verplempert.«

Robbo atmete tief durch.

»Na gut! Ich erzähle euch, was passiert ist. Ich hab mir unten im Ploughman das Spiel auf dem großen Bildschirm angeguckt. Mit den Jungs, klar? Jedenfalls kommt sie rein, total bussi-bussi-mäßig drauf. Ich hatte sie ja ein paar Jahre nicht gesehen, und sie wollte dringend eine Linie ziehen. Sie war wohl wegen was nervös oder so.«

Robbo schniefte, als würden auch seine Nasenlöcher regelmäßig zweckentfremdet.

»Und?«, fragte Sarah.

»Na, ich hatte was dabei, und da hab ich ihr gesagt, sie kann eine Linie kriegen. Aber das habe ich ihr nicht verkauft, klar? Ich bin kein Dealer. Und dann hat sie angefangen, mit mir zu streiten. Hat mich richtig angeblafft und mir allen möglichen Scheiß erzählt. Also habe ich sie geschnappt und nach draußen gebracht.«

»Dann sind Sie beide auf den Parkplatz, nicht?«, hakte Jack nach.

»Stimmt. Sie hat sich bald wieder eingekriegt, und wir sind ein bisschen spazieren gegangen. Danach haben wir uns in ihren Wagen gesetzt.«

»Sie hatte ein Auto?«, fragte Sarah.

»Ja. Und so wie das roch, war es neu.«

»Was für ein Modell war das, Robbo?«, wollte Jack wissen.

»Keine Ahnung. Ich hab eine Linie gezogen und kein beschissenes Auto kaufen wollen!«

»Und was ist dann passiert?«, fragte Sarah rasch.

»Wir sind in den Wagen, und sie ist wieder ganz nett und zahm gewesen. Wir haben jeder eine Linie gezogen, haben zusammen gelacht. Sie hat gesagt, dass sie hergekommen ist, um sich irgendeinen Typen vorzuknöpfen. Irgendeinen reichen Typen, der sie wie Dreck behandelt hat, hat sie gesagt.«

»Hat sie gesagt, wen?«, erkundigte sich Sarah.

»Ich hab sie nicht gefragt, wieso auch? Geht mich doch nichts an. Ich dachte, zwischen mir und ihr läuft vielleicht noch was, wenn ihr versteht, was ich meine.«

»Aber da lief nichts?«, wollte Jack wissen.

»Nee.«

»Und dieser Typ – hat sie irgendwas über ihn gesagt?«, hakte Sarah weiter nach.

»Nee. Bloß, dass er stinkreich ist. Und dass er auch in London richtig nobel wohnt.«

»Aber er war von hier?«

»Glaub schon.«

»Und was ist dann passiert?«, fragte Jack.

»Dann fing sie an zu flennen. Ich hasse das, und darum hab ich ihr gesagt, dass ich in den Pub zurückgehe.«

»Wie spät war es da?«, erkundigte sich Sarah.

»Weiß nicht. Ungefähr Mitternacht. Der beknackte Pub war zu, als ich zurückkam, und ich bin nach Hause gegangen. Und wir hatten das Spiel verloren. Ein total beschissener Abend.«

»Ja, für Sammi war er auch nicht so toll«, sagte Sarah.

»Als Sie sie zuletzt gesehen haben, Robbo, wo war sie da?«, fragte Jack.

»Saß heulend in ihrem Wagen«, antwortete Robbo. »Völlig hinüber.«

Sarah blickte auf seine Jammermiene und fühlte, wie in ihr die Wut hochkochte. Am liebsten hätte sie ihn gegen seine Hackschnitzelmaschine gestoßen und ihn so fest geboxt, wie sie konnte – für Sammi.

Sie spürte Jacks Hand auf ihrer Schulter.

»Ich schätze, Robbo hat uns alles erzählt, was wir brauchen, Sarah, meinen Sie nicht auch? Falls er etwas vergessen hat, können wir jederzeit wiederkommen und uns mit ihm unterhalten. Oder mit seinem Boss.«

Sie beobachtete, wie Jack sich zu Robbo umdrehte, eine Hand auf dessen Schulter legte und ihn ziemlich streng fixierte.

»Das macht Ihnen doch nichts aus, oder, Robbo? Es könnte sehr ungemütlich werden, wenn Sie nicht ehrlich zu uns waren.«

Sarah sah Robbo an und bemerkte, wie er unter Jacks Blick zusammenschrumpfte.

»Nein, macht mir nichts aus. Und ich hab die Wahrheit gesagt, echt, Mann.«

Sarah entging nicht, dass Jack ihm zulächelte, bevor er sich wieder zu ihr wandte.

»Kommen Sie, Sarah. Ich weiß nicht, wie es mit Ihnen ist, aber ich könnte ein wenig frische Luft brauchen.«

Zusammen gingen sie zum Wagen zurück.

10. Alle Wege führen ins Nichts

Sarah starrte unglücklich auf ihren Computerbildschirm. Egal, wie man sie schnitt, tönte oder rahmte: Bilder von Särgen und Leichenwagen sagten immer nur eines ...

Tod.

Bassett and Son's Funeral Directors. Wieso ausgerechnet in dieser Woche dieser Auftrag? Wo sie doch im Moment an nichts anderes denken konnte als an Sammi.

Im Fluss treibend.

Auf einem Metalltisch in der Gerichtsmedizin liegend.

Zu finster, dachte sie.

Und Robbos Informationen hatten sie keinen Schritt weitergebracht. Laura von dem Maklerbüro unten hatte ihr diverse Grundbuch- und Immobilien-Websites für die Gegend hier genannt, doch auf diese Weise den richtigen reichen, älteren Mann aus Cherringham zu finden, der ein Haus in London hatte und jüngere Frauen aushielt, war unmöglich.

Im Dorf lebten fast dreitausend Menschen, und Sarah hatte einfach zu wenig in der Hand.

Sie sah auf die Uhr. Sechs. Grace war nach Hause gegangen. Und um sieben sollte sie, Sarah, mit den Kindern zum Abendessen bei ihren Eltern sein.

Alle würden sich tadellos benehmen müssen. Und es würde Verhöre über Schulnoten geben und all diese Fragen ...

Hatte sie jemanden kennengelernt? Wie kam sie in dem kleinen Haus zurecht? Es wäre sicher schöner für sie, wieder zu ihnen zu ziehen! Hatte sie von Oliver gehört? Keine Ehe war jemals so zerrüttet, dass sie sich nicht wieder kitten ließe, nicht wahr?

Sie musste sich wappnen.

Das Telefon klingelte, und Sarah nahm sofort ab.

»Ja?«

»Wow! Was ist aus dem guten, alten Hallo geworden?«

»Ach, Jack, entschuldigen Sie. Es ist einer dieser Tage.«

»Aha? Haben Sie unseren reichen Sugar-Daddy aufgespürt?«

»Das ist wie eine Nadel im Heuhaufen suchen. Sie wissen doch, wie viele Wohlhabende in dieser Gegend wohnen, und von denen haben die meisten auch Häuser oder Wohnungen in London. Ich brauche mehr Informationen.«

»Leider haben wir die nicht«, sagte Jack. »Ich habe mir überlegt, dass wir vielleicht mit der Frau reden sollten, die Sammi gefunden hat. Wie hieß sie noch?«

»Lou Tidewell. Sie arbeitet im Wohlfahrtsladen. Wir können morgen Vormittag mit ihr sprechen.«

»Geht klar. Wir müssen sowieso Ergebnisse miteinander vergleichen.«

Plötzlich kam Sarah ein Gedanke, wie der Abend erträglich werden könnte.

»Jack, was haben Sie eigentlich heute Abend vor? Lust auf ein Abendessen? Ich bin bei meinen Eltern eingeladen. Meine Mum kocht außergewöhnlich, und mein Dad mag Amerikaner.«

Zunächst herrschte Stille am anderen Ende der Leitung.

»Wieso nicht? Ich habe schon seit Jahren keine richtige Hausfrauenküche genossen.«

»Super. Ich hole Sie um sieben ab.«

Sie legte auf und lachte.

Armer Jack. Was hatte sie nur getan?

11. Familienangelegenheiten

In der Stille kaute Jack extra langsam. Von den beiden Tischenden aus musterten ihn Sarahs Mutter Helen und ihr Vater Michael. Ihm gegenüber bemühten sich Sarahs Kinder, Chloe und Daniel, nicht zu kichern, und guckten ihn mit großen Augen an.

Und Sarah neben ihm wirkte nervös.

Sie saßen im abendlichen Sonnenschein auf der breiten Terrasse von Sarahs Eltern, von der aus sich ein perfekt gestutzter Rasen bis hinunter zur Themse erstreckte.

Wirklich nett hier, dachte er.

Jack hatte sich für Hemd, Krawatte und Blazer entschieden – und das war eindeutig die richtige Wahl gewesen.

»Ich tippe mal … Ich glaube, ich schmecke … Datteln?«, sagte er.

»Ah, sehr gut!«, befand Helen.

»Und Thunfisch? Nein, nein, warten Sie – Anchovis? In Balsamico-Essig?«

»Bravo, Jack!«, lobte Michael. »Das ist ganz was Neues, nicht wahr, Helen? Bisher hat noch keiner dein Salatdressing enträtselt!«

»Eine recht ungewöhnliche Kombination, findest du nicht auch, Jack?«, fragte Sarah. »Ich wette, das hattest du nie in New York.«

Jack lächelte sie an. Sie wusste genau, was er gerade durchmachte. Auf der Fahrt hatten sie sich auf das Du geeinigt, um die Situation bei ihren Eltern nicht noch bizarrer zu machen, als sie ohnehin sein würde.

»Nein«, antwortete er. »Ich glaube nicht, dass ich schon einmal so etwas gekostet habe.«

Und das stimmte fürwahr. Sarahs Mutter hatte womöglich das schlimmste – und doch auf seltsame Art einfallsreichste – Essen kreiert, das er in seinem Leben herunterbekommen musste.

»Einer der Vorzüge einer Militärfamilie, Jack«, erklärte Michael. »Man wird alle drei Jahre entwurzelt und irgendwo hingeflogen. Stützpunkte. Botschaften. Naher Osten, Mittlerer Osten, alle möglichen Osten.«

»Daher die *vielen* Einflüsse, die meine Küche bereichern!«, verkündete Helen stolz.

»Das muss schwer für dich gewesen sein, Sarah«, sagte er, denn ihre ironische Bemerkung von eben durfte nicht unerwidert bleiben. Er trank einen großen Schluck Wein. Ihm war bewusst, dass er sie zum Lachen provozierte, und sie hatte ihre liebe Not, sich zusammenzunehmen.

»Unsinn!«, rief Michael. »Die vielen Reisen! Sarah hat dadurch Dinge fürs Leben gelernt, um die sie Gleichaltrige immer beneideten.«

»Ach ja?«, fragte Jack.

»Und ob sie das hat«, sagte Daniel. »Meine Mum kann mit einem Maschinengewehr umgehen, damit schießen und einen Lastwagen fahren!«

»Sehr gut, Daniel«, lobte Michael ihn. »Allerdings wäre der technisch korrekte Ausdruck wohl ‚eine SA80 zerlegen‘.«

Sarah zuckte mit den Schultern.

»Auf Zypern dachten einige der Männer aus dem Regiment, dass es sich mal als praktisch erweisen könnte.«

»Ich kann mir dich nicht so recht in Uniform vorstellen, Sarah«, meinte Jack.

»Nicht, dass sie es nicht versucht hätte, was?« Michael zwinkerte seiner Tochter zu. »Am Ende wurde sie dann doch ein bisschen zu schwierig, und wir mussten sie nach Hause verschiffen. Dann endete mein Dienst bei der RAF, und wir sind hierher zurückgezogen. Was wir nie bereut haben, was, Schatz?«

»Nie!«, bestätigte Helen. »Dies ist unser kleines Stück vom Paradies. Da stimmen Sie mir doch gewiss zu?«

»Es ist sehr hübsch«, pflichtete Jack ihr artig bei.

Und das war es. Sarah hatte ihn gewarnt, dass ihre Eltern gern alles »tipptopp« hatten, und das weiße Haus mit den Stuckdecken und Zierelementen an der Fassade wie auch der Garten bewiesen es hinlänglich. Ihr Vater bezog zwar eine gute Pension von der Royal Air Force, war aber zu Beginn seines Ruhestands noch jung genug gewesen, um ein Consulting-Büro aufzuziehen. Er beriet Regierungen im Mittleren Osten in Verteidigungs- und Rüstungsfragen, was eindeutig üppig bezahlt wurde. Jack war nicht so dumm, zu viele Fragen zu stellen, auch wenn Helen und Michael derlei Hemmungen fremd waren und sie ihn ausführlich verhörten. Er musste sogar zugeben, dass sie ihm praktisch alles entlockt hatten: über seine New Yorker Wurzeln, die Polizei, das Hausboot, Riley – auch darüber, wie er Sarah kennengelernt hatte, und selbst über seine Aufenthaltserlaubnis …

Was ihn auf die Frage brachte, wer hier eigentlich der Ex-Cop war. Und ihm war natürlich klar, dass sie noch lange nicht fertig mit ihm waren.

»Also, Jack, Sie halten mich hoffentlich nicht für unhöflich, aber gibt es keine Mrs. Brennan in Ihrem Leben?«, fragte Helen.

Jack hatte mit dieser Frage gerechnet, und die Antwort darauf fiel ihm jedes Mal wieder schwer.

»Gab es, Mrs. Edwards. Sie ist vor zwei Jahren gestorben. Krebs.«

»Oh, das tut mir leid«, sagte Helen.

Jack bemerkte, dass es sehr still am Tisch wurde. Das »K«-Wort – ob man es flüsterte, umschrieb oder laut aussprach – hatte stets die gleiche Schockgefrierwirkung.

»Ist schon okay. Genau genommen bin ich deshalb unten auf dem Fluss gelandet. Kath und ich waren vor dreißig Jahren gemeinsam hier in der Gegend. Es gefiel uns so gut, dass wir uns fest vorgenommen haben, hier unseren Ruhestand zu verbringen. Und als sie starb, habe ich das gemacht. Nur ohne sie.«

»Nun, das ist gewiss … in ihrem Sinne«, meinte Helen unsicher.

Ganz gleich, wie oft Jack diese schlichte Geschichte erzählte, sie führte immer zu betretenem Schweigen.

Es muss eine bessere Art geben, das zu erklären, aber mir fällt ums Verrecken keine ein, dachte er.

»Auf geht's, Kinder, räumen wir mal ab«, sagte Sarah, stand auf und begann die Teller aufeinanderzustapeln.

Jack entging nicht, dass die Kinder es gar nicht erwarten konnten.

Sarah beobachtete, wie ihr Vater und Jack ein lockeres Gespräch miteinander führten. Nach dem Abendessen hatten sich die Erwachsenen hinunter in den Garten zur kleinen Holzterrasse am Fluss begeben, wo ihre Eltern im Sommer Sessel unter einem Baldachin aufstellten.

Die Kinder saßen im Haus vor dem Fernseher. Auf der anderen Seite des Flusses ging die Sonne über Cherringham unter. Und von den eleganten Jachten am gegenüberliegenden Ufer drangen Gesprächsfetzen und Gläserklimpern zu ihnen.

Ihre Unterhaltung hatte sich auf Sammi verlegt.

»Ich meine ja nur, dass ihr vorsichtig sein müsst«, mahnte Sarahs Vater. »Unser Dorf braucht Touristen, und keiner mag Gerede über Mord. Vor allem nicht, wenn ein paar Auswärtige Dinge aufwühlen.«

»Ich bin ja wohl keine Auswärtige, Dad«, erwiderte Sarah.

Ihr Vater schenkte sich Rotwein nach.

»Du bist hier vielleicht zur Schule gegangen, aber danach verschwunden. Das macht dich sehr wohl zur Auswärtigen.«

»Wie lange war ich denn weg? Fünfzehn Jahre? Das ist nichts!«

»Trotzdem werden die Leute dich so sehen, wenn sie es wollen. Das Gleiche gilt für Sie, Jack. Nehmen Sie es bitte nicht persönlich, aber ein Amerikaner, der herumtrampelt wie ein Elefant im Porzellanladen? Das wird ihnen ganz und gar nicht gefallen.«

»Tja, da müssen sie wohl durch«, entgegnete Sarah. »Sammi war meine Freundin, und wenn jemand sie ermordet hat, muss er gefasst werden.«

»Es war vorprogrammiert, dass es mit ihr mal ein böses Ende nimmt, Sarah. Das haben wir schon immer gesagt, nicht wahr, Schatz?«, sagte Michael, sah zu seiner Frau und forderte sie mit seinem Blick auf, ihn zu unterstützen.

Sarah begann innerlich zu kochen.

Aus diesem Grund könnte sie nie – niemals wieder – bei ihren Eltern leben. Die beiden waren bisweilen *derart* voreingenommen! Und Sammi war ihre *beste* Freundin gewesen; hatte ihre Mutter das etwa vergessen?

»Sie haben natürlich recht, Michael«, lenkte Jack rasch ein. »Nichts kann übler sein als Kleinstadtpolitik, was?«

»Haargenau«, pflichtete Michael bei.

Sarah funkelte Jack wütend an. Erkannte er denn nicht, dass sie Verstärkung brauchte?

»Also, erzählen Sie mal«, fuhr Jack fort. »Stören Sie die großen Boote da drüben manchmal?«

Ihr Vater drehte sich zu den Jachten um.

»Nein, die bleiben eigentlich unter sich, um ehrlich zu sein. Wir hören hin und wieder was, wenn es bei einer Dinnerparty etwas lauter wird, aber die Leute, die hier unten anlegen, wollen normalerweise ein bisschen Ruhe.«

»Sind das Einheimische?«

»Nicht unbedingt. Manche von ihnen kommen für ein Wochenende oder höchstens eine Woche. Viele fahren mit dem Boot aus London her und schippern sonntagabends wieder flussabwärts.«

»So ein Liegeplatz ist sicher nicht billig, was?«, fragte Jack.

»Nein, ist schon teuer hier, wie Sie eigentlich wissen müssten. Aber oben in London würden die Zehn- bis Zwanzigtausend im Jahr zahlen.«

Jack sucht Sarahs Blick, und sofort begriff sie, was er meinte.

Sammis Gönner musste nicht zwangsläufig eine Wohnung in London besitzen.

Er könnte dort eine Jacht haben.

Und das wiederum würde es sehr viel einfacher machen, ihn aufzuspüren. Sie bräuchten lediglich die Bootsregister mit dem Wählerverzeichnis von Cherringham zu vergleichen.

Sarah nickte ihm zu und stellte fest, dass sie ihre Wut auf ihren Vater völlig vergessen hatte. Es war eine gute Idee gewesen, Jack mit herzubringen.

Weil wir soeben einen Durchbruch erzielt haben.

Während Sarah die Kinder in den RAV4 lud, verabschiedete sich Jack dankend von Mr. und Mrs. Edwards, die nun an der Haustür standen.

»Sehen wir Sie am Samstag, Jack?«, fragte Helen. »Bei dem Konzert?«

»Oh, ich hatte eigentlich nicht …«

»Du liebe Güte, heißt das etwa, Sarah hat Sie gar nicht gefragt?« Helen war entsetzt. »Wir spielen Leoncavallos *Bajazzo*. Selbstverständlich nicht alles! Auszüge. Die besten Stellen.«

»Das ist eine schöne Oper«, sagte Jack.

»Ein Opernliebhaber sind Sie auch noch, Jack? Sie stecken ja voller Überraschungen«, konstatierte Michael.

»Für einen Amerikaner oder für einen Cop?«, fragte Jack.

»Sowohl als auch!«, rief Michael.

Jack lachte. Sarahs Vater sprach stets das aus, was er gerade dachte: eine Eigenschaft, die Jack an seiner Tochter ebenfalls festgestellt hatte. Kein Wunder, dass die beiden gerne aneinandergerieten.

»Es ist im Gemeindesaal, Beginn um Punkt sieben«, teilte Helen mit. »Ich lege eine Karte für Sie zurück. Vorausgesetzt natürlich, dass wir überhaupt auftreten. Unsere Solistin ist krank und hat die letzte Probe am Montagabend versäumt. Also drücken wir die Daumen, oder – Gott bewahre! – ich muss ihren Part übernehmen!«

»Bestimmt freut Jack sich schon jetzt drauf, Mum«, sagte Sarah und küsste ihre Mutter zum Abschied.

Jack wünschte allen eine gute Nacht und versprach Sarah, sie gleich am nächsten Morgen anzurufen. Er wollte nicht von ihr zurückgefahren werden, sondern am Fluss entlang zu seinem Boot zurückgehen.

Es war ein interessantes Abendessen gewesen, und er hatte über vieles nachzudenken. Und genau wie früher auf den Straßen Manhattans dachte er auch jetzt noch am liebsten alleine nach.

12. Das Covergirl

Sarah kam früh ins Büro.

Auf ihrem Schreibtisch entdeckte sie einen großen Umschlag. Sie öffnete ihn und zog einige Hochglanz-Layouts sowie eine Notiz von Grace heraus.

»Ich weiß ja, wie schwer du dich mit Bassett and Son's tust, also dachte ich, ich versuch's mal. Was meinst du? Taugt das was?«

»Taugen« war maßlos untertrieben, fand Sarah. Die Entwürfe waren perfekt: weit und breit kein Sarg in Sicht, nur ätherische Aufnahmen von Nebel und Flüssen. Da wurde der Tod beinahe zu einem attraktiven Lebensstil.

Na ja, vielleicht nicht unbedingt zu einem *Lebens*stil.

Welch netter Auftakt für den Tag! Und er wurde sogar noch besser, als sie sah, dass eine E-Mail von ihrem Freund Gary aus London gekommen war. In der schlimmsten Trennungsphase hatte sie Garys Computerkenntnisse genutzt, um das betrügerische Verhalten ihres Exmannes zu entlarven.

Was immer digitalisiert war, Gary konnte es aufspüren. Und auch jetzt war er fündig geworden …

Sie hatte Gary angerufen, als sie am Abend zuvor von ihren Eltern zurückgekommen war, und ihm von ihrer Idee mit dem Bootsregister erzählt. Gary hatte die beiden Register abgeglichen und ein halbes Dutzend Namen in Cherringham aufgetan, auf die Boote in London eingetragen waren.

Nur drei von ihnen waren gegenwärtig im Land, und von denen war einer in den Neunzigern.

Ein anderer kam eher nicht infrage, weil er mit einem Mann liiert war. Aber der dritte war sehr interessant.

Gordon Williams, seines Zeichens Millionär und Besitzer von Imperial SuperYachts. Auf ihn war eine fünfundfünfzig Fuß lange Luxusjacht am St. Katherine's Dock bei der Tower Bridge eingetragen. Zurzeit residierte er im Imperial House in

Lower Runstead. Das lag fünf Meilen am Fluss entlang von Cherringham entfernt.

War er Sammis Sugar-Daddy?

Sarah hinterließ eine »Tausend Dank«-Nachricht für Grace, rief Jack an, um ihn auf den neuesten Stand zu bringen, und eilte aus dem Büro.

Trotz Sarahs Widerrede bestand Jack darauf, dass er fuhr.

»Sieh es ein, ich brauche die Übung«, sagte er grinsend.

Sie hatte Williams angerufen und damit gerechnet, dass er ein Treffen ablehnte. *Würde das nicht jemand tun, der ein Sugar-Daddy mit Geheimnissen ist?* Stattdessen hatte Williams angeboten, dass sie sofort zu ihm kommen könnten.

Es war noch früh, sodass die Schlange an der Zollbrücke besonders lang war. Selbige Brücke zählte übrigens für Jack nach wie vor zu den kuriosesten Dingen hier.

Die Brücke war mittelalterlich. Und seit dem Mittelalter hatte sich eine Familie, die Bucklands, irgendwie das Recht gesichert, von allen Karren, Ponys, Autos und Lastwagen, die hier den Fluss überqueren und dann die Straße nach Cherringham benutzen wollten, eine Gebühr zu kassieren.

Zwei alte Damen saßen am Ende der Brücke in einer kleinen Bude mit Fenster und nahmen jedem Fahrer die fälligen zwanzig Pence ab.

Von Sonnenaufgang bis Sonnenuntergang.

Verblüffend.

An der Brücke war ständig eine Schlange. Und jedes Mal, wenn Jack in dieser Schlange stand, rechnete er. Und jedes Mal kam er zu demselben Ergebnis, nämlich dass die Buckland-Familie annähernd eine Million pro Jahr mit der Brücke verdienen dürfte.

Wer waren die beiden alten Damen? Waren sie Bucklands? Und falls ja – was zum Teufel machten sie mit dem ganzen Geld?

Wenigstens führte die Strecke nach Runstead über eine richtige Straße – mit weißen Linien und Tempolimit. Und auf dem Weg erzählte Sarah ihm von ihrem Telefonat mit Williams.

Williams hatte Sammi gekannt. Er war traurig, von ihrem Tod zu hören. Und er hatte nur eine Stunde Zeit:

Wenn Sie also bitte gleich kommen könnten …

Lower Runstead entpuppte sich als eines dieser verschlafenen kleinen Dörfer, in denen man nie eine Menschenseele auf der Straße sah.

Jack fuhr vorsichtig an schmucken Cottages und hohen Hecken vorbei, bis das Imperial House auftauchte. Das Gebäude war weit hinter hohen Mauern und einem imposanten Eisentor errichtet worden.

Als sie sich dem Anwesen näherten, schwangen die Torflügel automatisch auf. Mr. Williams hatte offenbar seine Sicherheitsleute informiert.

Während der Fahrt den langen Kiesweg hinauf gelangte Jack zu der Ansicht, dass es sich bei dem Imperial House um ein ehemaliges Gutshaus handelte, das man komplett modernisiert hatte. An allen Seiten waren Anbauten, und wahrscheinlich gab es im Souterrain einen Swimmingpool und einen Fitnessraum.

»Eher keine Immobilie für Leute wie dich und mich«, sagte Sarah neben ihm.

»Und dafür danken wir Gott. Guck dir bloß das ganze Gestrüpp an.«

Sie umrundeten einen Springbrunnen, der von einem super gepflegten Rasen umgeben war, und hielten neben einem großen schwarzen Range Rover Sport an. Das Fahrzeug war schlammbespritzt, wie Jack bemerkte. Ein junger Mann in T-Shirt und Jeans, groß und lässig, stand hinter dem Wagen und machte ihn mit einem Wasserschlauch sauber.

Jack entging nicht, dass der Typ Sarah zulächelte, als sie aus dem Wagen stieg. Auch nicht, dass Sarah sein Lächeln erwiderte.

»Schickes Auto«, meinte Jack. »Geht bestimmt ab wie eine Rakete, was?«

»Und ob«, antwortete der junge Mann. »Jedenfalls, wenn ich ihn mal fahren darf.«

»Wir wollen zu Mr. Williams«, sagte Sarah, die zu Jack trat.

»Klingeln Sie einfach. Irgendwer macht Ihnen schon auf.«

Doch noch ehe sie dazu kamen, öffnete sich die Haustür, und eine große braun gebrannte Gestalt erschien. Der Mann trug ein pinkfarbenes Polohemd, eine klassische Baumwollhose, einen Schlangenledergürtel und eine Rolexuhr. Das war der Boss – Gordon Williams -, wie Jack auf Anhieb klar wurde.

Und in welcher Beziehung der Besitzer dieses Anwesens zu Mr. Carwash stand, war ebenfalls sofort klar.

»Dad, soll ich innen auch sauber machen?«, fragte der Bursche. Da war keine Spur von Enthusiasmus in seinem Tonfall.

»Nein, außen reicht, Kaz«, beschied ihm Williams. Er hielt einen Moment inne, bevor er ergänzte: »Und fahr ihn hinterher in die Garage, ja? Danke!«

Sein Sohn nickte und spritzte weiter das Auto ab.

Williams schritt mit ausgestreckter Hand auf Jack und Sarah zu.

»Sehr freundlich, dass Sie beide gekommen sind«, sagte er mit einem charmanten Lächeln. »Hier entlang bitte. Kaffee steht auf der Terrasse bereit.«

Fast ohne anzuhalten, marschierte er weiter. Er ging voraus um das Haus herum, hinter dem mehrere Terrassen in Stufen bis zum Fluss hinunterführten. Ihnen bot sich ein fantastischer Blick auf die Wiesen und Wälder jenseits der Themse.

Jack sah sich um. *Sehr freundlich, dass Sie beide gekommen sind*, hatte Williams gesagt. Als hätte *er* sie eingeladen. Der Mann war interessant …

Neben einem großen elfenbeinweißen Sonnenschirm, der vor der Morgensonne schützte, waren ein Tisch und Stühle aufgestellt worden. Eine junge Frau in Dienstmädchenkleidung stand bereit, Kaffee und Tee einzuschenken. Williams bedeutete ihnen, sich zu setzen, und alle warteten höflich, bis das Mädchen ihre Getränke serviert hatte.

Jack beobachtete, wie Williams mit der eingeübten winzigen Bewegung eines einzigen Fingers der Bediensteten zu verstehen gab, dass sie gehen durfte.

»Also, Miss Edwards, wie ich schon am Telefon sagte, helfe ich gerne. Nur bin ich mir nicht sicher, ob ich Ihnen viel Neues über die arme Sammi erzählen kann.«

»Stimmt es, dass sie für Sie gearbeitet hat, Mr. Williams?«, erkundigte sich Jack.

»Nun, so würde ich es nicht bezeichnen. Sammi war das Gesicht von Imperial.«

Er nahm eine Broschüre vom Tisch auf und reichte sie Sarah.

»Wir bauen Luxusjachten, und Sammi war unser zentrales Model für die neue ‚C‘-Klasse-Baureihe. Genau genommen hat sie freiberuflich mit uns zusammengearbeitet, nicht *für* uns.«

»Dann kannten Sie sie nicht?«, fragte Jack.

Williams zögerte. »Nein, im Gegenteil. Wir haben Sammi sogar recht gut kennengelernt. Wir alle haben ja einen Monat zusammen beim Fotoshooting auf den Malediven verbracht.«

»Wir?«, fragte Sarah.

»Meine Frau Maureen, mein Sohn Kaz, den Sie eben gesehen haben, und ich.«

»Ist das nicht ungewöhnlich? Sie war doch bloß das Model, oder nicht?«, hakte Jack nach.

Williams lächelte Sarah an.

»Sie haben sie gekannt, nicht wahr, Miss Edwards? Daher verstehen Sie gewiss, wie schnell sie beim Shooting zu mehr als nur einem Model wurde. Solch ein reizendes Mädchen, so selbstlos und quicklebendig. Sie wurde zu einer richtigen Freundin, für uns alle.«

Jack versuchte, sich diese traute Viersamkeit auf einer Luxusjacht vorzustellen. Außergewöhnlich …

Und unglaubwürdig.

»Sie können sich denken, wie erschüttert wir waren, als wir von ihrem Tod hörten«, schloss Williams.

»Ja, sicher«, sagte Jack.

Er wartete und hoffte, dass Sarah das Schweigen nicht brach. Tat sie auch nicht. Sie wurde allmählich immer besser.

Eine Minute verstrich.

Williams unterbrach schließlich das Schweigen. »Also, was genau wollten Sie mich fragen? Ich habe nämlich einen sehr engen Zeitplan und muss wieder an die, ähm, Arbeit.«

»Ah, verstehe«, sagte Jack. »Entschuldigen Sie. Ich dachte, meine Kollegin hätte Ihnen bereits erzählt, warum wir Sie sprechen wollten.«

Williams zuckte mit den Schultern.

»Nun, nein, eigentlich nicht. Sie hat nur gesagt, dass es um Sammi geht und sie eine alte Freundin von ihr war.«

Jack lächelte und beobachtete Williams aufmerksam.

»Ah, das erklärt es. Nun, um auf den Punkt zu kommen, Mr. Wiliams, wir glauben, dass Sammi ermordet wurde. Möglicherweise von einem Mann aus dieser Gegend, mit dem sie eine Affäre hatte. Und wir haben uns gefragt, ob Sie irgendwas darüber wissen.«

Jack suchte nach einer verräterischen Geste.

Williams lehnte sich schockiert vor. »Ermordet? Aber das ist … Wenn Sie das glauben, müssen Sie sofort zur Polizei gehen, Mr. Brennan.«

»Da waren wir«, teilte Sarah ihm mit.

»Wir haben uns gefragt, wo Sie wohl in der Nacht waren, als Sammi starb«, sagte Jack.

Williams packte die Armlehnen seines Stuhls und zeigte eine sichtlich angespannte Körperhaltung.

»Ich denke nicht, dass Sie das Recht haben, mir solch eine Frage zu stellen.«

»Wir könnten auch der Polizei vorschlagen, Sie danach zu fragen«, entgegnete Jack.

Williams blickte zur Seite und dann wieder zu Jack. »Ich war in London auf der Bootsausstellung. Und Ihrer Frage nach nehmen Sie an, ich sei der ›Mann aus dieser Gegend‹?«

»Wir schließen nichts aus, Mr. Williams«, antwortete Sarah.

Williams stand auf.

»Das Gespräch ist zu Ende, bedaure. Offensichtlich sind Sie sehr getroffen von Sammis Tod. Genau wie wir auch. Aber passen Sie bitte auf, dass Ihre Fantasie nicht mit Ihnen durchgeht. Ich habe Sammi sehr gemocht, und ganz sicher hätte ich niemals gewollt, dass ihr irgendetwas zustößt.«

Während er sprach, bemerkte Jack, dass eine Frau aus dem Haus auftauchte.

Sie war größer als Williams, in einer eleganten engen Jeans und weißer Bluse, schlank, sonnengebräunt und in den Fünfzigern.

Als sie zur Terrasse kam, ging Williams ihr entgegen und legte einen Arm um sie.

»Meine Frau Maureen.«

Jack nickte ihr zu.

»Maureen, unsere Gäste müssen leider gehen. Sie haben noch anderweitige Verpflichtungen.«

Mrs. Williams wirkte überrascht und enttäuscht.

»Oh, wie schade, dass ich Sie verpasst habe! Sie beide waren mit Sammi befreundet, nicht wahr?«

»Nur ich, Mrs. Williams«, korrigierte Sarah sie.

»Wie traurig«, sagte Mrs. Williams. »Sie war solch ein hübsches Ding. Ein Sonnenschein, stimmt's, Gordy?«

Williams nickte, ohne die Augen von Jack abzuwenden.

»Es sind immer die Besten, die uns genommen werden«, fuhr Mrs. Williams fort. »Meinen Sie nicht auch?«

Jack nickte wieder.

»Trotzdem möchte ich Ihnen mein Beileid aussprechen. Es ist so schrecklich, was passiert ist. Wir waren sehr traurig.«

Williams geleitete seine beiden Gäste höflich von der Terrasse und am Haus vorbei.

Kurz bevor sie hinter der Ecke verschwanden, schaute Jack sich um und sah, dass Mrs. Williams ihnen traurig nachwinkte, sich dann umdrehte und zu den fernen Hügeln hinüberblickte.

Glaubte sie wirklich, dass Sammi eine der »Besten« war?

Erzählte »Gordy« ihnen die Wahrheit?

Der Wahrheit über Sammi – ihr Leben, ihren Liebhaber und ihren Tod – waren sie keinen Schritt näher gekommen.

13. Die Grundprinzipien des Mordens

Sarah konnte nicht umhin, sich mit beiden Händen an der Beifahrersitzkante festzuhalten, als Jack fuhr.

Obwohl der Wagen klein war, steuerte Jack das Auto direkt am Straßenrand entlang und näherte sich jeder Kurve, als rechnete er damit, dass ihnen ein Panzer entgegendonnern würde.

Sie ertappte ihn dabei, wie er sie ansah.

»Nervös? Keine Bange, Sarah, langsam habe ich es raus. Diese tunnelartigen Straßen allerdings, bei denen man ... ich weiß nicht ...«

»Die Vorfahrt achten muss?«

»Richtig. Die scheinen alle extra als Unfallquellen gebaut zu sein.«

»Tja, Unfälle passieren schon mal.«

»Die Leute müssten hupen oder so ...«

»Das wäre nicht besonders britisch. Man erwartet schlicht, dass die Leute wissen, wie sie ...«

», Vorfahrt achten' – klar, auf telepathischem Wege.«

Sie wartete, während er die nächste Kurve nahm.

»Fällt dir etwas zu dem eben ein? Zu Williams?«

»Ich überlege noch.«

»Wie wäre es, wenn wir irgendwo auf ein Pint anhalten, dann kannst du laut überlegen«, schlug Sarah vor. »Es gibt einen hübschen Pub am Fluss ein Stück weiter: The Swan.«

»Gute Idee. Aber vielleicht gefällt dir nicht, was ich denke.«

Sarah zwang sich, ihre Hände von der Sitzkante zu lösen, sobald sie die Kurve hinter sich hatten. Diese gerade Strecke war wahrscheinlich ein alter römischer Weg und führte direkt zu dem Pub.

Als gehörte er zum Lokal, kreiste ein einsamer, etwas schmutzig und ramponiert wirkender Schwan in der Nähe auf dem

Wasser. Sarah und Jack setzten sich an einen Gartentisch dicht am Ufer.

»Der hofft offenbar auf Futter. Taugt das Essen was? Ich war noch nie hier.«

»Die üblichen Sachen kriegen sie schon hin … Fisch, Pommes, Braten.«

Sarah beobachtete, wie er von seinem Bier trank und schwieg. Erwartete er, dass sie ihn ausfragte. Oder behielten Detectives – echte zumindest – ihre Gedanken grundsätzlich lieber für sich?

Nein, in dieser Sache arbeiteten sie zusammen.

Also würde sie ihn jetzt fragen.

»Kam dir an Gordon Williams nichts verdächtig vor?«

»Habe ich das etwa gesagt? Verdächtigungen? Jeder hat die. Und, nein, ich kaufe ihm den Quatsch mit der glücklichen Familie, die mit dem Covergirl herumreist, nicht ab. Vielmehr kann ich mir gut vorstellen, dass der alte Gordy nicht nur väterliche Gefühle für deine Freundin empfand.«

»Dann könnte er ein Motiv gehabt haben, Sammi umzubringen.«

»Du siehst eine mögliche Schlussfolgerung, und dann springst du sofort auf sie an, hmm?«

Er grinste, und Sarah wurde klar, wie amateurhaft sie sich anhören musste.

»Das ist doch etwas, oder nicht?«

»Nun, bisher haben wir gar nichts. Obwohl Robbo verdammt schuldig wirkt, auch ohne Beweise. Oder Motiv.«

»Keines, von dem wir wissen.«

»Touché. Dann wäre da Sammis reizender alter Vater mit seinen Geldproblemen. Und was Gordy betrifft – könnte es eine Affäre gegeben haben, die schiefgelaufen ist? Möglich. Aber abgesehen davon, dass er uns umgehend rauswerfen wollte, als wir unbequeme Fragen stellten, habe ich nichts gesehen. Und wenn er sagt, dass er in London war, kannst du das sicher recht leicht überprüfen, nicht? Mithilfe deines Computerfreundes?«

»Wahrscheinlich.«

Sie trank von ihrem Bier. Die Sonne stand tief am Himmel und beschien sie beide mit goldenem Licht.

Sarah fiel plötzlich noch jemand ein. »Was ist mit Kaz?«

»Ja, der Sohn, der den Wagen wusch. Du meinst, er könnte was mit Sammi gehabt haben?«

Sarah hatte nun das Gefühl, dass sie überhaupt nichts in der Hand hatten.

Wieder lächelte Jack, als hätte er sie mit ihren Fragen genau dahin lenken wollen.

Sie hatten nichts.

»Du hast mir immer noch nicht gesagt, was du denkst.«

Er blinzelte in die Sonne.

»Ist ein hübscher Pub. Das ganze Land ist voll von ihnen.«

Jetzt sah er sie wieder an.

»Was ich denke? Ich halte es für durchaus möglich, dass genau das passiert ist, was die Polizei glaubt. Sammi hat sich umgebracht.«

»Nein.«

Jack zog die Brauen hoch.

»Du hast selbst gesagt, dass sie nicht flussaufwärts ertrunken sein kann.«

»Stimmt. *Das* ist nicht passiert. Aber sie stand unter Drogen. Da braucht es nicht viel. Wenige Schluck Wasser am Wehr.«

»Und warum am Wehr?«

»Warum nicht?«

Sie beugte sich über den Tisch. »Ich kenne Sammi. Und trotz allem, was sie durchgemacht hat – wie schlecht es ihr auch in London gegangen sein mag –, sie hätte sich nicht das Leben genommen.«

»Menschen können an den Rand der Verzweiflung gebracht werden, Sarah.«

So wie Jack es sagte, vermutete er anscheinend, dass Sarah selbst schon einiges hinter sich hatte – na ja, unglückliche Ehe, Scheidung, alleinerziehende Mutter.

Nichts davon ist besonders schön oder besonders einfach.

»Glaub mir, ich kannte sie. Sie war meine beste Freundin.«

Jack nickte. »Okay, das tue ich. Womit nur noch …« – er hob sein Bierglas in ihre Richtung – »… Mord bliebe.«

»Richtig.«

»Und wenn man nichts in der Hand hat – was in unserem Fall zutrifft –, bleibt nur eines.«

»Ich höre.«

»Zurück zu den Grundregeln für Mord und Ermittlung.«

»Fühlt sich wie ein Fortgeschrittenenkurs an.«

»Du darfst mitschreiben, wenn du willst. Aber eines der Grundprinzipien bei der Arbeit als Detective lautet: Wenn man gegen eine Wand läuft, wenn man absolut *nix* hat und nicht weiß, was man als Nächstes tun kann, dann geht es zurück auf ‚Los‘, wie wir Profis sagen.«

Sarah lachte. Er mochte manchmal sehr still sein, aber brachte sie ihn erst zum Reden, konnte er richtig witzig sein.

»Und was wäre ‚Los‘ in diesem Fall?«

»Sag du es mir, Sarah!«

Das IST ein Kurs.

Sie überlegte einen Moment.

»Die Frau, die Sammi gefunden hat. Lou Tidewell.«

»Stimmt. Wir nehmen an, dass sie der Polizei alles erzählt hat, was sie gesehen hat. Aber das ist bloß eine Annahme, und Annahmen können fatal sein. Buchstäblich.«

Jack trank sein Bier aus.

»Also müssen wir mit ihr reden.«

Doch jetzt schüttelte er den Kopf. »Nein, *du* musst mit ihr reden.«

»Wie? Hast du was Besseres vor?«

»Ja, ich will diesen Köder fertig machen. Schließlich habe

ich fest vor, herauszufinden, ob es wirklich Fische in diesem Fluss gibt. Aber ...«

Er stellte sein leeres Glas hin.

»Noch eins?«, fragte sie.

Er schüttelte den Kopf.

»Ich bin der Frau nie begegnet, doch ich könnte mir vorstellen, dass wir gar nichts erfahren, wenn wir zu zweit aufkreuzen und einer von uns ein Amerikaner ist, der viele Fragen stellt. Wir haben eine weit größere Chance, wenn du alleine zu ihr gehst. Stell Fragen. Finde raus, ob die Polizei irgendwas übersehen hat oder ob ihr inzwischen etwas wieder eingefallen ist, das wichtig sein könnte.«

Sarah nickte, auch wenn sie sich ganz und gar nicht sicher war, dass sie diese Befragung allein durchführen wollte. Andererseits freute sie sich, dass Jack es ihr zutraute.

»Musst du gleich nach Hause zu den Kindern?«

»Ich sollte ihnen bald ihr Abendessen machen. Aber ich habe noch Zeit, auf dem Heimweg bei Lou vorbeizusehen. Sie wohnt nicht weit vom Wehr entfernt. Wenn sie zu Hause ist, versuche ich, mit ihr zu sprechen.«

Er nickte.

»Und du? Willst du zu deinem Köder zurück?«

»Ähm, nein. Ehrlich gesagt, habe ich noch etwas anderes vor.«

»Und das wäre?«

»Im Interesse eines glaubwürdigen Leugnens erzähle ich es dir lieber erst hinterher. Falls etwas passiert.«

»Planst du irgendwas Illegales?«

Er blickte auf seine Uhr. Die Sonne stand inzwischen unten am Horizont, und die sanfte Brise vom Fluss fühlte sich richtig kühl an.

»Habe ich das gesagt?«

Jack stand auf. »Morgen Vormittag vergleichen wir unsere Notizen. Jetzt bringe ich dich erst mal sicher ins Dorf zurück.«

Sarah ließ ihr halb volles Pint stehen und folgte ihm. »Und denk ans ‚Vorfahrt achten'!«

»Unbedingt.«

14. Auf »Los«

Sarah klopfte an die Cottage-Tür. Aus einem kleinen Pflanz-kübel neben dem Eingang quollen farbenfrohe Blumen. Sarah hörte drinnen den Fernseher plärren, deshalb klopfte sie noch einmal etwas lauter.

Der Fernseher verstummte, und Sekunden später stand Lou Tidewell an der Tür.

Zwar kannte Sarah sie nicht gut, doch Lou war mit ihrem Hund und ihrer rustikalen ländlichen Kleidung ein vertrauter Anblick im Ort und in seiner Umgebung. Lou nutzte zum Beispiel jeden Vorwand, leuchtend grüne Gummistiefel zu tragen.

Wusste sie überhaupt, wer Sarah war? Auch konnten die Leute im Dorf sehr wählerisch sein, wenn es darum ging, mit wem sie redeten.

»Mrs. Tidewell …«, begann sie, als Lou die Tür weiter öff-nete.

»Sarah Edwards?«

Womit Sarahs Frage schon mal beantwortet war.

»Ja, Mrs. Tidewell …«

»Lou, bitte. Stimmt was nicht?«

Sarah betrachtete die Frau an der Tür und fragte sich, was sie ihr über den Morgen erzählen könnte, an dem sie Sammi gefunden hatte.

»Ich habe mir nur ein paar Gedanken gemacht. Die Tote, die Sie gefunden haben, war meine Freundin Sammi. Und ich habe mich gefragt, ob wir vielleicht …« – Sarah rang sich ein Lächeln ab – »ein bisschen plaudern könnten.«

Lou erwiderte ihr Lächeln nicht. »Sie war mit Ihnen be-freundet? Das habe ich nicht gewusst. Und ich habe der Polizei alles erzählt.« Doch dann stockte sie, als würde Sarah sie ir-gendwie rühren. »Ach, na schön, kommen Sie rein!«

Lou schob die Tür weit auf, ließ die Besucherin herein und

ging voraus ins Wohnzimmer. Ein Golden Labrador hob schläfrig den Kopf, während Sarah eintrat, und senkte ihn wieder, als Lou auf einen Sessel zeigte, den ein makellos weißer Schonbezug mit Spitzenbesatz bedeckte. Dieser Platz schien eigens für seltenen Besuch vorgesehen.

»Tee?«, fragte Lou.

»Das wäre sehr nett.«

Was auch immer kommen sollte, es würde gewiss einfacher mit einer Tasse Tee als Requisit.

»Was für eine *furchtbare* Sache! So eine junge Frau. Und sie war Ihre beste Freundin! Wie traurig!«

»Das war vor Jahren«, erklärte Sarah. »Wir hatten den Kontakt verloren. Jetzt versuche ich nur, es zu verstehen.«

Die Frau nickte, als ergäbe das einen Sinn.

Sarah hingegen verstand es selbst nicht so ganz.

»Ich weiß nicht, was jemanden dazu bringt, sich das Leben zu nehmen«, sagte Lou. »Ich meine, wir machen alle mal schwere Zeiten durch, nicht? Und irgendwie schaffen wir es.«

Kannte Lou in ihrer Eigenschaft als eine der Dorfältesten und einer der Mitmenschen, die allgemein über alles gut informiert waren, auch Sarahs Geschichte?

Wundern würde es sie nicht.

Sarah stellte ihre Teetasse ab und beugte sich näher zu Lou, um ihren nächsten Worten den Rang eines wohlgehüteten Geheimnisses zu verleihen.

»Aber das ist es ja gerade, wissen Sie? Ich glaube nicht, dass Sammi sich das Leben genommen hat. Ja, ich bin mir sogar sicher, dass sie es nicht getan hat.«

Die alte Dame machte große Augen.

»Die Polizei ist aber überzeugt, dass sie ertrunken ist, dass sie reingesprungen sein muss und …«

Sarah nickte. »Ich weiß. Ich habe mit ihnen gesprochen. Was einer der Gründe ist, weshalb ich hier bin. Erinnern Sie sich an irgendwas, das Sie an dem Morgen gesehen haben? Irgendwas, das Ihnen … seltsam vorkam?«

»Ich habe der Polizei alles erzählt, meine Liebe. Ich meine, sobald ich sah, dass es eine junge Frau war, dass sie tot war …« Lous Stimme zitterte ein bisschen. Natürlich erinnerte sie sich ungern daran. »Ich wollte einfach nur weit weg davon. Die ganze Sache vergessen. Also, ich denke nicht …«

Obwohl erst wenige Minuten vergangen waren, schien es, als wäre dieses Gespräch schon vorbei.

So viel zu meinem tollen Alleingang als Hilfs-Detective, dachte Sarah.

»Offen gesagt bin ich seitdem nicht mehr mit Brady dort spazieren gegangen. Und ich glaube auch nicht, dass ich noch mal den Weg gehe.«

Sarah nickte. Was könnte sie noch fragen? Louella Tidewell hatte wahrlich schon genug durchgemacht.

Sie wollte schon aufstehen. Vielleicht wäre es anders gelaufen, wenn Jack hier das Gespräch geführt hätte.

Und dann …

Ein Detail.

»Und sie war so hübsch angezogen.«

Sarah hielt inne.

»War sie? Wie?«

Die Frau sah Sarah direkt an, während sie sich offenbar die Szene ins Gedächtnis rief.

»Als ich sie erblickt habe, als ich näher rangegangen bin, konnte ich sehen, wie schlammig dort alles war. Den Tag vorher hatte es ja geregnet. Was für ein Matsch! Der Boden war so aufgeweicht, dass man am Ufer fast nicht mehr gehen konnte.«

»Und Sammi?«

»Die Kurzform für Samantha, nehme ich an. Solch ein hübscher Name. Ein altmodischer Name. Na, jedenfalls war um sie herum alles schrecklich schmutzig, und mittendrin lag sie in einem wunderschönen Oberteil … so glitzernd. Selbst an dem bedeckten Morgen hat es gefunkelt. Und ihr Rock war schick, elegant. So etwas trägt man, nun ja, zum Ausgehen oder wenn man mit jemandem verabredet ist. Sie hatte nur noch einen Schuh an. Was für ein trauriger Anblick! Und nicht die Art Schuh, in der man an einem Fluss spazieren geht.«

»Sie war für eine Verabredung angezogen?«

»Ja, so sah es eindeutig aus.«

Eine Verabredung. Ein Rendezvous.

Könnte das wichtig sein?, fragte Sarah sich. Noch ein kleiner Beweis? Immerhin hätte Sammi sich wohl kaum aufgebretzelt, wenn es ihre Absicht gewesen wäre, in den Fluss zu springen.

Sarah war nun überzeugt: Wer auch immer es sein mochte, für den Sammi sich so schick gemacht hatte – dieser Mann musste der Mörder sein.

Doch sofort ermahnte sie sich in Gedanken. Was hatte Jack noch über Springen und Schlussfolgerungen gesagt?

Trotzdem, es schien wichtig.

Sie lächelte Lou wieder an. »Sonst noch etwas?«

»Nein. Also, ich habe Ihnen alles gesagt, was ich gesehen habe. Jetzt will ich das vergessen. Wenn ich die Augen zumache, kann ich sie immer noch sehen.«

Sarah tätschelte die Hand der alten Dame.

»Danke, dass Sie mit mir geredet haben, Lou.«

»Tja, leider kann ich Ihnen wohl nicht helfen, es zu verstehen.«

Sarah stand auf.

Sie sah hinunter zu dem Golden Labrador. »Ein schöner Hund.«

»Brady? Er ist mein alter Freund, mein Gefährte. Es macht das Leben lebenswert, ihn an meiner Seite zu haben.«

»Nochmals danke. Ich gehe jetzt lieber nach Hause. Meine Kinder wollen gefüttert werden und so.«

»Ja, und geben Sie acht auf sich, meine Liebe.«

Sarah nickte und verließ mit einem letzten Lächeln das Cottage.

Sie ging durch die Küchentür ins Haus, drehte den Knauf mit einer Hand, während sie in der anderen eine Tüte mit hastig eingekauften Lebensmitteln für das Abendessen hielt. Drinnen stand Chloe vor dem offenen Kühlschrank.

Ihre Tochter drehte sich um.

»Ah, Chloe, tut mir leid, dass ich so spät bin. Aber ich musste ...«

Chloe schlug die Kühlschranktür mit mehr Kraft zu, als dafür nötig war.

»Mum«, sagte sie matt und eindeutig missbilligend.

Die Unterhaltung mit Lou Tidewell hatte ein bisschen länger gedauert, als Sarah gedacht hätte. Aber sie hatte unterwegs eine SMS geschickt, dass sie auf dem Heimweg war und Essen kochen würde.

»Wo warst du?«

»Was meinst du?«

»Ich habe in deinem Büro angerufen, und Grace hat gesagt, dass du schon seit Stunden weg bist. Irgendwas erledigen.«

Für Kinder war eine Scheidung heftig, wie Sarah sehr wohl wusste. Ihre beiden würden auf immer zwischen Oliver und ihr stehen, unsicher, wem sie die Schuld geben und wem sie vertrauen sollten.

Vielleicht auch, wen sie lieben sollen.

»Ich hatte Dinge für die Arbeit zu erledigen, Chloe. Kunden treffen ...«

Ihre Tochter kam einige Schritte näher, als Sarah die Einkaufstasche abstellte. »Eine meiner Freundinnen hat gesagt, dass du mit diesem alten Ami zusammen warst.«

Sarah musste schmunzeln. »So alt ist er gar nicht, und ...«

»Mum!«, fiel Chloe ihr ins Wort. »Was ist los?«

Teenager.

Es heißt ja immer, dass sie eine Herausforderung sind, und bei Chloe fängt es gerade erst an.

»Wo ist dein Bruder?«

»Daniel ist in seinem Zimmer. Er hat irgendein großes Projekt, das er fertig machen muss.«

Sarah nickte. »Hör mal, du weißt doch von der Frau, die sie gefunden haben, nicht?«

»Ja, in der Schule sagen sie, dass sie früher hier gewohnt hat. Sie ist ertrunken.«

Sarah hielt es für das Beste, nicht zu viel zu sagen. »Ich kannte sie.«

Chloe riss die Augen weit auf.

»Wir waren früher mal ... na ja ... sehr gute Freundinnen. Vor Jahren.«

Um es einfacher zu machen, begann Sarah nebenher die Einkäufe auszupacken: ein Stück Cheddarkäse, Milch, Makkaroni, eine Zwiebel. Sämtliche Zutaten für einen schnell zubereiteten Nudelauflauf.

»Und da gibt es einige Dinge, die ich nicht verstehe. Der Amerikaner – der ‚alte‘ Typ – ist aus New York und ein pensionierter Detective. Er hilft mir nur.«

»Glaubst du nicht, dass sie ertrunken ist?«

Nachdem alles ausgepackt war, ging Sarah mit einem Schritt auf Chloe zu und legte ihr eine Hand auf die Schulter.

Nicht mehr lange, dann ist sie so groß wie ich.

»Nein. Ich meine, ich bin nicht sicher. Aber weil sie meine Freundin war, möchte ich einfach mehr wissen – wieso sie wieder herkam, was passiert ist. Kannst du das verstehen?«

Und endlich nickte Chloe.

»Gut. Also, da du *dieses* Rätsel geknackt ist, wie wäre es, wenn du mir hilfst, meine berühmten Käse-Makkaroni zu machen? Ich bin am Verhungern.«

Chloe grinste.

Teenager konnten anstrengend sein, aber offensichtlich auch verständnisvoll.

»Klar.«

Gemeinsam bereiteten sie das schnelle Abendessen zu, und Sarah dachte nur einmal flüchtig an Jack und daran, wann sie ihm von ihrer Unterhaltung mit Lou Tidewell erzählen könnte.

Vor allem aber wollte sie wissen, was es war, von dem er ihr nichts sagen wollte.

15. Pendler und Parkplätze

Jack hatte auf seinem Boot gewartet, bis der Himmel von einem satten Violett in ein mondloses Schwarz wechselte.

Was er vorhatte, erledigte man am besten bei Nacht.

Es war ein Gefühl. Trotz seines Rats an Sarah, Mutmaßungen und voreilige Schlüsse zu meiden, hatte er selbst kein Problem damit, auf seine Ahnungen zu hören – und ihnen zu folgen.

Er schnappte sich die Schlüssel des Sprite von der Küchenarbeitsplatte und ging hinaus zu dem Sportwagen. Das Kajütenlicht ließ er brennen.

Schon tagsüber war das Fahren hier über Land heikel genug, und so hatte Jack nächtliche Touren mit dem Wagen tunlichst vermieden. Da wurden die mächtigen Hecken zu schwarzen Löchern, die jedes Licht von entgegenkommenden Wagen schluckten.

Nun drehte er den Schlüssel im Zündschloss, und der Sprite-Motor gab ein tiefes, herrliches Röhren von sich – eine der vielen Eigenschaften, die er an diesem Auto mochte. Es erforderte eine Menge Zuwendung und Pflege – wie die meisten begehrenswerten Dinge im Leben –, doch die Mühe lohnte sich.

Nachdem er die Scheinwerfer eingeschaltet hatte, bog er auf den schmalen Weg neben seinem Liegeplatz ein. Er fuhr – noch langsamer als sonst – in Richtung des Dorfes und dachte über seine Ahnung nach.

Sarahs Freundin war nach Cherringham gekommen. Und obwohl die Polizei zu glauben schien, dass sie mit dem Auto angereist war, gab es keinen auf ihren Namen zugelassenen Wagen. Wenn sie also mit einem Auto hergefahren war und hier jemanden getroffen hatte, dann musste dieses Fahrzeug – vielleicht ein Mietwagen oder ein Auto, das sie sich von einem bislang Unbekannten geliehen hatte – irgendwo sein.

Die Polizei würde es wohl finden. Auch wenn sie keine Top-Detectives waren, würden sie ein herrenloses Auto über kurz oder lang entdecken, sollte es in Cherringham oder in einem Umkreis von zehn Meilen stehen.

Nur wollte Jack es zuerst finden.

Könnte eine lange Nacht werden, dachte er.

Langsam fuhr er durch den Ort, blickte zu den Restaurants, den dunklen Läden und den Leuten, die ihre späten Einkäufe im einzigen Supermarkt von Cherringham erledigten.

Wo würde man einen Wagen abstellen, von dem man nicht wollte, dass er auffiel?

Jack hatte so etwas jeden Tag gesehen, seit er hier war.

Leute stellten ihre Wagen auf einem Parkplatz ab und nahmen den Zug nach London.

Das ergab schon mal eine Menge unauffälliger Autos.

Doch wie wollte er erkennen, ob eines von denen Sammis Fahrzeug gewesen war?

Er hatte nicht den geringsten Schimmer.

Beim P&R-Parkplatz stellte er leider fest, dass gleich gegenüber an der Straße, vor dem Railway Arms, ein Streifenwagen stand.

Ein Officer stand vor dem Pub und redete mit einem Mann, der eindeutig schwankte, wie Jack schon aus einiger Entfernung sah.

Also konnte Jack nicht auf den Parkplatz. Nicht mit einem Cop in Sichtweite.

Ihm blieb keine andere Wahl, als einmal um den Block zu fahren. Allerdings würde ihn schon das für einen aufmerksamen Polizisten verdächtig machen.

Ein weniger auffälliger Wagen wäre jetzt praktisch, ging es Jack durch den Kopf. Kleine Sportwagen wie seiner waren in dieser Gegend nicht besonders häufig.

Er bräuchte einen gewöhnlichen Ford: ein so gängiges Auto, dass keiner es bemerkte.

Jack fuhr an dem Pub vorbei und blickte nur flüchtig zu dem Cop und dem Betrunkenen.

Dann verließ er den von warmem Laternenschein erhellten Ort und nahm die dunkle Landstraße gen Westen, zu den Hügeln jenseits von Cherringham.

Jack vollführte eine Kehrtwende wie ein Kampfjet im Einsatz und fuhr die Straße zurück, die zum Pub führte, in der Hoffnung, dass Cherringhams eifriger Gesetzeshüter das Pub-Problem mittlerweile geklärt hatte.

Der Parkplatz war gleich gegenüber und sehr groß, weil er am Bahnhof lag.

Jack atmete tief durch, als er das beleuchtete Pub-Schild sah.

Der Streifenwagen war fort.

Jack drosselte das Tempo, betätigte den Blinker und schaltete die Scheinwerfer aus, als er auf den Parkplatz einbog.

Jack fuhr zwischen den Autoreihen auf und ab, überlegte und fragte sich: Wonach suche ich eigentlich?

Manchmal folgt man einer Ahnung und muss schlicht hoffen, dass einen irgendwas anspringt, dachte er.

Er passierte den Kassenautomaten an einem Ende. Man konnte entweder für wenige Stunden oder für einen ganzen Tag lösen. Mehr nicht. Die Parkplätze waren also ausschließlich für Pendler vorgesehen.

Okay, das könnte brauchbar sein.

Jack bog in die nächste Reihe ab. Während er in seinem Sportwagen vorwärtskroch, gewöhnten sich seine Augen an die Dunkelheit. Er blickte nach links und rechts und wartete auf ein Zeichen der Autogötter.

Etwas. *Irgendwas.*

Und dann fiel ihm ein Wagen auf, bei dem mehrere Zettel

unter dem Scheibenwischer klemmten. Die Enden flatterten im sanften Abendwind.

Strafzettel.

Für jemanden, der sein Auto dort geparkt und nach zwei oder drei Tagen noch nicht wieder abgeholt hatte.

Jack hielt an. Gegenüber dem verdächtigen Auto – einem kastenförmigen Honda-Modell – entdeckte er eine freie Parklücke.

Beim Einbiegen dachte er: *So aufgeregt war ich schon lange nicht mehr.*

Jack schaute sich um, ob ihn auch wirklich niemand beobachtete, ehe er aus dem winzigen Innenraum des Sprites stieg.

Er ging zum Kofferraum und holte einen dünnen Metallstab heraus.

Ist eine Weile her, aber das wird wohl wie Radfahren sein – man verlernt es nicht.

So leise wie möglich schloss er die Kofferraumklappe.

Vermutlich betrachteten die Einheimischen das Aufbrechen eines Wagens selbst dann noch als Straftat, wenn der Täter ein hochdekoriertes Ex-Mitglied des NYPD war.

Er schritt hinüber zu dem Honda, von dessen Windschutzscheibe ihm die Strafzettel zuwinkten. Es waren vier; folglich könnte der Wagen seit drei Tagen hier stehen, was perfekt zu dem Datum passte, an dem Sammi in Cherringham eingetroffen war.

Jack lehnte sich dicht an die Autotür, schirmte die blanke Metallstange mit seinem Körper ab und schob sie zwischen Fensterscheibe und Gummidichtung an der Tür. Gleichzeitig sah er in den Innenraum, ob es eine Alarmanlage gab, doch nirgends war rot blinkendes Licht zu entdecken.

Okay.

Wenn ich den Wagen knacke, wird also kein elendes Geheul auf dem Parkplatz ausbrechen, das neben den auf ihren Barhockern klebenden Pub-Gästen auch noch die Toten weckt.

Los geht's.

Rasch führte er den flachen Stab weiter nach unten und stocherte ein wenig nach dem Riegel des Türhebels.

Trotz seiner Zuversicht, dass er so etwas nach wie vor konnte, lief es nicht sonderlich gut.

Er schüttelte den Kopf und fragte sich, wie viel Zeit ihm blieb, bis der Streifenwagen wieder vorbeikam oder gar auf den Parkplatz fuhr.

Letzteres würde das jähe Ende seiner Ermittlungen bedeuten.

Und nebenher dachte er: *Was mache ich hier eigentlich? Ich bin doch fertig mit solchen Sachen, oder nicht?*

Aber noch während ihm diese Gedanken durch den Kopf gingen, die sanfte Sommerbrise für ein leises Rascheln in den Bäumen sorgte und das Dorf wunderbar schläfrig und still wirkte, traf er auf etwas.

Der Metallstab stieß auf einen Widerstand, und wenn diese Wagentür so gebaut war wie neunundneunzig Prozent aller anderen sollte er den Stab biegen und den Türhebel aufdrücken können.

Und tatsächlich trat ein Sesam-öffne-dich-Moment ein, und Jack schaute zu, wie innen der Knopf des Türschlosses nach oben ploppte.

Den Strafzetteln zufolge parkte der Honda seit Montag hier. Und obgleich ihn die Verkehrsstreife ganz offensichtlich bemerkt hatte, war die Polizei bislang nicht auf ihn aufmerksam geworden.

Hastig zog Jack die Wagentür auf und stieg ein.

Das Auto sah neu aus und roch auch so. Kein Marihuanageruch oder verräterisches weißes Pulver.

Ein Mietwagen? Von einem Freund geliehen? Jack wusste es immer noch nicht, denn er konnte keinerlei Zettel, Tankquittungen oder Wegbeschreibungen nach Cherringham finden, die ihm einen Hinweis darauf gegeben hätten, wer diesen Wagen gefahren hatte.

Er könnte ebenso gut einem Pendler gehören, dem es egal war, dass er während seines Aufenthalts in London hier eifrig Strafzettel ansammelte.

Jack griff hinunter in die Türablage, die leer war, und dann ins Handschuhfach, das bis auf das Autohandbuch in einer Kunstledermappe ebenfalls leer war.

Der große NYC-Detective legt eine Bauchlandung hin, dachte er.

Und er hatte sich solche Hoffnungen gemacht, als ihm die Idee kam.

Er könnte das Kennzeichen überprüfen, doch das würde einige Anrufe erfordern – und Gefallen – von Londoner Freunden bei der Polizei. Und je mehr Zeit verstrich, desto kälter wurde die ganze Sache.

So kalt, dass er sich unweigerlich fragte, ob es nicht jetzt schon zu spät war.

Er griff erst unter den Fahrer-, dann unter den Beifahrersitz. Nichts.

Wenn er in den Kofferraum sah, wäre der wohl genauso unberührt.

Jack drehte sich zur Rückbank um und erkannte selbst im wenigen fahlen Licht einer weiter entfernten Laterne, dass dort nichts war.

Das hier konnte er also vergessen.

Nein, eines noch.

Er drehte sich um und lehnte sich zwischen den Sitzen nach hinten, um in den rückwärtigen Fußraum zu sehen.

Und da, gleich hinter dem Fahrersitz, war etwas.

Jack musste sich ziemlich strecken und den Oberkörper verdrehen, als er danach griff, was an seinen Seiten ein unangenehmes Ziehen in den Muskeln zur Folge hatte.

Ich war schon mal fitter.

Er erreichte das Objekt nur mit den Fingerspitzen und musste sich noch weiter strecken, was mehr Schmerz bewirkte. Doch schließlich konnte er das Ding packen und hochheben.

Noch ehe er es richtig angesehen hatte, wusste er, was es war.

Ein Handy – verborgen hinter dem Sitz.

War es absichtlich dort hingelegt worden? Oder war es der von Drogen und Alkohol benebelten Sammi schlicht heruntergefallen?

So oder so – Mobiltelefone konnten sehr nützlich sein, wie Jack aus Erfahrung wusste.

Er steckte es in seine Hemdtasche, denn dies hier war nicht der Ort, es einzuschalten.

Als er sich auf dem Parkplatz umsah, hörte er eine Zugpfeife. Die späten Pendler würden bald hierherkommen.

Jack schnappte sich seinen Metallstab und stieg aus, wobei er geduckt blieb, sodass er den Honda nicht überragte.

Und in dieser Haltung ging er zurück zu seinem Sprite, der nun erst recht winzig und auffällig wirkte.

Der Zug fuhr in den Bahnhof ein.

Jack zog seine Autoschlüssel aus der Tasche und startete den Motor, was bei solch einem launischen Sportwagen immer wieder ein Vabanquespiel war. Rumpelnd erwachte das Auto zum Leben. Jack fuhr langsam und mit ausgeschalteten Scheinwerfern aus der Parklücke.

Im Schritttempo passierte er den Honda und bog zur Einfahrt gegenüber dem Pub ab, während der Zug im Bahnhof hinter ihm mit kreischenden Bremsen zum Stehen kam.

Vom Bahnsteig aus liefen Leute die Treppe hinunter und zum Fußweg, der auf den Parkplatz führte.

An der Parkplatzausfahrt schaltete Jack die Scheinwerfer ein und zwang sich, langsam zu fahren, obwohl er am liebsten das Gaspedal durchgetreten hätte.

16. Die letzten Nachrichten

Sarah saß am Küchentisch. Der Fernseher lief, war jedoch auf stumm gestellt, sodass sie das schallende Lachen derjenigen nicht hörte, die Graham Norton unglaublich witzig fanden.

Sie hatte gehofft, dass Jack anrufen würde, weil sie neugierig war, was er ihr vorhin nicht erzählen wollte. Und sie wollte ihm berichten, was Lou Tidewell gesagt hatte.

Ihr Gefühl, dass sie kurz vor einem Durchbruch standen, war stärker denn je. Ihre Freundin mochte tot sein, doch Sarah wollte alles tun, was sie konnte, um herausfinden, wie es passiert war.

Ihr Telefon lag still auf der Küchenarbeitsplatte. *Ein Glas Pinot Noir vielleicht*, überlegte sie. Gerade als ihr diese Idee so reizvoll erschien, vibrierte das Telefon, und sie schnappte es sich.

»Hallo?«

Es war Jack.

»Hör mal, Sarah, ich hab etwas gefunden, das ich dir gerne zeigen würde.«

»Klar. Wann? Morgen?«

Er zögerte. »Kannst du jetzt kurz vorbeikommen?«

Es war spät. Daniel und Chloe waren in ihren Zimmern. Und Sarah durfte nicht vergessen, dass sie eine Mum war.

Das darf ich nicht aus dem Blick verlieren, ermahnte sie sich.

»Ich weiß nicht, Jack.«

In dem Moment kam Chloe in die Küche; ihre Miene war immer noch starr, mit einem Hauch von Missbilligung. Sarah lächelte ihr zu.

»Kann ich dich gleich zurückrufen?«

»Klar. Ich warte.«

Sarah klickte das Gespräch weg und drehte sich zu ihrer Tochter um.

»War er das? Der Amerikaner?«, verlangte Chloe zu wissen.

Sarah nickte. »Bei dir klingt es, als wäre er ein Eindringling.«

Chloes Schweigen verriet ihrer Mutter, dass es genau das war, *was* sie dachte.

»Chloe, ich überlege gerade was … Er hat gesagt, dass er etwas rausgefunden hat. Über meine Freundin Sammi. Meinst du, du kannst ein bisschen auf Daniel aufpassen?«

»Mum, er ist fast elf!«

»Ja, ich weiß, trotzdem wäre mir wohler, wenn du, na ja, auf ihn aufpasst. Ich beeile mich auch.«

Ihre Tochter behielt die strenge Pose noch einen Moment bei, dann nickte sie. »Okay.«

»Du bist ein Schatz, Chloe! Ich bin wieder hier, ehe ihr ins Bett müsst.«

Chloe nickte wieder, wandte sich ab und ging weg.

Sarah zögerte kurz. Eventuell musste sie mal mit ihrer Tochter darüber sprechen, was mit ihrer aller Leben geschehen war. Chloe wurde so schnell groß!

Und nicht zum ersten Mal dachte Sarah, wie schwierig es war, all dies allein machen zu müssen.

Dann tippte sie auf das Display ihres Handys und rief Jack zurück.

Der Sprite grollte vor dem Haus wie eine Großkatze in einem Käfig.

Unweigerlich fragte sich Sarah, was die Nachbarn wohl dachten, die jetzt hinter ihren Gardinen lauerten. Im Grunde wusste sie es sogar: *Was in aller Welt hat Sarah Edwards vor?* In einem Dorf wie diesem waren die eigenen Angelegenheiten immer jedermanns Sache.

Sie öffnete die Beifahrertür und stieg ein.

»War's schwer, Ausgang zu kriegen?«, erkundigte sich Jack.

Sarah sah ihn an. »Ich glaube, meine Tochter hat was gegen Amerikaner.«

Jack neigte verwirrt den Kopf zur Seite. »Sie denkt doch nicht, dass wir ...«

Sarah schüttelte den Kopf.

»Nein, ich meine, ich habe ihr erklärt, was wir machen. Aber ... du weißt schon, Mädchen im Teenageralter.«

Jack grinste. »Ja, hatte ich selbst mal.«

Sarah horchte auf. Plötzlich wurde ihr bewusst, wie wenig sie über Jack und seine Vergangenheit wusste. Aber dies war nicht der geeignete Zeitpunkt für Familiengeschichten.

Er fuhr los.

»Wo wollen wir hin?«, fragte Sarah.

»Wir fahren bloß ein bisschen herum, während ich dir erzähle, was ich gefunden habe.«

»Etwas Wichtiges?«

»Könnte sein.«

Jack stellte den Motor ab. Sie waren bei Cherringhams einziger durchgängig geöffneten Tankstelle an der Hauptstraße, eine Meile außerhalb des Ortes.

Hier war alles hell erleuchtet, aber menschenleer. Sarah konnte den Kassierer drinnen nur vage erkennen. Er hockte hinter der Kasse, hatte die Füße hochgelegt und trank Kaffee. Es war nicht zu übersehen, dass er sie an der Reifendruck-Messstation – dort hatten sie geparkt – beobachtete.

Sie standen im Schatten.

Wonach sehen wir für ihn aus?, fragte sich Sarah.

Jack reichte ihr ein Handy.

»Was ist das?«

»Das habe ich gefunden. In einem Auto mit mehreren Strafzetteln an der Scheibe. Es parkt am Bahnhof.«

»Bist du in den Wagen eingebrochen?«

Er hatte den Blick nach vorn auf die Straße gerichtet, als er nickte.

»Glaubwürdiges Leugnen?«

»Genau. Jetzt sieh dir die Textnachrichten an.«

Bei dem Handy handelte es sich um ein billiges Gerät mit Guthabenkarte, mit schlichter Ausstattung und einfacher Bedienung. Ein Wegwerfartikel.

Sarah öffnete das SMS-Verzeichnis. Dort waren eine ganze Reihe von Nachrichten – alle von einer einzigen Nummer. Sie ging sie rasch durch.

»Wow! Die sind ja im Abstand von Minuten gekommen! Das ist ein Dialog. ‚Mach keinen Blödsinn.‘ ‚Du schuldest mir was.‘ ‚Wir müssen erst reden.‘ ‚Droh mir nicht.‘«

»Siehst du die letzte?«

»‚Triff mich am Wehr‘«, las Sarah. »‚Jetzt.‘«

»Geschickt von der anderen Person an dem Abend, als sie starb.«

Sarah sah zu Jack. Ein Streifen Neonlicht aus dem Tankstelleninnern ließ sein Gesicht hager und ernst aussehen.

»Tja, das beweist es, oder?«, fragte sie.

Doch Jack schüttelte den Kopf. »Es beweist nichts – außer dass jemand, dessen Wagen auf dem Bahnhofsparkplatz steht, einen Streit hatte. Und jemanden am Fluss treffen wollte. Und zwar früher an jenem Abend. Viel früher. Das passt nicht ganz.«

»Aber es muss Sammi sein«, beharrte Sarah. »Lou Tidewell hat mir erzählt, dass Sammi richtig rausgeputzt war. Angezogen für ein Date …«

Spontan holte sie ihr Handy hervor und tippte die Nummer ein, von der die SMS gekommen waren. Doch es klingelte nicht mal am anderen Ende.

»Nichts, nicht mal eine Mailbox«, sagte sie.

»Wundert mich nicht. Er hat sein Handy sicher längst verschwinden lassen.«

»Und was jetzt?«, fragte Sarah. »Reden wir mit der Polizei?«

»Und erzählen denen *was*?«

»Wir haben die SMS-Nachrichten hier.«

»Okay. Aber sieh es mal aus der Sicht der Cops, Sarah. Das muss nicht Sammis Handy sein. Und selbst wenn, beweist es lediglich, dass sie einen Streit mit einem Freund hatte, ausgetragen via SMS. Wir können nach wie vor nicht beweisen, dass sie ermordet wurde.«

Sarah blickte sich unglücklich auf der leeren Tankstelle um. Hin und wieder raste ein Wagen vorbei, der bloß als Lichtstreifen auf der Hauptstraße wahrzunehmen war und sich von Cherringham entfernte.

Das war so furchtbar frustrierend. Sie kamen keinen Schritt weiter. Sarah sah auf ihre Uhr und stellte fest, dass es schon fast zehn war.

»Ich muss wieder nach Hause.«

»Ja, klar.«

Jack zuckte mit den Schultern und ließ den Motor seines kleinen Sportwagens an. Als sie über den hell erleuchteten Vorplatz zur Ausfahrt fuhren, merkte Sarah deutlich den Blick des Kassierers.

Und auf einmal kam sie sich unglaublich bescheuert vor. Was tat sie denn hier? Sie kurvte bei Nacht mit irgendeinem Amerikaner – einem *alten* Amerikaner, wie Chloe wiederholt betont hatte – durch die Gegend, den sie kaum kannte, und spielte Privatdetektivin.

Sarah schrumpfte in dem dunklen Wagen in sich zusammen. Kein Wunder, dass Chloe sauer auf sie war. Sie benahm sich vollkommen schwachsinnig.

Sammi war gestorben. Hatte Selbstmord begangen. Und sie, Sarah, war eine alleinerziehende zweifache Mutter. Sie trug doppelte Verantwortung, hatte eine kleine Firma und begann gerade ein neues Lebens, das ihr vielleicht ein wenig Selbstachtung, Sicherheit und Ruhe zurückbringen könnte.

Sie war eine Webdesignerin, kein Cop.

»Hey, alles in Ordnung?«, fragte Jack, als sie auf die Hauptstraße einbogen.

»Ja, ja. Es ist nur spät, und ich muss Daniel ins Bett scheuchen. Wenn ich nicht aufpasse, spielt er die ganze Nacht an seinem Computer.«

»Schon gut, in wenigen Minuten bist du zu Hause«, sagte Jack.

Sarahs Telefon gab einen hohen Gongton von sich. Sie klappte es auf: eine SMS von Chloe. Keine Wörter, bloß ein Fragezeichen. Und Sarah wusste, was dieses einzelne Symbol bedeutete.

Wo bist du? Was machst du? Was ist denn eigentlich los, Mum?

Das Schlimmste aber – die SMS war bereits vor einer halben Stunde versendet worden. Der Handyempfang um Cherringham herum war so schlecht, dass es manchmal Stunden dauerte, bis eine Nachricht durchkam.

Sarah hatte ein schlechtes Gewissen. Chloe musste schon die ganze Zeit – seit dem Abschicken der SMS – zu Hause dasitzen und auf eine Antwort warten; bestimmt würde sie sich Sorgen machen.

Wann würden sie in dieser Gegend endlich mal anständigen Handyempfang kriegen?

Moment mal …

»Jack, gib mir doch bitte noch mal das Handy.«

Ohne den Blick von der Straße abzuwenden, griff Jack in seine Jackentasche, zog das Handy heraus und reichte es ihr.

Sarah schaltete es ein und rief das SMS-Verzeichnis auf.

»Dieser Text, der sie aufforderte, ihn zu treffen, wurde um neun Uhr geschickt.«

»Mhm.«

»Aber wenn man auf ‚versandte Nachrichten‘ geht, wurde die SMS erst um elf Uhr achtundfünfzig beantwortet.«

»Und? Wer die geschickt hat, hat sich eben Zeit mit der Antwort gelassen.«

»Nein«, erwiderte Sarah. »Das ist es ja! Ich glaube, die Antwort wurde sofort getippt, nur hat es lange gedauert, bis die SMS ankam. Das passiert hier sehr oft.«

»Also hat derjenige, der die erste Nachricht geschickt hat, die ganze Zeit am Wehr gewartet?«

»Das liegt jedenfalls nahe, nicht wahr?«, erklärte Sarah, deren Kopf wieder klarer war. »Und falls das Gordon Williams war ...«

»In seinem großen, protzigen Geländewagen ...«

»Genau, dann könnte ihn jemand gesehen haben.«

Sie waren vor Sarahs Haus angekommen. Drinnen brannten noch alle Lichter, und Chloe und Daniel hockten sicher vor irgendeinem fragwürdigen Film.

»Telefonieren wir morgen?«, fragte Jack, als Sarah ausstieg.

»Ja, ich rufe dich an. Daniel hat ein Cricketspiel, und ich bin mit dem Fahrdienst dran. Also melde ich mich eher erst mittags.«

»Kein Problem. Ich würde ja anbieten, mit euch zu kommen, aber Cricket ist eines dieser Mysterien, die man besser nicht enthüllt, sondern so belässt, wie sie sind«, sagte Jack. »Und, Sarah ...«

»Ja?«

»Du tust das Richtige. Sammi war deine Freundin, und keiner sonst schert sich um sie.«

Sarah nickte.

»Bis morgen«, verabschiedete sie sich.

Jack winkte ihr kurz zu und fuhr weg. Sie nahm ihre Schlüssel aus der Tasche und lief zur Haustür. So hatte sie sich nicht mehr gefühlt, seit sie als Teenager nach Mitternacht in das Haus ihrer Eltern zurückgeschlichen war ...

17. Timing ist alles

Jack war früh auf. Er hatte eine Menge zu tun.

Als Erstes stand sein üblicher Spaziergang mit Riley ein Stück flussaufwärts und zurück an. Danach duschte er, frühstückte an Deck – Schinkenspeck und gewendete Spiegeleier – und führte schließlich eine Reihe von Telefonaten mit einigen alten Freunden.

Er musste Gefallen einfordern. Man arbeitete nicht dreißig Jahre in der Mordermittlung, ohne überall auf der Welt andere Cops kennengelernt zu haben. Und in Jacks Fall waren daraus ein paar dauerhafte Freundschaften gewachsen.

Nachdem er einige Hebel in Bewegung gesetzt hatte, vergewisserte er sich, dass Rileys Wassernapf gefüllt war, schloss die Bootskabine ab und begab sich den Pfad hinunter Richtung Zollbrücke.

Jack klopfte an das kleine Glasfenster des Brückenhäuschens. Drinnen konnte er die beiden alten Damen am Tisch sitzen sehen, wo sie Tee tranken und plauderten.

Beide blickten sichtlich verärgert zu ihm auf, und die eine wies zu einer alten Wanduhr und sagte stumm: »Geschlossen«, bevor sie sich wieder ihrem Tee widmete.

Seufzend trat Jack einen Schritt zurück.

Ja, er wusste, dass es Viertel vor acht war. Und er wusste auch, dass die beiden Frauen vor acht Uhr keine Brückengebühren kassierten; aber genau deshalb war er ja so früh hergekommen.

Hinter dem Häuschen rauschte der Verkehr von und nach Cherringham vorbei. Es waren die Frühaufsteher, die sich freuten, nicht Schlange stehen und zwanzig Pence bezahlen zu müssen.

Wieder klopfte Jack an die Fensterscheibe und setzte sein charmantestes Lächeln auf. Die Frauen drinnen verstummten und starrten ihn an. Er sah von einer zur anderen. Beide hatten ihr graues Haar zu strengen Knoten gebunden, trugen große Brillen, bis oben zugeknöpfte Blusen und Strickjacken. Sie waren der Inbegriff der unangenehmen Großtante.

Und dann ging es Jack auf.

Oh Mann, die sind Zwillinge!

Träge und mühsam stellte die Zwillingsschwester mit dem böseren Gesicht die kleine Teetasse ab, kam ans Fenster und schob es auf.

»Falls Sie sich beschweren wollen, müssen Sie zur Gemeindeverwaltung gehen«, erklärte sie und wollte das Fenster sofort wieder schließen.

»Nein, nein, will ich gar nicht«, antwortete Jack. »Ich bin …«

Sie stutzte. Lag es an seinem Akzent?

»Tja, wir haben geschlossen«, sagte sie.

»Ich bräuchte Ihre Hilfe.«

»Ein Stück die Straße runter ist eine Telefonzelle. Wir sind hier keine Werkstatt.«

»Was ist denn, Joan? Gibt es *Ärger*?«, fragte die andere, stand vom Tisch auf und blickte forschend zu Jack. Als sie einen Schritt auf das Fenster zu machte, schien die Morgensonne auf ihre Brille und verwandelte die Gläser in blendende Spiegel. *Das hier ist ja wie in einem Horrorfilm*, dachte Jack.

»Bitte, meine Damen, es tut mir ehrlich leid, Sie zu stören. Ich müsste Ihnen bloß ein paar Fragen stellen.«

»Aha? Dann sind Sie ein Polizist?«

»Nun, ich war früher einer«, antwortete Jack. »Aber ich bin nicht in offizieller Funktion hier.«

»Und Amerikaner auch, was?«, rief die eine Zwillingsschwester.

»Ein Yankee, nicht?«, fügte die andere hinzu.

»Schuldig im Sinne der Anklage«, gab Jack mit einem, wie er hoffte, gewinnenden Lächeln zu.

Die Frauen standen inzwischen beide am Fenster und beäugten Jack, als gehörte er zu einer seltenen Spezies.

»New Yorker, wie es sich anhört.«

»Von der New Yorker Polizei«, stellte die andere fest. »Nicht wahr?«

»Ach, sei still, Jen!«, befahl Joan, die Jack fest im Blick behielt. »Was für Fragen?«

Sie wirkten ein bisschen wohlwollender.

Etwas an ihm weckte ihre Neugier.

»Über die junge Frau, die im Fluss gestorben ist«, antwortete Jack.

»Ist das jetzt ein Mordfall?«, wollte Jen wissen.

»Überrascht mich nicht«, sagte Joan.

»Mich auch nicht«, pflichtete Jen ihr bei.

»Kommen Sie lieber rein!«, forderte Joan ihn auf.

Und mit diesen Worten schob sie das kleine Fenster zu, und beide Frauen verschwanden in der dunklen Bude.

Jack wartete einen Moment. Ihn verwirrte ein wenig, dass er eingeladen und gleichzeitig abgewiesen wurde. Dann erschienen die beiden Frauen am anderen Ende des Häuschens in der Tür.

»Jetzt kommen Sie schon! Wir haben nicht den ganzen Tag Zeit«, sagte Joan.

»Wir fangen um acht an«, erklärte Jen und sah auf ihre Uhr. »Sie haben drei Minuten.«

Jack war froh, dass er den Tag mit einem ausgiebigen Spaziergang begonnen hatte. In dem Sessel hinten in der Hütte hatte er inzwischen genug Kuchen und Kekse für eine Woche gegessen, und immer noch fanden die beiden alten Damen weiteres Gebäck, das er kosten musste …

Ein winziger Happen kann ja nichts schaden, was, Joan?

Er muss dringend aufgepäppelt werden, wenn du mich fragst, Jen.

Von dem Augenblick an, in dem er angedeutet hatte, Sammis Tod sei verdächtig, war er vom Störenfried zum Ehrengast geworden.

Wie sich herausstellte, waren Jen und Joan große Krimifans. Die kleine Bude war eine regelrechte Bibliothek: sämtliche Wände voller Bücherregale, in denen sich die Krimis stapelten. Dort fand sich alles von ledergebundenen Sherlock-Holmes-Romanen über Polizei-Krimis bis hin zu Serienmörder-Biografien. Was bedeutete, dass Jacks kleine Bitte höchst erfreut aufgenommen wurde.

Dürfte er vielleicht die Aufzeichnungen der Sicherheitskameras von Montagnacht sehen?

Und ob er das durfte!

Während Jen alle zehn Sekunden von einem Autofahrer die fälligen zwanzig Pence kassierte, half Joan ihm, das gespeicherte Filmmaterial durchzusehen. Und als Jens halbe Stunde an der Kassenluke um war, übernahm dort Joan, und deren Schwester gesellte sich sogleich zu Jack am kleinen Monitor und lud dann eine CD nach der anderen.

Zwar war das Zollhäuschen nur von acht Uhr morgens bis acht Uhr abends geöffnet, doch die Sicherheitskameras draußen liefen durch. Kneipenbummler aus dem Dorf neigten zur Raserei, und schon häufiger war einer von ihnen auf der Rückfahrt in die Zollhütte gekracht.

Und so hatten Jen und Joan die Kameras installieren lassen, damit die Versicherungen auch ja für die Schäden aufkamen. Doch leider wurden die Kameralinsen nicht besonders oft gereinigt. Recht schnell stellte Jack fest, dass man zwar die Autos zu sehen vermochte, die Nummernschilder und Fahrer indes wegen der monatealten Schlierschicht nur verschwommen wahrnehmen konnte.

Trotzdem lohnte es sich, denn in dem Dorf gab es sonst keine Sicherheitskameras, und dies hier war die Hauptverbindung in den Ort hinein und wieder heraus.

Obendrein war es auch die nächstgelegene Straße zum Wehr. Falls der Mörder hier entlanggefahren war, musste er die Kameras passiert haben.

Jack nahm noch einen Bissen von einem Stück Zitronen-Baisertorte.

»Schieben Sie bitte die nächste CD ein, Joan«, bat er die alte Dame. »Wo sind wir jetzt?«

»Sechs Uhr achtundfünfzig«, antwortete sie. »Nur noch sechs Stunden übrig.«

»Ist vielleicht noch Tee da, Jen?«, fragte Jack. »Ich muss schon sagen, Sie beide wissen, wie man eine Tee-Party gibt.«

Drogendealer in Manhattan hochzunehmen war nie so gemütlich gewesen …

18. Cricket und andere Hindernisse

Sarah reihte Plastikbecher auf dem Tablett auf und schenkte vorsichtig Orangensaft ein.

Cherringhams U-Zwölf war auf dem Feld, und an solch warmen Tagen wie diesem brauchten alle eine Trinkpause. Heute war Sarah dran, für die Erfrischungen zu sorgen.

Daniels Team nutzte das Spielfeld des Cherringham Cricket Clubs am Dorfrand. Der Club war nichts Besonderes: lediglich eine kleine Hütte mit Umkleide, einer Küche und einem Stapel Plastikstühle für die Eltern und das Schlagteam, sodass sie sich hinsetzen und dem Spiel zusehen konnten.

Sarah trug das Tablett mit den Getränken hinüber zu den Spielern, die im Schatten einer Reihe von Eichen beisammenstanden. Sie nickte Daniel zu, und er antwortete mit einem kaum merklichen Kopfnicken. Bloß ein diskretes Zeichen. Sarah kannte die Regeln. Hier und jetzt durfte sie ihn nicht ansprechen, denn er war mit seinen Leuten zusammen, mit den Jungs. Da war es schon schlimm genug, dass seine Mum den Saft brachte.

Sie hatte gelernt, es zu verkraften – oder zumindest *den Anschein* zu erwecken, dass es ihr nichts ausmachte. Dennoch versetzte es ihr jedes Mal einen kleinen Stich.

Einer der Väter – Graham – kam zu ihr herüber, um bei den Getränken zu helfen. Wie sie war auch Graham alleinerziehend, allerdings war seine Frau vor einem Jahr an Krebs gestorben. Sarah hatte beide flüchtig gekannt, wäre jedoch nie auf den Gedanken gekommen, die beiden als ihre Freunde zu bezeichnen.

Leider verbrachte Graham solche Cricket-Vormittage hauptsächlich mit dem Versuch, sie in ein Gespräch zu verwickeln.

»Cherringhams Single-Eltern-Gesellschaft – das sind wir, Sarah!«, sagte er mit einem süßlichen Grinsen.

»Ja, sind wir, Graham.« Sie konnte nicht so herzlos sein, ihm die Wahrheit ins Gesicht zu sagen: Du bist wirklich süß, Graham, aber bitte denk nicht mal dran. Und so hing er jedes Wochenende an ihren Fersen wie ein kleiner Hund.

Glücklicherweise begann bald die Footballsaison, und Grahams kleiner Sohn Archie war kein Footballspieler.

Graham begleitete sie zurück zum Clubhaus, während die Jungen wieder aufs Feld gingen.

»Wie ich höre, erzählst du jedem, dass diese junge Frau ermordet wurde, Sarah.«

»Was?« Sarah war kurzfristig sprachlos.

»Brian im Pub hat mir gesagt, dass du einen Privatdetektiv angeheuert hast, irgendeinen abgebrühten Amerikaner.«

»Ach ja?«, fragte sie, nachdem sie sich vom ersten Schock erholt hatte. »Tja, dann darfst du Brian ausrichten, dass er sich irrt. Und falls ich jemanden haben wollte, der abgebrüht ist, stünde er ganz oben auf meiner Liste.«

»Dann stimmt es also nicht?«

»Graham, ich habe keinen Privatdetektiv angeheuert, okay? Und ehrlich gesagt, wäre ich dir dankbar, wenn du solche Gerüchte nicht weiterverbreitest.«

Sie sah, wie er zusammenzuckte, und ihr wurde klar, dass sie ihn gekränkt hatte.

»Tut mir leid, Graham, ich wollte nicht … Das kam völlig falsch raus. Was ich meine, ist …«

»Schon gut, Sarah. Halb so wild«, unterbrach er sie. »Übrigens brauchen die drüben an der Punktetafel Hilfe, also laufe ich mal hin und springe denen bei. Wir sehen uns.«

Sarah blickte ihm nach, als er mit hängenden Schultern wegging.

Na super! Erst verderbe ich es mir mit meinen Kindern, und jetzt springe ich auch noch dem harmlosesten Mann im ganzen Dorf an die Gurgel.

Was ist bloß in mich gefahren?

Vom Parkplatz war das heisere Röhren eines Automotors zu hören. Eines Sportwagens.

Jack.

Sie sah hinüber. Der hatte ihr gerade noch gefehlt!

Er stieg aus und blickte sich um. Als er das Feld und die kleine Gruppe von Zuschauern entdeckte, ging er direkt auf sie zu.

Sarah verschränkte die Arme und wartete, bis er bei ihr war. Derweil bemerkte sie, wie die anderen Eltern verstummten und den Neuzugang in der Kinder-Cricketszene von Cherringham interessiert beäugten.

Was wollte er hier?

Sie hatte ihm gesagt, dass sie ihn anrufen würde – oder nicht? Das war jetzt wahrlich nicht witzig. Er hatte kein Recht, einfach so aufzukreuzen, noch dazu an einem Samstag!

»Hi, Sarah«, begrüßte er sie fröhlich. »Wie läuft's denn so?«

Sarah bewahrte die Ruhe.

»Hi, Jack. Ich hatte nicht erwartet, dich heute Morgen zu sehen.«

Sie beobachtete, wie er die Situation einschätzte, sich zu den gaffenden Eltern umwandte und ihnen zunickte.

Er fiel ziemlich auf …

Dann drehte er sich wieder zu Sarah.

»Gewinnen wir? Na, ich würd's sowieso nicht kapieren, was?«

Er lachte. Hastig bugsierte Sarah ihn weg von den Zuschauern und in die relative Abgeschiedenheit des leeren Clubhauses.

»Ich hatte doch gesagt, dass ich mich melde, Jack. Du musstest nicht herkommen. Wie hast du uns überhaupt gefunden? Ach ja, natürlich, du bist ja ein Cop. Wie konnte ich das vergessen?«

»Wow«, sagte er. »Sarah, ich weiß, was du gesagt hast, aber das hier konnte nicht warten, okay?«

»Und das wäre?« Sie war nicht gewillt, ihm zu verzeihen, dass er sie ausgerechnet jetzt störte, wo sie ihre knapp bemessene Zeit der Familie widmen wollte. Nicht, nachdem sie es selbst schon so prima hingekriegt hatte, das Zusammensein mit ihren Kindern zu torpedieren …

»Ich habe mir heute Morgen die Aufzeichnungen der Sicherheitskameras am Zollhaus angeguckt.«

Für einen Sekundenbruchteil vergaß Sarah, wie wütend sie war.

»Du hast *was*? Mit oder ohne Erlaubnis der beiden Bucklands?«

»Die zwei süßen Täubchen, meinst du? Die haben mir sogar eines ihrer Geheimrezepte verraten.«

»Im Ernst?«, fragte Sarah erstaunt.

Jack nickte, nahm sein Smartphone hervor und hielt es ihr hin.

»Wir sind die Aufzeichnungen von Montag durchgegangen, von fünf Uhr nachmittags bis zum nächsten Morgen. Und rate mal, was wir gefunden haben.«

Er scrollte durch die Fotos auf seinem Handy und hielt es ihr hin.

»Ein hübsches Bild von Riley«, sagte Sarah.

»Hmm? Nein, das hier.«

Sarah sah wieder aufs Display.

»Das sind nur Fotos vom Monitor der beiden Schwestern. Die Qualität ist nicht berauschend, aber dafür kann das Handy nichts. Die Kameras sind völlig verdreckt. Wie dem auch sei, guck dir die beiden Aufnahmen an. Die erste ist von kurz nach acht am Abend.«

Sarah betrachtete blinzelnd das körnige Bild.

»Ein Range Rover Sport.«

»Richtig«, bekräftigte Jack. »Und das Kennzeichen ist das von Williams. Jetzt sieh dir das an: ein Uhr nachts, in die andere Richtung.«

Sarah starrte angestrengt hin. Es war derselbe Wagen, ohne jeden Zweifel.

»Siehst du den Unterschied zwischen den beiden?«

Sarah schob die Bilder vor und zurück. Und auf einmal begriff sie.

»Auf dem hier um acht ist das Auto sauber – blank poliert. Das kann man sogar trotz schmutziger Kameralinse erkennen. Aber auf dem Rückweg ist es voller Schlamm!«

»Erinnerst du dich, als wir ihn vorm Haus gesehen haben und Williams' Junge ihn gerade gewaschen hat?«, fragte Jack. »Weißt du das noch, Sarah?«

»Ja, natürlich. Also hat Williams gelogen und war gar nicht in London?«

»Wäre möglich. Zumindest haben wir einen Grund, noch mal hinzufahren und ihn zu fragen, meinst du nicht?«

»Schade, dass wir nicht erkennen können, wer fährt«, sagte Sarah.

»Ja. Zu Hause hatten wir Jungs, die so ein Foto bearbeiten konnten, bis sich ein deutliches Bild ergab.«

»Warte mal. Das ist doch gar kein Problem! Ich kenne Leute, die das hinkriegen.«

»Du?«

»Jetzt tu nicht so erstaunt. Immerhin ist das meine Welt, die Technik, schon vergessen? Schick mir die Fotos, und ich setze jemanden drauf an.«

»Klasse!«, rief Jack. »Also, worauf warten wir noch? Besuchen wir Mr. Williams.«

»Tja, das wird warten müssen, Jack. Das Spiel läuft noch mindestens eine Stunde.«

»Oh«, entfuhr es Jack.

»Also, falls du nicht beim Cricket zugucken willst – können wir dann wieder zum ursprünglichen Plan zurückkehren, dass ich dich anrufe, wenn ich so weit bin?«

Jack zuckte mit den Schultern.

»Ja, gut«, antwortete er und wandte sich zum Gehen. »Ich glaube nicht, dass Cricket und ich schon füreinander bereit sind. Du verstehst, was ich meine?«

Sarah blickte ihm nach. Es tat ihr leid, dass sie ihren Unmut an ihm ausgelassen hatte. Zum Glück schien er es nicht gemerkt zu haben.

Nein, dachte sie, *natürlich ist es ihm aufgefallen. Er hat lediglich entschieden, sich nicht davon stören zu lassen.*

19. Alles bleibt in der Familie

Sorgfältig wickelte Jack den Silberdraht mehrmals um den Haken, bevor er ihn mit der Zange abkniff.

Nun musste er nur noch die Schnur befestigen, alles überlackieren, und schon hatte er seine erste Ausrüstung zum Fliegenfischen.

Er hätte sich auch einfach eine fertige Angel im hiesigen Laden kaufen können, doch auf diese Weise war es ungleich befriedigender. Er lehnte sich in seinem Liegestuhl zurück, trank einen Schluck Kaffee und gönnte seinen Augen eine Pause.

Von Natur aus war er kein Bastler, doch allmählich gefiel ihm diese neue Beschäftigung: Sie gab ihm Zeit, über Dinge nachzudenken.

Über den Fall zum Beispiel. Obwohl es den Anschein hatte, dass sie kurz davor waren, ihn zu knacken, taten sich nach wie vor jede Menge Lücken auf.

An Verdächtigen mangelte es nicht. Und auch nicht an Motiven. Sammis Dad hasste sie eindeutig. Aber würde er sie umbringen, nur weil sie nach Hause kam und vielleicht um mehr Geld bat? Robbo war reizbar und gewalttätig, und solche Typen hatte Jack schon häufig zu Mördern werden sehen. Dennoch »roch« er für Jack nicht schuldig.

Falls Williams der Liebhaber von Sammi gewesen war und sie ihm gedroht hatte, seiner Frau etwas zu sagen, hätte er fraglos ein starkes Motiv gehabt, sie loszuwerden. Jack mochte den Mann nicht, hatte allerdings im Laufe der Jahre gelernt, sein Urteilsvermögen nicht von persönlicher Abneigung trüben zu lassen. Und bisher hatten sie nicht viel, was ihn mit Sammi in Verbindung brachte, abgesehen von dem Wagen, der, wie die Kameraaufzeichnungen zeigten, in der Nähe des Wehrs gewesen war.

Alles lief auf eine Frage hinaus: War Williams ihr reicher Sugar-Daddy?

Jacks Handy klingelte. Er sah auf die Nummer. London. Würde ihm dieser Anruf die Antwort darauf geben?

Jack saß geduldig auf dem Beifahrersitz von Sarahs Wagen, während sie den letzten Jungen zu Hause absetzte.

»Hast du alles, Harry?«, fragte sie. »Tolles Spiel von dir, Junge. Grüß deine Mum von mir, ja?«

Jack drehte sich um, als Harry seine Cricket-Tasche von der Rückbank zog und die Autotür zuwarf.

»Tschüss, Mrs. Edwards. Danke fürs Fahren.«

Sarah wartete, bis der Junge im Haus war, ehe sie losfuhr. Sie fädelte in den Verkehr ein und beschleunigte.

»Na, das war mal eine sehr erhellende kleine Rundfahrt durch die Nachbarschaft«, meinte Jack.

»Bedaure, aber das ließ sich nicht vermeiden«, sagte Sarah. »Stets müssen einige Eltern früher weg, und die letzten fahren eben die Spieler nach Hause. Heute habe ich den Kürzeren gezogen.«

»Kein Problem.«

»Die Samstage sind meistens ziemlich voll.«

»Ja, habe ich auch schon gemerkt.«

»Und, wie ist der Plan?«, fragte Sarah.

»Ich denke, wir nehmen Mr. Williams in die Mangel. Mal sehen, was wir aus ihm rausquetschen können.«

»Haben wir das nicht schon mal? Was ist jetzt anders?«

»Nun, ich verrate dir, was anders ist. Ein Kumpel von mir bei der Betrugseinheit in London hat gestern Abend ein paar Handyzahlungen für mich überprüft. Und er konnte mir einige spannende Informationen geben.«

»Ist das nicht illegal?«, fragte Sarah.

»Ich ziehe das Wort ,fragwürdig' vor. Wir bewegen uns da ein wenig in der Grauzone. Ganz besonders heutzutage.«

»Und? Erzähl – was hat er gesagt?«

»Er ist auf unseren mysteriösen SMS-Schreiber von ,Triff

mich am Wehr' gestoßen. Oder vielmehr hat er herausgefunden, dass das Handy, von dem die Nachricht kam, mit einer Kreditkarte von Barclays bezahlt wurde, die auf einen gewissen Mr. Gordon Williams eingetragen ist. Adresse: Imperial House, Lower Runstead. Er hat auch bestätigt, dass das Handy aus dem Auto auf Sammis Namen lief.«

»Wow! Ist das nicht genau das, was wir brauchen? Der Beweis?«

Jack zuckte mit den Achseln.

»Es ist gut. Sehr gut sogar, weil es beweist, dass Williams und Sammi Kontakt hatten an dem Abend, als sie starb. Es beweist außerdem, dass er das Treffen am Wehr vorschlug.«

»Aber nicht, dass er sie umgebracht hat?«, mutmaßte Sarah.

»Richtig. Es beweist nicht mal, dass tatsächlich ein Treffen stattfand.«

»Und warum wollen wir dann mit ihm reden?«

»Weil er uns belogen hat. Und wenn Leute einer Lüge überführt werden, sind sie oft geneigt, auch anderes preiszugeben. Man kann nie wissen.«

»Bald sind wir schlauer«, sagte Sarah und hielt vor dem Tor zum Imperial House an.

Jack beobachtete, wie Sarah am Tor ein weiteres Mal klingelte.

»Nichts?«, fragte er.

Sarah gestikulierte ratlos.

»So etwas passiert«, meinte Jack. »Man will die bösen Jungs überraschen, und manchmal spielen sie eben nicht mit.«

»Oder sie kommen gerade erst nach Hause.« Sarah zeigte nach hinten.

Jack drehte sich um. Ein silberner Mercedes glitt neben sie und hielt an. Am Steuer saß Gordon Williams.

Er ließ sein Fenster herunter.

»Sie schon wieder? Was wollen Sie denn diesmal?« Dann allerdings sagte er: »Folgen Sie mir!«

Vor ihnen schwang das Automatiktor auf, und der Mercedes schnurrte die Einfahrt hinauf zum Haus.

Sarah löste die Handbremse und fuhr ihm nach.

»Denkst du, was ich denke?«, fragte sie.

»Ja.«

»Wir hatten irgendwie angenommen, dass der Rover sein einziger Wagen war, nicht?«

»Hatten wir«, sagte Jack. »Anscheinend bin ich ein wenig aus der Übung.«

Als sie oben am Haus ankamen, war Williams schon ausgestiegen und auf dem Weg ins Haus.

Sarah und ihr Begleiter folgten ihm.

»Wie es aussieht, sind wir eingeladen«, sagte Jack und schlenderte mit Sarah durch die Vordertür.

Jack blickte sich in der imposanten Diele um. Zwei halbrunde Treppen ragten vor ihnen auf, erhellt von einem hohen Buntglasfenster. Ein riesiger Kronleuchter hing hoch über dem schimmernden Parkettboden.

Williams sah die Post durch, die auf dem schön gedrechselten Tisch lag.

Er drehte sich zu ihnen um.

»Das muss aber schnell gehen, in Ordnung? Und wenn wir fertig sind, erwarte ich, Sie beide nie mehr wiederzusehen. Habe ich mich klar ausgedrückt?«

»Das, Mr. Williams, hängt ganz davon ab, was Sie uns erzählen«, antwortete Jack.

Jack entging nicht, dass Williams sich rasch umsah, als wollte er sichergehen, dass niemand sonst in Hörweite war.

»Okay, na gut! Als Sie neulich hier waren … war ich nicht vollkommen korrekt in meinen Angaben. Da lief etwas zwischen Sammi und mir. Keine Affäre, Gott bewahre! Aber … ein Arrangement. Das luxuriöse Leben hatte es ihr angetan, unserer Sammi. Aber sie hat nie genug verdient, um es sich leisten zu können. Also gingen wir zusammen aus, wenn ich in London war.«

»Und, haben Sie mit ihr geschlafen, Mr. Williams?«, fragte Sarah.

»Äh, ja. Selbstverständlich.«

»Selbstverständlich«, wiederholte Sarah.

»Jedenfalls reichte das Sammi nicht. Sie wollte auch Bargeld. Ich sagte Nein – und dass ich mich nicht mit Prostituierten abgebe. Das hat sie sehr aufgebracht.«

»Kann ich mir denken«, sagte Jack ernst.

»Daraufhin hat sie versucht, mich zu erpressen. Sie drohte, es meiner Frau zu erzählen … und dem Vorstand von Imperial auch.«

»Das ist ja furchtbar«, rief Sarah.

Jack behielt sie im Blick, denn ihm fiel wieder ein, wie sie ihn gebeten hatte, sie zu bremsen, sollte sie Robbo schlagen wollen. Er konnte sehen, wie sich jetzt ihre Fäuste ähnlich wie an jenem Tag ballten.

»Furchtbar, ja, kann man wohl sagen. Wie auch immer, ich habe mich bemüht, sie zur Vernunft zu bringen, aber sie wollte mir nicht zuhören.«

»Dann haben Sie ihr also deshalb die SMS-Texte geschickt«, merkte Jack an, um ihm mehr zu entlocken.

Wie beim Forellenfischen, ging es Jack durch den Kopf. Und unser Fliegenköder ist das Handy …

Aber Williams biss nicht an.

»Was? Welche SMS?«, fragte er.

»Die, die Sie ihr an dem Tag geschickt haben, als sie starb«, sagte Jack.

Ihm war bewusst, dass Sarah ihn ansah. Und er bemerkte außerdem, dass Williams' Verwunderung sehr glaubwürdig wirkte.

»Ich habe ihr keine SMS geschickt«, beteuerte Williams prompt.

Jack nahm das Handy hervor, das er im Wagen gefunden hatte, und rief die Textnachrichten auf. Er zeigte sie Williams.

»Ach nein? Und was ist mit diesen?«

Williams guckte auf das Verzeichnis und scrollte ein Stück weiter.

»Die von vor ein paar Wochen sind von mir, ja. Aber nicht die letzten. Die sehe ich zum ersten Mal.«

»Wie praktisch, nicht wahr, Mr. Williams?«, entgegnete Sarah.

»Praktisch und *wahr*. Zufällig habe ich mein Handy vor ungefähr zehn Tagen verloren – das, von dem ich früher SMS an Sammi geschickt habe. Und ich war kein bisschen traurig deswegen, denn so konnte sie mich nicht mehr erreichen.«

»Und wer hat diese Nachrichten geschickt?«, wollte Jack wissen.

»Woher soll ich das wissen? Vermutlich derjenige, der mein Handy gefunden hat. Oder es gestohlen hat.«

Jack sah erst Williams an, dann Sarah. Er überlegte schnell. Doch wie er es auch drehte und wendete, Williams sah plötzlich unschuldig aus.

Zumindest was den Mord betraf.

Der SMS-Verfasser konnte nach wie vor der Mörder sein – doch wer war er? Jemand, der für Williams arbeitete? Und warum? Aus Eifersucht?

Draußen ertönte eine Hupe. Jack bemerkte, wie Williams auf die Uhr blickte.

»Das Gespräch ist beendet. Ich bin in Eile, und Sie gehen jetzt.«

Er griff nach einem Jackett, das auf einer Stuhllehne hing, und führte seine beiden Besucher zur Haustür.

Jack hatte das Gefühl, dass sie – wenn auch höflich – aus dem Haus getrieben wurden. Durch die Vordertür ging es hinaus auf den mit Kies ausgelegten Parkbereich vor dem Haus.

Hinter sich hörte er, wie Sarahs Handy einen Piepton von sich gab; offensichtlich war eine Nachricht eingetroffen.

Draußen im strahlenden Sonnenschein stand der schwarze Range Rover Sport, daneben Kaz in einem engen schwarzen Anzug und einem teuren weißen Hemd. Im nächsten Moment ging der junge Mann auf den Mercedes zu.

»Komm jetzt, Dad«, sagte er und stieg hinters Lenkrad. »Wir sind bereits spät dran.«

Williams ging um den Wagen herum zur Beifahrerseite.

Jacks Verstand arbeitete mit Vollgas.

Der Sohn würde fahren.

Der Sohn war mit Williams und dessen Frau auf der Jacht gewesen.

Der Sohn hatte den Schlamm vom Wagen gewaschen.

Der Sohn hatte Zugriff auf das Handy seines Vaters.

Jack blickte Hilfe suchend zu Sarah, doch die war mit ihrem eigenen Handy beschäftigt.

Und noch ehe Jack den Fall in seinem Kopf neu sortieren konnte, trat Sarah vor ihn und bückte sich zum Fahrerfenster.

»Wollen Sie nach Cherringham?«, fragte sie Kaz lächelnd.

»Ja.«

Jack runzelte die Stirn. Was hatte sie vor?

»Lassen Sie mich raten. Sie fahren zur Aufführung der Operngesellschaft?«

»Stimmt«, antwortete Kaz. »Mum singt da.«

»Wird sicher schön«, sagte Sarah. »Ich will auch hin. Ach du liebe Güte, es fängt ja bereits in einer halben Stunde an!«

Williams beugte sich halb über seinen Sohn.

»Wenn Sie uns dann bitte entschuldigen. Wir müssen los.«

Jack sah, wie Sarah Kaz zulächelte. Er erwiderte ihr Lächeln – offenbar, um den rüden Tonfall seines Vaters wettzumachen.

»Mum ist die Solistin«, sagte er stolz.

»Ah, ich tippe mal, der Sopran?«

»Richtig«, antwortete Kaz. »Woher wissen Sie das?«

Jack bemerkte Sarahs ruhigen Tonfall.

»Ach, meine Mutter ist auch in dem Chor.«

Genau, dachte Jack, *und Sarahs Mum hat erwähnt, dass ihre Solistin die Probe versäumt hatte.*

An dem Abend, als Sammi starb!

Williams tippte seinem Sohn aufs Knie und bedeutete ihm ungeduldig, loszufahren.

»Das Tor bleibt noch ein paar Minuten offen«, teilte er ihnen durchs offene Fenster mit. »Beeilen Sie sich lieber!«

Und dann fuhr der Mercedes rasch davon, sodass kleine Kieselsteine hochspritzten.

Jack sah dem Wagen nach. Er war nicht überrascht, als Sarah ihm ihr Handy hinhielt und ihm die Fotos auf dem Display zeigte.

Es waren die nachbearbeiteten Aufnahmen von der Cherringham Toll Bridge, der Zollbrücke der Buckland-Zwillinge.

Der schwarze Range Rover Sport, der nach Cherringham reinfuhr und vier Stunden später zurückkehrte. Und hinter dem Steuer saß …

Maureen Williams.

Die Sopranistin, die sich vor der Probe an jenem Abend krankgemeldet hatte. Cherringhams »Nedda«, die ihren Komödianten-Ehemann »Canio« hinterging.

Maureen Williams.

Die Mörderin.

20. Eine tragische Oper mit einem tragischeren Nachspiel

Jack stand neben Sarah hinten im Gemeindesaal, weil alle Stühle besetzt waren. Auf der Bühne entspann sich die schaurige Geschichte von Untreue und Mord.

Der Bajazzo war eines von Jacks Lieblingsstücken, und er fand, dass sich die Operngesellschaft von Cherringham, die nur über ein kleines Dorfensemble mit einer Begleitung in Kammerorchesterstärke verfügte, gar nicht schlecht schlug.

Und nun, da sich Leoncavallos einziges Meisterwerk dem blutigen Höhepunkt näherte, saß das Publikum aufrecht auf den Plätzen, vollkommen konzentriert auf das, was unweigerlich auf der Bühne geschehen würde.

Jack sah zu Sarah.

Falls sie diese Oper noch nicht kannte, stand ihr ein Schock bevor.

Auf der Bühne sang sich Canio, der Anführer der fahrenden Schauspielertruppe, die Seele aus dem Leib. Sein Tenor war ein wenig wacklig; dennoch hatte seine Stimme die Kraft, bei den Zuhörern eine Gänsehaut hervorzurufen, als er »den Namen« verlangte – den des Liebhabers seiner Frau Nedda.

In diesen letzten Momenten der Oper, in denen Nedda weiterhin ihre Unschuld beteuerte und sich weigerte, Namen zu nennen, wurde der Tenor noch zittriger, gewann aber gleichzeitig eine – wie Jack zugeben musste – packende dramatische Intensität.

Nedda – zu Tode verängstigt ob der rasenden Wut ihres Gemahls – wollte fliehen, wurde jedoch von Canio gepackt. Er legte die Hände fest um ihren Hals, bevor er ein Messer zog und seine betrügerische Frau erstach.

Der Sänger, der Neddas Geliebten spielte, eilte herbei, um Canio aufzuhalten – um sodann selbst erstochen zu werden.

Ach, die Oper! Bei ihr kann man sich darauf verlassen, dass gegen Ende die Zahl der Todesopfer fast immer anschwillt, dachte Jack.

Canio zog das Messer aus dem Leib der Geliebten und sprach mit hängenden Armen und Tränen in den Augen die letzten, immer wieder erschütternden Worte.

»La commedia è finita!«

Tosender Applaus brach unter den Einwohnern Cherringhams aus. Sie hatten ja keine Ahnung, dass das wahre Drama unmittelbar bevorstand.

Jack fühlte, wie Sarah seine Schulter berührte. Sie bedeutete ihm mit einem Nicken, dass sie beide draußen warten sollten.

Sarah stand zwischen Jack und Alan, den sie auf der Fahrt zum Gemeindesaal angerufen und eingeweiht hatte.

Er hatte eine Menge Fragen gehabt und war mehr als skeptisch gewesen, doch letztlich musste er einsehen, dass sie das Rätsel um Sammis Tod gelöst hatten.

Nach der Aufführung hatte Sarah ihre Mutter umarmt, ihr gratuliert und sie dann mit ihrem Dad, Daniel und Chloe zum Old Pig geschickt, wo sie sich später zum Abendessen treffen wollten.

Ich muss nur kurz etwas Wichtiges erledigen, Mum. Es dauert nicht lange …

Inzwischen hatte sich auch das übrige Publikum entfernt und war in die wenigen Pubs und Restaurants gegangen, und nur sie drei standen noch auf Cherringhams altem Marktplatz. Sie warteten auf eine Sängerin.

Auf Maureen Williams – die untreue »Nedda«, die nicht ahnte, was sie draußen erwartete.

Schon seltsam, dachte Sarah, *wie sich in einem einzigen Augenblick dein Leben völlig verändern kann. Genau so, wie es für Sammi gewesen ist.*

Gordon Williams öffnete die Tür des Gemeindesaals und trat hinaus; seine Frau und sein Sohn folgten ihm. Alle drei lächelten, aufgekratzt vom Adrenalinrausch der erfolgreichen Darbietung.

Doch Gordy blieb sofort stehen, als er Sarah und Jack mit dem in seiner Uniform gekleideten Alan erblickte, die alle drei offenkundig auf jemanden warteten.

Alan hatte zugestimmt, Sarah zuerst reden zu lassen.

Du hast die Arbeit gemacht, hatte er gesagt.

Verblüffend, dass er kein bisschen beleidigt war.

Aber es war Gordon, der nun als Erster redete.

»Was? Schon wieder?«

Jack signalisierte Sarah mit einem Nicken, dass sie die Gesprächsführung übernehmen sollte.

Und sie ignorierte den Ehemann. »Mrs. Williams, wir haben Sammis Handy gefunden. Mit den Nachrichten.«

Sarah hielt es in die Höhe.

»Und es gibt Fotos von den Sicherheitskameras der Zollbrücke. Auf den Kameraaufzeichnungen sind Sie an dem Abend zu sehen, als Sammi starb.«

Die Frau machte noch größere Augen als in dem Moment, in dem ihr Bühnengemahl das Messer gegen sie erhoben hatte.

»Sie haben das Handy Ihres Mannes gefunden und gesehen, was vor sich ging«, fuhr Sarah fort. »Also beschlossen Sie, Sammi eine SMS zu schicken.«

Maureen Williams begann entsetzt den Kopf zu schütteln.

Gordon sah sie an. »Sag nichts, Liebling! Unser Anwalt wird ...«

Aber Maureen Williams, vermutete Sarah, hatte schon vor Langem aufgehört, ihrem Mann zuzuhören.

Sie drehte sich zu ihm um. »*Du!* Du und deine Londoner Huren! Als hätte ich nichts gewusst!«

Sarah warf Jack einen fragenden Blick zu. *Soll das so ablaufen?*

127

»Maureen, Liebling, du musst aufhören …«

»Muss ich? Du hättest zugelassen, dass diese kleine Schlampe uns zerstört, unsere Familie kaputtmacht. So ein blödes Ding, aber du …« – sie lachte verbittert – »… du magst sie ja gerne dumm.«

Sarah sah den entgeisterten Kaz an, und er tat ihr aufrichtig leid, weil er diese Szene miterleben musste.

Alan räusperte sich. »Mrs. Williams, ich fürchte …«

Aber Maureen Williams, die verschmähte Frau, war noch nicht fertig. »Sie war so leicht ins Wasser zu schubsen. Nichts als Haut und Knochen in ihrem Glitzerfummel, so hübsch angezogen für dich! So dumm – und so leicht unter Wasser zu halten.«

Sarahs Magen zog sich zusammen. Wie schafften richtige Polizisten das? Sie wollte ihre Hand zur Faust ballen und sie mit aller Kraft der Frau ins Gesicht rammen, die ihre Freundin ermordet hatte.

Alan trat einen Schritt näher und legte eine Hand auf Maureen Williams' Arm.

»Alan, das ist doch sicher nicht notwendig …«, platzte es aus dem verzweifelten Gordon heraus.

Aber es war notwendig. Mord blieb Mord, auch hier in dieser kleinen Welt von Cherringham, wo alles und alle eng miteinander verbunden sind.

»Mrs. Williams, Sie müssen leider mit mir kommen.«

Und mit diesen Worten führte der Polizist sie langsam, beinahe sanft weg.

Sarah wollte noch etwas zu dem Mann sagen, der eigentlich hierfür verantwortlich war – zu Gordon Williams.

Doch dann spürte sie eine Hand an ihrem Ellbogen.

Jack.

Er neigte sich zu ihr und sagte: »Gehen wir lieber, Sarah.« Er atmete tief ein. Für einen Sommerabend war die Luft sehr kühl. »Wir sind hier fertig.«

Sarah starrte Gordon Williams noch einige weitere Augenblicke an. Würde sie ihm jetzt etwas sagen, ließe sie sich nur auf sein Niveau herab.

Also antwortete sie Jack mit einem schlichten »Ja« und gestattete ihm, sie vom Gemeindesaal wegzuführen und zu ihrer Familie zu begleiten.

Die Komödie – oder in diesem Fall: die Tragödie – war eindeutig zu Ende.

Epilog

Die untergehende Sonne schien ihr ins Gesicht, als Sarah ein leises Surren hörte. Sie drehte sich um. Jacks Angelrute bog sich, während noch mehr Schnur abrollte.

»Was am Haken?«, fragte sie.

»Scheint so. Ich dachte schon, ich hätte dieses Fliegenfischen irgendwie falsch verstanden.«

»Wohl doch nicht.«

Sie schaute zu, wie Jack sehr vorsichtig die Leine einholte. Offenbar musste man es so machen. Sarahs Vater hatte sich nie für solche Hobbys interessiert.

Sie hingegen nahm sich fest vor, einmal mit den Kindern angeln zu gehen, bevor sie richtig groß waren und diese Möglichkeit nicht mehr existierte.

Plötzlich gab es ein Platschen wenige Meter vom Boot entfernt: Der Fisch flog aus dem Wasser.

Sarah lehnte sich vor. »Fantastisch! So was hab ich noch nie gesehen.«

Jack kurbelte weiter.

»Nicht die größte Forelle aller Zeiten«, sagte er, »aber sie dürfte eine passable Mahlzeit abgeben.«

Die Forelle sprang abermals, drehte und wand sich, wobei sie im Sonnenlicht blitzte und schimmerte.

»Fängst du sie bitte mit dem Netz ein?«

Sarah schnappte sich den langen Kescher und beugte sich zum Bootsrand.

»Wenn du sie neben dem Boot siehst, dann tauch einfach den Kescher ein und heb sie raus.«

Der Fisch wand sich wild im Wasser, sprang jedoch nicht wieder, und als er fast unter ihr war, lehnte Sarah sich weit vor: Sie stieß den Kescher ins Wasser und fing die Forelle.

Jack grinste breit, als Sarah ihm seine Trophäe hinhielt.

»Gut gemacht«, sagte sie.

»Abendessen! Und ich glaube, es ist Zeit für einen Martini.«

Binnen Minuten hatte Jack sie beide mit geeistem Martini versorgt, den er in klassischen Gläsern servierte.

»Bleibst du zum Fischessen?«, fragte er. »Frischer wird er nicht.«

Sarah lächelte. »Ich würde gerne, aber ich muss die Kinder holen, und sie werden heute Abend ein richtiges Essen verlangen. So gut, wie ich es eben hinkriege. Was nicht besonders toll ist.«

Jack stieß mit seinem Martini-Glas an ihres.

»Auf deine Ermittlungsarbeit«

»Auf *unsere* erfolgreiche Ermittlungsarbeit.«

»Fühlt sich jedes Mal wieder gut an, Rätsel zu knacken.«

»Ja, irgendwie … aufregend.«

Er drehte sich zu ihr. »Und weißt du übrigens, dass dein Freund Alan tatsächlich ‚Danke‘ gesagt hat? Ich hatte den Eindruck, dass es ihn nicht mehr ganz so sehr stört, einen alten NYPD-Profi wie mich hierzuhaben – auf seinem heimischen … wie sagt ihr noch?«

»Rasen?«

»Richtig. Und nachdem wir nun wissen, dass euer beschauliches, kleines Cherringham gar nicht so gemütlich und harmlos ist – wer weiß! Womöglich gibt es in Zukunft noch mehr zu ermitteln.«

Daran hatte Sarah überhaupt nicht gedacht. Sie hatte das hier für Sammi getan. Dennoch hatte es ihr irgendwie gefallen.

Es war aufregend und spannend gewesen … Und Jack? Nun, Jack war Jack. Wer würde nicht gern mit dem besten Ermittler Detektiv spielen wollen?

»Klar. Na dann, auf mehr!«, sagte sie.

»Ja, solange es nicht heute Abend sein muss. Der Fall ist gegessen, aber mein Fisch noch nicht.«

Danach wandten sie sich beide wieder der untergehenden Sonne zu und tranken schweigend ihre Martinis aus.

Und Sarah wurde bewusst, dass das Leben in Cherringham –für sie beide – plötzlich viel interessanter geworden war.

Matthew Costello
Neil Richards

CHERRINGHAM
LANDLUFT KANN TÖDLICH SEIN

Das Geheimnis von Mogdon Manor

Aus dem Englischen von Sabine Schilasky

1. Der Dachboden

Victor Hamblyn saß in seinem Lehnsessel; die eine knorrige Hand umklammerte das klauenförmige Ende einer Armlehne, und in der – recht zittrigen – anderen hielt er ein Kristallglas mit Sherry.

Es war egal, dass der Inhalt des Glases recht winzig zu sein schien. Victor hatte in diesem zugigen Haus – seinem trauten Heim – an verschiedenen Stellen noch Vorräte versteckt.

Wenn er sich doch nur erinnern könnte, wo.

In diesem Moment steckte die allzeit muntere Hope, Victors überaus duldsame Haushälterin und Krankenschwester, ihren Kopf zur Tür herein. »Ich bin dann weg, Mr. Hamblyn. Bis morgen früh in alter Frische!«

Ihre Schritte hallten auf den alten Steinfliesen in der Diele. Dann hörte Victor, wie die schwere Vordertür ins Schloss fiel.

Nun war er allein. Vermutlich würde irgendwann die Zeit kommen, in der er jemanden benötigte, der ihn ins Bett brachte. Erstaunlicherweise war eine solche Hilfe trotz seiner einundneunzig Jahre noch nicht notwendig, und er würde sein Bestes geben, um diesen ultimativen Verlust seiner Würde möglichst lange hinauszuzögern. Er trank einen Schluck Sherry.

Der Likörwein war gut. Nicht überragend, aber dieser Tage konnte Victor sich nichts leisten, das auch nur annähernd von überragender Qualität war. Doch wie er schon in jungen Jahren zu sagen pflegte, wenn er billigen Gin mit Tonic im Raj Club hinunterschluckte: Trinkbar ist das auch.

Natürlich war damals alles trinkbar, ausgenommen Wasser, denn das konnte einen im buchstäblichen Sinne des Wortes töten. Wasser und jede Form von ungekochter Nahrung.

Ob sich diese Dinge in Indien wohl inzwischen geändert hatten?

Manchmal fragte er sich, wie es heute dort sein mochte. Indien, das Land seiner Jugend, galt mittlerweile als aufstrebende Wirtschaftsmacht, während sich das nicht mehr so großartige Großbritannien leidlich durchwurstelte.

Noch ein Schluck, und das Glas Sherry war zur Hälfte ausgetrunken. Ein bescheidenes Vergnügen … Ja, genau das war ein Sherry. Das und die eigenen Erinnerungen.

Die alte Standuhr in der Diele schlug. Sie ging immer noch, obwohl sie dazu neigte, jeden Tag einige Minuten zu verlieren. Aber den tiefen, dröhnenden Klang hatte sie beibehalten! Auch der gehörte zu den schlichten Freuden.

Nach einem letzten Schluck stellte Victor das Glas mit zittriger Hand ab. Er saß in dem Lehnsessel recht hoch und wurde von zusätzlichen Kissen im Rücken gestützt, die ihm das Aufstehen erleichterten.

Nun drückte er beide Hände auf die Armlehnen und …

Geschafft!

Dann machte Victor Hamblyn sich langsam auf den Weg zur Treppe.

Es war Jahre her, seit er die große Treppe zuletzt erklommen hatte.

Ohne die hässliche Vorrichtung, auf deren Anschaffung Hope bestanden hatte, würde es ihm inzwischen schwerfallen, nach oben zu kommen.

»Dafür sollen mal schön Ihre Kinder bezahlen, Mr. Hamblyn«, hatte sie geschimpft. »Es ist eine Schande, dass Sie sich so abmühen müssen!«

Und bald darauf, nach dem unvermeidlichen Gemeckere, war die Vorrichtung installiert worden.

Hope war es gar nicht recht gewesen, ihn diese Tätigkeit allein bewältigen zu lassen. Doch nachdem er ihr vorgeführt hatte, dass er sehr wohl auf den Sitz steigen und den Gurt anlegen konnte, der ihn während der Fahrt nach oben sicherte, war sie einverstanden gewesen, ihn vor dem Zubettgehen zu verlassen.

Nun, da er fest angeschnallt war, drückte er den Knopf, und mit einem lauten Surren setzte sich der Treppenlift in Bewegung.

Ich könnte die Treppe gewiss zu Fuß schaffen, dachte er. *An einem guten Tag – oder einem guten Abend.*

Die Sache war nur, dass er nie wusste, ob er einen guten Tag oder Abend hatte. Der dämliche Treppenlift war wenigstens verlässlich.

Während der Fahrt nach oben hatte Victor eine gute Sicht auf die Familienporträts, deren Rahmen stellenweise abblätterten und von einer dicken Staubschicht belegt waren. Die Farben waren im Laufe der Zeit dunkler geworden, in der die Hamblyn-Generationen aus einer wirtschaftlich rosigeren Epoche beständig Neues gefunden hatten, auf das sie tadelnd herabblicken konnten.

Der Treppenlift hielt an und drehte sich etwas zur Seite, sodass Victor den Gurt lösen und vom Sitz hinuntergleiten konnte. Gleichzeitig schaltete er eine Lampe im Flur an. Er benutzte eigentlich nur noch dieses eine Licht anstelle der helleren Deckenbeleuchtung, um seine ohnedies schon horrende Stromrechnung nicht noch weiter in die Höhe zu treiben. Und wie an den meisten Abenden wurde der Gedanke, kurz ins Bad zu gehen und dann unter die Bettdecke zu schlüpfen, mit jedem Schritt reizvoller.

Er schlief bei brennendem Licht. Aus unerfindlichen Gründen hielt ihn die Helligkeit nicht wach, auch wenn er keine Schlafmaske trug.

Der sanfte gelbe Schein seiner Nachttischlampe verlieh dem düsteren Schlafzimmer beinahe etwas Heimeliges, und das ungeachtet des abgewetzten Teppichs, der vergilbten Lehnenschoner auf dem eher unbequemen Sessel und der bis zur Decke reichenden Fenster, durch die man den dunklen Weg draußen überblicken konnte. Er führte von der Dorfstraße zum Kreisel gleich vor dem Haus und war jetzt schon von Herbstlaub bedeckt.

Ja, auch die Garten- und Grundstückspflege hatte auf ein Minimum reduziert werden müssen. Victor konnte es sich nicht leisten, die Gartenfirma häufiger als einmal pro Monat kommen zu lassen.

Was soll's, dachte er. *Ich gehe ja sowieso nie raus.*

Dann fiel ihm etwas Witziges ein. Er konnte schon immer Leute zum Lachen bringen, sogar sich selbst.

Und er dachte: ... *solange die Blätter nicht hier reinwehen!*

Hierüber musste er schmunzeln, und dann merkte er, wie er langsam einschlief.

Der sanfte Übergang in den Schlummer, ähnlich einem Hinabgleiten auf einem samtigen Hügel, wurde leider jäh unterbrochen.

Schuld daran war ein seltsamer Geruch. Victor schnaufte, als könnte das den Gestank vertreiben. Stattdessen machte es ihn noch stärker, und Victor riss die Augen auf, als ihm plötzlich bewusst wurde, was er roch.

Feuer. Etwas brannte.

Nun rappelte er sich mühsam in eine sitzende Stellung auf, um sich im Schlafzimmer umzusehen.

Hier war nichts. Kein Feuer. Aber irgendwo in diesem riesigen Haus brannte es.

Victor griff nach dem klobigen Handy mit der extragroßen Tastatur, das immer neben seinem Bett lag.

Er drückte einen Knopf – so wie er es schon zuvor getan hatte, bei den anderen Malen.

Eine Stimme meldete sich, und Victor sagte: »Hier ist Victor Hamblyn aus Cherringham, Mogdon Manor, und -«

»Ja, Mr. Hamblyn, wir sehen, dass Sie es sind. Gibt es ein Problem?«

»Ja! Ein Feuer!«

»Wir sind unterwegs. Können Sie aus dem Haus kommen?«

Victor nickte. Es war ihm in diesem Moment nicht bewusst, dass man seine Kopfbewegung am anderen Ende der Verbindung nicht hören konnte.

Er dachte nicht einmal an die Worte, die gesprochen wurden, denn plötzlich beherrschte ihn ein einziger Gedanke.

Er ließ das Telefon auf die Decken fallen, woraufhin die Stimme der Vermittlung nur noch gedämpft zu hören war, und kämpfte sich aus dem Bett. Ohne seine Hausschuhe überzuziehen, machte er sich auf den Weg in den Flur.

Vor seinem Zimmer wirbelten kleine Rauchfahnen durch die Luft. Victor wandte den Kopf nach links und rechts, um zu sehen, wo der Qualm herkam, doch es war nicht zu erkennen. Der schwärzliche Rauch schien überall zu sein, wie ein Fluss, der ihm bis zu den Knöcheln und von dort höher und höher stieg.

Vom oberen Treppenabsatz aus konnte er einen Wasserfall aus Qualm sehen, der zur Diele hinabquoll.

Doch anstatt die Stufen hinunterzusteigen und zur Tür zu gehen, durch die er sich in Sicherheit bringen könnte, drehte sich Victor, so schnell er konnte, um und eilte zu einer Tür auf halbem Wege den Flur hinunter. Er zog einen Schlüssel aus der Tasche seines Morgenmantels und schloss die Tür auf. Drinnen tastete er nach dem Lichtschalter.

»Gott … *verdammt!*«

Seine trägen Finger brauchten einen Moment, bis sie den Schalter erwischten. Im selben Moment tauchte eine einfache Holztreppe vor ihm auf, die zu einer Dachkammer führte. Stufen! Victor war schon so lange keine Treppen mehr gestiegen. Jetzt musste er nach oben in das Zimmer, und das schnell.

Aber war das überhaupt möglich?

Er umklammerte das dünne Holzgeländer, stellte einen nackten Fuß auf die unterste Stufe und begann sich mühsam hinaufzuschleppen. Wie ein greiser Bergsteiger auf dem Mount Everest stellte er einen Fuß vor den anderen und spürte dabei, wie mit jedem qualvollen Schritt seine Atmung flacher wurde. Bald schmerzten seine Beinmuskeln, die eine solche Belastung nicht mehr gewohnt waren.

Doch er ging weiter, sogar als er jemanden hörte – weit weg und verzerrt -, der nach ihm rief.

»Dad!« Dann wieder: »Dad!«

Victor ignorierte das Rufen und stieg weiter. Es waren nur noch wenige Stufen zu gehen, danach kam eine weitere Tür und hinter der ein zweiter Lichtschalter, der ertastet werden musste. Er würde gleich da sein. Inzwischen waren mehr Geräusche von unten zu hören: Sirenen. Die Feuerwehr war eingetroffen.

Victor stand an der Tür. Obwohl ihm vom Aufstieg schwindlig war, gelang es ihm, den Knauf zu drehen und den Raum zu betreten. Blind klopfte er die Wand rechts von sich ab und erwischte tatsächlich den Lichtschalter.

Als er in das Zimmer ging, stach ein Holzsplitter in seinen rechten Fuß, doch Victor beachtete es nicht.

Hier oben wurden die Geräusche von unten zu einem schwachen Murmeln. Er blickte sich um – vergaß für einen Moment, wohin er sehen musste, denn er war verwirrt. Es war ewig her, seit er hier oben gewesen war.

Wo war es? Das grelle Licht blendete Victor und warf lange Schatten.

»Wo?«, fragte er laut und versetzte sich mit seiner Verzweiflung selbst in Angst und Schrecken.

Die Schatten bekamen eine gräuliche Tönung, und Victor wurde bewusst, dass er hustete. Dann schien eine Ecke des großen Dachbodenraums im Nebel zu verschwinden, der, wie Victor rasch begriff, gar kein Nebel war. Der Rauch war ihm hierher gefolgt.

Er stieg neben ihm auf, schlängelte sich weiter in das Zimmer hinein und kroch seine Beine hinauf, während Victor immer wieder hustete.

Die Feuerwehrleute müssten eigentlich schon im ersten Stock sein und in Victors Schlafzimmer nach ihm suchen. Wie lange würde es dauern, bis sie hier oben waren?

Unter seinem ständigen Husten krümmte Victor sich, presste sich seine faltige Hand auf den Mund. Er sank auf die Knie, und dann, als ganze Teile des Raumes verschwanden, war für Victor nichts anderes mehr da als Nebel.

2. Asche zu Asche

Sarah blickte hinüber zu Hope Brown, deren gesamte Aufmerksamkeit dem jungen Vikar der St. James Church galt. Der Geistliche sah gerade ein weiteres Mal auf seine Armbanduhr. Sarah fröstelte, und sie bereute es, ihren Wintermantel zu Hause gelassen zu haben. Allerdings hatte sie ja auch nicht vorgehabt, heute Nachmittag zu einer Beerdigung zu gehen.

Nur wenige Leute waren um den Sarg versammelt, der nahe einem offenen Grab im äußersten Winkel des alten Friedhofs stand. Genau genommen waren es, außer den unmittelbaren Angehörigen, nur die wenigen Frauen, die regelmäßig in die Kirche gingen und wahrscheinlich keine Veranstaltung der St. James Church versäumten. *Hartgesotten, diese Frauen,* dachte Sarah. Denn obgleich die alte Kirche in der Dorfmitte stand, schienen die Herbstwinde sie stets zielsicher zu treffen; und die große alte Eibe daneben raschelte unaufhörlich.

»Um Gottes willen«, murmelte der Mann neben Sarah. Sie kannte ihn von früher: Es war Dominic, einer von Victor Hamblyns Söhnen. Er war in den frühen Fünfzigern und hatte im Ort seit Langem den Ruf, mit Geld nur so um sich zu schmeißen.

Auf der Höhe des Wirtschaftsaufschwungs war der Champagner bei ihm in Strömen geflossen, und Dominic hatte Fünfzigpfundscheine wie Konfetti verstreut. Aus seinem leicht orangenen Teint folgerte Sarah, dass er sich neuerdings eher um seine künstliche Sonnenbräune kümmerte.

Neben ihm stand seine Frau Vanessa, Miteigentümerin von Coole Solutions, dem vermeintlich trendigen, auf jeden Fall aber teuersten Laden für Innenausstattung im Dorf. Sie hatte weit aufgerissene Augen – so als ob sie explodieren würde, sollte sie noch eine Minute länger hierbleiben müssen.

Ihnen gegenüber auf der anderen Seite des Grabes stand Susan Hamblyn in einem strengen grauen Kostüm, wie es nur verkniffene Buchhalterinnen tragen konnten. Während des kurzen Trauergottesdienstes hatte Sarah staunend beobachtet, wie Susan auf ihr Handy eintippte. Sicher hatte sie E-Mails geschrieben.

Und direkt neben Sarah stand das letzte Mitglied der eigentlichen Trauergemeinde: ihre Freundin Hope. Sarah stellte Blickkontakt zu ihr her, und Hope verdrehte die Augen, was wohl so viel hieß wie: *Siehst du, was ich alles ertragen muss?*

Sarah hatte sich kurzfristig bereit erklärt, Hope zum Begräbnis des alten Mannes zu begleiten, der von ihr gepflegt worden war.

Dreimal täglich hatte Hope nach Victor gesehen und den alten Mann mit der Zeit lieb gewonnen.

»Er war schon wunderlich, komisch irgendwie, weißt du?«, hatte sie Sarah erzählt. »Aber er hatte auch was richtig Liebes an sich.«

Was seine Sprösslinge und deren rare Besuche anbelangte, wusste Hope nichts Nettes zu berichten.

Und Sarah kannte Hope gut genug, um zu wissen, dass sie ungern über Leute urteilte. Ihr Schweigen allerdings sprach Bände.

Eine weitere Windböe wirbelte totes Laub zwischen den verwitterten Grabsteinen auf. Alle warteten jetzt auf Sprössling Nummer drei.

Hope drückte kurz Sarahs linke Hand. »Danke, dass du mitgekommen bist, Sarah«, flüsterte sie. »Ich hätte nicht gedacht, dass wir so lange warten müssen.«

»Ist schon gut«, antwortete Sarah. Wenigstens spielte das Wetter halbwegs mit: Zwar drohten die grauen Wolken mit Regen, doch bisher war es trocken geblieben.

Schließlich schüttelte Reverend Hewitt den Kopf. »Ich fürchte, ähm, dass wir wirklich nicht länger warten können. Ich habe noch eine Trauung in East Charlton, also ... sollten wir anfangen, nicht?«

Der Vikar, dessen dicke schwarze Brille glänzend zu seinem windzerzausten dunklen Haar passte, fällte diese Entscheidung mit demselben reduzierten Elan, mit dem Sarah ihn hatte predigen hören.

Ja, er war ein sanfter Mann, verheiratet mit einer stillen, kuhäugigen Frau, die für die Krippenspiele an Weihnachten zuständig war. Man konnte sich das Paar kaum gütiger und ruhiger wünschen.

»Genau«, pflichtete Dominic ihm bei, was ihm zustimmende Blicke seitens seiner Frau und seiner Schwester eintrug. »Wir haben alle noch etwas anderes zu tun, oder? Und Terry ... Na, ihr kennt ja Terry ...«

Wie aufs Stichwort kam Terry zu ihnen.

Nun, »torkelte herbei« wäre wohl die passendere Beschreibung. Offensichtlich hatte er sich mit einem flüssigen Frühstück im Railway Arms für die Beisetzung seines Vaters gestärkt.

Und er hatte sich sogar für den Anlass besonders gekleidet, denn über seinem massigen Bauch spannte sich ein schwarz-weißes Metallica-T-Shirt.

Sarah nahm an, dass die Garderobenauswahl in Terrys Wohnwagen eher begrenzt war.

Aber jetzt war er hier eingetroffen, und so konnte der letzte Akt des Schauspiels beginnen.

Erster Auftritt – Susan: »Wie *nett*, dass du gekommen bist, Terry.«

Zweiter Auftritt – Dominic; er konnte sich ebenfalls nicht verkneifen, Terrys verspätetes Erscheinen zu kommentieren: »Kannst du nicht mal zu der verfluchten Beerdigung deines eigenen Vaters pünktlich erscheinen?«

Terry schwankte leicht, als würden ihn die Vorwürfe wie Windböen anwehen und seinen Körper in Bewegung versetzen. Doch er erholte sich rasch und nahm wieder seine vorherige Haltung ein.

»Ja, ihr habt's grade nötig! Als hätte euch der alte Sa…« Er brach mitten im Wort ab, was vielleicht an dem Vikar mit seinem Messbuch lag, der die Geschwister beobachtete.

Sarah sah Hope an und dachte, dass die liebenswerte Krankenschwester ganz sicher nicht mit solch einer Vorstellung gerechnet hatte. Andererseits dürfte sie bei den Zusammenkünften von Victors Familie in dem verfallenen Herrenhaus schon Ähnliches, wenn nicht gar Schlimmeres erlebt haben.

»… jemals interessiert«, fuhr Terry fort. »Ihr giert doch bloß nach dem Herrenhaus und dem großen Grundstück, hä?« Sein Blick wechselte erregt zwischen seinen Geschwistern hin und her.

»Bitte!« Reverend Hewitt hielt eine Hand in die Höhe, als könnte er die Wogen der Feindseligkeit, die den glänzenden Holzsarg umgaben, genauso teilen wie einst Moses das Meer. »Ich bitte um Respekt«, sagte er und sah die verbliebenen Hamblyns der Reihe nach an.

Hope blickte zu Sarah hinüber.

Sarah nahm an, dass die Arme überlegte, ob sie ihrer Freundin hiermit ein bisschen zu viel zumutete. Deshalb lächelte sie ihr freundlich zu. Und dachte: *Ich bin freiwillig ins Dorf zurückgekehrt, um ein Dorfleben zu führen. Und dazu gehört auch das hier – einer Freundin beistehen.*

Trotz der Bitte des Vikars gab Terry keine Ruhe. »Jetzt seid ihr still, was? Kein Pieps mehr!« Das musste er noch loswerden, bevor er sich so gerade hinstellte, wie er konnte, und dem Vikar mit einem tollpatschigen Handschwenk bedeutete, dass die Zeremonie endlich beginnen konnte.

Reverend Hewitt nickte. Sein weißes Chorhemd flatterte im Wind. Er schlug das Messbuch auf, räusperte sich dezent und begann zu sprechen: »Liebe Freunde und Angehörige, lesen wir aus dem Buch des Propheten Jesaja, Kapitel 25. ‚Er wird den Tod verschlingen ewiglich; und der HERR wird die Tränen von allen Angesichten abwischen und wird aufheben alle Schmach seines Volkes in allen Landen; denn der HERR hat's gesagt.'«

Und dann fielen die ersten Regentropfen.

Auch die hatten lange genug auf sich warten lassen.

»Vielen Dank, dass du mitgekommen bist, Sarah!«

Die stets praktische Hope hatte einen extragroßen Schirm mitgebracht, der sie beide vor dem anhaltenden Regen schützte.

Über Hopes Schulter hinweg konnte Sarah die Arbeiter mit den Schaufeln sehen, die sich bereit machten, das Grab zuzuschütten.

»Kein Problem. So habe ich die Hamblyns mal in voller Pracht erlebt, nicht? Eine ziemlich spannende Familie.«

Hope nickte, blickte kurz weg und dann wieder zu Sarah.

»Ich wollte dich noch etwas fragen.« Hope nagte nervös an ihrer Lippe, und Sarah wunderte sich, was ihre Freundin so ernst und unsicher machte.

»Nur zu.«

»Na ja, du bist doch mit diesem Amerikaner befreundet … aus New York.« Sie legte eine Pause ein. »Dem Detective.«

»Dem *pensionierten* Detective.«

»Richtig. Nun, da ist eine Sache, Sarah …«

Es half, dass sie unter dem Schirm eng beieinanderstanden. Dadurch wirkte ihr Geflüster weniger verdächtig. »In der Nacht, in der Victor starb …«, fuhr Hope mit zaudernder Stimme fort.

Sarah nickte aufmunternd.

»Also, da haben sie ihn in einem Zimmer gefunden, in das keiner je gehen durfte, wie er mir mal gesagt hatte. Es ist oben auf dem Dachboden, und niemand durfte es betreten. Niemals! Er wollte, dass ich mit aufpasse, dass keiner aus seiner Familie nach oben geht, wenn sie zu Besuch sind.«

Mit einem verhaltenen Lächeln blickte Hope über das Grab hinweg zu Victors Kindern.

»Wie ich das anstellen sollte, ist mir allerdings ein Rätsel.«

»Ein verbotenes Zimmer also?«, fragte Sarah.

»Ja.«

»Und weißt du, was für ein Geheimnis mit diesem Zimmer verbunden war?«

»Nein. Du kennst mich, Sarah. Ich habe nicht gefragt, und er hat es mir nie erzählt. Eines kann ich dir aber sagen ...«

Hopes Schirm, der beinahe so groß war wie ein kleines Zelt, schützte sie bestens vor dem heftigen Regen.

»In all den Jahren, in denen ich ihn gepflegt habe, habe ich nie – kein einziges Mal – gesehen, dass er auch nur zu der Tür geschaut hat, die zum Dachboden hochführt. Er starrte mich bloß ab und zu an, vor allem wenn er einen Sherry mehr als sonst intus hatte, und wiederholte dann, keiner dürfe jemals dort nach oben gehen. Und ich sagte ihm natürlich jedes Mal, dass ich es nicht vergessen habe.«

»Meinte er ... nicht mal nach seinem Tod?«

»Kann sein. Da würde ich mir allerdings bei seinen Kindern wenig Hoffnung machen – so wie die überall herumschnüffeln.«

»Interessant«, sagte Sarah. »Ich könnte mir vorstellen, dass sie es gar nicht abwarten können, das Haus zu durchsuchen.«

Ein neues Rätsel, dachte sie. Das alte Cherringham schien weit mysteriöser zu sein, als sie erwartet hätte.

Ihr entging ebenfalls nicht, dass es da offenbar noch etwas gab – Hopes Miene nach zu urteilen: Die Gesichtszüge ihrer Freundin waren starr, die Augen verengt, und der Blick wirkte besorgt.

»Sarah, ich glaube, hier stimmt etwas nicht. Das Feuer ... Victor ist nach oben gegangen und hat nicht versucht, aus dem Haus zu kommen, wie man hätte erwarten sollen. Und ausgerechnet bei einem Feuer ging er nach oben, wo er nie gewesen war, wenn ich mich in dem Haus aufhielt.« Hope holte tief Luft. »Etwas stimmt da nicht!«

Obwohl Sarah nicht sicher war, ob sie ihrer Freundin zustimmen sollte, nickte sie.

Im Leben geschahen eine Menge Dinge.

Das wusste Sarah nur zu gut. Eben noch eine verheiratete Frau mit Kindern, wenig später eine alleinerziehende Mutter, die wieder in ihrem alten Heimatdorf wohnte. Das Leben steckte voller Überraschungen …

Hope ergriff Sarahs freie Hand. »Kannst du deinen Freund fragen? Ob er sich die Sache mal ansieht?«

»Wirklich, Hope, ich …«

Hope drückte ihre Hand. »Bitte, Sarah! Du weißt, dass ich normalerweise nie darum bitten würde, aber Victor war so ein netter alter Mann. Ein wenig komisch vielleicht, ein bisschen arm – doch ich habe einfach das Gefühl, dass hier irgendwas faul ist.«

Ein Windstoß blies ihnen einen Schwall Regenwasser unter den Schirm.

»Kannst du ihn bitte fragen?«

Sarah sah zu dem Grab in der abgelegenen Ecke, das die Friedhofsgärtner mit schwerer schwarzer Erde zuschaufelten. Victor Hamblyn war ein weiterer Bewohner an diesem Ort, über den ihr Vater so gerne scherzte, dass jeder sterben würde, nur um hier zu wohnen.

Victor Hamblyn war tot. Doch falls Hope recht hatte, blieb ein Rätsel zu lösen.

»Okay. Ich rede mit ihm. Mal sehen, was er dazu meint.«

Jetzt lächelte Hope richtig. »Danke! Das werde ich dir nie vergessen, Sarah.«

Noch ein Windstoß, noch mehr Regentropfen auf Sarah und Hope.

»Und wir gehen besser irgendwo rein«, fuhr Hope fort. »Kommst du auf einen Kaffee mit in mein Büro?«

Sarah nickte, und gemeinsam gingen sie um die Ecke zum Dorfplatz.

3. Ein tragischer Unfall

Sarah pochte gegen die Tür der *Grey Goose*, des Flussbootes von Jack. Zuerst war es ein zartes Klopfen, dann ein festeres.

»Jack? Bist du da?«

Sie hatte ihn in den letzten Wochen kaum gesehen, weil so viel zu tun gewesen war. Genau genommen war es nicht mehr als ein rasches Hallo gewesen, wenn sie sich zufällig auf dem Gramley's Market oder beim Zeitungsladen getroffen hatten. Jack war wieder zum stillen, unsichtbaren Zugereisten geworden.

Sarah klopfte noch energischer. »Jack?«

Endlich hörte sie ein Knurren – sein Hund Riley – und dann Schritte.

Jack öffnete die Tür. Er trug zerknitterte Cargo-Shorts und ein ausgefranstes hawaiianisches *Smokin' Joe*-T-Shirt. Unter dem Bild eines Vulkans stand ein Schriftzug, der »Air-Conditioning und den besten Ort, um verdammtes Lavagestein abzuliefern«, versprach.

Anscheinend war mit Vulkangöttern nicht zu spaßen.

Es war mitten am Vormittag, doch offensichtlich war Jack gerade erst aufgewacht. Sarah fragte sich, ob es bei ihm gestern Abend spät geworden war oder ob er nicht schlafen konnte, weil er über die Vergangenheit nachdachte.

Ich sollte häufiger bei ihm vorbeischauen, dachte sie. Leute, ehemalige NYPD-Detectives eingeschlossen, konnten allzu schnell in ihren Schlupflöchern verschwinden.

»Sarah, ähm …«

»Entschuldige, dass ich dich geweckt habe.«

Jack lächelte und wurde ein bisschen rot. »Kein … ähm … Problem. Ich hätte längst aufstehen sollen. Bin letzte Nacht zu lange aufgeblieben. Lange gelesen.«

Sarah nickte. Jack konnte bisweilen sehr verschlossen sein, und sie war nicht so dumm, ihn mit Fragen zu löchern.

»Hast du kurz Zeit? Es gibt etwas, das ich gerne mit dir besprechen würde.«

Jetzt wurde sein Lächeln zu einem Strahlen. »Ach ja? Lass mich raten. Ist etwas, wie euer toller Mr. Conan Doyle geschrieben hätte, *im Anzug?*«

»Könnte sein.«

»Dann stelle ich mal den Kessel an. Siehst du? Ich nehme die hiesigen Gepflogenheiten allmählich an: Wir trinken Tee und reden miteinander.«

Riley steckte seine Schnauze zur Tür hinaus und schnüffelte nach links und rechts.

»Äh, Jack, vielleicht braucht Riley erst mal seinen Morgenspaziergang.«

»Stimmt. Okay, erst der Hund, dann der Kessel. Es wird sicher ein bisschen matschig draußen.«

Jack griff neben die offene Tür nach Rileys Leine, klickte sie an das Hundehalsband und zog sich seine Stiefel an. Riley führte sie zur Wiese am Ufer, weg von den Haus- und sonstigen Booten.

Bald ließ Jack den Hund frei über die Wiese tollen. Eine besonders dreiste Möwe schoss ab und zu nach unten, und beinahe wirkte es, als würden Riley und der Vogel Fangen spielen.

Lange gelesen?, dachte Jack …

Es stimmte, dass er sich gerne in seine Geschichtsbücher vertiefte. Aber gestern Abend hatten ihn zu viel Brooklyn, zu viel Katherine und überhaupt zu viele Erinnerungen eingeholt, als dass er sich auf sein neues historisches Buch über Stalingrad hätte konzentrieren können.

Umso besser fühlte sich jetzt die Morgenluft an. Sie pustete die Spinnweben der Vergangenheit fort.

Und Sarah wiederzusehen war immer gut. Ihre Eltern, die sie über alles liebten, wohnten zwar hier im Dorf, dennoch empfand Jack für Sarah so etwas wie väterliche Sorge. Anders konnte er es nicht beschreiben. Oft dachte er daran, dass sie ihre Kinder ganz alleine großziehen musste, und das war immer schwer ...

Als Riley davonflitzte, wandte Jack sich zu Sarah um.

»Deine Freundin meint also, dass der alte Mann nie nach oben in jenes Zimmer ging. Doch ausgerechnet als ein Feuer ausbrach, stieg er rauf? Oder ... war er zu dem Zeitpunkt vielleicht schon oben?«

»Ja.«

»Du meinst, er war schon da oben?«

»Kann sein. Aber warum? Und dann noch mitten in der Nacht?«

»Genau.« Er sah zur Seite. Riley war stehen geblieben, seine Nase direkt auf die freche Möwe gerichtet. Eine Menge Gedanken wirbelten Jack durch den Kopf. In seiner New Yorker Zeit hatte er mit vielen verdächtigen Bränden zu tun gehabt. Manche waren einfache Brände gewesen – so was passierte halt. Manche jedoch nicht.

Er blickte wieder zu Sarah.

»Was meinst du?«, fragte sie.

»Gehe ich recht in der Annahme, dass du mich fragst, ob ich wieder Detektiv spielen will?«

»Na ja, ich weiß nicht, ob ‚spielen‘ der richtige Ausdruck ist, denn immerhin habe ich all die Abzeichen und Belobigungen gesehen, und die kannst du ja nicht für nichts bekommen haben.«

Lachend hob er eine Hand. »Okay, ja, auf den ersten Blick würde ich sagen, dass das ganz interessant ist, was du mir erzählt hast. Trotzdem könnte nichts Besonderes dran sein. Alte Leute machen komische Sachen – und das aus den unterschiedlichsten Gründen. Vielleicht hat er ja geglaubt, dass er nach unten geht.«

»Oder vielleicht wusste er genau, wohin er ging.«

»Du bist ziemlich misstrauisch, was?« Er atmete langsam ein und aus. »Das gefällt mir.«

»Du hättest sehen sollen, wie sich seine Familie aufgeführt hat!«

»Die missratene Brut, was?«

»Da zischten gegenseitige Vorwürfe durch die Luft; und alle machten den Eindruck, froh darüber zu sein, dass ihr Dad endlich unter der Erde ist.«

Jack nickte. »Na gut. Ich bin … dabei. Besser gesagt, wir sind dabei. Ein Team, einverstanden?«

»Ja, natürlich! Ich muss allerdings nebenbei noch ein bisschen arbeiten. Gerade habe ich einen ganzen Vormittag drangegeben, und es wartet noch das Layout für die Broschüre und die Website eines schottischen Highland-Wellnesshotels auf mich. Doch danach …«

»Ich brauche erst mal eine Tasse Tee.«

»Wo fangen wir an?«

»Du weißt schon: Einige Leute reden mit uns, andere nicht. Und da es sich um einen Brandfall handelt – wie wäre es, wenn wir mit der hiesigen Feuerwehr anfangen … und dem Fire Chief? So heißen die doch hier, oder?«

Sie lachte. »Es heißt Feuer- und Rettungsdienst, und wir haben einen Chief Fire Officer namens Barnes.«

»Den meine ich. So viel anders hört sich das gar nicht an. Plaudern wir mit ihm – falls er plaudern mag. Wann hast du Zeit?«

»So zwei, drei …«

Er grinste. Mit der Zeit wurden solche Wendungen beinahe normal. *So zwei, drei.*

»Prima. Ich habe schon gesehen, dass die Feuerwache draußen bei der Schule ist.«

»Brandneu, könnte man sagen.«

»Dann treffen wir uns da ‚so zwei, drei‘, also um halb drei?«

Nun musste Sarah grinsen.

Sarah sah Chief Fire Officer Barnes vor dem Feuerwehrgebäude stehen, wo seine Männer einen grellroten Löschwagen mit gelben Streifen an den Seiten wuschen.

Sie blickte auf ihre Uhr. Halb drei – doch Jack war nicht da.

Dann hörte sie seinen Austin Healy um die Ecke nahe der Feuerwache biegen. Das tiefe Röhren des Motors war ebenso unverwechselbar wie die Karosserie des alten Sportwagens.

Sarah schlug ihre Autotür zu, als Jack gegenüber auf der Straße parkte. Anschließend musste er sich drehen und winden, um aus seinem Wagen zu gelangen.

Er braucht echt ein größeres Auto.

Jack trug eine Baumwollhose und ein frisch gebügeltes blaues Hemd. Fort war das zerknitterte Outfit vom Vormittag.

»Willst du anfangen?«, fragte er leise, als sie auf Barnes zugingen, der sie bereits entdeckt hatte.

»Solange ich an dich übergeben darf, wenn ich nicht weiterkomme. Was ich über Brandstiftung weiß, passt auf die Rückseite einer Briefmarke.«

Der oberste Feuerwehrmann schritt ihnen entgegen.

»Sarah Edwards?«

»Chief Barnes.«

Der Chief Fire Officer lächelte.

War ihm die Geschichte zu Ohren gekommen, wie Sarah im letzten Sommer geholfen hatte, Sammis Mörder zu finden? Falls ja, ahnte er möglicherweise, was sie hier wollte.

»Ihr Dad hat mir schon bei der letzten Gemeinderatssitzung erzählt, dass Sie wieder hier sind. Ihnen hat wohl das Dorfleben gefehlt, was?«

Sarah wartete auf den zweiten Teil, der unweigerlich kommen würde – mit diesem gewissen Unterton.

»Und zwei Kinder haben Sie auch, hmm?«

Sarah nickte. Sie warf Jack einen kurzen Blick zu, den das Geplauder nicht zu interessieren schien, denn er guckte den Feuerwehrmännern zu, wie sie den Löschwagen absprühten.

Sarah hoffte, dass er einspringen und das Thema wechseln würde. Leider vergebens.

»Stimmt. Chloe und Daniel.«

»Ja, ich habe Ihren Jungen letztes Wochenende beim Cricket gesehen. Er zeigt einiges an Talent.«

Sarah lächelte tapfer, obwohl ihr das leere Geplapper schon jetzt viel zu lange dauerte.

Endlich schaltete Jack sich ein. »Jack Brennan«, stellte er sich vor und reichte dem Chief die Hand.

Barnes wirkte sofort misstrauisch, nahm aber Jacks Hand und schüttelte sie fest.

Wenigstens war damit die einleitende Plauderei beendet.

»Chief, meine Freundin Hope war Victor Hamblyns Pflegerin.«

Sarah entging nicht, dass einer der Feuerwehrmänner in der Nähe zu ihnen herübersah. Er polierte immer noch den Löschwagen, der bereits blitzblank aussah.

Barnes nickte und verschränkte die Arme vor dem Oberkörper, was ein recht deutliches Zeichen war.

Sarah fuhr fort: »Sie denkt, dass mit dem Feuer etwas nicht stimmt, und ...«

Barnes ließ den einen Arm nach unten sinken und wies mit dem anderen nach vorn und zur Seite, als wollte er den Verkehr umleiten. »Augenblick mal, Sarah! Ich kann mit Ihnen über diesen Vorfall nicht sprechen. Ein tragischer Unfall. Es wird allerdings noch eine Untersuchung geben, und bis dahin darf ich nichts sagen.«

Sarah nickte. Sie beobachtete, wie Barnes zu Jack sah, als rechnete er mit einem Widerspruch von ihm.

»Weiß ich«, sagte Sarah und überlegte, wie sie den regelbesessenen Chief Fire Officer vielleicht dazu bewegen könnte, die Vorschriften ein klein wenig zu beugen. »Aber Hope erzählte mir -«

Er unterbrach sie mit einem Kopfschütteln. »Falls Ihre

Freundin Informationen hat, schlage ich vor, dass sie einen Bericht schreibt und bei uns einreicht. Wir arbeiten mit der Polizei zusammen und sehen uns gerne alles an, was wir an Hinweisen bekommen.«

Sarah konnte fast hören, wie eine imaginäre Tür schwer ins Schloss fiel.

Sie sah Jack an, als wollte sie sagen: *Komm schon, sprich endlich! Was denn – kennt der New Yorker Detective keine Zauberwörter, mit denen er den Chief ein bisschen aus der Reserve kitzeln kann?*

»Ja, das verstehen wir.« Das war alles, was Jack von sich gab.

Und Sarah dachte: *Ach du meine Güte!*

»Okay«, sagte sie. »Dann sorge ich dafür, dass sie das macht.«

Chief Barnes lächelte. »Schön. Und ich sollte besser an meinen Schreibtisch zurückkehren. Ich liebe Löscharbeiten, aber den Papierkram hasse ich!«

Mit diesen Worten drehte er sich um und ging.

Sarah wandte sich kopfschüttelnd Jack zu, der ihr stumm bedeutete, dass sie beide hier verschwinden sollten. Doch sie waren erst wenige Schritte gegangen, als Sarah spürte, wie sie jemand am Arm berührte.

4. Feuer und Rauch

Sarah drehte sich gleichzeitig mit Jack um und fand sich einem der Feuerwehrmänner gegenüber, dessen Uniform voller Wasserflecken war, die vom Waschen des Löschwagens herrührten.

»Verzeihung«, keuchte er atemlos. Ob es an dem kurzen Sprint lag, um sie einzuholen, oder an dem Grund, aus dem er das Polieren des Löschwagens unterbrochen hatte und ihnen gefolgt war, ließ sich schwer einschätzen.

Sarah bemerkte, dass er sich nervös zur Feuerwache umsah, doch anscheinend wurden sie nicht beobachtet.

Jack blickte den jungen Feuerwehrmann an, über dessen Brusttasche ein Namensschild mit der Aufschrift *Gary Scott* prangte.

»Ja?«

»I-ich habe zufällig gehört, worüber Sie mit dem Chief geredet haben. Ich kenne Hope. Sie hat sich um meine Oma gekümmert, als es mit ihr zu Ende ging, und sie ist wirklich eine richtig Nette.«

»Das ist sie«, bestätigte Sarah.

»Meine Familie ist ihr so dankbar. Hätte ja auch eine schlimme Erfahrung sein können – wenn Sie verstehen, was ich meine. Aber Hope, na, die ist was ganz Besonderes …«

Das hier ist unwichtig für unsere Sache, schlussfolgerte Sarah. Sie sollte lediglich der sanftmütigen, fürsorglichen Hope einen Dank ausrichten. Und ihre Freundin würde das Kompliment natürlich mit der Bemerkung zurückweisen, sie hätte nur getan, was jeder tun würde.

Sarah lächelte und wollte schon zu ihrem Wagen zurück, um mit Jack zu besprechen, wo sie als Nächstes nachforschen sollten. Da sah sich der junge Mann erneut rasch nach hinten um und neigte sich dann näher zu ihnen.

»Ich habe gehört, was Sie beide gefragt haben«, flüsterte er.

»Wenn Hope Bedenken hat ... Also, ich weiß nicht, dann stimmt vielleicht wirklich etwas nicht.«

Jetzt ergriff Jack das Wort. »Haben Sie irgendwas gesehen? In jener Nacht?«

Der Feuerwehrmann nickte. »Das letzte Jahr waren wir oft draußen beim Herrenhaus. Hope weiß das bestimmt. Die Elektrik in dem alten Kasten ist eine Katastrophe. Die hätte man schon vor Jahrzehnten erneuern müssen. Dauernd ist es zu kleinen Kabelbränden gekommen. Fast jeden Monat. Ich glaube, Hope hat uns auch ein- oder zweimal gerufen. Aber meistens war es der alte Mann. Er war zwar alt, aber noch völlig klar im Kopf.«

»Dann war es nicht das erste Mal, dass Sie in dem Haus waren?«, hakte Jack nach.

Gary Scott nickte. »Genau. Und ehrlich gesagt, waren die Brände vorprogrammiert. Man hätte das Haus für abbruchreif erklären müssen, wenigstens bis die Leitungen erneuert worden wären.«

»Sonst noch etwas?«, fragte Sarah. Sie fürchtete, dass Barnes wieder nach draußen gehen und der junge Feuerwehrmann Schwierigkeiten bekommen könnte, weil er ihnen half.

»Nun, ich weiß ja nicht, wie viel Sie über Kabelbrände wissen. Meistens fangen sie in der Wand an, oft in der Nähe von Steckdosen. Es kann eine Weile dauern, bis sie zu richtigen Bränden werden. Sogar in so alten Häusern hat man die Kabel nicht direkt an Holz verlegt.«

»Und war bei diesem etwas ... auffällig?«

Wieder nickte er. »Ja und nein. Das Feuer hat in der Bibliothek angefangen. Da haben wir aber keine Spuren von Beschleunigern gesehen.«

»Beschleuniger?«, hakte Sarah nach.

»Feuerzeuggas, Benzin ... Sie wissen schon. Irgendwas, womit nachgeholfen wurde«, erklärte Gary. »Jedenfalls hat Mr. Hamblyn, soweit ich weiß, dieses Zimmer überhaupt nicht genutzt. Und bei den Einsätzen vorher war das Feuer immer in einem der bewohnten Räume entstanden. Aber was mir echt aufgefallen ist – dass der alte Mann ganz oben im Haus war. Ich meine, der hat einen Treppenlift gebraucht, um in sein Schlafzimmer zu kommen! Keine Ahnung, was er auf dem Dachboden wollte, aber es muss ihm enorm wichtig gewesen sein, was?«

Sarah sah zu Jack. Obwohl sie im warmen Sonnenschein standen, war ihr bei Garys Worten ganz kalt geworden. Eines stand für sie jedenfalls fest: Hopes instinktives Misstrauen war vollkommen berechtigt.

»Könnte er verwirrt gewesen sein?«, fragte Sarah.

»Nee, der alte Victor war geistig noch voll auf der Höhe. Und er wusste, wie man bei einem Feuer am schnellsten aus dem Haus kommt.« Wieder guckte er über seine Schulter zur Wache. »Tja, ich muss dann wieder. Der Chief reißt mir den Kopf ab, wenn er mich mit Ihnen erwischt. Nur eines noch. Als wir in jener Nacht zum Haus kamen, war jemand auf dem Grundstück.«

»Lief derjenige vom Haus weg, oder …?«, fragte Jack.

Gary schüttelte den Kopf. »Nein, der stand einfach nur rum. Sah eher so aus, als wollte er rein. Vielleicht ein Spaziergänger. Der Pub ist ja auch nicht weit. Aber als wir vorfuhren …«

»Rannte er weg?«, mutmaßte Jack.

Gary sah ihn an. »Genau. Und wir hatten alle Hände voll zu tun. So oder so, als wir die Masken auf und die Löscher klargemacht hatten und reingingen, war es für den alten Mann schon zu spät.«

»Das war sicher kein schöner Anblick«, sagte Jack.

Gary schüttelte betroffen den Kopf. »Nein, ist es nie. Wenigstens hat er nicht viel davon mitbekommen. Wegen dem Rauch, verstehen Sie? In seinem Alter reicht es, wenn man ein paarmal tief einatmet. Tja, ich muss dann. Viel Glück Ihnen beiden.«

Er drehte sich weg, lief jedoch nicht gleich los, sondern sagte noch: »Es ist gut, dass Sie Fragen stellen. Die Leute hier ...« – er wies mit dem Daumen zur Feuerwache – »... lassen sich immer reichlich Zeit!«

Mit einem letzten Grinsen eilte Gary Scott zum blitzblanken Löschwagen zurück, der in der Nachmittagssonne trocknete.

Sarah wandte sich zu Jack um. »Was denkst du?«

Er nickte nachdenklich. »Ich denke, dass ich mir mal das mysteriöse Herrenhaus ansehen sollte. Machst du mit?«

Nun wusste Sarah, dass sie ihn an Bord hatte ...

5. Das alte Herrenhaus

Langsam fuhr Jack die Straße von der Cherringham Bridge hinauf zum Dorf und hielt durch die beschlagenen Fenster seines kleinen Sportwagens nach der Einfahrt von Mogdon Manor Ausschau.

Er war diesen sanften Hügel schon viele Male zu Fuß hinaufgewandert, hatte allerdings keine Ahnung gehabt, dass einer der schmalen Seitenwege zu einem der ältesten Herrenhäuser in der Gegend führte. Endlich entdeckte er den Eingang zum Anwesen: Zwei brüchige Torsäulen, die von einer Hecke überwuchert und daher kaum sichtbar waren, wurden von einem rostigen Eisenbogen überspannt, auf dem in ausgeblichenen Lettern *Mogdon Manor* stand.

Jack bog in den von Unkraut übersäten Fahrweg ein und folgte ihm. Zweige von Brombeeren und anderen Sträuchern streiften die Autoseiten. Als Jack um eine Ecke bog, öffneten sich die hohen Hecken, und hinter einer runden Kieseinfahrt mit einem Zierbrunnen in der Mitte kam das Haus zum Vorschein. Früher einmal musste es prächtig ausgesehen haben.

Während Jack aus dem Wagen stieg, blickte er sich um. Im Regen wirkte das Haus wie die Kulisse zu einem Horrorfilm. Es war groß, kastenförmig und rundum von Efeu bedeckt, aus dem hier und da knorrige, kahle Glyzinienzweige ragten. Zwischen uraltem Stein waren Fenster mit dunklen Bleieinfassungen eingesetzt. Das Gebäude hatte eine schwere Eichentür mit Eisenbeschlägen und ein Steinziegeldach, von dem an mehreren Stellen Wasserkaskaden herabrauschten, weil die Regenrinnen teilweise lose herunterhingen.

Hinter dem Haus standen vier hohe Eichen, und Jack vermutete, dass sie selbst an sonnigen Tagen einen Großteil der Zimmer verdunkelten.

Doch soweit er sehen konnte, war nichts mehr von dem Feuer zu erkennen, das Victor Hamblyns Tod verursacht hatte.

Während Jack noch alles auf sich einwirken ließ, kam ein kleiner Fiat die Einfahrt hinauf und hielt neben seinem Sprite an. Eine Frau stieg aus und spannte dabei ihren Regenschirm auf. Sie kam zu Jack gelaufen und hakte sich bei ihm ein.

»Schnell, gehen wir rein, ehe wir uns hier noch den Tod holen«, sagte sie.

Und bevor Jack irgendwas erwidern konnte, führte Hope Brown ihn um das Haus herum zur Hintertür, schloss auf und bugsierte ihn hinein.

Drinnen stellte sie sogleich den Wasserkocher an, und wenig später brühte sie Kaffee auf. Unterdessen erklärte sie Jack: »Natürlich hätte ich Sarah auch den Schlüssel geben können, damit Sie beide sich allein hier umsehen. Aber ehrlich gesagt, wollte ich Sie unbedingt kennenlernen – aus nächster Nähe, wie ihr Yankees sagt, nicht?«

Jack wählte seine Worte mit Bedacht. »Nicht aus zu großer Nähe, hoffe ich, denn sonst bekommen Sie nichts als Falten zu sehen.«

»Unsinn! Lachfalten. Zeichen der Erfahrung. Die Spuren eines erfüllten Lebens und so.«

»Eines langen Lebens«, entgegnete Jack. »So fühlt es sich zumindest morgens an.«

Hope reichte ihm einen Kaffee und setzte sich ihm gegenüber an den Küchentresen, sodass sie ihn mustern konnte. Jack musterte sie ebenfalls. Er schätzte sie auf Ende dreißig, etwas älter als Sarah. Sie hatte auch eine kräftigere Figur und wirkte stärker; und ihren Augen sah man an, dass sie gerne und viel lachte.

Jack mochte sie auf Anhieb. Kein Wunder, dass Gary von der Feuerwehr ihretwegen so viel Zeit erübrigt hatte.

»Diese Küche«, fuhr Jack fort, »kommt mir für solch ein altes Herrenhaus ziemlich ungewöhnlich vor, finden Sie nicht?«

Er blickte demonstrativ zu dem modernen Ofen, dem zweitürigen Kühlschrank, den glatten Granitarbeitsflächen und der integrierten Beleuchtung.

»Totale Geldverschwendung, wenn Sie mich fragen«, antwortete Hope. »Dominic hat im Frühling die Küche neu einrichten lassen. Er bestand darauf. ‚Nur das Beste ist gut genug für dich, Dad.' Aber der Treppenlift? Das war ein richtiger Kampf, sage ich Ihnen.«

»Und was hielt *Dad* hiervon?«

»Ach, der kam ab und zu hier rein, machte sich seinen Tee oder benutzte den Toaster – und währenddessen fluchte er ein bisschen über die hohen Kosten. Danach ging er wieder in sein kleines Wohnzimmer.«

»Demnach war er nicht begeistert von seinem spendierfreudigen Sohn.«

»Er hielt Dominic für einen unverbesserlichen Verschwender, der viel Geld ausgab, wenn er welches besaß, und noch mehr, wenn er keines hatte.«

»Und was denken Sie?«

»Ach, Mr. Detective, so leicht gehe ich Ihnen nicht auf den Leim«, erwiderte sie augenzwinkernd. »Ich war Victors Pflegerin. Er wusste, was ich von seinen Kindern hielt.«

»Also hatten Sie durchaus eine Meinung.« Jack trank von seinem Kaffee.

Hope lächelte nur.

Ja, er mochte sie definitiv.

»Ich führe Sie mal herum«, sagte sie, ohne auf seine letzte Bemerkung einzugehen. »Kommen Sie, wir machen die große Führung. Und nehmen Sie Ihren Kaffee mit, sonst ist der kalt, bis wir zurück sind.«

Die Küche befand sich in der hinteren Haushälfte, am Ende eines langen, kalten Korridors. Jack folgte Hope, die Türen öffnete und schloss und ganz wie eine Maklerin klang. Der beißende Gestank von verbranntem Holz und Plastik fiel Jack sofort auf, als er den Flur betrat.

»Das untere Bad. Beachten Sie die original viktorianische Ausstattung. Hier der Keller mit dem herrlich satten Modergeruch. Das Wäschezimmer, seit zwanzig Jahren unbenutzt – also Vorsicht vor Motten, Spinnen und was sonst noch allem. Und die Bibliothek, in der das Feuer ausbrach …«

Hope machte die Tür auf, ging jedoch nicht hinein; und Jack konnte sehen – und riechen –, warum nicht. Im Raum zogen sich verkohlte Bücherregale über sämtliche Wände. Die Tapeten und die Vorhänge waren weggebrannt. Nasse Putzbrocken, Haufen von verrußten Büchern und zerstörtes Mobiliar lagen verstreut auf dem Boden. Hier drinnen war die Luft noch weit schlimmer als im Korridor und blieb Jack in der Kehle stecken.

»Da drüben ist die Steckdose, an der, wie man glaubt, der Kabelbrand anfing«, sagte Hope.

Jack erkannte, wo die Feuerwehrleute mit der Axt in die Wand geschlagen und die Fußleiste ausgerissen hatten, um an die Brandquelle zu gelangen.

»Hat Victor dieses Zimmer jemals genutzt?«, fragte er.

»Nicht, dass ich wüsste. Er hielt sich eigentlich immer in seinem kleinen Wohnzimmer weiter vorne auf. Manchmal bat er mich, ihm ein Buch von hier zu holen, ist aber selbst nie hier reingegangen.«

»Und wie konnte diese Steckdose dann plötzlich Feuer fangen?«

»Das ist auch meine Frage, Inspector: wie nur?«

Jack blickte sich nochmals im Zimmer um. Auf einer aufwendig geschnitzten Truhe am Fenster stand eine große Bronzestatue, die einen sitzenden Elefanten darstellte, aus dessen Oberkörper sich in verwirrender Form viele Arme streckten. Die Figur kam Jack bekannt vor – indisch. War das nicht ein Gott? Und nun, da er genauer hinsah, erkannte Jack noch mehr indische Gegenstände in den verbrannten Trümmern – lackierte Vitrinen, Zinngefäße, verblasste Gruppenfotos in geschwärzten Rahmen.

»Was sollen die vielen indischen Sachen?«, wollte er wissen.

»Die sind überall im Haus«, antwortete Hope achselzuckend. »Victor lebte in Indien, als er jung war.«

»Im Zweiten Weltkrieg?«

»Etwas später, glaube ich. Aber er hat nie darüber geredet. Zumindest mit mir nicht.«

Hope schloss die rußige Tür und wies mit einem Kopfnicken zum Hauptflur.

»Setzen wir die Führung fort.«

Jack folgte ihr durch den mit Stein gefliesten Korridor und in den Hauptflur hinein. Hier war der Rauchgeruch immer noch sehr stark, obwohl es nur wenige Schäden gab.

»Hier hat das Feuer nicht besonders schlimm gewütet, was?«, fragte er.

»Die Feuerwehr muss ziemlich schnell da gewesen sein, schätze ich«, erwiderte Hope. »Aber der Rauch brachte den Tod. Zog direkt nach oben in den Dachboden … wie in einem Schornstein rauf – und Victor saß in der Falle.«

»Wäre er hier unten gewesen, hätte er überlebt.«

»Ja. Hier war zwar viel Wasser vom Löschen, und an den Wänden sieht man auch Rußspuren, aber wirklich zerstört wurde nur die Bibliothek.«

»Und das hier ist ungefähr das Bild, das sich direkt nach dem Brand bot?«

»Danach war alles furchtbar schmutzig. Ich habe das Wasser aufgewischt und alle Flächen sowie die Möbel sauber gemacht, so gut ich es konnte – vor allem, damit der Gestank wegging.«

Jack blickte sich um. Das passte alles nicht zusammen. »Wo war Victor, als das Feuer ausbrach?«

»Oben in seinem Schlafzimmer, nehme ich an«, antwortete Hope und steuerte auf die Treppe zu. »Sein Bett war jedenfalls benutzt worden, und er hatte seine Kekse gegessen. Ich habe ihm immer ein paar hingelegt.«

»Die übliche Routine, was?«

»Genau. Sehen Sie? Der Treppenlift ist noch oben.«

»Vielleicht dachte er, dass er sicherer wäre, wenn er oben blieb.«

»Er mag gebrechlich gewesen sein, aber er war nicht blöd«, widersprach Hope. »Er wusste, dass man bei einem Feuer nicht nach oben gehen sollte.«

Sie begann in den ersten Stock hochzusteigen.

Jack folgte ihr die Treppe hinauf. Auf einer Seite verliefen die Schienen für den Treppenlift. Nach oben hin wurde der Rauchgestank schlimmer.

Hope blieb auf dem oberen Treppenabsatz stehen und zeigte nach vorn. »Victors Schlafzimmer und sein Bad sind gleich hier.«

Sie wies in die andere Richtung, einen langen dunklen Korridor hinunter, dessen Wände eichenvertäfelt waren.

»Das sind die anderen Schlafzimmer. Die sind alle verschlossen.«

»Werden sie nie genutzt? Keine Gäste? Keine Verwandten, die übernachten?«

»Nicht einer – zumindest nicht in den drei Jahren, die ich mich um ihn gekümmert habe.«

»Und wo ist die Treppe zum Dachboden? Wenn er nach oben gegangen ist, nicht nach unten …«

»Ich dachte schon, Sie würden nie danach fragen«, sagte Hope und zog einen Schlüssel aus ihrer Tasche.

Jack beobachtete, wie sie zu einer kleinen Tür ging, die sich etwas zurückgesetzt in der vertäfelten Wand befand, und den Schlüssel im Schloss drehte. Dann drückte sie die Tür auf und gab so den Blick frei auf eine schmale Holztreppe.

»Hier geht es zum Dachboden.«

»Was, ein verschlossener Treppenaufgang? Wozu das denn?«

»Keine Ahnung. Ich dachte immer, hier geht es bloß zu den alten Bedienstetenkammern – und sie wollten nicht, dass eine Treppe die Wirkung der Holzvertäfelung beeinträchtigt. Deshalb die Tür.«

»Die Treppe ist ganz schön steil«, stellte Jack fest, während er nach oben in die Dunkelheit linste. »Ich meine, für jemanden, der einen elektrischen Treppenlift nutzt …«

»Genau«, pflichtete Hope ihm bei. »Versetzen Sie sich mal in Victors Lage. Er riecht Rauch, kommt auf den Flur, und anstatt mit dem Treppenlift nach unten zu fahren …«

»Schließt er diese Tür auf und steigt eine steile Treppe hinauf«, ergänzte Jack. »Ich weiß nicht … vielleicht treffen Leute nachts, im Dunkeln, wenn alles verqualmt ist, blöde Entscheidungen.«

Hope schüttelte den Kopf. »Victor wusste immer genau, was er tat.« Sie schaltete das Licht in dem Treppenaufgang an. »Glauben Sie mir: Wenn Victor Hamblyn hier raufgegangen ist, dann hatte er dafür einen guten Grund.«

6. Das Dachzimmer

Jack stieg hinter Hope die schmale Treppe hinauf. Eine Tür oben führte in ein großes Dachzimmer mit massiven Deckenbalken. Es wurde nur von dem wenigen Licht erhellt, das durch ein winziges Bleiglasfenster in der Dachschräge hereinkam. Jack duckte sich unter dem niedrigen Gebälk und sah sich um. Seine Augen brauchten einen Moment, um sich an das dämmrige Licht zu gewöhnen. Hier war alles voller Staub und Spinnweben. Abgesehen davon war der Raum vollkommen leer.

Das ließ Jack innehalten.

Und zum ersten Mal bekam er das Gefühl, dass der Tod dieses alten Mannes tatsächlich mysteriös sein könnte. War er nach oben gestiegen, um dem Rauch zu entkommen? Oder aus einem anderen Grund?

Jack drehte sich um. Hope stand mit ernster Miene hinter ihm in der offenen Tür.

»Wo wurde seine Leiche gefunden?«, fragte Jack.

»In der Mitte des Zimmers … auf dem Fußboden liegend, versteht sich«, antwortete sie.

Jack nickte. Aufmerksam musterte er den Raum. Überall Staub. Die Schleifspuren und Fußabdrücke auf dem Boden stammten offensichtlich von den Sanitätern und Feuerwehrleuten. In allen Ecken hingen dicke Spinnweben. Die Wände waren kahl, und das einzige Fenster war längst zugerostet.

Nichts.

Es ergab keinen Sinn, dass niemand diesen Raum betreten sollte.

»Tja, jetzt bin ich echt überfragt«, gestand Jack. »Er hat wirklich verboten, dass irgendjemand hier raufgeht?«

»Ja. Den Schlüssel hatte er immer bei sich. Und es gab nur diesen einen Schlüssel, soweit ich weiß. Er steckte unten in der Tür, und ich habe ihn an mich genommen, als ich zum Putzen hier war.«

»Könnte er vielleicht das gefunden haben, wonach er hier oben Ausschau gehalten hat?«

»Die Polizei hat seinen Pyjama und seinen Morgenmantel hergebracht. Es war nichts in den Taschen.«

Jack runzelte die Stirn. »Möglicherweise ...«

Aus dem unteren Geschoss war ein tiefes Knurren zu hören, gefolgt von lautem Geklirr. Hope sah Jack verwundert an.

»Was war das?«, flüsterte sie.

Jack hielt einen Finger an seine Lippen. »Wer hat sonst noch einen Hausschlüssel?«, erkundigte er sich mit gesenkter Stimme.

»Keiner, soviel ich weiß. Victor weigerte sich, Schlüssel nachmachen zu lassen.«

»Okay. Sie bleiben hinter mir. Sehen wir mal nach.«

Jack ging auf Zehenspitzen die Treppe zum Dachboden hinunter. Dabei verzog er das Gesicht, weil das trockene alte Holz unter seinen Schritten knarrte, egal wie vorsichtig er auftrat.

Als er im ersten Stock angekommen war, blieb er stehen und lauschte. Aus dem Erdgeschoss war zu hören, wie Gegenstände bewegt wurden, dann vernahm er eine Stimme, ein Fluchen ...

Jack ging die Haupttreppe hinunter und blieb erneut stehen: Der Lärm kam aus Victors Wohnzimmer. Jack bedeutete Hope, sich nicht von der Stelle zu rühren, und schlich, so leise er konnte, zur Wohnzimmertür.

Die Aufgabe, die nun vor ihm lag, konnte er auf eine langsame oder schnelle Art und Weise ausführen. Und Jack war stets ein Anhänger der raschen Vorgehensweise gewesen.

Da er annahm, dass die Tür nicht verschlossen war, packte er die Klinke, drückte sie fest nach unten und platzte ins Zimmer hinein. Drinnen brannte Licht, und Jack erblickte einen langhaarigen Mann in einer alten Weste und Jeans, der eine Flasche in der Hand hielt und von Bergen von Kleidern, Büchern und Kartons umgeben war. Der Mann fuhr herum, brüllte auf und schleuderte die Flasche nach Jack.

Mühelos wich Jack dem Geschoss aus, stürzte nach vorn und rammte den Eindringling mit der Schulter. Der Stoß war so hart, dass sein Gegenüber zu Boden ging. Dann drehte er den Mann gekonnt um, bog ihm die Arme auf den Rücken und griff instinktiv nach hinten, um seine Handschellen zu packen – aber dort war nur Luft …

… denn seine NYPD-Handschellen hingen schon seit über fünf Jahren nicht mehr an seinem Gürtel.

In diesem Fall machte es nichts. Der Kerl hatte sowieso aufgegeben – *zu meinem Glück*, dachte Jack – und protestierte mit lallender, betrunkener Stimme.

»L-loslassen! Ich hab ni-nichts verbrochen … S-sie dürfen mich nicht festnehmen!«

»Terry!«, rief Hope von der Tür aus. »Was tust du denn hier?«

»Kennen Sie den Mann?«, fragte Jack.

»Das ist Terry Hamblyn, Victors Sohn.«

Jack lockerte seinen Griff.

»S-sie haben mir den Arm kaputt gemacht«, sagte Terry mürrisch. »I-ich sollte Sie verklagen.«

Jack starrte den jüngsten Hamblyn-Spross ungerührt an. Terry saß in Victors abgewetztem Lehnsessel und umklammerte einen Kaffeebecher, den Hope ihm als Friedensangebot gebracht hatte.

»Klar. Nur zu«, entgegnete Jack. »Aber bedenken Sie, dass ich Sie vor Gericht fragen werde, wie Sie sich Zugang zum Haus Ihres Vaters verschafft und warum Sie hier alles auseinandergenommen haben.«

»Das ist jetzt ja wohl mein Haus, nicht?«, erwiderte Terry. »Ich kann hier machen, was ich will.«

Jack lehnte am Kamin und beobachtete Terry aufmerksam. Der Kerl hatte irgendetwas vor – aber was? Eindeutig soff er schon seit Jahren – wahrscheinlich nahm er außerdem Drogen

-, und mittlerweile »schwankten« auch seine Äußerungen: zwischen unsinnigen Erklärungen und unzusammenhängenden Gedankengängen.

»Ich bin nicht sicher, dass es Ihr Haus ist, zumindest noch nicht«, widersprach Jack. »Vorher wäre noch die Kleinigkeit mit dem Testament zu klären.«

»Klar ist es das! Er war mein Dad!«

»Bei allem Respekt, Terry«, gab Hope zu bedenken, die sich ihm gegenüber in einen Sessel setzte, »dein Vater hat dir vor Monaten deine Schlüssel weggenommen und mir verboten, dich ins Haus zu lassen, wenn er nicht da ist.«

»Blödsinn«, höhnte Terry. »Dad und ich haben uns super verstanden. Ich sollte hier alles erben, keine Frage.«

»Ach ja? Selbst wenn, würde das nicht bedeuten, dass Sie einfach einbrechen und Sachen herausholen dürfen, Terry«, erklärte Jack. »Vielmehr glaube ich, dass in derlei Dingen ein gesetzlich geregelter Ablauf einzuhalten ist. Und was ist mit Ihren Geschwistern?«

»Diese Idioten? Dad hat die beiden *gehasst!*«

»Wie ich gehört habe, haben sie hier immerhin bei Renovierungen geholfen«, sagte Jack.

»Schwachsinn. Die wollten bloß das Haus schon mal für sich herrichten.«

»Aha? Wie das?«

»Ist doch offensichtlich, oder? Dominic hat die Küche genauso einbauen lassen, wie es seine Schnepfe von Frau wollte, damit sie gleich einziehen können, wenn der alte Herr den Löffel abgibt.«

»Und was ist mit Ihrer Schwester?«

»Die schleimende Susan? Dads Konten hatte sie bereits durchsortiert, weil sie wissen wollte, wie viel er wert war. Sie hat große Pläne.«

»Doch das Haus kriegen Sie?«, hakte Jack nach.

Terry grinste. »Ja, die werden noch schön blöd aus der Wäsche gucken.«

»Hmm, jetzt bin ich ein bisschen verwirrt. Wenn Sie sowieso das Haus erben, warum kommen Sie dann her und wühlen nach Wertsachen?«

Terry riss die blutunterlaufenen Augen weit auf. »Nach Wertsachen wühlen? Ich bin bloß hergekommen, weil ich eine Runde pennen wollte. Dann kreuzen Sie auf und wecken mich. Ich habe hier gar nichts gesucht!«

Mit einer ausholenden Armbewegung wies Jack auf das Chaos im Zimmer. Schubladen waren gewaltsam herausgerissen und ihr Inhalt auf den Boden gekippt worden.

»Nun, aufgeräumt haben Sie offensichtlich nicht, Terry«, erwiderte Jack geduldig. »Wonach haben Sie gesucht?«

»Nichts! Familienkram, sonst nichts. Das ist Privatsache!!«

»Und in der Brandnacht waren Sie nicht hier?«, fragte Jack. »Sie haben nicht von draußen zugesehen?«

»Nichts da! Das war ich nicht! Ich hatte nichts damit zu tun!«

»Ah«, sagte Jack, »dann glauben Sie, dass das Feuer absichtlich gelegt wurde?«

Er sah es Terry an, wie die Gedanken kreuz und quer durch seinen benebelten Verstand schossen.

»Nein! Ja. Weiß ich nicht.« Allmählich beschloss Terry, dass es Zeit war, zu gehen. Er stand wackelig aus dem Sessel auf. »Jedenfalls können Sie mich nicht hier festhalten. Ich kenne meine Rechte!«

Jack blickte zu Hope und musste sich ein Schmunzeln verkneifen.

»Sicher kennen Sie die, Terry«, sagte er. »Wir unterhalten uns doch nur ein wenig, nicht?«

»Nicht mehr.« Terry hob eine zerschlissene Lederjacke vom Fußboden auf und ging zur Tür. Nachdem er sie geöffnet hatte, drehte er sich mit einer dramatischen Geste um.

»Ich habe meinen Dad geliebt – und er mich!«, betonte er, leicht schwankend. »Und wenn Sie denken, dass ihn jemand umgebracht hat, dann reden Sie lieber mit meinem idiotischen Bruder und meiner dämlichen Schwester.« Terry schniefte, als ob ihm seine eigene Rechtschaffenheit plötzlich bewusst würde. »Und was machen Sie zwei eigentlich hier?«

Hope antwortete vollkommen ruhig: »Dein Vater hatte mir einen Schlüssel gegeben und gesagt, ich könnte ihn jederzeit benutzen.«

Terry schnaubte nochmals und verschwand.

Jack wandte sich zu Hope, die mit verschränkten Armen dasaß und zur Tür blickte. »Wissen Sie was?«, sagte er. »Falls Victor ermordet wurde, müssten Sie die Hauptverdächtige sein.«

»Ach ja?«, fragte Hope verwundert. »Warum?«

»Weil keiner es drei Jahre mit dieser Familie aushalten würde, ohne ihr etwas Übles anhängen zu wollen.«

Hope lächelte. »Uuh, jetzt sitze ich wohl mächtig in der Tinte!« Sie blickte sich in dem verwüsteten Zimmer um. »Dann schließe ich mal besser ab und verschwinde von hier, ehe Sie mich verhaften. Immerhin habe ich Sie schon in Aktion gesehen.«

Jack lachte. »Erzählen Sie es bitte keinem. Ich bin reichlich aus der Übung.«

»Ich fand es recht eindrucksvoll.«

Und Jack dachte, dass vielleicht doch noch etwas Leben in seinen alten Knochen steckte.

7. Ein Ausflug in die Stadt

Sarah saß im belebten Empfangsbereich von Davies Associates und sah durchs Fenster hinaus auf die High Street.

Obwohl Oxford nur eine halbstündige Zugfahrt von Cherringham entfernt war, kam sie sehr selten hierher – und ganz besonders selten, seitdem die Wochenenden so angefüllt mit Terminen ihrer beiden Kinder waren. Die heutige kleine Reise erinnerte sie daran, wie gerne sie diese Stadt mochte.

Um neun Uhr hatte sie Grace die Verantwortung für das Büro übertragen und um zehn schon im Ashmolean Museum Kaffee getrunken. Nach zwei wunderbaren Stunden in der Ausstellung war sie in einen kleinen Designerladen abseits der Walton Street gegangen, um Schuhe anzuprobieren. Danach hatte sie einen Lunch in ihrem Lieblingsfischrestaurant eingenommen und sich anschließend auf dem geschäftigen überdachten Marktplatz unweit des Carfax Towers einen weiteren Kaffee gegönnt.

Alles in allem fühlte es sich wie Urlaub an. Bis jetzt.

Die sterile Atmosphäre einer Wirtschafts- und Steuerberaterkanzlei hätte selbst bei ihrem allzeit zu Späßen aufgelegten Sohn Daniel auf die Stimmung gedrückt.

Diskret blickte Sarah sich in dem Raum mit den mattierten Chrom-Accessoires um; der Boden war aus Marmor, und die Wände hatten eine Vertäfelung aus Designholz. Die Tafel hinter der Rezeption führte alle Partner in der Kanzlei auf, und Susan Hamblyns Name stand fast ganz oben.

An den Wänden hingen riesige Fotografien von Unternehmensprojekten rund um den Globus. Das also war es, was Victor Hamblyns Tochter tat: Investoren für schicke Hotels finden.

Am Telefon auf dem makellosen Rezeptionsschreibtisch blinkte ein Lämpchen. Die Schneekönigin, die dort saß, hob ab und murmelte etwas ins Telefon. Dabei lächelte sie Sarah verkniffen zu.

»Miss Hamblyn kann Sie jetzt empfangen. Dritter Stock. Jemand wird Sie dort in Empfang nehmen.«

Sarah raffte ihre Einkaufstüten zusammen. Als sie zu den Fahrstühlen ging, kam sie sich auf einmal wie ein echtes Landei vor.

»Verzeihen Sie, Mrs. Edwards, aber ich musste meine Meetings heute Nachmittag umorganisieren und kann Ihnen nur fünfzehn Minuten geben.«

Sarah nahm in dem betont zwanglosen Sofabereich von Susan Hamblyns Büro Platz und fühlte sich alles andere als ungezwungen. »Sicherlich werden fünfzehn Minuten ohnehin reichen.«

Die Managerin zuckte mit den Schultern. »Trotzdem, tut mir leid.«

Sarah erkannte stets treffsicher, wenn eine Entschuldigung nicht ernst gemeint war. Susan Hamblyn war zunächst nicht willens gewesen, mit einer Webdesignerin aus Cherringham zu reden. Doch Sarah hatte am Telefon darauf bestanden, dass sie einige wichtige persönliche Angelegenheiten mit ihr besprechen müsse, die ihren Vater beträfen.

Das hatte offenbar genügt, um Susans Neugier zu wecken und der Anruferin dieses kurze Treffen zu bewilligen.

Im Augenblick wünschte Sarah sich allerdings, sie hätte Jacks Rat befolgt und sich mit dem Bruder anstatt mit der Schwester verabredet. Aber letztlich hatten sie eine Münze geworfen, und so war es gekommen, dass Sarah nunmehr diese Befragung bevorstand. Und sie hielt sich an die Regeln.

Susan verschränkte die Arme, wobei ihr perfekt geschnittenes Business-Kostüm seine Form tadellos bewahrte.

»Sie haben behauptet, Sie besäßen wichtige Informationen über den Tod meines Vaters. Ich würde gerne wissen, was das für Informationen sein sollen – und warum gerade Sie die haben.«

174

Sarah war fest entschlossen, sich nicht einschüchtern zu lassen.

In London hatte ich laufend mit Leuten wie ihr zu tun, dachte sie, *und ich kann es immer noch ...*

»Natürlich«, sagte sie lächelnd. »Zunächst einmal möchte ich Ihnen danken, dass Sie sich die Zeit nehmen, mich zu empfangen. Mir ist durchaus bewusst, was für eine vielbeschäftigte Frau Sie sind.«

Susan nickte kurz. »Fahren Sie fort.«

»Ich wurde von jemandem angesprochen – seinen Namen darf ich nicht preisgeben. Diese Person ist jedenfalls sehr in Sorge, dass der vor Kurzem stattgefundene Brand auf Mogdon Manor absichtlich gelegt worden sein könnte. Das würde bedeuten, dass der Tod Ihres Vaters kein Unfall war.«

»Verstehe.«

Sarah ließ ihre Worte für einen Moment in der Luft hängen, ehe sie erklärte: »Ich dachte, dass ich mich am besten mit Ihnen treffe und Sie frage, was Sie davon halten.«

»Und welches Recht haben Sie, herumzulaufen und Gerüchten über Leute nachzugehen, die Sie weder kennen noch jemals gesehen haben?«

»Ich versuche lediglich, einem befreundeten Menschen zu helfen«, antwortete Sarah.

»Ach ja? So wie Sie Ihrer Freundin geholfen haben, die im Fluss ertrunken ist?«

Sarah ermahnte sich, ruhig zu bleiben.

»Nein«, erwiderte sie. »Das war anders. In dem Fall war es meine Freundin, die ermordet wurde.«

»Tatsächlich?«

»Mein Kollege und ich haben uns diese Sache angesehen und halten es für denkbar, dass die Polizei sich irrt und es doch kein tragischer Unfall war. Falls dies stimmt, würde es mich wundern, wenn Sie nicht interessiert wären, mehr zu hören.«

Sarah beobachtete, wie Susan über das Gesagte nachdachte.

Sie nahm ein Glas Wasser vom Tisch, trank einen Schluck und stellte es wieder hin.

Die braucht aber lange zum Nachdenken ...

»Ich vermute mal, dieser ‚befreundete Mensch' ist Dominic, stimmt's?«

»Bedaure, ich darf wirklich nicht sagen, um wen es sich handelt.«

Das wird jetzt richtig spaßig, dachte Sarah.

»Ihnen ist hoffentlich klar, dass er Sie nur benutzt, oder? Er nutzt Ihre Naivität aus, um mich zu verleumden und seine Chancen zu erhöhen, den gesamten Besitz zu erben – alles in einem Aufwasch.«

»Ich habe mit keinem Wort erwähnt, wem ich helfe, Miss Hamblyn.«

»Na, für Terry können Sie ja wohl schlecht arbeiten. Diese versoffene Null könnte nicht mal jemanden anheuern, ihm das Haar zu schneiden, geschweige denn, ihm einen gelungenen Schnitt bei einer Erbschaft zu sichern.«

Sarah schwieg.

»Also muss es jemand aus dem Dorf sein«, fuhr Susan fort. »Gott, manchmal hasse ich Cherringham! Die Leute mischen sich in alles ein, statt sich um ihren eigenen Kram zu kümmern. Kein Wunder, dass ich lieber in Oxford arbeite, nicht?«

»Ich kenne das Gefühl«, sagte Sarah, die sich nun große Mühe gab, ihre Gesprächspartnerin für sich zu gewinnen. »Es waren ... äußere Umstände, die mich von London nach Cherringham zurückgeführt haben.«

»Ah, ja, ich erinnere mich! Sie wurden verlassen, nicht? Eine Karrierefrau, die auf einmal alleine mit Kindern dasteht.«

»So in die Richtung«, erwiderte Sarah gelassen. Sie weigerte sich, wütend zu werden.

»Echt Pech.«

»Nein, schlechte Männerwahl, würde ich sagen«, entgegnete Sarah.

»Ha!«, entfuhr es Susan. »Gibt es überhaupt so etwas wie eine gute Männerwahl? Mein Gott!«

Sarah musste lachen. Und Susan Hamblyn lachte mit ihr. Sarah hoffte, dass das gemeinsame Lachen eine Wandlung bewirkte.

Hatte Susan also auch schon Pech in der Liebe gehabt? Vielleicht wirkte sie deshalb so frostig, spitz und unnachgiebig.

Sarah beschloss, eine andere Vorgehensweise auszuprobieren. »Denken Sie bitte nicht, dass ich mich in Ihre Familienangelegenheiten einmischen will, Miss Hamblyn. Die Person, die mich um Hilfe gebeten hat, mochte Ihren Vater sehr und wäre erschüttert, sollte sein Tod kein tragischer Unfall gewesen sein. Aber alles, was Sie mir erzählen können, hilft möglicherweise, solche Mutmaßungen ein für alle Mal aus dem Weg zu räumen, und das wäre für alle das Beste.«

Susan Hamblyn zögerte – sie wog das Für und Wider ab wie jemand, der im Geiste Zahlenreihen gegeneinander addiert. Schließlich holte sie tief Luft.

»Na gut! Aber, um ehrlich zu sein, ich kann Ihnen nur sehr wenig erzählen. Ich habe mich wirklich viel um meinen Vater gekümmert. Ich habe seine Konten verwaltet, sämtlichen Papierkram erledigt, ihm eine Pflegerin besorgt – Hope Brown. Falls irgendwas nicht mit rechten Dingen zugegangen ist, dann habe ich sicherlich nichts damit zu tun. Um ehrlich zu sein, gehe ich davon aus, dass bei der Testamentsverlesung nur ein einziger Begünstigter genannt wird – und das werde ich sein. Ich weiß, dass mein Vater meine Loyalität und meine harte Arbeit zu würdigen wusste.«

»Und was ist mit Ihren Brüdern?«

»Um Himmels willen – die! Terry ist der totale Loser, wie Sie ja bei der Beerdigung gesehen haben. Sie waren doch da, nicht?«

»Ja.«

»Wusste ich's doch! Sie kamen mir gleich so bekannt vor. Jedenfalls ist Terry früher immer wieder zum Herrenhaus gegangen, hat Dad betrunken gemacht und dann alles eingesackt, was sich verkaufen ließ.«

»Er hat seinen eigenen Vater bestohlen?«

»Die ganze Zeit! Nett, was? Das lief so lange, bis Dad es endlich kapierte, ihm die Schlüssel abnahm und ihm sagte, er solle sich vom Haus fernhalten.«

»Was ist mit Dominic?«

»Der Blödmann? Die Frau, mit der er verheiratet ist, hat ihn um den kleinen Finger gewickelt. Vanessa Coole. Ich bitte Sie – kann das etwa ihr richtiger Name sein? Furchtbare Frau. Eine echte Giftschlange. Also, falls Sie einen Brandstifter suchen, sollten Sie sie im Auge behalten. Ich traue ihr keinen Millimeter über den Weg. Sie hat Dominic dazu verdonnert, diese lachhafte Küche ins Herrenhaus einbauen zu lassen, und wollte mich auch noch zwingen, sie von Dads Konten zu bezahlen, weil die alte Einrichtung angeblich eine Feuergefahr darstellte. Dad fand die neue Küche scheußlich. Jedenfalls weiß ich genau, dass die zwei denken, sie würden erben. Was für Idioten!«

»Wieso Idioten?«

»Sie haben sich das Herrenhaus doch bestimmt angeschaut, nicht? Der alte Kasten fällt doch jetzt schon in sich zusammen. Es würde ein kleines Vermögen kosten, ihn wieder instand zu setzen. Mehr, als das ganze Ding wert ist. Und deshalb kann ich Ihnen versichern, dass keiner willentlich Mogdon Manor angezündet hat, Mrs. Edwards. Das Haus ist nicht mal das Brennmaterial wert.«

»Verstehe.«

Sarah entging nicht, dass Susan sich zurücklehnte und auf die Uhr sah. Dieses Gespräch war so gut wie zu Ende.

»Eine Frage noch, Miss Hamblyn. Die ist allerdings recht schwierig, was Ihnen hoffentlich nichts ausmacht.«

»Nur zu.«

»Ihr Vater wurde bekanntlich oben auf dem Dachboden gefunden. In einem verschlossenen Zimmer, in das keiner jemals hineinging. Ich frage mich, ob Sie zufällig wissen, was er dort oben wollte.«

Sarah war nicht darauf gefasst gewesen, welche Wirkung ihre Frage auslöste. Sie beobachtete, wie Susan Hamblyn förmlich in sich zusammensackte und tief in das Ledersofa sank.

»Nein. Das ist etwas, das ich wirklich nicht verstehe. Er hat die Treppe hinaufsteigen müssen. Doch wie ist ihm das überhaupt möglich gewesen? Wir haben den Treppenlift eingebaut, weil er kaum die Haupttreppe bewältigen konnte, erst recht nicht ...«

»Und was denken Sie, warum er da raufgestiegen ist?«

»Ich habe keine Ahnung. Das Dachzimmer ... Aus irgendeinem Grund war es ihm sehr wichtig. Nach Mutters Tod – als wir noch Kinder waren – sahen wir ihn manchmal für Stunden nach oben verschwinden. Er schloss dann immer hinter sich ab und kehrte erst spätabends nach unten zurück.«

»Sie selbst waren nie dort oben?«

»Oh nein! Das war verboten. ,Darauf steht die Todesstrafe', pflegte er zu sagen; und früher dachte ich, er würde das ernst meinen.«

»Was glauben Sie – was hat er in dem Dachzimmer getan?«

Susan Hamblyn starrte in die Ferne. *Als würde sie direkt in die Vergangenheit schauen*, dachte Sarah.

»Wir hatten keine Ahnung. Einmal aber, damals war ich noch ein Kind, habe ich an der Tür unten zur Treppe gehorcht ... Und da war mir ... Nein, ich bin sogar sicher, dass ich ihn singen gehört habe. Er sang ganz leise vor sich hin. Ein sehr trauriges Lied.«

»Erinnern Sie sich an das Lied?«

»Ja, das war das Seltsame daran. Er hat immer gesagt, Französisch sei die einzige Fremdsprache, die er beherrsche. Aber dieses Lied war in einer Sprache, die ich noch nie gehört hatte. Und er kannte jedes Wort …«

8. Ein trautes Paar

Jack stand vor der im Landhausstil gehaltenen Fassade von Coole Solutions und bereute es, nicht mit Sarah getauscht zu haben. Ein Ausflug nach Oxford, Mittagessen in einem dieser uralten Pubs, vielleicht sogar ein Kinobesuch …

Stattdessen ließ er sich hier vollregnen und überlegte, welche Richtung er bei dieser Ermittlung einschlagen sollte. Im Grunde genommen hatten sie kaum mehr als eine Leiche, die am falschen Ort gefunden worden war.

Zum Glück wurde ihm die Entscheidung abgenommen.

»,Rangemaster 5'«, sagte eine Frauenstimme neben ihm. »Sie sind nicht der Erste, der hier draußen vor dem Schaufenster steht und diesen Gaskocher bewundert. Hätten Sie auch gerne, nicht wahr?«

Jack drehte sich zu der Frau um, die ihn angesprochen hatte. Sie stand ein bisschen dichter bei ihm, als es der Situation angemessen wäre, war mittelgroß, brünett, stark geschminkt und sonnengebräunt. Außerdem hatte sie sich eindeutig die Lippen aufspritzen lassen. Und winzige Anzeichen deuteten darauf hin, dass sie zum Mittagessen ein Glas Wein gehabt hatte …

»Nun, um ehrlich zu sein, ist er eher nichts für mich.«

Die Frau quiekte vor Freude. »Sie sind Amerikaner!«

»Bin ich.«

»Ich *liebe* Amerikaner!«

»Tja, wenn das nicht mein Glückstag ist.«

»Ja, und Sie haben recht. Viel zu protzig. Ich schätze, Sie sind eher der Shaker-Möbel- und Holzofentyp, stimmt's?«

»Ich würde lügen, wenn ich behauptete, mich jemals über Befeuerungsarten definiert zu haben; aber jetzt, wo Sie es erwähnen …«

Sie hakte sich unaufgefordert bei ihm ein.

»Gehen wir lieber ins Trockene und setzen uns einen *Kahfeh* auf!«

Jack zwang sich, ihre schlechte Imitation eines amerikanischen Akzents mit einem Lächeln zu würdigen, obwohl ihm davor graute, wie dieses Treffen weitergehen würde.

Die Frau öffnete die Ladentür und zog Jack hinein.

»Ich bin übrigens Vanessa Coole.«

»Ah! ‚Coole‘ wie in ‚Coole Solutions‘?«

»Ganz genau!«

»Und ich dachte, ‚Coole‘ wäre wie ‚Shoppe‘ gebildet worden. Sie wissen schon, mit diesem ‚e‘ hintendran wie bei ‚Goode Olde Days‘ und den anderen Ausdrücken, die altertümlich klingen sollen.«

»Ach, ist das witzig!« Vanessa klatschte in die Hände. »Was für einen wunderbaren Humor Sie haben. Das ist ja so komisch!«

»Ja, nicht?«, sagte Jack, ohne eine Miene zu verziehen.

»Jetzt warten Sie hier, und ich setze den Kaffee auf«, befahl Vanessa, ehe sie in eine kleine Küche im hinteren Ladenbereich eilte.

Jack sah sich im Geschäft um.

Auf der einen Seite standen lauter funkelnde Öfen und Herde – alles Edelmarken. Jack drehte eine der Preislisten um: Selbst die billigsten Geräte bewegten sich in den Tausendern. Cherringham mochte wie jedes Dorf sein ärmeres Viertel haben, aber es bestand offenbar kein Mangel an betuchten Leuten, die bereit waren, für einen Herd so viel auszugeben, wie Jack für seinen Wagen bezahlt hatte.

Er ging hinüber auf die andere Seite des Ladens.

In diesem Bereich sah alles genauso teuer aus, nur waren hier Marmor-, Granit- und Glasarbeitsflächen sowie verblüffend kostspielige Holzböden ausgestellt. An einem Schreibtisch in der Ecke saß ein kräftig gebauter, lässig gekleideter Mann – zurückgelehnt auf seinem Stuhl, die Hände hinter dem Kopf verschränkt – und beobachtete Jack.

»Es geht doch nichts über Holz, was?«

»Für bestimmte Sachen ist es sicher unschlagbar«, bestätigte Jack und nickte dem Mann zu.

Der andere stand auf, kam zu Jack und berührte ihn leicht am Oberarm.

»Dominic Hamblyn. Kümmert meine Frau sich gut um Sie?«, fragte er.

»Oh ja! Ich glaube, sie macht mir sogar einen Kaffee.«

»Darauf dürfen Sie sich was einbilden«, sagte Dominic lachend. »Mir macht sie nie welchen!«

Jack rang sich ein Lachen ab.

»Und wonach suchen Sie?«, erkundigte sich Dominic und trat zurück wie ein Verkäufer in einem Istanbuler Teppichgeschäft. »Eiche? Ahorn? Hightech oder vielleicht Bio? Wir sind nicht die Billigsten in den Cotswolds, und die werden wir auch nie sein. Aber wir sind ohne Frage die Besten.«

»Ja, die sind Sie sicher, Mr. Hamblyn«, sagte Jack vorsichtig. »Doch um ehrlich zu sein, suche ich nicht nach einem neuen Fußboden – so schön Ihre Böden auch sind.«

»Er sucht einen Holzofen, Schatz, jede Wette«, behauptete Vanessa, die zu ihnen kam und übertrieben herzlich einen Arm um ihren Mann legte.

»Leider irren Sie sich beide«, erwiderte Jack, der dieses gekünstelt fröhliche Geplauder nicht mehr länger aushielt.

Ihm entging nicht, dass sowohl bei Dominic als auch bei Vanessa die Stimmung merklich abkühlte. Wovor hatten Sie Angst? Etwa vor einem Steuerprüfer? Gläubigern? Der Polizei womöglich?

Sobald Jack erkennen ließ, dass er kein Kunde war, zeigten beide eine abwehrende Körpersprache. Vanessa ließ ihren Mann los, und Dominic trat noch weiter zurück und verschränkte die Arme. Beide warteten auf eine Erklärung.

»Ich befasse mich mit den Todesumständen Ihres Vaters, Mr. Hamblyn, und würde Ihnen gerne ein paar Fragen stellen, falls Sie gestatten.«

»Wer zum Teufel sind Sie?«, verlangte Dominic zu wissen und starrte Jack eisig an.

»Ich heiße Jack Brennan und helfe jemandem, der Victor Hamblyn kannte und mich bat, ein oder zwei offene Fragen zu den Umständen seines Todes zu klären.«

»Offene Fragen?«, wiederholte Vanessa. »Was soll das denn heißen?«

Ja, das muntere Geplapper war definitiv vorbei.

Jack wusste, dass er mit diesen beiden sehr behutsam umgehen musste.

»Mir ist klar, dass es unerwartet für Sie ist …«

»Da haben Sie verdammt recht!«, rief Dominic.

»Ich hätte einen Termin gemacht«, erklärte Jack, »aber ich kam sowieso zufällig hier vorbei und dachte, wir könnten uns ungezwungen unterhalten -«

»Unterhalten?«, fiel Dominic ihm ins Wort. »Sie wollen, dass ich mich mit Ihnen, einem Wildfremden, über Dads Tod ,unterhalte'?«

»Victors Tod war ein furchtbarer Schock für uns, Mr. Brennan«, mischte sich Vanessa beschwichtigend ein.

»Stimmt«, bestätigte Dominic. »Und wir sind bis heute nicht drüber hinweg. Was fällt Ihnen ein, einfach hierherzukommen und uns das anzutun!«

»Es tut mir leid – für Sie beide«, antwortete Jack ruhig. »Aber die Person, für die ich … arbeite, wundert sich nicht bloß über die Brandursache, sondern auch über den Ort, an dem man Ihren Vater in der Brandnacht fand.«

»Dahinter steckt die verfluchte Susan, oder?«, fragte Vanessa.

»Das kann ich Ihnen wirklich nicht sagen«, erwiderte Jack.

»Dieses Miststück kann es einfach nicht lassen«, fuhr Vanessa unbeirrt fort. »Egal wie viel wir für den armen Victor getan haben: die traumhafte Küche, die wir ihm eingebaut haben – zum Selbstkostenpreis übrigens –, die neue Verkabelung, die Lampen, die viele Zeit, die Dominic für ihn aufbrachte …

Nicht ein einziges Wort des Dankes, immer nur zänkisch. Sie hat Victor gegen uns aufgehetzt! Genauso war es ...«

Schluchzend wandte sie sich ab. Jack stutzte. War das echt? Er beobachtete, wie Dominic sich zu ihr drehte und tröstend die Arme um sie legte.

»Tut mir leid, Mrs. Hamblyn, ich wollte Sie ehrlich nicht verletzen.«

Dominic sah wieder zu ihm, und sein sonnengebräuntes Gesicht war deutlich gerötet.

»Tja, aber das haben Sie ja wohl! Und fürs Protokoll: Wir haben noch weit mehr Arbeit in das Herrenhaus investiert, Mr. Brennan ... nicht bloß die Küche. Der Schuppen war eine Todesfalle, deshalb habe ich mit meinen Elektrikern eine Menge Zeit und Geld in die neue Verkabelung gesteckt, gerade um so einen Unfall zu vermeiden.«

Dominic sah zu Vanessa, als wollte er sich vergewissern, dass es ihr nicht zu viel wurde, wenn er darüber sprach.

»Wäre meine verdammte Schwester nicht so stur gewesen, hätten wir die Arbeiten fertig machen können. Dann würde mein Vater jetzt vielleicht noch leben. Aber sie wusste ja, dass sie nichts von dem Erbe bekommt – und das sollten wir auch nicht.« Die nächsten Worte purzelten regelrecht aus Dominics Mund: »Wenn irgendwer schuld an seinem Tod ist, dann Susan. Und damit ist dieses Gespräch beendet. Sie haben Vanessa tief gekränkt – und mich ebenfalls. Es ist Zeit, dass Sie gehen, meinen Sie nicht?«

»Nur noch eine letzte Frage.« Jack war bewusst, dass er einiges riskierte. »Was, glauben Sie, wollte Ihr Vater auf dem Dachboden?«

»Wie zur Hölle soll ich das wissen?«, schrie Dominic. »Er war ja reichlich verwirrt am Ende. Wer kann schon wissen, was in seinem Kopf vorging? Mein Dad war ein Buch mit sieben Siegeln, falls Sie verstehen, was ich meine, Mr. Brennan. Und wir konnten nie auch nur eines von denen knacken.«

Sollte er noch eine Frage wagen?

Warum nicht …?

»Und was ist mit Ihrem Bruder Terry? Denken Sie, dass er mir helfen könnte?«

»Verschwinden Sie hier!«, fuhr Dominic ihn an. »Bevor ich die Polizei rufe.«

Und Jack ging. Es gab für alles ein erstes Mal, und dies war das erste Mal in seinem Leben, dass er solch einer Warnung nachgeben musste.

9. Nichts und wieder nichts

Sarah hatte Jack angerufen und ihn eingeladen, sie zum Mittagessen bei ihren Eltern zu begleiten, doch wieder einmal verspätete sie sich. Jack war sicher schon dort – und ganz allein ihren Eltern ausgesetzt.

Der kommt damit zurecht, fuhr es ihr durch den Kopf.

Als sie kurz vor dem Haus abbremste, erblickte sie Jacks Sprite in der Herbstsonne. Rasch parkte sie ihren Wagen und rannte die Stufen zur Haustür hinauf.

Ihr atemloses »Hallo!« wurde von den Klängen einer Oper verschluckt, die buchstäblich durch das ganze Haus schallten.

Sarah folgte der Musik zu deren Quelle und gelangte ins sonnige Wohnzimmer, von dem aus man den Garten überblicken konnte. Jack saß im Lieblingssessel ihres Vaters, einen Arm zum Dirigieren eines unsichtbaren Orchesters erhoben. Ihr Dad stand an der Stereoanlage, beide Hände am Verstärker, sollte bei einer Passage mehr Lautstärke nötig sein.

»Äh, hi?«, rief Sarah über den Lärm hinweg.

Rasch drehte ihr Dad die Lautstärke auf Fahrstuhlmusik-Level hinunter. »Sarah! Ich habe bloß …«

Jack wandte sich mit einem breiten Lächeln zu ihr um.

»Tut mir leid, dass ich so spät bin, Jack. Chloe rief aus der Schule an und hatte noch einige Fragen.«

Sein Grinsen wurde noch breiter. »Kein Problem. Michael hat mir eine seiner schönsten Aufnahmen vorgespielt.«

»Die Arie *Un bel di* aus *Madama Butterfly*, gesungen von der Callas«, erklärte ihr Vater, als würde er einen besonders eindrucksvollen Jagderfolg bekannt geben.

»Ich hatte völlig vergessen, dass du Opern magst«, sagte Sarah zu Jack.

Er nickte ihrem Dad zu. »Allerdings kenne ich mich nicht annähernd so gut aus wie dein Vater.«

»Ach, ich bin bloß ein begeisterter Fan.«

»Mich hat Katherine zur Oper geführt«, offenbarte Jack. »Es bedurfte einiger Übung, aber ich habe sie schließlich lieben gelernt.«

Bei der Erwähnung seiner verstorbenen Frau nahmen seine Augen einen verträumten Ausdruck an, der jedoch schnell wieder verschwand.

Er wandte sich wieder an Sarahs Vater. »Das war wunderschön. Danke.«

»Ist mir eine Freude, Jack. Wenn du Lust auf Oper hast, komm einfach vorbei. Ich trinke jederzeit gerne einen Brandy mit dir und höre ein bisschen Musik.«

»Ich nehme dich beim Wort.«

Sarah war ein wenig überrascht, dass die beiden sich plötzlich duzten; während ihrer Abwesenheit hatten sie sich offenbar miteinander angefreundet.

Ihr Vater lief nun auf sie zu und rieb sich die Hände. »Mum macht ein paar Sandwiches und Tee. Wir essen hier drinnen, okay?«

Sarah nickte. »Ich habe leider nicht viel Zeit. Auf mich wartet noch ein großes Projekt, das heute fertig werden muss.«

»In Ordnung.« Ihr Vater hob einen Finger. »Ich gehe mal nachsehen, wie weit sie ist.«

Sarah drehte sich zu ihrem »Komplizen« um.

Und ohne Umschweife brachten die beiden sich gegenseitig auf den neuesten Stand ihrer bislang wenig fruchtbaren Ermittlungen.

Jack nickte. »Ja, mit Dominic war es das Gleiche. Sohn des Jahres wird er nicht unbedingt. Und seine Frau erst! Aber könnten sie tatsächlich ein Feuer geplant haben, um den alten Mann umzubringen?«

»Das ist die Frage«, sagte Sarah. »Susan Hamblyn ist eiskalt, und auch sie ist davon überzeugt, alles zu erben.«

»Vergessen wir Terry nicht. Liefen bei euch eigentlich Filme von der Komikertruppe *Die drei Stooges*?«

Sarah musste grinsen. »Das war ein bisschen vor meiner Zeit. Und sicher zu gewaltbetont für unsere Fernsehsender.«

Jack nickte erneut. »Gut möglich. Bei uns wurden die Streifen von Kindern geliebt.«

»Also, was jetzt?«

»Ich hab ein paar Ideen ...«, begann Jack.

Er verstummte aber sogleich, weil Michael mit einem Tablett hereinkam, auf dem Teetassen und die schönste Kanne der Familie standen. Das hochwertige Gefäß war mit Renaissance-Figuren verziert, die sich verbeugten oder einen Hofknicks vollführten.

»Tee ist schon mal da. Die Sandwiches folgen gleich. Komm, Sarah, setz dich.«

Sarah zog für sich einen Stuhl näher zu dem kleinen Bistrotisch heran, der unmöglich ausreichend Platz für das Teegeschirr und die Sandwiches bieten würde.

Sie schenkte Jack und ihrem Dad ein, bevor sie sich selbst eine Tasse nahm. Dampf stieg zwischen den im Sonnenlicht tanzenden Staubkörnchen auf.

»Wie ich höre, seid ihr beide mal wieder im Einsatz, hmm? Die lokale Privatdetektei?«

Sarah war nicht sicher, was ihre Eltern von ihrem »Ermitteln« hielten – oder von ihrer Freundschaft zu dem amerikanischen Ex-Detective.

Ihr Dad war stets sehr zurückhaltend mit seiner Meinung.

Jack übernahm es, auf Michaels Frage zu antworten: »Wir helfen lediglich einer Freundin von Sarah ...«

»Hope Brown«, ergänzte Sarah.

Ihr Dad nickte.

»Wie es scheint, gibt es möglicherweise Verdachtsmomente«, erklärte Jack. »Vielleicht aber auch nicht. Es kann jedenfalls nicht schaden, sich mal umzuschauen und ein paar Fragen zu stellen.«

Sarah fiel auf, dass sich Jacks Stimme veränderte, wenn er über das redete, was sie taten. Sie konnte sich gut vorstellen, wie viel Autorität er als Detective in Manhattan ausgestrahlt hatte.

Und beachtlich war, mit welcher Leichtigkeit er von einer Rolle in die andere wechselte.

»Ach so«, sagte Sarahs Vater. »Hope ist eine ausgezeichnete Pflegekraft. Sie hat schon vielen Leuten im Dorf geholfen. Ich schätze, wenn sie sich Sorgen macht, dann ...«

Jack trank einen Schluck Tee. »Hast du den Mann eigentlich gekannt, Michael?«

»Victor? Nein, im Grunde nicht. Die letzten Jahre lebte er sehr zurückgezogen, wie ihr sicher schon wisst. Er ging gar nicht mehr aus dem Haus.«

Jack nickte.

»Aber ...« – Sarahs Vater stellte seine Teetasse ab – »... ich sollte es euch gegenüber nicht unerwähnt lassen, dass ich Victor vor einigen Jahren mal besucht habe. Ich wusste, dass er im diplomatischen Dienst gewesen war und für die Regierung gearbeitet hatte, so wie ich. Ich glaube nicht, dass er oft Besuch bekam, nicht mal von seinen schrecklichen Kindern.«

Helen kam mit einem zweiten Tablett herein, beladen mit Sandwiches und kleinen, zum Teeservice passenden Tellern.

»Da bist du ja, Sarah«, sagte sie.

Die Angesprochene schenkte ihrer Mutter ein Lächeln und versuchte, für die Sandwich-Platte, die Teller und Servietten Platz zu schaffen.

»Vielleicht sollten wir doch lieber ins Esszimmer gehen«, meinte Sarahs Mutter.

Aber Jack und Michael halfen, Platz zu machen, und schoben die Teetassen umher, bis erstaunlicherweise doch noch die Sandwich-Platte in der Mitte hingestellt werden konnte.

»Ja, das dürfte reichen, denke ich.«

Helen lächelte. »Es gibt köstlichen Thunfisch mit Chutney,

Lammfleisch mit Johannisbeergelee auf Vollkornbrot und selbstverständlich auch Eier-Mayo.«

Sarah sah, dass Jack schmunzelte, und erklärte: »Eier-Mayo ist mein Lieblingsbelag. Man kann auch ‚Eiersalat' dazu sagen.«

Das brachte Sarahs Mutter zum Lachen. »Diesen Ausdruck habe ich noch nie verstanden. Mit Salat hat das doch gar nichts zu tun! Nun, lasst es euch schmecken.«

Und so griff sich jeder an dem kleinen Tisch ein dreieckiges Sandwich seiner Wahl und begann zu essen.

Sarahs Dad wischte sich den Mund mit seiner Serviette ab. »Wie gesagt, ich habe den alten Mann mal besucht …«

Als er seine Geschichte fortzusetzen begann, warf ihm seine Frau einen verwunderten Blick zu. »Reden wir etwa über Victor Hamblyn? Der arme Mann. Und spielt ihr zwei wieder Detektiv?«

»Na ja, Jack ist doch wirklich ein Detective«, entgegnete Sarah.

»War«, korrigierte Jack sie und fügte perfekt getimt hinzu: »Das ist ein bisschen wie Radfahren. Man verlernt es nie.« Er schenkte Helen ein charmantes Lächeln, ehe er sich Michael zuwandte. »Und was wolltest du gerade erzählen?«

»Tja, ich nehme gerne Kontakt zu anderen auf, die früher im Staatsdienst waren, ob beim Militär oder bei der Regierung. Oft freuen sich die Leute, und Victor schien recht erfreut über meinen Besuch zu sein.«

Jack warf Sarah einen Blick zu, als wollte er sagen: *Siehst du – man kann nie wissen, wo möglicherweise wertvolle Informationen auftauchen.*

»Damals war er noch etwas mobiler«, fuhr Michael fort. »Er brauchte sicherlich nicht so viel Pflege wie zuletzt. Und ich glaube, den Treppenlift gab es auch noch nicht. Jedenfalls habe ich mich nett mit ihm unterhalten und ihm gesagt, dass wir uns ihm nahe fühlen und ihm helfen würden, sollte er irgendwas brauchen.«

»Dass seine Kinder jemals so etwas zu ihm gesagt haben, bezweifle ich sehr!«, merkte Helen an. Da Sarahs Mutter selten negativ über andere sprach, konnte diese Äußerung nur bedeuten, dass sie Victors Kinder wirklich nicht mochte.

»Ich habe den Eindruck, dass sich in dieser Familie keiner nahesteht.« Sarah schenkte sich noch einen Tee ein.

»Nein, wohl nicht«, stimmte Helen ihr zu. »Und Victors Frau ist früh gestorben; die Kinder sind damals noch ziemlich klein gewesen.«

»Dann hat Victor sie alleine großgezogen?«, fragte Sarah.

»Könnte man so sagen«, antwortete Helen.

»Das war sicher nicht leicht«, meinte Jack. »Aber eine andere Frage: Michael, hat er je mit dir über Indien gesprochen?«

»Ich wusste, dass er als junger Mann dort gedient hat. Es war ein schwieriger Posten: direkt nach dem Krieg – und das ganze Land in Aufruhr. Der Zusammenbruch des Empires und so. In seinem Haus stehen lauter Sachen aus Indien. Diese große Elefantenstatue …«

»Ganesha«, murmelte Sarahs Mutter.

»Und sonstiges indisches Zeugs«, fuhr Michael fort. »Aber als ich ihn auf seine Zeit dort ansprach, kam anschließend kein einziges Wort mehr aus ihm heraus.«

»Interessant«, merkte Jack an. »Er hat einfach nichts mehr gesagt?«

»Genau. Als wäre die Erinnerung zu schmerzlich oder dort irgendwas geschehen, an das er nicht zurückdenken und über das er ganz gewiss nicht reden wollte. Ich erwähnte Victor Hamblyn mal im Rotary Club, und da nahm mich der alte Praveer zur Seite und sagte, dass es vielen, die die *Partition* unmittelbar miterlebt haben, lieber ist, nie mehr über diesen Teil ihrer Vergangenheit zu sprechen.«

»*Partition?*«, fragte Sarah.

»Als Indien 1947 unabhängig wurde. Es kam zu zahlreichen Gewaltausbrüchen. Den Berichten nach muss es eine entsetzliche Zeit gewesen sein.«

»Meinst du, dass Victor damals mittendrin steckte?«, wollte Jack wissen.

Sarah bemerkte, wie ihr Vater die Stirn runzelte.

»Auf jeden Fall hat er damals in Indien Dienst geleistet«, antwortete er. »Was seinerzeit auch vorgefallen sein mag, es war sein Geheimnis, und er hat mir nichts verraten.«

Für eine Weile schwiegen alle.

»Bereit für den Kuchen?«, fragte Helen schließlich.

Sarah legte ihre Hand auf die arthritischen Finger ihrer Mutter. *Die beiden werden alt. Das darf ich nicht vergessen,* sagte sie sich.

»Ich hätte wirklich gerne Kuchen, Mum, ehrlich. Aber ich muss zurück ins Büro.«

»Drängende Abgabetermine mal wieder, hmm?«

»Und was ist mit dir, Jack?«, erkundigte sich ihr Dad.

»Ich würde auch liebend gerne zugreifen«, erwiderte er und klopfte sich auf seinen wahrlich sehr kleinen Bauch. »Doch ich spare mir das Dessert lieber fürs nächste Mal auf.«

Helen drückte die Hand ihrer Tochter, bevor sie von Jack zu Sarah blickte.

»Ihr seid vorsichtig, ja? Ihr beide?«

»Mum, es ist nicht -«

Weiter kam Sarah nicht, denn Jack hatte die ideale Antwort parat und sprach sie mit fester, ernster Stimme aus: »Das sind wir.«

Die Gewissheit, mit der er seine Worte äußerte, entlockte Sarahs Mutter ein Lächeln. »Dann räume ich ab, und ihr zwei könnt los.«

Vor dem Haus blieb Jack neben seinem Wagen stehen. »Ich mag die beiden.«

Sarah nickte. Auch wenn nicht immer alles perfekt war, gehörte sie zu den wenigen Glücklichen, die sich tatsächlich mit den eigenen Eltern verstanden. Und irgendwie war es ihr wichtig, dass Jack sie ebenfalls mochte.

»Freut mich«, sagte sie. »Die Geschichte von meinem Dad war spannend, was?«

»Ja. Und unerwartet. Ein altes Geheimnis. Ob das irgendwie mit dem zu tun hat, was passiert ist?« Er zuckte mit den Schultern.

»Wie geht es jetzt weiter?«

»Bist du bereit, ein wenig mehr nachzuforschen?«

Sarah bejahte stumm.

»Okay. Schön. Ich werde dem Immobilienbüro einen Besuch abstatten.«

»Dem Grundstücksmakler.«

»Richtig. Ich tue so, als wäre ich das Hausboot leid. Dabei lasse ich durchblicken, ich würde haufenweise Geld für eine Immobilie haben, und frage nach, was das Herrenhaus kosten würde. Wenn eines von Victors Kindern das Feuer gelegt hat, werden sie sich vorher nach dem Wert erkundigt haben.«

»Gut. Ich bin heute Nachmittag ziemlich eingespannt, aber trotzdem … Gibt es irgendwas, das ich tun kann?«

»Falls du Zeit hast, dachte ich, du könntest mal bei dem Elektriker hier im Ort vorbeifahren. Es hat vorher schon Kabelbrände in Mogdon Manor gegeben, also muss dort einiges repariert worden sein. Und wir wissen, dass Dominic auch etwas machen ließ.«

»Ah, ich weiß, wen ich fragen muss! Wir haben da jemanden, der seit Jahrzehnten eine feste Größe hier ist. Ich versuche, heute noch hinzukommen, wenn ich meine Layouts weggeschickt habe.«

»Prima. Wollen wir uns heute Abend noch mal kurzschließen?«

»Unbedingt.«

Nach einem Nicken öffnete Jack die Fahrertür seines Sprites. Bevor er jedoch einsteigen konnte, legte Sarah eine Hand auf seinen Arm.

»Und, Jack, vielen Dank, dass du meine Mum beruhigt hast. Das musste sie unbedingt hören. Von dir.«

»Dass wir vorsichtig sind?«

»Ja.«

»Das war leicht gesagt, Sarah, denn ich habe es fest vor.«

Eine Windböe wirbelte orangefarbene Blätter auf und blies sie unter den kleinen Sportwagen.

»Es wird frisch«, meinte Jack und bückte sich tief. Fast sah es so aus, als würde er seine große Gestalt zusammenklappen müssen, um in den niedrigen Wagen einsteigen zu können. »Bald muss ich wohl mit Verdeck fahren.«

»Du wirst das Dorf im Winter lieben!«

»Ja, darauf möchte ich wetten.«

Dann ließ er den Motor an, und Sarah ging zu ihrem RAV4.

Es lag eindeutig Herbst in der Luft, und der Winter war ihm dicht auf den Fersen.

10. Sachwerte

Jack entdeckte drei Immobilienmakler im Dorf. Verkäufe und Vermietungen mussten gut laufen, ging man von den Bildern hochpreisiger Immobilien in den Schaufenstern aus.

Wundern tat es Jack nicht, denn dies hier war ein hübsches Fleckchen Erde, wie er fand.

Dennoch unterschied es sich in mancherlei Hinsicht nicht sehr von Manhattan. Auch in Cherringham taten Leute einander böse Dinge an, und sie hatten ihre Geheimnisse. Und daher war es auch hier notwendig, dass es Menschen wie Jack gab, die unangenehme Fragen stellten.

Er klappte seinen Jackenkragen hoch, weil ein kalter Wind durch die schmalen Straßen pfiff.

Bevor er das erste Maklerbüro betrat, holte er tief Luft und hoffte, dass er die Rolle des wohlsituierten Klienten auf der Suche nach einem großen Anwesen überzeugend spielen konnte.

Zwei geschafft, noch eines übrig.

Die beiden bisherigen Gespräche waren aufschlussreich, aber schwierig zu beenden gewesen. Das Wichtigste war, dass beide Makler seine Vermutung bestätigt hatten: Mogdon Manor war wegen des enormen Reparatur- und Restaurierungsbedarfs nicht sonderlich viel wert. Es würde ein kleines Vermögen kosten, das Herrenhaus einigermaßen instand zu setzen, und es richtig schön herzurichten, würde gigantische Summen verschlingen.

Aber das Grundstück?

Das war locker einige Millionen wert.

Man könnte das Herrenhaus platt walzen und immer noch einen Haufen Geld mit dem Verkauf machen.

Jack überlegte, sich den letzten Makler, Cauldwell & Co., zu ersparen. Das Büro lag am Ende der Stadt, nahe dem großen

Parkplatz; es sah kleiner als die anderen aus und vermittelte womöglich nur die weniger schicken Immobilien.

Nur wäre das wider die Devise von Jack gewesen, dass man nie wusste, wo nützliche Informationen auftauchen würden.

Also ging er hinein. Inzwischen beherrschte er seine Rolle als liquider Möchtegern-Hausbesitzer aus dem Effeff.

Ein Mann an einem großen Holzschreibtisch blickte von seinem *Daily Telegraph* auf und lächelte Jack freundlich an.

Wie allen Immobilienmaklern rund um den Globus war auch ihm ein neues Gesicht stets willkommen.

»Ah, guten Tag! Kann ich Ihnen helfen?«

Der Mann war hinter seinem Schreibtisch hervorgekommen und schüttelte Jack kräftig die Hand.

»Cecil Cauldwell von Cauldwell & Company.«

»Jack Brennan.«

»Und wir sind auf der Suche nach …?«

»Na ja, genau genommen …«

»Ein *Amerikaner*!«, rief der Makler aus. »Den Akzent erkenne ich doch auf Anhieb. Suchen Sie nach einem Sommerhaus zur Miete oder …«

»Eigentlich denke ich darüber nach, etwas zu kaufen.«

Ob Cecils Lächeln noch breiter werden kann?, dachte Jack. *Wohl kaum.*

»Fantastisch! Na, da kommen Sie ja genau zur rechten Zeit. Wenn der Sommer vorbei ist, fallen die Immobilienpreise. Sie haben das perfekte Timing, um ein echtes Schnäppchen zu machen. Bitte!« Er zeigte auf den Lederstuhl vor seinem Schreibtisch.

Jack fragte sich, ob er die Scharade abkürzen und trotzdem Informationen bekommen könnte.

Cecil hatte derweil schon einen gelben Notizblock hervorgeholt und wartete nun mit gezücktem Schreiber und leuchtenden Augen, dass Jack ihm mitteilte, wonach er suchte.

»Nun, was mögliche Häuser angeht, wäre es hilfreich, wenn ich zunächst eine, ähm, ungefähre Orientierung hätte, in welchem finanziellen Rahmen wir uns bewegen und welche Merkmale Sie voraussetzen.«

Jack nickte. »Was den Preis betrifft, bin ich flexibel.«

Cecils Lippen formten ein »Oh«. Wahrscheinlich war für ihn »flexibel« gleichbedeutend mit »unbegrenzte Mittel«.

»Suchen Sie etwas im Dorf, oder wäre Ihnen ein Landhaus lieber? Vielleicht mit etwas Grund?«

Jack kratzte sich am Kopf.

»Ich bin mir noch nicht sicher. Bisher lebe ich auf einem Hausboot, also weiß ich nicht genau, was ich will.«

Die Erwähnung eines Hausboots wirkte wie ein Dämpfer. Eventuell dachte Cecil, dass jemand, der auf einem Boot lebte, unmöglich an hochpreisigen Immobilien interessiert sein könnte. Und damit hätte er vollkommen recht.

»Mir ist dieses alte Herrenhaus aufgefallen, dessen Besitzer kürzlich bei einem Brand gestorben ist, wie Sie sicherlich auch gehört haben. Es sah ziemlich renovierungsbedürftig aus, vielleicht auch ein bisschen zu groß, aber irgendwie interessant.«

Cecils Lächeln drohte vollends zu schwinden. »Mogdon Manor, ja … da sind umfassende Reparaturen fällig. Und das Anwesen wurde arg vernachlässigt.«

»Würden Sie sagen, dass das Haus viel wert ist?«

Cecil lachte. »Der alte Schuppen? Nur wenn Sie ein Faible für Effekthascherei und *Fin de Siècle* haben – mit Betonung auf *Fin*.«

»Und das Grundstück?«

»Das ist etwas völlig anderes, Mr. Brennan. Das Anwesen wurde nicht gepflegt, wie gesagt, aber die Lage ist absolut top. Sie denken nicht zufällig an … Aus- oder Umbau? Einige Wohnungen vielleicht oder …«

»Wer weiß! Es schien mir jedenfalls interessant.«

Jack hatte die Bestätigung, die er wollte. Das Anwesen war

ein Vermögen wert, das Haus *nichts*. Trotzdem hatte er noch eine letzte Frage.

»Demnach ist das Haus selbst nichts wert?«

Jetzt hielt Cecil eine Hand in die Höhe.

»Moment, Moment! Im gegenwärtigen Zustand ist das sicherlich so der Fall. Es sind umfangreiche Reparaturen notwendig. Aber das Potenzial! Kürzlich hat es jemand für einen möglichen Umbau in separate Wohnungen begutachten lassen. Und, wie gesagt, es hat viel Potenzial.«

Jack stockte.

»Ein Gutachten?«, fragte er schließlich. »Wer hat das machen lassen?«

Cecil erstarrte und zog sich weit in seinen Lehnstuhl zurück.

Wie es schien, dämmerte ihm allmählich, dass dies kein belangloser Small Talk über den lokalen Immobilienmarkt war.

»Bedaure, aber das kann ich Ihnen nicht sagen. Streng vertraulich. Ich meinte nur …«

Jack lehnte sich vor, um den Abstand zwischen ihnen zu verringern.

»Sie meinten, Cecil, dass jemand das Anwesen begutachten und Pläne zeichnen ließ – und das alles geheim? Das muss es ja sein, wenn Sie es mir nicht erzählen können.«

Hierauf erhob sich Cecil Cauldwell von Cauldwell & Co.

»Ich denke, Sie gehen jetzt lieber, Mr. Brennan.« Er verdrehte die Augen. »Falls das überhaupt Ihr richtiger Name ist.«

»Oh, das ist er.« Jack grinste. »Sie können es überprüfen.« Er stand ebenfalls auf. »Es macht Ihnen hoffentlich nichts aus, wenn ich diese Information weitergebe, zum Beispiel an die hiesige Polizei? Ihre Mitteilung ist wirklich recht spannend.«

Cecil stand stocksteif da, ohne etwas darauf zu erwidern.

Und während Jack zu seinem Wagen zurückging, dachte er abermals: *New York, Cherringham – überall haben sie ihre Geheimnisse.*

Jack saß in seinem Wagen, der Motor röhrte. Er würde Sarah später anrufen, nach ihrem Abendessen mit den Kindern.

Jetzt war es Zeit für das Boot, ein Steak – halb durch – und einen Martini.

Irgendwas ist hier los, dachte er.

Und eine solche Erkenntnis wirkte bei ihm stets appetitanregend.

11. Eine Frage der Elektrik

Sarah lief zu ihrem Wagen. Die Dateien für ihren Kunden waren fertig und bereits verschickt. Nun musste sie schnellstens Chloe abholen.

Doch als sie das Auto öffnete und mit gehetztem Blick auf ihre Uhr sah, stellte sie erstaunt fest, dass sie ausnahmsweise zu früh dran war: Chloes Tanzkurs in der Schule würde erst in einer halben Stunde zu Ende sein.

Es blieb also Zeit für einen Kaffee und – was derzeit höchst selten vorkam – für sie selbst, und zwar rund zwanzig Minuten. Sarah schloss das Auto ab und ging über den Dorfplatz zu Huffington's. Schon auf dem Weg dorthin fühlte sie sich wunderbar beschwingt.

Bis sie vor der geschlossenen Bäckerei stand. Ihr fiel wieder ein, dass Huffington's seit Herbstbeginn – wenn der Strom der Sommergäste versiegte – täglich um Punkt fünf Uhr schloss.

Eine halbe Stunde … Ob das für einen Besuch bei Robinson's Electric reichte? Hatten die überhaupt noch geöffnet?

Sie blickte zu dem Geschäft hinüber und sah, dass das altmodische Neonschild *Electrician* leuchtete.

Kein Wunder, dachte sie und machte sich auf den Weg dorthin. Bei all den Billigmärkten und der Online-Konkurrenz konnte es sich der alte Laden gar nicht leisten, früh Schluss zu machen.

Der alte Josh Robinson schaffte es, mit dem Verkauf von Toastern, Nachttischlampen und Sicherungen seinen Lebensunterhalt zu verdienen. Sarah war sich allerdings sicher, dass die Leute inzwischen nur aus alter Verbundenheit bei ihm kauften.

Und warum auch nicht? Josh war ein netter Mann und immer hilfsbereit, mit einem offenen Ohr für jeden.

Außerdem hatte Josh zwei Söhne, die ebenfalls ausgebildete Elektriker waren – und sie übernahmen die meisten Elektroarbeiten im Dorf. Wo sonst könnte man eher etwas über die Reparaturen an den elektrischen Leitungen in Mogdon Manor erfahren?

Die Türglocke läutete, als Sarah in den Laden ging. Josh Robinson saß auf einem Hocker hinter dem Kassentresen: Das hatte er schon immer getan, soweit Sarah sich zurückerinnern konnte – also seit sie ein kleines Kind gewesen war.

»Ah, Sarah«, begrüßte er sie. »Wie geht es dir, meine Liebe?«

»Glänzend, wenn ich Sie sehe, Mr. Robinson«, antwortete sie und musste sich unvermittelt eingestehen, dass ihre Worte der Wahrheit entsprachen, denn es tat wirklich gut, sein freundliches Gesicht anzuschauen.

»Bist du gekommen, um noch mehr von diesen komischen, besonders langlebigen Ökobirnen zu kaufen? Dann hast du Glück, weil ich nämlich schon im Frühjahr extra für dich ein paar neue bestellt habe. Ich dachte, du brauchst bestimmt wieder welche!«

»Sie sind ja ein Hellseher«, sagte Sarah und zermarterte sich das Hirn, was sie noch bei ihm kaufen könnte. »Und ich benötige einen neuen Strahler mit Bewegungssensor … für die Haustür.«

Nachdem Josh ihr zehn Minuten lang die unterschiedlichen Modelle erläutert und schließlich den Kaufpreis in seine altmodische Kasse eingetippt hatte, glaubte Sarah, dass nun die Gelegenheit gekommen war, Victors Beerdigung anzusprechen.

»Ach ja«, sagte Josh. »Der alte Mr. Hamblyn. Mein Vater hatte früher immer Zeit für ihn. Eines muss ich freilich zugeben – als ich noch ein junger Bursche war, hielten wir ihn alle für einen furchtbaren Griesgram. Immerzu brüllte er uns an, wir sollten von seinem Grund und Boden verschwinden.«

»Es heißt, dass es ein Kabelbrand war«, merkte Sarah beiläufig an.

»Na, ist ja auch kein Wunder«, antwortete er. »Meine Jungs waren in diesem Jahr schon zig Mal draußen bei ihm und haben einzelne Kabel ausgetauscht. Und sie meinen, dieses unsystematische Stückwerk wäre reine Zeit- und Geldverschwendung, denn im Grunde muss die gesamte Elektrik neu gemacht werden.«

»Sie waren sicher mitgenommen, als sie von dem Feuer hörten.«

»Und ob sie das waren!«, bekräftigte Josh. Er beugte sich über den Tresen zu ihr hinüber und senkte die Stimme. »Unter uns gesagt – sie glauben jedoch, dass Mr. Hamblyn übel mitgespielt wurde.«

»Ach ja?« Nun neigte Sarah sich ebenfalls vor.

»Tja, von seinen Kindern eben. Die hätten sich besser um ihn kümmern müssen. Stattdessen … Na, ich sollte wohl nicht …«

»Was?«

»Ich glaube, die konnten's gar nicht abwarten, dass er abdankte. Das war eine Schande.«

Sarah nickte. »Und was halten Sie von dem letzten Feuer? Lag es wieder an der alten Elektrik?«

Josh blickte sich um, als wäre ihm nicht wohl bei dem, was er sagen wollte.

»Man hat meinen Sohn Todd gebeten, sich das mal anzusehen. Das gehört zur Ermittlungsarbeit, du weißt schon.«

»Aha.«

»Und so hat er einen Blick drauf geworfen. Also, die meisten Kabelbrände zischeln bloß ein bisschen hinter den Wänden rum. Und selbst in solchen alten Kästen sind die Kabel so verlegt, dass keine Funken auf Holz übergreifen können.«

»Doch in Mogdon Manor war es anders?«

Josh nickte. »Todd sagt, dass in der Bibliothek gar nichts war, was die Leitung hätte überlasten können. Trotzdem ging es irgendwie da mit dem Brand los – in einem Zimmer voller Bücher! Das ist doch völlig verrückt, sagt er.«

»Es war also anders als bei den anderen Bränden im Herrenhaus.«

Josh sah sie direkt an; seinen Argwohn konnte Sarah förmlich spüren.

»Genau. Das hat er auch dem Feuerwehrchef gesagt. Es ist jedoch nicht klar, ob die Ermittler das für bedeutsam halten, weil ja die ganze Elektrik in dem Haus so marode war. Und letztendlich muss es ja auch nichts heißen.«

Sarah nickte. Dies war definitiv etwas, das sie Jack erzählen musste.

Plötzlich schlug die alte Wanduhr in der Ladenecke. Sarah drehte sich zu ihr um.

»Diese Uhr habe ich immer geliebt«, sagte sie lächelnd.

»Ja, und sie läuft stramm weiter, so wie ich.«

»Aber jetzt muss ich los – meine Tochter abholen.«

Der alte Mann ergriff Sarahs Hand. »War schön, mal wieder zu plaudern, Sarah.«

»Ja, fand ich auch.«

Mit einem letzten Lächeln verließ Sarah den Laden und lief zurück zu ihrem Wagen.

12. Nacht über Cherringham

»Keine Sterne für Mums Essen heute Abend?«

Sarah sah zu, wie ihre beiden Kinder das Hühnerfrikassee verschlangen, das sie gekocht hatte. Mit ein wenig Zitrone, jüngst geerntetem Estragon, Champignons und Naturreis. Es war frisch zubereitet, schmeckte lecker und hatte angesichts zweier ausgehungerter Kinder keinerlei Aussichten, auch nur teilweise den heutigen Abend zu überstehen.

Daniel hielt zwischen zwei Bissen inne. »Das ist echt lecker, Mum.«

Chloe pflichtete ihm eilig bei: »Ja, richtig lecker.«

Ebenso gut hätte ich irgendein Tiefkühlfertiggericht von Sainsbury's auftischen können, dachte Sarah.

»Danke«, sagte sie. »Was gibt's Neues in der Schule?«

Sarah fürchtete insgeheim, dass die beiden bereits jene Teenagerphase erreicht hatten, in der es der Folter oder der Androhung von Internetverboten bedurfte, damit Kinder einem Elternteil etwas erzählten.

»Was macht das Theaterstück, Daniel?«, hakte sie nach, als sie keine Antwort erhielt.

»Das ist ein Musical, weißt du«, verbesserte er sie. »Ist echt schräg. *Macbeth.*«

»Ist das nicht ein Theaterstück?«

»Unsere Version nicht. Sogar diese komischen Schwestern ...«

»Die Hexen?«

»Genau. Sogar die singen. Aber das ist witzig.«

»Bist du eine von den komischen Schwestern?«, fragte ihn Chloe, wobei sie ihre spitze Bemerkung sofort mit einem Lächeln abmilderte.

Wir haben eine Menge durchgemacht, ging es Sarah durch den Kopf. Anscheinend bemühte sich jeder, so nett wie möglich zu sein.

»Na, wir kommen jedenfalls alle zur Premiere.«

Daniel nickte. »Es gibt ein paar tolle Schlachtenszenen, mit Schwertern und so.«

»Ich bin fertig, Mum.«

»Ist gut, Chloe. Aber bleib noch kurz sitzen und warte, bis dein Bruder fertig ist. Und bevor ihr die Küche verlasst, müsst ihr noch abräumen.«

Sarah sah zu, wie Daniel den letzten Rest cremiger Estragonsoße in sich hineinschaufelte.

Also doch ein Hit, dachte sie. *Und ziemlich einfach zuzubereiten.*

»Ich bin auch fertig«, sagte Daniel.

»Okay, also abspülen, die Teller in die Maschine, und -«

In diesem Moment klingelte ihr Handy. Suchend blickte Sarah sich um und entdeckte es auf der Arbeitsplatte, wo es an der Steckdose neben dem Herd aufgeladen wurde.

Sie hörte Jacks Stimme, aber auch ein merkwürdiges Rauschen aus ihrem Handy.

Der Wind, vermutete sie. Vielleicht war Jack draußen auf dem Deck seines Boots.

Sie ging ins Wohnzimmer, wo sie außer Hörweite ihrer Kinder war.

»Ich habe mit dem Elektriker gesprochen«, sagte sie.

Sie berichtete Jack, was Josh über den Brand dachte. Und dass dessen Sohn Todd gesagt hatte, das Feuer sei anders als die vorherigen Brände gewesen: keinerlei Hinweise, dass etwas in der Bibliothek die Überlastung verursacht habe, veraltete Stromleitungen hin oder her.

»Hmm«, brummte Jack. »Und ich habe heute bei euren Maklern den reichen Amerikaner gemimt.«

»Für diesen Spießrutenlauf hast du einen Orden verdient.«

»Ja, die können ganz schön hartnäckig sein, was? Aber ich habe etwas Interessantes erfahren.«

»Raus damit.«

»Jemand – es wurden keine Namen genannt – hat sich Pläne für einen Umbau des Herrenhauses in separate Wohnungen erstellen lassen.«

»Ernsthaft?«

»Ich glaube, der Makler, Cecil Cauldwell -«

»Was, der? Dann steht dir allemal ein Orden zu!«

»Ich glaube, er dachte, dass ich nach etwas Ähnlichem suche.«

»Alles erledigt, Mum!«, rief Chloe aus der Küche.

Sarah lächelte. »Vielen Dank, Chloe!«, rief sie, bevor sie das Gespräch mit Jack fortsetzte. »Hat Cecil nicht mal angedeutet, wer das in Auftrag gegeben hat?«

»Nein. Leider wurde er in dem Moment sehr verschlossen und verlangte, dass ich *sofort* gehe.«

»Wir können aber vermuten, wer es war.«

»Zumindest kennen wir drei wahrscheinliche Kandidaten. Aber welcher von ihnen ist es gewesen? Susan, Dominic … oder Terry.«

»Letzterer dürfte höchst unwahrscheinlich sein.«

»Ja, da könntest du recht haben. Trotzdem denke ich, dass wir Terry einen Besuch in seinem Hänger abstatten sollten.«

»Wohnwagen.«

»Richtig. Schließlich hat er nach irgendwas gesucht, als Hope mich durchs Haus führte.«

»Morgen Vormittag?«

»Super. Ich hole dich ab. Und keine Bange, ich fahre mit Verdeck. Ich bin bestens auf den englischen Herbst eingerichtet.«

»Schön. Sagen wir, halb elf?«

»In Ordnung.«

Dann schwieg Jack einen Moment. Sarah, die allmählich begriff, wie er tickte, nahm an, dass es etwas gab, was er ihr noch nicht erzählt hatte.

»Und was machst du heute Abend so, Jack? Ein bisschen fernsehen und ein Spaziergang mit Riley?«

Er räusperte sich. »Nein, eigentlich habe ich eine andere Idee. Falls Terry in dem Haus rumwühlte, weil er etwas suchte – etwas von Wert –, sollte ich es möglichst vor ihm finden.«

»Willst du Hope anrufen, damit sie dich wieder ins Haus lässt?«

»Nein. Wenn ich etwas finde und wir es dann benutzen wollen, sollte sie lieber nichts davon wissen. Verstehst du?«

»Ja. Okay, wir können uns dort treffen. Aber nicht vor -«

»Ähm, nein, besser nicht. Lass mich einfach alleine herumschnüffeln. Wenn sie mich erwischen, ist das halb so wild. Aber du willst ganz sicher nicht auf der Wache landen, oder?«

»Okay. Sei vorsichtig!«

Kaum dass sie es gesagt hatte, wurde Sarah bewusst, dass sie wie ihre Mutter klang.

»Bin ich immer. Es gibt allerdings etwas, das du tun könntest. Heute Abend oder morgen früh.«

»Spuck's aus.«

Sarah, die im Verlauf des Gesprächs ein wenig umhergegangen war und nun an ihrer Haustür stand, stellte wieder einmal fest, wie sehr sie diese Ermittlungsarbeit genoss. Neben ihrem eintönigen Job und dem ruhigen Dorfleben war dies hier richtig aufregend.

Seltsam, wie sich einige Dinge entwickeln, dachte sie.

»Vielleicht könntest du einige Anrufe machen und herausfinden, welche Firma das Gutachten erstellt hat – und in wessen Auftrag.«

»Wird nicht leicht.« Plötzlich fiel ihr etwas ein. »Nein, warte, ich spanne Grace ein, meine Mitarbeiterin im Büro. Sie kennt reichlich Firmen in der Gegend, überprüft deren Webauftritte und Druckbedarf. Und jedes Architekturbüro hat auch eine Bürokraft. Ein bisschen Small Talk von einer Sekretärin zur anderen, und sie kann vielleicht herauskriegen, wer die Pläne gemacht hat ...«

»Und sie in Auftrag gegeben hat? Das wäre klasse.«

Wieder kam dieses komische Geräusch, und jetzt vermutete Sarah, dass Jack wohl schon beim Herrenhaus war und bei ausgeschaltetem Motor in seinem Wagen saß.

Er wartet darauf, dass es vollständig dunkel wird und er hineingehen kann, dachte sie.

Auch das war ... aufregend.

»Bis morgen dann, Sarah«, verabschiedete er sich nun.

»Zwischen zehn und elf.«

Sarah beschloss, sich zu vergewissern, dass sie dieselbe Zeit meinten.

»Also zehn Uhr dreißig«, sagte sie lachend. »Waidmannsheil.«

»Waidmannsdank.«

Hiermit endete das Gespräch, und Sarah kehrte in die Küche zurück, um sauber zu machen.

Weit lieber wäre sie mit Jack im Dunkeln in Mogdon Manor eingebrochen.

13. Verborgene Schätze

Um die Hintertür des Herrenhauses zu öffnen, musste Jack nichts weiter tun, als sich mit ein bisschen Kraft dagegenzulehnen. Schon gab der uralte Riegel nach.

In seiner Gesäßtasche hatte er eine Taschenlampe, die er jedoch nicht einschaltete, als er einen Raum betrat, der wie eine Vorratskammer aussah und zur Küche führte.

Es war besser, wenn sich seine Augen an die Dunkelheit gewöhnten und er die Taschenlampe nur im Notfall einsetzte.

Man konnte ja nie wissen, wer hier draußen gerade entlangspazierte, und der Weg könnte sogar zur Streifenrunde von Polizisten gehören.

Der Brandgeruch war immer noch da – und dieser modrig-saure Gestank vom Löschmittel, das die Feuerwehr mit Schläuchen in die Bibliothek gespritzt und das den Teppich, das Mobiliar sowie Hunderte von Büchern ruiniert hatte.

Die Bücher, die ein Mann im Verlaufe seines gesamten Lebens gelesen hatte: Sie waren alle in feuchten Brei verwandelt worden.

Und Jack vermutete, dass all diese Zerstörung ihn dazu motivierte, das zu tun, was er gerade machte. Jahrzehntelang war er ein Detective gewesen und hatte es stets gehasst, dass Leute einfach ermordet wurden. Er nahm das fast schon persönlich.

Es fühlte sich immer wieder gut an, wenn ein Schuldiger verurteilt wurde. Das gab den Toten zumindest ein wenig Frieden.

Ach was! Jack wusste sehr wohl, dass es ihm vor allem um seinen eigenen inneren Frieden ging – um seine Vorstellung davon, wie die Welt sein sollte. Er wollte, dass Verbrechen aufgeklärt und die Täter bestraft wurden.

Energisch schüttelte er diesen Gedanken ab: Es war nie gut, sich zu lange irgendwelchen Selbstreflexionen hinzugeben. Dann machte er sich auf den Weg zur Haupttreppe.

Er ging nach oben. Der Flur war so dunkel, dass er fast nichts sehen konnte. Es fiel nur schwaches Licht durch die beiden Fenster an den Korridorenden herein. Zwar passten sich Jacks Augen bald der Dunkelheit an; dennoch musste er in kleinen Schritten gehen und aufpassen, nicht über Stühle oder Stehlampen zu stolpern. Victors Schlafzimmer war relativ weit vorn im oberen Flur, wie Jack wusste.

Er atmete flach, bewegte sich so lautlos wie möglich zur Tür und drehte ganz langsam den Knauf. Die Tür öffnete sich knarrend.

Das Zimmer war stickig, der Gestank überwältigend … alt und vertraut. Er versetzte Jack um viele Jahre zurück in das Zimmer seines greisen Vaters. Im nächsten Augenblick musste er an jene wöchentlichen Fahrten mit der Staten-Island-Fähre denken, an das Grauen davor, seinen Vater so allein, vor sich hin murmelnd und hilflos zu sehen. So sterbend.

Jack schaltete seine Taschenlampe an, die Finger um die Linse gekrümmt, um den Strahl zu begrenzen.

Sein Blick überflog die Einrichtung des Zimmers: altes, schweres Mobiliar, ein großes Eisenbett, ein alter Sessel, Bücherregale. Auf dem Boden stapelten sich noch mehr Bücher, und an einer Wand gab es weitere Regale, die jedoch fast alle leer waren; nur auf einigen wenigen Brettern standen eingestaubte Keramikfiguren.

Jack sah sogar eine indische Statue: eine Gottheit, die im Schneidersitz saß und mehrere Arme hatte; die Hände waren ausgestreckt.

Ihm fiel auf, dass die Statue einst acht Arme besessen hatte, einer davon aber nun fehlte. Dennoch hatte der alte Victor die Figur nicht weggeworfen, sondern sie hier in seinem Schlafzimmer aufbewahrt.

Jack schaltete das Licht aus. Hier war nichts von Bedeutung.

Nachdem er wieder auf den Flur gegangen war, schloss er

die Tür geräuschlos hinter sich und versuchte, im Weiteren ohne das Licht seiner Taschenlampe auszukommen.

Tastend erreichte er die Tür zur Dachbodentreppe.

Es gab nur diesen einen Schlüssel, hatte Hope gesagt.

Jack zückte ein Stück Draht.

So was hat mich noch nie aufhalten können.

Und dann begann er sich an dem Schloss zu schaffen zu machen. Er bog den Draht vor und zurück, bis er ein Klicken hörte, mit dem ein Riegel zurückglitt. Einladend schwang die Tür auf.

Dann holte er tief Luft.

Jack gruselte sich nicht so leicht, denn er hatte schon vieles gesehen.

Dieses dunkle, leere Herrenhaus jedoch und die schmale Treppe …

Ein bisschen Gesellschaft wäre jetzt wirklich nett.

In dem Dachzimmer blieb ihm wieder keine andere Wahl, als seine Taschenlampe einzuschalten und den Lichtstrahl mit der Hand möglichst klein zu halten.

Dieser Raum war ihm ein Rätsel: Es gab keine Kartons, keine alten Möbel – er war vollkommen leer. Was in einem solch alten, bis vor Kurzem bewohnten Haus an sich schon seltsam war.

Nochmals blickte Jack sich um und ließ den Lampenstrahl langsam durch das Zimmer wandern.

Und dann bemerkte er es. Dieses Zimmer wirkte kleiner, als es sollte, ging man vom Anblick des Dachgeschosses von außen oder auch von der Größe des Stockwerks hier drunter aus.

Zwar war es nicht ungewöhnlich, dass ein Haus nach oben schmaler wurde, doch bei dem hier stimmte etwas nicht.

Was bedeutete …

Er ließ das Licht über die geneigten Holzbalken und die

Wände wandern. Aufmerksam sah er sich um – nach was auch immer.

Und dann entdeckte er einen Spalt an der Wand rechts. Bei flüchtigem Hinsehen könnte man ihn für eine Alterungserscheinung im Holz oder eine Fuge zwischen zwei Balken halten. Doch als Jack näher heranging, sah er, dass keines von beiden der Fall war.

Er drückte auf das Holz, klopfte daran. Ein hohler Klang war zu hören.

Und dann begriff er, was das bedeutete: Auf dem Dachboden gab es ein verborgenes Zimmer.

Wirklich verblüffend!

Doch wie würde er ohne Türknauf oder Schlüssel in das Versteck hineinkommen?

Er begann die Geheimtür mit der Taschenlampe abzuleuchten.

Jack glaubte allmählich, in einer Sackgasse zu stecken.

Es mochte ein Zimmer hinter dieser Wand geben – doch wie in aller Welt bekam er die Tür zu diesem Versteck auf?

Zum Glück war er schon immer ein großer Freund des beharrlichen Ausprobierens gewesen.

Also fing er an, gegen die fast unsichtbaren Konturen der Tür zu drücken, und horchte, ob dabei irgendwelche Geräusche entstanden.

Als seine Hände schließlich die obere Kante erreichten und er dort festen Druck ausübte, hörte er etwas – Geräusche, als ob etwas sich bewegen oder leicht nachgeben würde.

Und es sah tatsächlich so aus, als würde sich die verborgene Tür wenige Millimeter nach außen schieben. Nicht viel, aber immerhin …

Könnte es sein, dass um die Tür herum Riegelvorrichtungen waren, die man durch Drücken löste?

Jack wiederholte seine Handbewegungen an der linken und

rechten Türseite, übte dabei immer wieder festen Druck aus und vernahm Geräusche wie zuvor. Und jedesmal öffnete sich die Tür ein kleines Stück mehr.

Schließlich kniete er sich auf dem finsteren Dachboden hin, presste beide Hände gegen die untere Kante – und die Tür öffnete sich.

Jack stand auf und zog an der Tür, bis sie weit offen stand.

Der Raum dahinter war klein, kaum größer als ein begehbarer Kleiderschrank, und fensterlos, sodass Jack hier bedenkenlos seine Taschenlampe benutzen konnte.

Was er sah, versetzte ihn in Staunen.

Im Lampenschein glitzerte eine dicke rote, goldbestickte Decke, die einen kleinen Tisch verhüllte. Darauf stand ein weiterer Elefantengott, allerdings hielt dieser etwas auf seinem breiten Schoß, als würde er es bewachen.

Es handelte sich um ein verblichenes Schwarz-Weiß-Foto von einer Frau mit dunklen Augen und langem schwarzem Haar, die einen traditionellen Sari trug. Sie zeigte ein strahlendes Lächeln und war eine echte Schönheit.

Was ist das hier?, fragte sich Jack.

Ein Schrein für eine verlorene Liebe?

Aber warum so versteckt? Wieso hatte Victor Hamblyn ihn nicht unten aufgestellt?

Dann fiel Jack etwas auf einem kleinen Regal an der Wand rechts vom Tisch auf.

Dort stand eine reich verzierte Holzkiste mit einem Metallriegel, aber ohne Schloss.

Obwohl er sich ein bisschen wie ein Grabräuber vorkam, fühlte Jack sich gezwungen, darin nachzuschauen. Er klemmte sich die Taschenlampe unter den Arm, nahm den Kasten herunter und öffnete den Deckel.

Einen Moment lang starrte er nur hinein, bevor er die Kiste auf den Tisch stellte und den Inhalt durchging.

Das also waren Victor Hamblyns gesammelte Geheimnisse.

214

Plötzlich sah er ein Licht hinter sich ins Dachzimmer fallen. Hastig schloss Jack die Kiste und schaltete seine Taschenlampe aus.

Mit dem kleinen Holzkasten in der Hand verließ er das verborgene Zimmer und machte die Tür hinter sich zu.

Dann schlich er ans Fenster, hielt sich dabei jedoch im Schatten. Er sah unten einen Streifenwagen, vor dem ein paar Polizisten aus Cherringham standen, die mit großen Taschenlampen hinauf zum Dach und um das Haus herum leuchteten.

Jack musste schnell handeln.

So rasch, wie es ohne Licht möglich war, lief Jack die Treppe hinunter und geriet auf dem zerschlissenen Teppich beinahe ins Stolpern, da seine Augen sich noch nicht wieder an die Dunkelheit gewöhnt hatten. Dann eilte er zum hinteren Bereich des Hauses.

Als er Geräusche an der Haustür hörte, rannte er noch schneller. Er fühlte sich wie ein Jugendlicher beim Einbruch im Nachbarhaus. In der großen Küche stieß Jack sich heftig am Tisch und musste ein lautes »Autsch!« unterdrücken, ehe er endlich die Hintertür erreichte.

Die Polizei war noch nicht hinter dem Gebäude aufgetaucht, wie Jack erkannte, der bei dem spärlichen Sternenlicht wenigstens etwas besser sehen konnte als drinnen im Haus. Unbemerkt hetzte er durch den verwilderten Garten von Victors Anwesen – hin zu der Stelle, wo er seinen Wagen versteckt hatte, der hoffentlich unentdeckt geblieben war.

Falls er nicht doch noch erwischt wurde – falls die Polizei ihm nicht die Kiste abnahm und ihn einsperrte -, würde er wohl den Großteil der Nacht aufbleiben und den Inhalt des Holzkastens studieren.

Vielleicht verstand er dann mehr.

14. Blindekuh

»Ein doppelter Espresso Macchiato, extrastark.«

Sarah wartete geduldig, während die adrett gekleidete Kellnerin bei Huffington's Jacks dampfenden Kaffee auf den Kieferntisch vor ihm stellte, ohne einen einzigen Tropfen zu verschütten.

Er sieht müde aus, stellte sie fest. *Wie lange war er gestern in Mogdon Manor?*

»Und ein großer Caffè Americano mit heißer Milch extra.«

Sarah lächelte zum Dank. Das Mädchen machte einen höflichen Knicks und ging wieder, sodass sie und Jack an ihrem kleinen Fenstertisch wieder allein waren.

»Früher gab es hier nur Instantkaffee, sonst nichts«, sagte Sarah. »Die Zeiten ändern sich – Gott sei Dank!«

»Stimmt. Obwohl die Kellnerin aussieht, als würde sie bei *Downton Abbey* mitspielen.«

»Ja, die Huffington's-Uniform. Die muss man mit Stolz tragen, wie ich nur zu gut weiß.«

»Noch mehr Geheimnisse aus deiner Teenagervergangenheit, was?«, fragte Jack augenzwinkernd.

»Nach einer Woche haben sie mich rausgeworfen. Ich konnte nicht aufhören, vom Kuchen zu naschen.«

»Ja, das Gefühl kenne ich«, sagte Jack.

Sarah rührte in ihrem Macchiato.

»Also, warum die Planänderung?«, wollte sie wissen. »Ich war noch nicht mal im Büro.«

Jack trank von seinem Kaffee. Er wirkte ein bisschen müde, doch Sarah sah ihm an, dass er diesen Moment genoss. Inzwischen kannte sie ihn gut genug, um die Anzeichen zu deuten.

Er hievte seine alte Sporttasche auf seinen Schoß und zog langsam den Reißverschluss auf.

»Ich hatte eine sehr interessante Nacht. Nicht ganz legal …

Aber immerhin bin ich einer von den Guten, da sind die Regeln im alten England sicher ein bisschen flexibler.«

»Wollen Sie mich etwa in illegale Machenschaften verwickeln, Mr. Brennan?«, fragte Sarah ironisch.

»Worauf du wetten kannst.«

»Gut, denn ich kann es nicht leiden, ausgeschlossen zu werden.«

»Ausgeschlossen?«, wiederholte Jack. »Du bist der Schlüssel zum Erfolg dieser Geschichte.«

Anschließend berichtete er ihr, was er bei seinem nächtlichen Besuch des Herrenhauses erlebt hatte: Er erzählte von dem Dachboden, dem geheimen Zimmer und seiner unorthodoxen Heimfahrt entlang eines Grabens hinter dem Anwesen. Aufmerksam hörte Sarah ihm zu.

»Sei froh, dass die Polizei dich nicht geschnappt hat«, sagte sie.

»Tja, ich bin vielleicht langsamer als früher, aber wir Cops arbeiten alle nach demselben Muster, und deshalb war ich denen immer einen Schritt voraus.«

»Dann war es eine lange Nacht?«

»Ja, und als ich endlich im Bett lag, war ich zu müde, um einzuschlafen.«

So gerne Sarah auch einfach mit ihm plauderte – nun konnte sie es nicht mehr abwarten, zu erfahren, was er in dem Kästchen gefunden hatte.

»Und, was hast du entdeckt?«, erkundigte sie sich lächelnd.

»Ich dachte schon, du fragst nie …«

Mit der Gestik eines Zauberers griff er in die Tasche und stellte die mit Elfenbein-Intarsien verzierte Holzkiste auf den Tisch.

»Die ist ja wunderschön«, sagte Sarah und hob sie hoch. »Ist die indisch?«

Sarah öffnete die Kiste, die innen mit rotem Samt ausgekleidet war.

»Wahrscheinlich«, antwortete Jack. »Eine Art Schmuck-kassette, schätze ich. Und es war auch tatsächlich Schmuck drin.«

Sarah sah, wie Jack sich in dem nach und nach voller wer-denden Café umblickte.

Er beugte sich verschwörerisch vor, zog eine Halskette aus seiner Sporttasche und hielt sie Sarah hin. Vorsichtig nahm sie ihm das Schmuckstück ab: Es war aus Blattgold, mit aufgezo-genen schwarzen Perlen, und funkelte im Licht.

»Eine sehr edle Kette«, flüsterte Sarah. »Meinst du, hinter der war Terry her?«

»Sie ist zweifellos wertvoll, sofern das echtes Gold ist, und dessen bin ich mir sicher. Aber die wirklich interessanten Sa-chen kommen erst.«

Sarah fand es aufregend, Geheimnisse zu entschlüsseln und Wahrheiten zu entdecken – noch dazu ausgerechnet bei Huffington's.

Sie beobachtete, wie Jack ein Bündel Kontoauszüge hervor-holte, die von einer alten Aktenklammer zusammengehalten wurden. Er reichte sie ihr. Sarah wischte den Staub ab und blätterte die Auszüge durch.

»Merkwürdig«, sagte sie. »Da ist immer wieder die gleiche Summe überwiesen worden.«

»Es ist ein Zwischenkonto. Auf dem gingen monatlich zweihundert ein – von Victors Hauptkonto, vermute ich – und zweihundert ab. Die Überweisungen hörten vor ungefähr fünf Jahren auf – und das nachdem sie vor mindestens dreißig Jah-ren begonnen hatten.«

»Aber warum?«

»So macht man das, wenn man Zahlungen geheim halten will«, erklärte Jack.

Als Nächstes holte er ein Bündel verblichener Briefe hervor, die mit einem fransigen Band verschnürt waren. Er reichte ihr auch das und nickte ihr auffordernd zu.

Vorsichtig löste Sarah das Band, als fürchtete sie, die Briefe könnten jeden Augenblick zu Staub zerfallen.

»Das müssen über hundert sein ...«

»Hundertfünfundachtzig, um genau zu sein«, sagte Jack.

Sarah versuchte, das Geschriebene zu entziffern. Doch das war kein Englisch – nicht einmal eine europäische Sprache. Aber auch wenn sie die mit sorgfältiger Handschrift verfassten Briefe nicht lesen konnte, brauchte sie nicht zu fragen, um zu wissen, worum es in ihnen ging: Schreiben, die in dieser Weise zusammengeschnürt waren, hatte sie früher schon gesehen.

Das hier waren Liebesbriefe.

Aus einer anderen, längst vergangenen Zeit.

»Ich habe ein bisschen recherchiert, als ich gestern Abend zum Boot zurückkam«, sagte Jack. »Ich glaube, die sind in Hindi geschrieben.«

»Ich habe gar nicht gewusst, dass du auf deinem Boot Internet hast.«

»Nein, ich meinte, recherchiert wie früher – mit Büchern«, erwiderte er. »Weißt du das nicht mehr? Das sind diese Dinger, die bei mir auf den Regalen rumstehen.«

»Ach, das sind die!«, rief Sarah. »Und was steht nun in den Briefen?«

»Tja, das ist die Stelle, an der du jetzt ins Spiel kommst. Besser gesagt, der Freund von deinem Dad, dieser ...«

»Praveer?«

»Genau der«, bestätigte Jack. »Wir müssen diese Schreiben übersetzen lassen. Oder zumindest in groben Zügen erfahren, was drinsteht. Denkst du, er würde uns helfen?«

»Ich wüsste nicht, weshalb er sich weigern sollte«, antwortete Sarah. »Ich frage Dad nach seiner Adresse.«

»Und da ist noch etwas«, sagte Jack, griff ein weiteres Mal in seine Tasche und legte einige kleine Filmspulen auf den Tisch. »Was hältst du hiervon?«

»Das sind 8-mm-Filme«, stellte sie fest. »Mit so etwas haben wir auf der Kunsthochschule herumgespielt.«

»Ziemlich alt, was?«

»Eindeutig. Das benutzte man, bevor es Super-8-Filme gab, und die wurden in den Sechzigern eingeführt.«

»Kannst du sie irgendwie abspielen?«

»Nein, aber ich weiß etwas Besseres! In der Schule gibt es ein Fotolabor, und dort überspielen sie altes Filmmaterial wie das hier.«

»Wie schnell kannst du das machen lassen?«

»Wenn ich einen Gefallen einfordere – morgen vielleicht«, antwortete Sarah. »Aber wozu die Eile?«

»Na ja, die Sache ist die: Hope hat mich heute Morgen angerufen und gesagt, dass der Anwalt morgen Victors Testament verliest – und sie soll ebenfalls anwesend sein. Sie möchte uns zwei dabeihaben. Und mein Gefühl sagt mir, dass wir dieses kleine Rätsel knacken müssen, bevor Victors schäbige Nachkommenschaft die Beute unter sich aufteilt.«

Sarah sah ihn an. Er war wieder ganz der strenge Cop.

»Sollten wir nicht mit der Polizei reden?«

Jack zuckte mit den Schultern. »Worüber?«

In diesem Moment wurde Sarah klar, dass sie bisher noch gar nichts gelöst hatten. Sie hatten noch nicht einmal den Nachweis eines Verbrechens erbracht. Stattdessen stießen sie auf immer kompliziertere Geheimnisse. Und sie hatten herausgefunden, dass in dieser Familie jeder jeden zu hassen schien.

»Egal, wie viel wir gefunden haben«, sagte Jack. »Wir wissen nach wie vor kaum etwas.«

Sarah versuchte zusammenzufassen, was der neueste Stand ihrer Ermittlungen war: »Also, was wissen wir? Victor starb, weil er versucht hat, in sein geheimes Zimmer zu kommen. Wir haben keine Ahnung, warum er die von dir gefundenen Sachen auf dem Dachboden versteckt hat oder welche Bedeutung sie haben. Und jemand war draußen vor dem Haus, als er starb, aber wir wissen immer noch nicht, wer.«

Sie blickte Jack an und wartete auf eine Bestätigung, dass sie die Sachverhalte richtig dargestellt und bei ihrer Aufzählung nichts vergessen hatte …

»Das Feuer brach wegen fehlerhafter Verkabelung aus – aber in einem Zimmer, das Victor niemals nutzte«, fuhr sie schließlich fort, als er stumm blieb. »Seine Kinder können es nicht erwarten zu erben, und jeder von ihnen glaubt, er oder sie würde alles allein bekommen. Ach ja, und jemand ist entschlossen, das Herrenhaus abzureißen und mit dem Anwesen ein Vermögen zu machen. Aber wer das ist, wissen wir ebenfalls nicht. Möglicherweise alle drei!«

»Siehst du, was ich meine?«, rief Jack. »Es ist ein Haufen von Mutmaßungen und Verdächtigungen, aber wir haben nichts, was wir beweisen können.«

»Du hast recht.«

»Und dennoch …«, sagte Jack. »Wie heißt es so schön? Wenn es nach Fisch riecht …«

»*Ist* es Fisch. Und das hier riecht eindeutig nach Fisch«, ergänzte Sarah. »Die Frage ist nur – was für ein Fisch?«

Jack lachte. »Auf jeden Fall ist es genug Fisch!«

Sarah lachte ebenfalls.

»Es wird Zeit, dass ich ins Büro gehe«, meinte sie. »Ich will Grace auf diese Immobilienpläne ansetzen. Mal sehen, ob wir unseren geheimnisvollen Projektentwickler finden.«

»Prima. Ich beschäftige mich weiter mit den Kontoauszügen. Und du nimmst besser die anderen Sachen mit und guckst, was du rausfinden kannst.«

Er legte die Filme, die Briefe und die Halskette in den Holzkasten und reichte ihn Sarah.

»Ich habe heute Vormittag noch einige Gänge zu erledigen«, sagte er. »Und ich habe mir gedacht, ich sehe nach dem Mittagessen mal beim jungen Terry vorbei.«

»Soll ich mitkommen?«

»Unbedingt … Allerdings wird es vielleicht nicht schön.«

»Wenn ich es mir recht überlege – vielleicht könnte ich stattdessen auch ein bisschen über die *Partition* recherchieren«, schlug Sarah vor.

»Gute Idee.« Jack nahm sich die Rechnung. »Sind ein paar Pfund Trinkgeld okay?«

Sarah schüttelte übertrieben entsetzt den Kopf. »Viel zu viel! Ach, wärst du doch schon in unserem Ort gewesen, als ich noch hier bedient habe!«

Und dann machte sie sich auf den Weg in ihr Büro.

15. Zwei und zwei

»Rein mit dir, Riley. Ich bin bald zurück.«

Jack scheuchte seinen Springer Spaniel runter in die Kajüte, klappte die Tür zu und ließ das Vorhängeschloss einrasten.

Dann stieg er vom Boot aus in sein kleines Dingy mit dem Außenbordmotor, band es los und stieß es von seiner geliebten *Grey Goose* ab.

Das Wasser war vollkommen glatt und ruhig, als er flussabwärts tuckerte. Es war allerdings recht kalt, wie Jack feststellen musste, und so zog er den Kragen seiner Windjacke fester zu.

Er passierte das Wehr und die Cherringham Bridge, und fünf Minuten später tauchte sein Ziel am anderen Ufer auf: Iron Wharf.

Im letzten Jahr, als er nach einem Boot gesucht hatte, war er regelmäßig zur alten Bootswerft gegangen. Er hatte die dort ausgehängten Verkaufsangebote studiert und sich mit Einheimischen unterhalten, um Informationen oder Hinweise zu bekommen, die ihn zu seinem Traumboot führen könnten.

Nun legte er am Besuchersteg an und ging an Land. Dabei wurde ihm bewusst, wie heimisch er sich inzwischen auf dem Fluss fühlte. Vor einem Jahr noch war er ein blutiger Anfänger gewesen, und jetzt kam es ihm wie das Natürlichste von der Welt vor, wenn er mit dem Boot irgendwohin fuhr.

Er blickte sich um: Auf dem Werftgelände sah man zahlreiche alte Schuppen, Holzstapel und Boote. Letztere waren in allen möglichen Stadien des Baus oder der Reparatur und ruhten auf großen Holzgerüsten. Gras und Unkraut wucherten auf Abfallhaufen und Stapeln von Alteisen.

Irgendwo hier wohnte Terry Hamblyn – freiwillig.

Und Jack musste nicht lange suchen, um zu sehen, wo genau. In einer Ecke der Werft stand ein heruntergekommener alter Wohnwagen, aus dessen Schornstein Rauch aufstieg. Aus einem offenen Fenster wummerte Heavy-Metal-Musik.

Ein ziemlicher Abstieg vom alten Herrenhaus hierher, dachte Jack.

Neben dem Wohnwagen parkten ein rostiger alter Pick-up und ein protziger gelber Geländewagen, bei dem auf einer Seite *Monster Madness!!!* aufgesprüht war. Jack kannte dieses Logo: Die Typen betrieben einen großen Rennplatz jenseits von Swindon und warben im Fernsehen aggressiv mit dem »Albtraum unter den Truck-Rennen«.

Als Jack näher kam, ging die Wohnwagentür auf, und zwei Gestalten traten lachend heraus. Die eine war Terry, die andere ein bulliger, glatzköpfiger Kerl in einer Lederjacke. Jack blieb abseits stehen und beobachtete, wie die beiden sich erst kumpelhaft gegenseitig auf den Rücken klopften und dann die Hände schüttelten.

Der Kahlkopf stieg in den Geländewagen, wendete und hupte, ehe er mit solchem Tempo vom Werftgelände raste, dass Kieselsteine von den Reifen hochflogen.

Jack wartete, bis Terry wieder in sein Wohnmobil gegangen war, dann trat er langsam näher. Die Ladefläche des Pick-ups war voller Müll – Bootsteile, alte Jutesäcke und ein kleiner Heizlüfter. Letzteren sah Jack sich näher an. Das Kabel war schwarz und verschmort.

Interessant ...

Eine von Abfallsäcken, Dosen und Flaschen überquellende Mülltonne stand neben der Hintertür des Wohnwagens. Eher aus Gewohnheit blickte Jack in den Abfallbehälter und stutzte jäh: Einige der leeren Weinflaschen waren zweifellos alt. Sehr alt sogar.

Er zog eine heraus und betrachtete das Etikett. Château Mouton Rothschild – 1928.

Das kann doch nicht wahr sein!

Jack schnupperte am Flaschenhals. Es stimmte wirklich!

Mein Gott, allein diese eine Flasche ist mehr wert als mehrere meiner früheren Monatsgehälter.

Jack angelte tiefer in der Tonne. Darin fanden sich noch mehr Flaschen desselben Jahrgangs. Offensichtlich waren sie nach dem Austrinken einfach in den Müll geworfen worden, wo sie nun zwischen alten Pappkartons von einem indischen Take-away und billigen Bierdosen lagen.

Jack zückte ein Papiertaschentuch, wischte sich die Hände damit ab und warf es in die Tonne, bevor er zur Wohnwagentür ging. Terry Hamblyn hatte einige Fragen zu beantworten.

»Wie ich ja schon gesagt habe, waren mein Dad und ich richtig dicke«, berichtete Terry. »Den Wein hat er mir zu Weihnachten geschenkt, weil er mich geliebt hat.«

»Wissen Sie, wie viel das Zeug wert ist?«

»Klar, mindestens zehn Pfund die Flasche. Ist ja ein echter Franzose.«

Jack sah Terry an und konnte sich nicht entscheiden, ob er Mitleid, Wut oder schlicht Ekel empfinden sollte. Sie saßen sich an dem Tisch im hinteren Teil des Wohnwagens gegenüber. Eine dünne Schicht aus Fett, altem Essen und – wie es schien – Motorenöl bedeckte die Oberfläche, und Jack gab sich alle Mühe, ja nichts zu berühren.

»Und Sie behaupten nach wie vor, dass Sie an dem Abend, als er starb, nicht dort waren?«

»Ich war hier und habe geschlafen. Bin ein ziemlich häuslicher Typ, müssen Sie wissen.«

Jack blickte sich in dem verdreckten Wohnwagen um, wo sich schmutziges Geschirr, Alkohol, Zeitschriften und getragene Kleidung stapelten.

»Ja, das sehe ich, Terry. Und ich möchte Sie wirklich nicht in Schwierigkeiten bringen ...«

»Ich habe nichts verbrochen, also können Sie das gar nicht.«

»Mag sein. Doch sollte die Polizei herausfinden, dass Sie in der Nacht dort waren, als Victor starb, könnten die Dinge sehr schnell … schwierig für Sie werden. Verstehen Sie, was ich meine?«

Jack lächelte sein Gegenüber an, und Terry dankte es ihm mit einem recht geistlosen Grinsen.

»Klar, und vielen Dank, dass Sie vorbeigekommen sind, um mir das zu sagen.«

Terry stand auf – das Zeichen für Jack, hinauszugehen.

»Und sollten Sie mal bei irgendwas Hilfe brauchen, erinnere ich mich bestimmt, dass Sie hergekommen sind, um mir zu helfen«, sagte Terry ernst. »Eine Hand wäscht die andere, nicht?«

Jack ging zur Tür und stieg die kleine Wohnwagentreppe hinab. Er spürte, dass Terry hinter ihm stand, und drehte sich schnell um.

»Wie läuft das Geschäft mit Monster Trucks?«

Terry blinzelte nicht einmal.

»Ziemlich gut. Sobald das Land mir gehört, werden die Verträge klargemacht, und dann …«

Jack konnte beinahe sehen, wie die Synapsen in Terrys Gehirn arbeiteten.

»Und dann?«

»Oh Scheiße!«, entfuhr es Terry.

»Danke für die nette Unterhaltung, Terry. Wir sehen uns morgen bei der Testamentsverlesung.«

»Hä? Wie? Was … Was haben Sie denn damit zu tun?«

Jack lächelte, drehte sich weg und ging über das Werftgelände zu seinem kleinen Boot. Er hatte das Gefühl, dass sich einige der kleinen Puzzlestücke zusammenfügten.

16. Wozu hat man Freunde?

Sarah sollte der Broschüre des Highland-Wellnesshotels den letzten Feinschliff geben – ein Windrad aus einer fast perfekten Ansicht von Heide und Bergen entfernen und anderes mehr. Doch Grace' Telefonat auf der anderen Seite des Büros war viel zu spannend.

Sie stand auf, ging in die kleine Küche, schenkte sich einen Kaffee ein und setzte sich damit auf die Ecke von Grace' Schreibtisch.

Ihre Mitarbeiterin zwinkerte ihr zu, während sie weitertelefonierte.

»Tja, ich muss mal Schluss machen, denn die Chefin kommt gleich ... Sonnabend? Klar. Ich wollte mit ein paar Mädchen nach Oxford ... Machst du Witze? Das wird spät. Und ich meine keine Pyjamaparty!«

Sarah lächelte. Es hatte sich nichts geändert. Vor zwanzig Jahren hatten ihre Samstagabende auch meistens aus einem Ausflug nach Oxford bestanden. Nur musste man damals den letzten Zug nach Cherringham nehmen.

Aber wollte sie wieder in Grace' Alter sein? *Nein, danke!*

»Ach, und Kelly, vergiss nicht, dass du mir unter meiner privaten Mail-Adresse schreiben musst, sonst kriege ich Ärger ... Klar ... Klar, du bist ein Schatz. Bis Sonnabend.«

Sarah sah zu, wie Grace den Hörer auflegte und sich siegesgewiss die Hände rieb.

»Gott, wie ich das liebe, Sarah! Das macht tausendmal mehr Spaß, als an Broschüren zu basteln. Lass uns eine Detektei aufmachen!«

Sarah lachte.

»Sollte ich irgendwann einen Weg entdecken, wie ich damit Geld verdiene, bist du die Erste, die es erfährt.«

»Ich würde das auch umsonst machen!«

»Ja, sicher würdest du das. Aber sag es mir, wenn du das Gefühl hast, ich würde dich ausnutzen. Okay?«

»Klar doch, Sarah«, versprach Grace. »War auch bloß ein Scherz. Trotzdem hat es heute Morgen richtig Spaß gemacht.«

»Und was hast du für mich?«

Grace bedeutete Sarah, sich neben sie zu setzen, und klickte ihre Notizen an, die sogleich auf dem Bildschirm erschienen.

»Also, als Erstes wirst du staunen, wie stark die alte Sekretärinnensolidarität noch ist. Die meisten haben mir mit Freuden Infos gegeben, weil sie wussten, dass es für einen guten Zweck ist.«

»Das finde ich eher besorgniserregend«, murmelte Sarah.

»Keine Angst, du bist ja eine von den Guten.«

»Weiß der Teufel, welche digitalen Informationsgesetze du gerade gebrochen hast …«

»Du meinst ‚wir‘, oder?«

Als Grace lachte, musste Sarah ebenfalls kichern.

»Fangen wir oben an. Die Pläne für Mogdon Manor, von denen dein Amerikaner gehört hat, wurden von Phillips and Co., staatlich geprüfte Immobiliengutachter, vor genau drei Monaten gezeichnet.«

»Hmm. Die sind von hier, oder?«

»Ja, und Phillips and Co. wurden von den Architekten – Dream Designs – ungefähr einen Monat vorher beauftragt. Der Kunde wiederum, der Dream Designs den Auftrag gab … Hmm, wo habe ich den Namen bloß notiert …«

»Tu mir das nicht an, Grace!«

Die junge Frau lachte.

»Ah, da ist es! Susan Hamblyn, Davies Associates, Oxford.«

Sarah lehnte sich auf ihrem Stuhl zurück.

»Na, ist das nicht interessant?«

Sie sah Grace an, doch die war noch nicht fertig.

»Und das ist nicht das einzige Interessante, was ich gefunden habe«, sagte sie verschwörerisch. »Als ich meine Freundin bei Phillips nach den Plänen für Mogdon fragte, die ihre Firma erstellt hatte – rate mal, was sie da erwidert hat?«

»Na los, überrasch mich.«

»Sie fragte, welche ich meinte, denn es gibt zwei verschiedene. Und jetzt rate mal, wer die anderen bestellt hat?«

Sarah musste nicht lange überlegen. »Vanessa Coole von Coole Solutions?«

Grace tat beleidigt. »Woher wusstest du das?«

»Sagen wir, allmählich kapiere ich, wie die Hamblyns ticken.«

»Jedenfalls wollen sie die Pläne heute noch vor Büroschluss per E-Mail schicken«, berichtete Grace. »Ich habe ihnen gesagt, ich hätte sie versehentlich gelöscht, und die haben nicht mal nachgefragt, wieso die Pläne überhaupt bei mir gewesen sind.«

Sarah stand auf und bemerkte, dass es draußen schon dunkel wurde.

»Das war fantastische Arbeit, Grace. Wenn die Pläne da sind, druck sie bitte für mich aus und leg sie mir auf den Schreibtisch, ja?«

»Mach ich. Willst du jetzt los?«

»Ja, ich muss noch eine uralte Geschichte mit einem Freund meines Dads ausgraben«, antwortete Sarah. »Aber ich komme gleich morgen früh her und hole mir die Pläne.«

»Wie war ich, Boss?«, fragte Grace in einem übertriebenen Amerikanisch.

»Bestens, Officer. Hierfür gibt es einen Orden.«

»Ein Orden ist unnötig. Ich bin schon glücklich, wenn ich morgen ein frisches Croissant auf meinem Tisch finde.«

Jack ging im Mondschein am Ufer entlang zur *Grey Goose* zurück, als sein Handy klingelte.

Es war Sarah.

»Hallo, Jack, wie geht's?«

»Gut, danke.«

»Du klingst ein bisschen weit weg.«

Jack blieb an der Flussbiegung stehen, von der aus er sein

Boot in der Ferne sehen konnte. Die Themse floss still neben ihm dahin und spiegelte das matte Licht vom Boot. Von anderen Hausbooten entlang des Ufers waren gedämpfte Geräusche zu hören.

Auf der Wiese am gegenüberliegenden Ufer erkannte Jack die Umrisse einer Herde Kühe, die leise graste. Ansonsten war er völlig allein.

»Ich bin gerade auf dem Heimweg.«

»Vorhin habe ich es schon mal versucht, aber du bist nicht zu erreichen gewesen.«

»Nun, ich war zum Abendessen aus«, erklärte er.

»Aha! Und war es nett?«

»Ja, sehr.«

Am anderen Ende trat Schweigen ein. Ein seltsames Schweigen, wie Jack mit einem Lächeln feststellte. Er konnte sich lebhaft ausmalen, wie Sarah überlegte, ob sie ihn etwas fragen durfte ... Nur eines ... Doch zu seiner Erleichterung tat sie es nicht.

»Schön. Also, während du erleben durftest, dass es so etwas wie gutes englisches Essen gibt, habe ich an dem Fall gearbeitet.«

»Super. Ich hoffe, du hast ein paar Antworten gefunden.«

»Und ob!«

Jack hörte aufmerksam zu, als Sarah ihm von Grace' Gesprächen mit ihren Kolleginnen berichtete.

»Irgendwie gruselig«, sagte er, als sie fertig war. »Und weißt du was? Susan und Dominic sind nicht die Einzigen, die Pläne für Mogdon haben.«

»Nein, sag's nicht. Hat der junge Terry auch schon Pläne für seinen Ruhestand gemacht?«

»Treffer. Aber nicht so etwas Gewöhnliches wie Ferienwohnungen ... oh nein! Er will Cherringhams erste Monster-Truck-Rennbahn eröffnen. So was hat dem Dorf gerade noch gefehlt.«

»Das ist ein Scherz!«

»Leider nicht.«

»Was für eine Familie«, sagte sie lachend. »Trotzdem sehe ich die irgendwie alle nicht als Mörder.«

»Mörder tragen keine Uniform«, entgegnete Jack. »Aber was anderes: Was hast du über die Kiste herausbekommen?«

Die Kälte drang durch seine Jacke, und er ging weiter, weil er dringend zurück auf sein Boot wollte.

»Ich habe alles bei Praveer gelassen«, informierte ihn Sarah. »Er hat mir versprochen, die Briefe zu lesen und sich morgen Mittag bei mir zu melden.«

»Dann sind die wirklich in Hindi geschrieben?«

»Ja. Und jetzt hör dir das an: Die Halskette ist wichtig, sie hat eine symbolische Bedeutung. Eine solche Kette nennt man *Mangalsutra*.«

»Aha? Und was symbolisiert so eine Kette?«

»Ehe«, antwortete Sarah. »Bei Hindu-Hochzeiten gibt der Bräutigam seiner Braut diese Kette, und sie behält sie ihr Leben lang.«

Jack hatte nun sein Boot erreicht. Er stieg an Deck und blieb stehen, um nachzudenken.

»Also jetzt bin ich völlig verwirrt«, sagte er. »Wenn Victor kein Sammler war – und diese Möglichkeit besteht nach wie vor –, dann hatte er vielleicht ein echtes Geheimnis.«

»Ein Geheimnis, das zu seinem Tod führte?«, fragte Sarah.

»Könnte sein.«

Jack hörte Riley von innen an der Kajütentür kratzen. Der Hund wollte rausgelassen werden.

»Sarah, ich muss Schluss machen …«

»Oh, nur noch eines. Ich habe die Filme in der Schule abgegeben, und meine Freundin will sie digitalisieren. Ich kann sie mir morgen Vormittag runterladen.«

»Hört sich gut an«, sagte Jack, schloss die Bootstür auf und trat zurück. Riley kam freudig herausgesprungen und hüpfte um Jacks Beine herum. »Hope hat mir mitgeteilt, dass die Testamentseröffnung morgen um Punkt zwölf im Herrenhaus ist. Und sie bittet uns beide, als ihre Verstärkung dabei zu sein.«

»Ich bin so früh wie möglich da. Hoffentlich bringen uns die Briefe ein bisschen weiter. Wir wissen bisher nicht mal, wie das Feuer überhaupt ausgebrochen ist …«

»Oh doch, das weiß ich«, entgegnete Jack. »Ich erzähle es dir morgen.«

»Jack, tu mir das nicht an!«

»Ha! Ich muss einen Ofen anwerfen und meinen Schlummertrunk genießen, Sarah. Gute Nacht!«

Lächelnd beendete Jack das Gespräch und rief nach Riley. Nachdem der Hund vom Ufer aufs Boot zurückgekommen war, ging Jack nach unten in die Kajüte.

17. Wo ein Wille ist …

Na, ist das nicht eine klassische Situation, dachte Jack.

Im großen Wohnzimmer des Herrenhauses waren zwei Stuhlreihen aufgestellt worden. In der vorderen saß stocksteif und stumm die Hamblyn-Familie.

Und wartete.

Jeder von ihnen ging davon aus, allein vom vorzeitigen Ableben des Vaters zu profitieren.

Geerbtes Geld.

Kommt da jemals etwas Gutes bei heraus?

Jack sah zu Hope, die neben ihm saß und ihm zulächelte. Beim Abendessen gestern hatten sie viel geredet, und zum ersten Mal seit Katherines Tod hatte Jack das Gefühl gehabt, es wäre vielleicht Zeit, dass er, wie es so schön hieß, *sein Leben weiterlebte.*

Doch so sympathisch ihm die freundliche Hope auch sein mochte – er war nicht sicher, ob er schon bereit war. Oder ob er es jemals sein würde …

Der Anwalt Tony Standish saß an einem Tisch, den man vor die Reihe finster dreinblickender Angehöriger gezogen hatte.

Er räusperte sich und blickte auf.

»Können wir anfangen?«

Hope sah Jack fragend an. Sarah war nicht da. Vielleicht gab es ein Problem bei ihrer Arbeit oder mit der Übersetzung der Briefe …?

Wie auch immer, für Victors Anwalt bestand kein Grund, die Angelegenheit länger hinauszuzögern.

Jack beugte sich zu Hope und flüsterte: »Sie kommt noch. Das hier will sie auf keinen Fall verpassen.«

Jacks Worte trugen ihm einen verärgerten Blick von Susan Hamblyn ein.

Nur weiter so, Lady, und du siehst in meinem Alter wie ei-

ner dieser Bratäpfel aus, aus denen Kinder an Halloween Schrumpfköpfe machen.

Susan hatte sich bereits massiv über seine und Hopes Anwesenheit beschwert, doch damit war sie bei Standish abgeblitzt.

Jack fragte sich, ob der Anwalt vielleicht selbst einige Geheimnisse hatte.

»Nun gut.« Standish lächelte, was die Stimmung im Raum kein bisschen aufzulockern vermochte. Zudem stank es hier immer noch nach durchnässtem und verbranntem Holz.

»Wie Sie wissen, habe ich Ihren werten verstorbenen Vater schon seit Jahrzehnten vertreten – seit mein Vater mir die Kanzlei überschrieb.«

Jack sah, wie Dominic nickte und sich dann mit der Zunge die Lippen anfeuchtete.

Alle potenziellen Erben waren zum Zerreißen angespannt und wollten unbedingt, dass es schnell voranging.

»Und unter anderem wurde mir die Aufbewahrung und Vollstreckung des Letzten Willens Ihres Vaters übertragen. Genau genommen gibt es zwei Dokumente. Eines, das Victor Hamblyn mit meinem Vater im Herbst 1952 aufsetzte.«

Er hielt einen großen vergilbten Umschlag in die Höhe.

»Dieses Originaltestament ist seit dieser Zeit versiegelt, und ich habe keinerlei Kenntnis von seinem Inhalt. Und dies …« Er hob einen kleineren Umschlag hoch. »Dieses Dokument wurde nach Victors Anweisungen von mir aufgesetzt. Es handelt sich um einen Testamentsnachtrag. Ich werde zunächst das eigentliche Testament verlesen, dann den Nachtrag …«

»Ach, jetzt machen Sie schon!«, murmelte Susan Hamblyn gereizt.

Sofort setzte Standish sich kerzengerade auf, sichtlich schockiert von ihrer Unhöflichkeit. Sarah hatte Jack erzählt, dass ihre Familie sämtliche juristischen Angelegenheiten von Tony

Standish regeln ließ und er ein freundlicher, moralisch absolut integrer Mann war.

Und jetzt muss er sich mit diesem Haufen abgeben, dachte Jack.

»Gibt es noch Fragen, ehe wir beginnen?«, erkundigte sich Standish.

Keiner sagte ein Wort.

Jack blickte zur Tür. Sarah verpasste wahrlich eine tolle Show.

»Nun gut.«

Standish nahm einen langen Brieföffner, der die Form eines Degens aufwies, und schlitzte den großen Umschlag mit dem Testament von 1952 auf.

Jack musste zugeben, dass es aufregend war.

Alle potenziellen Erben rückten ein wenig auf ihren Stühlen nach vorn, wollten sie doch nicht ein einziges Wort versäumen, wenn verlesen wurde, welch großes Glück sie hatten.

Standish begann mit der üblichen Standardeinleitung bei Testamenten, dem »im Vollbesitz meiner geistigen Kräfte« und so fort, ehe er zum Wesentlichen kam.

Wer was kriegte.

Standish legte eine Pause ein, ohne vom Dokument aufzusehen. Immerhin war es ihm ebenfalls neu. Und der Länge seiner Pause nach zu urteilen, versetzte ihm der rasch überflogene Text einen regelrechten Schrecken.

Doch nachdem er einmal hörbar durch die Nase eingeatmet hatte, fing er sich wieder und las weiter.

»Ich, Victor Hamblyn, vermache meinen gesamten Besitz mit allen darauf und darin befindlichen Gegenständen meiner wundervollen Ehefrau Geeta Hamblyn, geborene Anand, und zu gleichen Teilen all ihren Erben.«

Dieser eine Satz hatte den Effekt einer Packung Feuerwerkskörper, die mitten im Wohnzimmer explodierten.

Alle drei Nicht-Erben sprangen um den Schreibtisch herum und versuchten, Standish das Testament aus der Hand zu reißen.

Aber der Anwalt war schnell und groß. Er hatte sich rasch erhoben und hielt nun das Dokument hoch über seinen Kopf.

»Ich bitte Sie!«, rief er. »Setzen Sie sich! Eine gewisse Form sollte doch gewahrt bleiben. Hier wird der Letzte Wille des Verstorbenen verlesen!«

Jack fragte sich, ob er dem Mann doch noch zu Hilfe eilen müsste.

Doch wie Hyänen, die ihre Beute am Wasserloch umschlichen und dann beschlossen, von ihr abzulassen, zogen sich Susan, Terry und Dominic sowie dessen nicht minder aufgebrachte Frau Vanessa langsam zurück und setzten sich wieder auf ihre Stühle.

»Sie müssen das … das zweite Dings aufmachen. Jetzt sofort!«, stammelte Terry. Spätestens in diesem Moment wurde für jeden offensichtlich, dass er sich für diesen Anlass hochprozentig gestärkt hatte.

Jack war sich sicher, dass ihnen mit dem zweiten Dokument noch größere Überraschungen bevorstanden.

Er dachte an die Briefe und die 8-mm-Filme. Und jetzt diese Frau in dem Testament, Victors Gattin – *Geeta*?

Wie war das nur möglich?

Jack hatte etliche Fragen, doch es waren völlig andere als die der Hamblyn-Familie.

Und die Zeremonie nahm mehr und mehr die Züge einer aus dem Ruder laufenden Auktion an. Eine feierliche Verlesung der letzten Worte eines Mannes stellte man sich jedenfalls anders vor.

18. Wer weiß was?

»Dieses Dokument ist absoluter Müll!«, empörte sich Susan Hamblyn. »Unser Vater war mit unserer Mutter verheiratet, mit Elizabeth. Sie ist seine Ehefrau gewesen, und wir sind die Erben. So einfach ist das!«

»Ja, genau«, pflichtete Dominic seiner Schwester bei. Wahrscheinlich dachten sie alle, dass ein Drittel des Vermögens immer noch besser war als gar nichts.

Standish legte das erste Dokument auf den Tisch und ergriff den anderen Umschlag.

»Nun, was das anbelangt, gibt es etwas Merkwürdiges. Als Anwalt Ihres Vaters sollte ich Kopien sämtlicher wichtiger Papiere von ihm haben. Doch eines hat er mir nie gezeigt ...«

In der Stille nach dem Aufruhr hätte man eine Stecknadel fallen gehört.

»Sprechen Sie endlich weiter!«, blaffte Susan schließlich.

Standish sah aus, als käme ihm nur schwer über die Lippen, was er jetzt sagen musste.

»Also, Ihr Vater hat mir nie ... eine Heiratsurkunde vorgelegt.«

Schlagartig hallten Ausrufe wie »Was?«, »Wie bitte?«, »Verdammter Mist!« und diverse Synonyme von »lachhaft« und »verflucht« durch den Raum.

Standish wartete, bis sich der Sturm gelegt hatte.

»Und ich habe mehrmals danach gefragt.«

»Na, das lasse ich von meinem Anwalt überprüfen«, sagte Dominic. »Dürfte gar kein Problem sein. Der braucht nur im örtlichen Behördenregister nachzuschauen. Nichts leichter als das.«

Standish hielt den zweiten Umschlag – er war klein und weiß – in die Höhe.

»Soll ich dieses Dokument jetzt verlesen?«

»Ja, bitte«, antwortete Dominic. »Sicher klärt sich damit dieser ganze Unsinn auf. Geeta – von wegen!«

237

Jack hörte ein Knarren hinter sich; offenkundig ging gerade die große Tür zum Herrenhaus auf. Ein paar Augenblicke später betrat Sarah das Wohnzimmer.

Die Mitglieder des Hamblyn-Clans bemerkten sie kaum, denn sie waren ganz auf den Umschlag konzentriert, von dem sie zweifellos alle annahmen, dass er ihnen den Hals und das Vermögen rettete.

Sarah lächelte Jack an. Sie hatte in der einen Hand ihren Laptop und in der anderen einen Aktenordner.

Kein Schmuckkasten, was angesichts der aufgebrachten Hamblyns wohl besser war.

Sie setzte sich neben Hope und tätschelte deren Hand. Flüsternd brachte Hope sie auf den aktuellen Stand der Testamentsverlesung.

Jack ahnte schon, dass es jetzt noch interessanter würde …

Wieder einmal kam der degenförmige Brieföffner zum Einsatz und machte einen sauberen Schnitt oben in den Umschlag hinein.

Dann zog Standish ein einzelnes Blatt Papier hervor.

Natürlich weiß er genau, was in dem Nachtrag steht, dachte Jack.

Der Anwalt blickte auf. Er lächelte nicht mehr.

Jack schätzte, dass auch die nächsten Neuigkeiten keine guten für die Hamblyn-Familie sein würden.

Wieder wurden als Erstes juristische Formalien vorgetragen, ehe man zum Kern der Sache kam.

Eine weitere Pause, ein weiteres dramatisches Räuspern. Standish war beinahe durch, nur noch wenige Zeilen …

»Hiermit erkläre ich, in Anwesenheit meines Anwalts, des ehrenwerten Mr. Anthony Standish, dass ich meinem zu einem früheren Zeitpunkt verfassten Letzten Willen und Testament noch einen Nachtrag hinzufüge.«

Den vorderen Stuhlkanten wurde noch mehr Gewicht aufgebürdet. Terry Hamblyn rutschte so weit nach vorn, dass man glauben konnte, er wolle sich gleich von seinem Stuhl auf die andere Seite des Zimmers katapultieren.

»Meiner geschätzten Pflegerin Hope Brown vermache ich die Summe von zehntausend Pfund als aufrichtigen Dank für ihre Freundlichkeit und professionelle Hilfe.«

Alle warteten auf mehr.

Nur kam nichts mehr.

Vanessa stand auf und übernahm es, für die Familie zu sprechen.

»Tja, dieser Nachtrag heißt überhaupt nichts, weil wir wissen, mit wem der alte Mann verheiratet war. Und das war nicht Geeta, so viel steht fest …«

Sarah brachte Vanessa von der Fortsetzung ihrer Rede ab, indem sie aufstand und mit dem Aktenordner in der Hand nach vorn trat.

Sarah sah zu Jack, der ihr aufmunternd zulächelte.

Sie fing umgehend an, weil ihr klar war, dass nach ihren Worten erst recht die Hölle losbrechen würde.

»Hier im Haus ist eine kleine Kiste gefunden worden, ein indischer Holzkasten –«

»Ich hab's gewusst!«, rief Terry und klatschte seine fleischige Faust gegen die Innenseite seiner anderen Hand. »Der verborgene Schatz.«

»In gewisser Weise.«

»Alles in diesem Haus, einschließlich dieses Kastens«, verkündete Susan Hamblyn im Brustton der Überzeugung, »geht an die rechtmäßigen Erben. An uns!«

Ausnahmsweise waren sich alle Geschwister einig und nickten energisch.

»Mag sein«, erwiderte Sarah. »In dem Kasten befand sich ein Schmuckstück, eine *Mangalsutra*. Das ist eine Hochzeitskette.«

Jetzt wirkten die Hamblyns ernstlich verwirrt.

»Und sie war nicht das Einzige in dem Kasten. Außerdem enthielt er zahlreiche Briefe, adressiert an eine Geeta in Indien, die alle ungeöffnet zurückgeschickt worden waren. Liebesbriefe.« Sarah hielt kurz inne, ehe sie fortfuhr: »Ach ja, und es waren noch alte 8-mm-Filme in dem Kasten. Ich habe sie digitalisieren lassen und für jeden von Ihnen eine DVD gebrannt. Es sind Aufnahmen von Ihrem Vater und seiner schönen Ehefrau Geeta.«

»Geeta?«, wiederholte Dominic, dessen Gesicht dunkelrot wurde. »Wer zur Hölle ist diese Geeta?«

»Sie war niemand!«, schrie Terry.

Sarah schüttelte den Kopf. Susan und Dominic starrten sie an.

»Und ... in der Kiste war zudem eine Heiratsurkunde.«

Sie öffnete den Ordner und reichte Tony Standish ein Dokument, der es zunächst kurz überflog und anschließend sorgfältig las.

»12. Juni 1947 ... beeidigt am British Court House, Bombay. Victor war tatsächlich mit dieser Geeta verheiratet.«

»Ausgeschlossen!«, rief Susan.

Aber Standish sah erst sie, dann die anderen an und sagte: »Nein, ich fürchte, die Urkunde ist rechtsgültig, mit Siegel und allem anderen. Diese Heiratsurkunde weist besagte Geeta als seine Ehefrau und Erbin aus.«

»Wenn das wahr ist ...«, begann Dominic.

Sarah beobachtete, wie er sich zuerst an Susan und danach an Terry wandte; und die drei wirkten, als würden sie bei einem Wettbewerb um die verdutzteste Miene antreten.

»Wenn sie seine rechtmäßige Ehefrau war, dann sind wir ja ... sind wir alle ...«

»Stimmt«, sagte Sarah mit einem heiteren Lächeln. Manche Tage waren eindeutig besser als andere. »Sie sind alle uneheliche Kinder.«

Bei diesen Worten musste Jack laut lachen und stand auf.

Sarah war froh, dass Jack zu ihr kam und sich neben sie stellte, weil der Hamblyn-Clan sich nun ebenfalls erhoben hatte und die vier sich gegenseitig anbrüllten.

»Ich möchte wetten, dass du dieses bescheuerte Feuer gelegt hast!«, warf Susan ihrem Bruder Dominic vor.

»Beschuldigst du mich etwa, um den Verdacht von dir abzulenken? Oder …« Dominic drehte sich zu Terry um. »Vielleicht warst du es ja, der Intelligenzbolzen der Familie – in der Hoffnung, die Dinge ein bisschen zu beschleunigen? Schließlich hast du doch dauernd getönt, dass du Dads Liebling bist.«

Erstaunlich, dachte Sarah. Sie sah Tony Standish an, der sich offensichtlich wünschte, dies hier wäre endlich vorbei, und dann Jack, der sich köstlich amüsierte, wie sie seiner Miene entnehmen konnte.

Nachdem sich die Familienmitglieder eine Weile gegenseitig beschuldigt hatten, das Feuer gelegt und ihren Vater umgebracht zu haben, erhob Jack schließlich seine Stimme.

Und die Hamblyns verstummten.

»Moment mal, Leute! Ich habe mich hier neulich ein bisschen umgesehen, und ich glaube, ich kann Ihnen zeigen, wo und wie es zu dem Brand kam.«

Nun guckten die Hamblyns ziemlich schuldbewusst.

Jeder von denen kann es gewesen sein, ging es Sarah durch den Kopf.

»Wenn Sie mir bitte in den Keller folgen wollen.«

Jack schritt zur Hintertür, von der eine Treppe in den Keller führte. Als ihm die Hamblyns nicht gleich folgten, blieb er stehen.

»Kommen Sie mit, Terry?«

Und Sarah erkannte am kränklichen Gesichtsausdruck von Terry, dass er eine Ahnung hatte, worauf das hier hinauslief.

Die Nachmittagssonne schien durch die schmalen Kellerfenster hinein. Gleichwohl froren die Menschen, die hier unten über den unebenen Steinboden gingen.

Jack, der sich wegen der niedrigen Deckenbalken tief beugen musste, schritt voran, bis sie einen Weinkeller erreichten. Dort wies er auf das große Weinregal, das aussah, als hätte jemand damit *Schiffe versenken* gespielt – überall gab es leere Löcher.

»Wo ist denn der ganze Wein hin?«, fragte Dominic entsetzt. »Das letzte Mal, als ich mich hier unten aufhielt, war das Regal noch voll mit alten Rotweinen!«

Jack streckte nur stumm seinen Arm aus, und die Gruppe drehte sich um: Sie schauten zu einem Haufen leerer Flaschen an der Wand, der etwas von niedergemetzelten Glassoldaten hatte.

»Jemand kam gelegentlich gerne hier runter, um eine oder zwei oder drei Flaschen zu trinken«, erklärte Jack. »Und um die eine oder andere Flasche mit nach Hause zu nehmen. Aber der Punkt ist …«

Jack ging hinter den großen Schornsteinfuß und kehrte mit dem Heizlüfter in der Hand zurück, den er auf Terrys Pick-up-Ladefläche gefunden hatte.

»Nachts – wenn Victor geschlafen hat – kann es hier mächtig kalt werden. So kalt, dass ein kleiner Heizlüfter nötig gewesen ist, um es im Keller auszuhalten, nicht wahr, Terry?«

»Ich … ich hab nur … Ich meine, er hat sowieso nichts von dem Zeug getrunken, und da dachte ich …«

Jack nickte.

»Und dabei haben Sie … hier gesessen.«

Ein Holzstuhl mit einem ausgefransten Kissen stand neben den leeren Flaschen, und hinter dem Sitzplatz befand sich eine Steckdose.

Und die war genauso rußgeschwärzt wie der Heizlüfter.

»Das verstehe ich nicht«, sagte Susan.

Doch Jack hatte es nicht eilig.

Er lächelte in die Runde. »Ich vermute, dass die Verkabelung hier unten noch älter ist als im Rest des Hauses. Und wissen Sie, welcher Raum direkt über uns liegt – in den sich diese uralten Stromleitungen fortsetzen?«

Alle sahen hinauf zu den dunklen Deckenbalken.

Jack konnte erkennen, dass Sarah im Geiste den Grundriss des Erdgeschosses durchging.

Es war allerdings Dominic, der als Erster nickte. »Die Bibliothek ...«

Jacks Lächeln versiegte.

»Richtig. Der Kabelbrand dürfte hier angefangen haben, infolge von Überlastung ... Und er löste den sehr viel stärkeren Brand dort oben aus.«

Dominic stürzte sich auf seinen Bruder und packte ihn am Kragen. Und obwohl Terry wie ein riesiger Bowling-Kegel gebaut war, schien er schwerelos und schlaff zu sein, als sein Bruder ihn hin und her schüttelte.

»Du hast ihn umgebracht! Du hast ihn ...«

Jack ging dazwischen.

»Nein. Der gute Terry hat nichts weiter getan, als sich Gratiswein zu genehmigen. Und als der Heizlüfter durchbrannte, hat er sich das Gerät gegriffen und ist in Panik rausgerannt, nehme ich an. Stimmt's, Terry?«

Terry nickte benommen. »Ich hab Dad noch gerufen – und gedacht, er hört mich und läuft auch raus. Und dann ist die Feuerwehr gekommen, und ich dachte, die holen ihn raus.«

»Deshalb sind Sie geflohen. Wie nett!«, sagte Jack.

»Typisch!«, schrie Susan Hamblyn. »Du bist schon immer weggelaufen, du verdammtes kleines Stück ...«

Rasch trat Jack zwischen sie und Terry, um ihn vor seiner Schwester zu schützen. Sie hatte bereits ihre Hände ausgestreckt und wollte Terry an den langen, schmierigen Haaren packen.

»Bitte!«, sagte Tony Standish. »Dies ist höchst unzivilisiert!«

Auf einmal warf sich Vanessa Coole mitten ins Getümmel.

Trotz des allgemeinen Gerangels schaffte es Jack, sich zu Sarah umzudrehen und ihr zuzugrinsen, während sie mit Hope zurückwich.

»Treffen wir uns oben?«

Er sah, wie sie die Augen verdrehte und sich dezent mit Hope zurückzog.

Dann stürzte er sich wieder ins Geschehen.

Sarah stand mit Hope vor der Eingangstür des Herrenhauses und atmete erleichtert die frische Luft ein. Hier draußen war nichts als Stille. Keine Spur von dem Chaos drinnen.

»Alles okay?«

Hope nickte. »Ich denke bloß nach. Er besaß etwas, das die meisten von uns nie haben – eine Liebe, die ein Leben lang anhält.«

Über eine solche Liebe würde Sarah ihrer Freundin noch mehr erzählen können. Und in diesem Zusammenhang gab es noch eine Sache zu tun.

Doch fürs Erste …

In dem Moment sah sie, dass Jack aus dem Haus kam und seine Jacke richtete. Er blieb stehen und schien etwas zu überlegen.

»Tja, letztendlich hat es also doch keinen Mord gegeben«, sagte er. »Nur eine schrecklich verkorkste Familie.«

»Toben die immer noch?«, wollte Sarah wissen.

»Oh ja! Aber ich denke, Tony hat sie jetzt halbwegs im Griff.«

»Zeit für einen Tee. Was meint ihr?«

Jack spitzte die Lippen. »Oder vielleicht was Stärkeres?«

Sarah und Hope stimmten sofort zu.

»Kommt, gehen wir ins Dorf zum Angel und gönnen uns einen Drink.«

»Was heißt hier ‚einen'?«, fragte Sarah.

»Die erste Runde geht auf mich«, sagte Hope.

Und so machten sie sich auf den Weg und marschierten die Einfahrt entlang. Die Gestalt von Jack, der zwischen den beiden Frauen ging, ragte hoch auf, und alle drei hatten zum Schutz gegen den kühlen Nachmittagswind die Schultern hochgezogen.

19. Besuch aus Bombay

Eine Woche später blieb Sarah neben Jack ein Stück von Victors letzter Ruhestätte entfernt stehen, während ihr weiblicher Gast zum Grab ging und weiße Lilien darauf ablegte.

Es war still, der Herbst neigte sich seinem Ende zu, und der Winter würde nicht mehr lange auf sich warten lassen.

Die Frau hieß Anindita. Sie war die Tochter von Geeta und aus Indien angereist, um ihr Erbe zu übernehmen, nachdem Sarah sie aufgespürt hatte.

Anindita kniete eine Weile an dem Grab, dann streckte sie einen Arm aus und berührte den Stein, bevor sie wieder aufstand.

»Die vielen Jahre, während denen das Geld auf dem Schulkonto einging … Ich wünschte, ich hätte gewusst, dass es von ihm war.«

»Sicher wollte Victor nicht, dass Sie sich ihm verpflichtet fühlen«, mutmaßte Sarah.

Jack stimmte ihr zu. »Ihm reichte gewiss das Gefühl, helfen zu können.«

»Und jetzt dieses … Erbe …«

»Hat Tony Standish alles für Sie geregelt?«

Sie nickte. »Ja, hat er. Ich habe ihn bevollmächtigt, den Verkauf zu übernehmen und sich um die Bankangelegenheiten zu kümmern. Er ist ganz wunderbar.«

»Einer der Besten«, sagte Sarah.

»Haben Sie die Briefe gelesen?«, fragte Jack.

»Ja. Es bricht einem das Herz. Ich bin sicher, dass die Familie meiner Mutter sie zurückgeschickt hat. Was meine Mutter und Victor taten – der Bruch mit der Tradition -, war damals strengstens verboten. Selbst heute noch sind solche Dinge schwierig.«

»Anscheinend hat er nach zehn Jahren aufgehört, ihr zu schreiben. Trotzdem hat er irgendwie von Ihnen und Ihrer Schule erfahren.«

»Ohne ihn wäre es unmöglich gewesen. Unser Land ist so arm.«

»Und die Aufnahmen von Ihrer Mutter mit Victor«, sagte Sarah. »Geeta war so wunderschön.«

Anindita verneigte sich scheu. »Ja, das stimmt. Selbst als sie alt war – bevor sie von uns ging -, hatte sie noch dieses freundliche, wundervolle Gesicht.«

Sarah reichte ihr eine DVD. »Hier. Es sind nur einige alte Filme. Die Farben sind ausgeblichen, aber …«

Anindita nahm sie lächelnd. »Ich danke Ihnen.«

»Darauf können Sie die beiden zusammen sehen, jung und vergnügt. Victor ganz in Weiß, und Ihre Mutter mit ihrem Sari, der im Wind weht. Sie waren so glücklich.«

Anindita sah die DVD an.

»Nur für sehr kurze Zeit. Und dennoch haben sie beide ein Leben lang davon gezehrt.«

Dann schwiegen alle drei – als wäre Victor irgendwie bei ihnen, weil sie über ihn sprachen.

Schließlich ergriff Anindita Sarahs Hand.

»Ich danke Ihnen für alles«, sagte sie und wandte sich zu Jack. »Und Ihnen auch, Mr. Brennan.«

Sarah spürte, dass Anindita noch etwas sagen wollte, sich aber offensichtlich nicht sicher war.

Aber dann …

»Kennen Sie das Datum der Heiratsurkunde?«

»Ja, Juni 1947«, antwortete Sarah.

Anindita blickte lächelnd zum Grab.

Wieder nickte sie kurz, und ihr Lächeln wirkte warm … glücklich. »Vielleicht können Sie es erraten.« Sie sah Sarah direkt an. »Ich wurde … im Frühjahr 1948 geboren. Im März.«

Sarah nickte.

Ja, das dachte ich mir schon. Neun Monate nach der Heirat von Victor und Geeta.

Nun ließ Anindita ihre Hand los.

»Jetzt muss ich gehen. Ich habe so viele Verwandte in London zu besuchen! Danke Ihnen beiden, dass Sie mir geholfen haben, herzukommen und dem Mann die letzte Ehre zu erweisen, der mich und meine Schule so wunderbar unterstützt hat.« Sie holte tief Luft. »Meinem teuren, lieben Vater.« Dann fügte sie hinzu: »Ich werde oft an Sie und ihn denken.«

Sarah nahm Aninditas Hand, als sie den Friedhof verließen.

Dabei sah sie sich nach Jack um und dachte: *Nur wir zwei konnten das alles aufdecken.*

Wir sind ein Team.

Und bei diesem Gedanken wurde ihr selbst an diesem kalten Tag Ende Oktober wohlig warm.

Matthew Costello
Neil Richards

CHERRINGHAM
LANDLUFT KANN TÖDLICH SEIN

Mord im Mondschein

Aus dem Englischen von Sabine Schilasky

1. Die Probe

Kirsty Kimball fragte sich, ob die Mitgliedschaft im Rotary Club wirklich eine gute Idee gewesen war.

Eine der Pflichten eines treuen Rotariers bestand darin, in diesem zugigen Ungetüm von einem Dorfsaal zu erscheinen, um für das »große Ereignis« der nahenden Adventszeit zu proben. Und deshalb stand Kirsty hier, blickte auf Liedtexte und wünschte sich, sie wäre zu Hause.

Bei dem »großen Ereignis«, wie es unter den langjährigen Rotariern genannt wurde, die für die Leitung zuständig waren, handelte es sich um *The Christmas Lights of Cherringham*, eine Abendveranstaltung, die angeblich gut für die hiesige Wirtschaft war. Zudem sollte es gut für das Dorf sein, wenn die örtlichen Geschäftsleute Wange an Wange standen und gemeinsam die Strophen klassischer Weihnachtslieder jaulten.

Ich weiß wahrlich Besseres mit meinen Abenden anzufangen, dachte Kirsty, die es fast unerträglich fand, hier zu stehen.

»Miss Kimball – falls es Ihnen nichts ausmacht, dann heben Sie bitte Ihren Blick und schauen hierher. Wir möchten wirklich nicht, dass die Leute in ihre Noten hineinsingen.«

Kirsty war sich nicht sicher, ob *Der Allmächtige*, Roger Reed – dessen Tagesbeschäftigung die Leitung der Greenwood Commercial Bank war –, sonderlich viel Talent bewies, was die Leitung dieses Chors betraf.

Sie nickte jedoch, lächelte ihm angemessen zerknirscht zu und blickte anschließend brav zu Reed, während er die Arme schwenkte wie Micky Mouse, der eine Besenarmee dirigierte.

Ja, dachte sie. *Vielleicht ist es Zeit, aus diesem Verein auszutreten und meine Donnerstagabende zurückzubekommen …*

Andererseits sollte sie in diesen schwierigen Zeiten alles tun, was sie nur konnte, um ihre kleine Geschenkboutique The Knick Knack über Wasser zu halten; und man wusste nie, ob dies hier nicht doch irgendwann von Nutzen sein würde. Wie die anderen sie stets und ständig erinnerten: Die unausgesprochene Übereinkunft der Rotarier lautete, lohnende Geschäftsanfragen grundsätzlich an andere Mitglieder weiterzuleiten.

Eine Hand wäscht die andere, sagt man doch, nicht?

Das zumindest war das Ziel … neben der Organisation von Wohltätigkeitsveranstaltungen und dem großen Weihnachtskonzert auf dem Dorfplatz.

Fröstelnd blickte sich Kirsty unter ihren Mitsängern um. Alle waren in Wintermänteln; die meisten trugen sogar Hüte oder Mützen. Keiner von ihnen sah besonders glücklich aus. Der scheußliche Raum mit dem braunen Fußboden – er lag direkt über der Bücherei – war mit uralten schmiedeeisernen Heizkörpern ausgestattet. Gleichwohl hatte das Leitungskomitee des Gemeindehauses entschieden, dass sie nur angestellt wurden, wenn die Temperaturen unter den Gefrierpunkt fielen.

Kirsty dachte an ihr gemütliches kleines Cottage, den munter knisternden Kaminofen, ihr Abendessen im Schongarer …

Dann hörte sie jemanden drüben bei den Bässen rülpsen, als er versuchte, die erste Note von *We Three Kings* zu treffen.

Herrgott …

Es war der rundliche Pete Bull, Inhaber von Bull Plumbing, der neben dem schmierigen Simon Rochester stand, seines Zeichens CEO irgendeines Finanzdingsbums.

Was genau machte er eigentlich? Das hatte sie noch nie richtig verstanden. Wie komisch, dachte Kirsty oft, dass einem jemand erklärte, was er beruflich tat, und man hinterher immer noch keine Ahnung hatte.

Rochester hatte ihr erzählt, dass er sich »genötigt« fühlte, hierbei mitzumachen. Andernfalls würde er sich wohl auch kaum dazu herablassen, neben Pete Bull zu stehen, als wären sie Freunde, die Seite an Seite in den Gräben der Cherringham-Wirtschaft kämpften.

Und als könnte sie es spüren, wenn man sie ansah, schaute

Kirsty rasch wieder nach vorn zu Roger Reed, der stets Augen wie ein Adler hatte und eben im Begriff war, ihr einen weiteren vernichtenden Blick zuzuwerfen.

Kirsty lächelte und sang, als wollte sie sagen: *Sehen Sie nur, ich gucke Sie an!* Roger schien ihr Lächeln zu erwidern. Dann jedoch bemerkte Kirsty, dass der freundliche Gesichtsausdruck ihrer Mitsopranistin galt, Emma Hilloc, die neben ihr stand und wie üblich einen Viertelton tiefer sang als der Rest des Chors. Noch ein Grund, sich gut zu überlegen, ob sie hier wirklich hingehörte …

Wie dem auch sei, noch einige weitere Choräle, und dann würde es endlich für heute vorbei sein.

Dieser Gedanke brachte Kirsty richtig zum Lächeln.

Sie war in dem Garderobenraum, um ihre Tasche zu holen. Die kleine Kammer roch nach Mottenkugeln und dem trockenen Holz alter Gebäude, und es kam einem ausgeklügelten Versteckspiel gleich, hier am Ende der Proben seine Sachen zu finden.

Als Kirsty sich umdrehte, um hinauszugehen, fand sie sich Martha Bernard gegenüber, der Pianistin des Chors.

Obwohl Martha im Ruhestand war, blieb sie aktives Mitglied im Rotary Club und sorgte verlässlich für die Snacks bei den Treffen. Heute Abend waren es Keksmischungen, Kuchen und der obligatorische schwache Tee gewesen. Kirsty hatte gehofft, den anderen unbemerkt zu entkommen.

»Laufen Sie weg, Kirsty?«

Kirsty setzte ein gekünsteltes Lächeln auf.

»Nein, Martha. Ich mache mich nur für den Heimweg bereit. Im Moment gehe ich in Arbeit unter. Weihnachtsbestellungen, Sie wissen schon.«

Das stimmte natürlich nicht, und Kirsty hatte das Gefühl, dass Martha es ihr ansah.

»Ihr jungen Geschäftsfrauen! Immerzu in Hetze. Es ist eine

völlig andere Welt als zu meiner Zeit. Na, aber das wissen Sie ja.«

Martha stützte sich mit einer Hand auf ihren Gehstock. In der anderen Hand hielt sie einen turmhoch mit Keksen gefüllten Teller, als könnte sie Kirsty damit bewegen, nicht gleich von dannen zu eilen.

»Kann ich Sie denn gar nicht verführen? Es ist auch Ihre Lieblingssorte dabei, Haferflocken mit Rosinen.«

Kirsty blickte auf den Teller, auf dem sich Schokoladenstückchen Seite an Seite mit tatsächlich sehr lecker und knusprig aussehenden Haferflocken-Rosinen-Keksen drängten. Ein Häufchen selbst gemachtes Mürbegebäck lag am Tellerrand, als fühlte es sich der Konkurrenz nicht recht gewachsen. Marthas Augen durchbohrten Kirsty.

»Ach, warum nicht?«, sagte sie und nahm sich einen Haferflockenkeks.

Und da Martha bei der Organisation ihrer Snacks für sämtliche Treffen immer so überaus umsichtig war, konnte Kirsty sich jene Frage sparen, die ansonsten fester Teil ihres Alltags war, egal was oder wo sie aß.

Dank Marthas strikter Instruktionen an alle, die freiwillig backten, konnte Kirsty vollkommen sicher sein, dass sich in diesem Keksberg keine Spur von Erdnüssen befand.

Eilig vertilgte sie einen Haferflockenkeks, dann noch einen.

Martha lächelte. Sie schien ein besonderes Interesse an Kirsty zu hegen.

Liegt es daran, dass ich eine unabhängige Frau bin?, fragte sie sich.

Was zutraf – und auch wiederum nicht.

»Ach, nur zu, nehmen Sie sich ein paar für den Heimweg mit«, forderte Martha sie auf und hielt ihr immer noch den Teller hin, als ob sie eine antike Opfergabe darbrächte.

»Ich würde ja gerne, Martha«, erwiderte Kirsty. »Aber ich darf mir den Appetit auf mein Abendessen nicht verderben.«

Nein zu sagen war hart, denn die Kekse waren wahrhaft köstlich.

Sie blickte über Marthas Schulter. Die meisten Rotarier tranken ihren Tee, plauderten und genossen diesen seltsamen Mischmasch der Klassen, Berufe und Interessen. Kirstys gute Freundin Beth stand inmitten einer Gruppe, lachte und unterhielt sich entspannt mit Thomas, Emmas Ehemann. Als Beth zu ihr sah, bedeutete Kirsty ihr mit einer Handbewegung, dass sie gehen müsste. Daraufhin lächelte Beth sie an und nickte ihr zu.

Und für einen kurzen Moment dachte Kirsty, dass dieser Verein vielleicht doch nicht so schlimm sei.

Für jemanden, der so etwas mag.

Eventuell könnte sie nächste Woche zu den Tenören wechseln, bei denen Beth sang, und ein bisschen mehr Spaß haben ...

Ihr wurde bewusst, dass Martha sie nach wie vor beobachtete. Strahlend drehte Kirsty sich zu ihr um.

»Jetzt muss ich aber wirklich los!«

Mit einem Grinsen wandte sie sich der Doppeltür zu, hinter der die knarzende Holztreppe in den Eingangsbereich hinunterführte. Und von dort ging es in die kühle Nacht hinaus.

2. Ein Weg im Mondschein

Kirsty schaute nach oben.

Der Vollmond prangte wie ein gigantischer Scheinwerfer am Himmel und erleuchtete den baumgesäumten Weg zurück zu ihrem Cottage.

Sie liebte es, diese Strecke zu Fuß zu gehen – sei es im ersten Morgenlicht oder jetzt, wenn alles so still und beinahe ein wenig unheimlich war. Trockenes Herbstlaub knisterte unter ihren Stiefeln, und die warmen Lichter von Cherringham verblassten hinter ihr.

Heute allerdings sehnte sie sich danach, rasch nach Hause zu kommen.

Nicht, dass sie etwas Besonderes vorhätte, abgesehen von ihrem Abendessen – und einem Telefonat.

Trotzdem freute sie sich darauf, es sich auf dem Sofa gemütlich zu machen und einfach nur am Telefon zu reden, zu planen und *Komplotte zu schmieden.*

Als sich zwischen den Bäumen zu beiden Seiten der schmalen Straße eine Lücke auftat, konnte Kirsty über die niedrigen Hügel blicken und in der Ferne die Lichter von East Charlton sehen. Außerdem fielen ihr die schwachen Strahlen von Autoscheinwerfern auf, die sich durch das Labyrinth aus Hecken und engen Straßen wanden – mal waren sie sichtbar, mal verschwunden.

Wie kalt es nur geworden ist!

Kirsty hatte sich den Schal fest um den Hals gewickelt und den wollenen Barbour-Mantel bis zum Hals zugeknöpft. Handschuhe hatte sie nicht dabei; nun aber musste sie feststellen, dass wieder die Jahreszeit gekommen war, in der sie grundsätzlich welche mitnehmen sollte.

Sie erreichte die Biegung, wo der Weg einen Knick machte. Von da an führte er bergauf zu der kleinen Siedlung, in der ihr Cottage stand.

Mittlerweile ging sie schneller, damit ihr nicht so kalt war, aber das nützte leider nichts. Sie hatte etwa die halbe Strecke zwischen dem Ort und den Cottages geschafft und empfand eine kitzelnde Vorfreude bei dem Gedanken, gleich zu Hause zu sein.

Dann fühlte sie etwas anderes.

Ein leichtes Kribbeln.

Es traf ihre Lippen wie ein winziger Stromschlag, der um ihren Mund huschte. Ein frühes Warnzeichen.

Sie erkannte es sofort, blieb allerdings nicht stehen, sondern lief noch schneller. Doch das Kribbeln sagte ihr, dass etwas passierte.

Sie hatte eine allergische Reaktion.

Unwillkürlich fuhr sie sich mit der Zunge über ihre Lippen, als könnte sie dort etwas fühlen, während ihr Mund anschwoll.

Aber natürlich war da nichts.

Und mit dem Kribbeln setzte die Taubheit ein. Ihre Lippen fühlten sich nicht mehr so an, als gehörten sie zu ihr.

Was bei Weitem nicht das Schlimmste war.

Das wusste Kirsty.

Sie wartete einige Sekunden auf das, was – wie ihr nur zu gut bekannt war – als Nächstes kommen würde: das gleiche Kribbeln auf ihrer Zunge, so als würde sich der Stromkreis ausweiten. Und dann trat es ein: Die Zungenspitze, mit der sie eben noch die Lippen abgetastet hatte, wurde nun gleichfalls taub.

Und zugleich schwoll die Zunge an!

»Gott«, entfuhr es Kirsty. Die Schwellung an Lippen und Zunge war noch nicht so schlimm, dass ihre Aussprache undeutlich wurde. Es klang weder gelallt noch erstickt.

Was garantiert noch eintreten würde.

Sofort fragte Kirsty sich: *Wie? Wie konnte das bloß passieren?*

Sie war doch so vorsichtig, passte dauernd so genau auf …

Nun blieb sie stehen. Das musste sie. Rasch öffnete sie ihre Handtasche und wühlte im kahlen Mondlicht den Inhalt durch: Sie suchte nach etwas, von dem sie wusste, dass es dort sein musste.

Ohne so etwas verließ sie niemals das Haus – ausgeschlossen. So etwas war immer in ihrer Tasche.

EpiPens.

Sie schob ihr Portemonnaie, die Autoschlüssel und die versteckte Zigarettenschachtel zur Seite – sie rauchte nur zu besonderen Anlässen mal eine, wenn sich der süßliche Rauch richtig gut anfühlte. Mit der einen Hand hielt sie die Tasche fest, sodass diese sich wie ein klaffender Mund öffnete, und mit der anderen suchte und kramte sie darin herum.

Ihre anschwellende Zunge selbst spürte sie nicht, nur den Druck an ihrem Gaumen, als sie größer wurde.

So viel größer, als eine Zunge sein sollte. Ihre Lippen waren vollkommen weg – überhaupt nicht mehr zu fühlen.

Das war doch verrückt. Sie hatte stets zwei Pens in ihrer Tasche. Die konnten unmöglich beide verschwunden sein.

»Wo zum Teufel sind die denn?«, sagte sie ... doch selbst für die eigenen Ohren klang es wie ein undeutliches Nuscheln.

Dann überkam sie maßlose Erleichterung, als sie die dicke Röhre mit dem Stift ertastete.

Sie hatte ihn!

Kirsty zog den EpiPen heraus und stellte ihre Handtasche auf die Erde.

Langsam – mit geübten Bewegungen und allergrößter Vorsicht – entfernte sie die Kappe und ließ die Spritze aus dem Plastikbehälter gleiten.

Die Röhre ließ sie einfach fallen, während sie den Pen auf ihren Oberschenkel drückte. Dass sie eine Hose trug, machte nichts, denn die Nadel würde direkt hindurchgehen und in ihren Muskel eindringen.

Von dort würde sie Epinephrin durch Kirstys Kreislauf jagen. Fast wie von Zauberhand würde die Schwellung aufhören und ihre Zunge, einem zusammenfallenden Ballon gleich, wieder normal werden.

Und bei ihrer Ankunft zu Hause dürfte alles wieder so sein, als wäre nichts gewesen.

Kirsty führte die Injektion genau so durch, wie sie es gelernt hatte. Zweimal hatte sie das hier schon machen müssen, als sich ein anaphylaktischer Schock ankündigte.

Die schwarze Spitze des Stifts auf ihren Schenkel gedrückt, umfasste sie das obere Ende fest mit ihrer Faust.

Dann ein kurzer, harter Stoß, und die Nadel würde eindringen und das lebensrettende Medikament freigeben.

Kirsty presste hart gegen ihr Bein.

Nur …

Nur …

- und jetzt wurde sie verwirrt, während sie wieder und wieder drückte -

… dass keine Nadel herauskam.

Ihre Faust rammte und rammte, doch der Pen reagierte nicht.

Was eigentlich nur passieren konnte, wenn er schon benutzt worden war.

Kirsty richtete sich auf, um sich von der gebückten Haltung zu erholen, die so anstrengend war.

Unmöglich, dachte sie. All ihre EpiPens waren neu, erst vor wenigen Monaten frisch verschrieben. Und unbenutzt!

Und trotzdem war dieser hier völlig leer.

Ihre Zunge war wie ein Stück Schuhleder in ihrem Mund, wurde immer größer, als wollte sie die gesamte Mundhöhle ausfüllen.

Kirsty fühlte die Schwellung bereits hinten in ihrem Hals ankommen, und nun hatte sie nur noch einen einzigen Gedanken im Kopf: *Ich brauch einen neuen Stift … keine Zeit … schnell nach Hause …*

Sie fing an zu laufen. Doch die Größe ihrer Zunge machte es schwer, genug Luft zu bekommen. Ihr Keuchen vermengte sich mit dem kehligen Geräusch von etwas, das ihre Luftröhre verstopfte.

Die Lichter der Cottages, von denen ihres das nächste war, schienen noch so weit weg.

Und der Weg, der nun bergan führte, machte das Laufen zusätzlich schwer.

Sie blieb einen Moment stehen, um nach Luft zu ringen; es fühlte sich an, als hätte sie buchstäblich ihre Zunge verschluckt. Immerhin bewegte sich der vergrößerte Muskel noch ein wenig, ließ eine kleine Öffnung zu ihrer Luftröhre, sodass etwas Luft hineingelangte.

Das Mondlicht bewirkte nun, dass Blätter, Bäume und trockene Sträucher – allesamt bereit für den Winterschlaf – wie von funkelnden Edelsteinen gesprenkelt aussahen. Ein irres Spektakel, und für Kirsty ein klares Indiz dafür, dass sie zu wenig Luft bekam.

Beharrlich öffnete und schloss sie den Mund, als würde das helfen.

Sie war vollkommen allein. Um sie herum waren nur der dunkle Weg, der Mond und der stille Wald.

Und schließlich – ähnlich einem Stöpsel, der in einen Abfluss rutschte – verschloss ihre Zunge vollständig ihre Kehle und unterbrach so jede Luftzufuhr. Kirsty blieb stehen.

Sie griff sich mit der Hand an den Hals – ja, drückte ihn sogar kräftig.

Doch ihr war die Luft endgültig abgeschnitten. Und nach einigen vergeblichen Bemühungen, sich zu räuspern, zu japsen und noch ein bisschen Atem in sich hineinzuzwingen, wurde das Funkeln um sie herum blendend hell, und Kirsty sank auf die Knie.

Plötzlich war es, als hätte jemand einen Schalter umgelegt: Sämtliche Lichter wurden düster und erloschen, während

Kirsty nach vorn kippte und mit dem Gesicht voran auf der harten, kalten Erde aufschlug.

Dann war es vollkommen still auf dem Weg.

3. Drei Wochen später

Jack klopfte an Sarahs Haustür und wartete. In der kalten Abendluft bildete sein Atem dicke Wolken vor seinem Gesicht.

Er dachte daran, wie er diesen besonderen Tag in früheren, weit zurückliegenden Jahren verbracht hatte, und die Erinnerungen purzelten auf ihn ein. Nachdem Katherine gestorben war, hatte seine Tochter Emily dafür gesorgt, dass sie Thanksgiving grundsätzlich zusammen verbrachten. Aber dieses Jahr hatte sie ihm gesagt, dass sie beide mit Skypen vorliebnehmen müssten, denn sie hatte einen engen Dienstplan am San Francisco General …

Hier in Cherringham war es sowieso bloß ein Donnerstag wie jeder andere.

Die Tür ging auf, und Chloe erschien in einer Jeans und einem bunten Rollkragenpullover. Sie lächelte strahlend. Ja, es war unverkennbar, dass sie Sarahs Tochter war.

Die blauen Augen allein machten jeden Irrtum ausgeschlossen.

»Ah, hallo!«, sagte er.

»Hi!«, entgegnete Chloe. »Wir warten schon alle auf Sie.«

Das klingt ja beinahe so, als gäbe es eine Geburtstagsparty, dachte Jack.

Dabei sollte er doch nur zum Abendessen vorbeikommen, eine Flasche Wein mitbringen, Sarahs Kinder kennenlernen …

Chloe hielt die Tür auf, und Jack ging hinein. Sogleich schlugen ihm besondere Gerüche entgegen.

Gerüche aus einem anderen Land, ja, aus einer anderen Welt.

Und als er das kleine Esszimmer betrat, entdeckte er sofort die Quelle dieser appetitlichen Düfte.

Ein riesiger Truthahn thronte in der Tischmitte. Um ihn herum waren, wie Satelliten, Platten voller Füllung, Käsemakkaroni und grüner Bohnen. Und es gab einen Teller mit …

»Maisbrot?«, fragte er Sarah entgeistert, die strahlend am

Tischende stand, als wäre sie eine Zauberin, die soeben das Unmögliche wahr gemacht hatte.

»Aber sicher doch!«, erwiderte sie.

»Ehrlich? Ich habe jeden Laden in der Gegend nach einer Maisbrotmischung abgesucht – ohne Erfolg.«

»Das war keine Backmischung«, erklärte Daniel, der aufgeregt hinter einem Stuhl auf und ab hüpfte. »Mum hat es richtig gebacken, und ich habe ihr geholfen.«

Jack schüttelte den Kopf. Schlagartig hatte er einen Bärenhunger. Und gerührt war er obendrein.

Thanksgiving in Cherringham!

Er zog einen Stuhl zurück und setzte sich, wobei er erst Sarah, dann Daniel und Chloe zulächelte.

»Also, worauf warten wir noch?«, rief er.

Jack hielt eine halb gegessene Scheibe Maisbrot in die Höhe.

Das ist ja so, als ob man einen Teenager füttern würde, dachte Sarah. Ihr amerikanischer Freund bewies einen ähnlich unersättlichen Appetit wie Daniel – sein Magen schien ein Fass ohne Boden zu sein.

»Dies hier dürfte das beste Maisbrot sein, das ich jemals gegessen habe. Und der Truthahn! Fantastisch. Aber ich sollte jetzt wirklich aufhören zu essen.«

Sarah nahm einen Schluck von dem Cabernet, den Jack mitgebracht hatte. Diese Thanksgiving-Überraschung war die Mühe wert gewesen, auch wenn ihre Küche aussah, als wäre da drinnen eine Bombe explodiert.

»Erzähl mir nicht, dass du den aus dem Supermarkt hast«, sagte sie und hob ihr Glas in seine Richtung.

»Nein, hab ich nicht. Es stammt aus meinem besonderen Vorrat.«

»Dann darfst du jeden Abend zum Essen kommen.«

»Klasse! Machen Sie das wirklich, Mr. Brennan?«, wollte Daniel wissen.

Sarah beobachtete, wie Jack sich ihrem Sohn zuwandte. Er hatte eine nette Art mit Kindern – bezog sie mit ein, sorgte dafür, dass sie am Gespräch beteiligt waren. Und ihr Sohn und ihre Tochter hatten jede Menge Fragen ... über amerikanische Jugendliche, wie sie sich anzogen, ob alles so war wie im Fernsehen, welche Sportarten sie trieben.

Und New York! Diese Metropole wollten beide *unbedingt* besuchen, und zwar bald.

»Eine großartige Stadt«, hatte Jack schlicht gesagt. »Ihr zwei würdet sie mögen.« Dann ergänzte er mit einem Nicken zu Sarah: »Eure Mum auch.«

»Mr. Brennan ...«

»Ja, Daniel?«, fragte Jack nun und lehnte sich auf seinem Stuhl zurück.

»Haben Sie schon mal ... Also, als Sie Detective waren, haben Sie da mal einen Serienmörder geschnappt?«

»Daniel«, sagte Sarah. »Ich finde nicht ...«

Aber Jack lachte. »Einen Serienmörder geschnappt? Nein, das kann ich nicht behaupten, obwohl ich bei einem Fall mitgeholfen habe, bei dem ein Team vom FBI ... Ihr wisst, was das FBI ist?«

»Ja, klar. Jeder weiß, was das FBI ist.«

Sarah und Jack wechselten einen amüsierten Blick. Sie dachten wohl beide dasselbe – nämlich welche verblüffende Reichweite die amerikanische Kultur doch hatte.

»Jedenfalls habe ich bei einigen der Vernehmungen und Tatortermittlungen geholfen.«

»Und haben sie den gekriegt?«

»Oh ja! Sie haben ihn für immer weggesperrt.«

Nun mischte sich Chloe ein. »Aber Sie müssen doch viele normale Mörder verhaftet haben, oder?«

Jack sah Chloe an, und Sarah machte sich allmählich Sorgen, dass dieser Abend zu einem Schulprojekt oder Verhör geriet.

Aber Jack ging mit einem ernsten Nicken auf die Frage ein. »Nicht so viele, wie du vielleicht denkst, Chloe. New York ist heutzutage eine ziemlich sichere Stadt.«

Es wurde bald Zeit, abzuräumen und den letzten Teil der Überraschung aufzutischen.

Sarah hatte ihre Hausaufgaben in Sachen Thanksgiving gemacht.

»Kaffee? Tee?«

»Tja, ich bin in England, daher schätze ich mal, Tee wäre gut, nicht?«

Sarah ging in die Küche, um den Wasserkocher anzustellen.

Als der Tee auf dem Tisch stand, servierte Sarah die letzte Überraschung.

»Kürbiskuchen«, sagte sie.

Sie war keine begeisterte Hobbyköchin, weil sie nie den Spaß daran entdeckt hatte. Für ihre Küche galt, dass es schnell gehen und gesund sein musste, sonst nichts. Heute war es anders gewesen. Sie hatte es richtig genossen, dies hier für den Mann auszurichten, der ihr zu einem so guten Freund geworden war.

»Ich *wusste* doch, dass ich so etwas gerochen habe!«, rief Jack.

Daniel kam hinter ihr her. »Und Vanille-Eis.«

Für einen Moment glaubte Sarah, einen dunklen Schatten über Jacks Gesicht huschen zu sehen, und fühlte sich schlecht. Eigentlich hatte sie es als Spaß gedacht, das traditionelle amerikanische Feiertagsessen nachzukochen.

Nur musste es Jack zwangsläufig an viele andere Thanksgiving-Feiern erinnern, die er als Kind, als Ehemann und als Vater erlebt hatte. An so viele Truthähne und an diese Paraden auf der Seventh Avenue.

Sein Blick schweifte ab.

Chloe neben ihr hustete, was sich reichlich bellend und rau anhörte.

»Alles in Ordnung?«, fragte sie ihre Tochter und legte eine Hand auf ihre Schulter.

Chloe schluckte und flüsterte mit wässrigen Augen: »Bestens, Mum, ist schon gut.«

»Sarah, du hast dich selbst übertroffen«, erklärte Jack mit lauter Stimme; zweifellos wollte er Chloe vor unerwünschter Aufmerksamkeit bewahren. »Das war perfekt!«

Dann machten sie sich alle über den Kuchen her.

Die Kinder hatten beim Abräumen geholfen und machten jetzt einigen Lärm, während sie die Teller abkratzten und in den Geschirrspüler luden. Ab und zu hörte Sarah ihre Tochter husten, während sie mit Daniel zusammen in der Küche herumalberte.

»Ist wieder diese Jahreszeit, was?«, meinte Jack.

»Sie war schon immer anfällig für Erkältungen.«

Sarah hatte sich näher zu Jack gesetzt, und sie beide hatten eine zweite Tasse Tee vor sich.

Jack trank einen Schluck, und Sarah nahm an, er ahnte bereits, dass sie ihm etwas sagen wollte.

»Ein herrliches Thanksgiving«, lobte Jack. »Eines der besten.«

Sarah lächelte. »Meine Eltern wollten auch kommen, aber sie mussten zum Treffen ihres Kunstvereins.«

»Es sind noch reichlich Reste übrig.«

Sie spürte, dass Jack wartete. Das Klappern aus der Küche vermengte sich mit den Stimmen von Daniel und Chloe, die abwechselnd das Kommando bei der gewaltigen Aufräumaktion übernahmen.

»Meine Mum wollte dich etwas fragen.«

Nach einem weiteren Schluck Tee nickte Jack. »Worum geht's?«

»Dad und sie sind bei den Rotariern, und, nun ja, die Rotarier gestalten jedes Jahr einen besonderen Abend, wenn die

Weihnachtslichter in Cherringham eingeschaltet werden – an den Geschäften, dem großen Baum und den Laternenpfählen auf dem Platz.«

»Nett.«

»Einige von ihnen singen.« Sarah schmunzelte. »Oder versuchen es zumindest. Weihnachtslieder. *The Holly and the Ivy* und so.«

»Ich werde da sein.«

Wieder zögerte Sarah. »Letzten Monat haben sie eine ihrer Sängerinnen verloren. Anaphylaktischer Schock. Vielleicht hast du ...«

»Ja, das habe ich in der Zeitung gelesen. Der EpiPen, den sie bei sich hatte, war leer. Eine traurige Geschichte.«

»Es sind auch sonst einige Leute ausgefallen.«

»Verständlich.«

»Unter anderem eine ihrer großen Stimmen ... also jemand, der tatsächlich singen kann. Er und seine Partnerin haben eine Timeshare-Immobilie an der Costa Brava gekauft und sind den ganzen Winter über weg.«

Jack nickte. Dämmerte ihm bereits, worauf sie hinauswollte?

»Normalerweise singen meine Eltern mit, aber dieses Jahr haben sie einfach zu viel anderes zu tun. Jedenfalls ist der Chor unterbesetzt, und weil Mum weiß, dass du eine gute Stimme hast ...«

»So weit würde ich nicht gehen.«

»Sie hat sich gefragt ...«

Jack grinste breit. »Ob ich mich für den Weihnachtslieder-abend unter die eingeschworenen Rotarier mische?«

»Genau.«

Nicht zum ersten Mal ging Sarah durch den Kopf, wie sehr sie diesen Mann mochte – den hartgesottenen New Yorker Detective, der sich als gar nicht so hartgesotten entpuppt hatte.

»Hmm ...« Er rieb sich das Kinn. »Besonders viel habe ich

derzeit ja nicht um die Ohren. Und an der Verbrechensfront war es in letzter Zeit recht ruhig für uns.«

War Jack deswegen enttäuscht? Hatte er wirklich angefangen, ihre Amateurermittlungen zu genießen?

Dann sah er Sarah direkt an.

»Und solange die wissen, dass ich im Grunde *kein* toller Sänger bin …«

»Klasse!«, sagte Sarah und umarmte ihn. »Danke. Mum wird begeistert sein. Und sicher findest du die Rotarier-Gruppe hier, ähm …«

»Interessant?«

»Richtig. Die nächste Probe ist am Samstagmorgen, oben im Gemeindehaus. Um zehn.«

»Ich gehe hin.«

»Mum!«, rief Chloe aus der Küche. »Daniel macht alles falsch.«

»Ich stürze mich mal lieber in die Schlacht.« Sarah stand auf. »Bevor Chloe die Nerven verliert.«

»Kleine Brüder können anstrengend sein«, sagte er. »Und ich muss es wissen, denn ich war selber einer. Kann ich dir helfen?«

Sie wollte ihn schon daran erinnern, dass er der Gast war, überlegte es sich aber anders. Vielleicht gehörte das Aufräumen mit zur Tradition.

»Gerne. Gemeinsam sind wir stärker!«

Und so ging sie voraus in die Küche, um das Schlachtgetümmel zu inspizieren.

4. Nun singet und seid froh

Jack war nicht so naiv, an einem Samstagmorgen mit dem Wagen nach Cherringham hereinfahren zu wollen. Die Marktstände nahmen an diesem Wochentag einen Großteil der Fläche des Dorfplatzes ein, und sogar die Stellplätze vor den Pubs füllten sich beizeiten. Was die kleine Hauptstraße anging, erwachte die samstags verlässlich aus ihrer werktäglichen Lethargie.

So bahnte Jack sich zu Fuß seinen Weg über die belebten Gehwege und holte sich noch rasch einen Kaffee zum Mitnehmen bei Huffington's. Schließlich überquerte er den Markt und trat zum großen viktorianischen Gemeindehaus, das den Platz überragte.

Im Erdgeschoss wurde die meiste Fläche von der Bücherei eingenommen, die Jack nach einem Jahr im Dorf recht gut kannte. Aber die Holztreppe nach oben ... Oh ja, dort hinauf gelangte man zum pulsierenden Mittelpunkt von Cherringham, dem nicht ganz so geheimen Zentrum des Ortes – dem Gemeindesaal.

Lebte man in Cherringham – war man ein echtes Mitglied der Dorfgemeinschaft, was Jack bislang von sich nicht sagen konnte –, dann war einem der obere Saal so vertraut wie das eigene Zuhause.

Dieser Saal prägte das Leben sämtlicher Einheimischer von der Wiege bis zum Grabe. Die Laienspieltruppe, die Kinderspielgruppe, die Pilates-Kurse, die Chorgemeinschaft, die Basare, der Badminton-Club, die Historische Gesellschaft ... die Liste war schier endlos.

Jack lachte in sich hinein. Er war in keinem einzigen der Vereine Mitglied. Um ehrlich zu sein, machte er sich insgesamt nicht viel aus gemeinschaftlichen Unternehmungen, und er war erst ein paarmal überhaupt in dem Saal gewesen. Einmal hatte er zugesehen, wie die hiesigen Laiendarsteller *Endstati-*

on Sehnsucht verhunzten, und einmal war Sarahs Mum aufgetreten und hatte mit ihrem Chor den *Messias* gesungen.

Aber nun war er hier ... *um mitzumachen. Um ein Mitglied zu werden.*

Wenn Katherine mich jetzt sehen könnte, dachte er, als er, zwei Stufen auf einmal nehmend, die Treppe hinaufstieg.

»Unterschreiben Sie hier.«

Jack unterschrieb.

»Und hier.«

Jack unterschrieb wieder.

»Und hier auch.«

Jack unterschrieb zum letzten Mal und bemühte sich, eine ernste Miene zu wahren, als er Roger Reed den silbernen Kugelschreiber zurückgab. Im Gegenzug überreichte der Chorleiter ihm seine Noten.

»Willkommen im Cherringham Rotary Christmas Choir, Mr. Brennan. Bitte beachten Sie, dass Sie für diese Notenblätter – die übrigens nummeriert sind – verantwortlich sind und dass Ihnen fehlende Kopien in Rechnung gestellt werden ...«

»Heiliger Strohsack, Roger, so begrüßt du neue Leute?«, dröhnte eine kräftige Stimme hinter Jack. »Kein Wunder, dass die Banken in der Patsche stecken.«

Jack drehte sich zu der kleinen Gruppe wartender Sänger um, aus der ihm der Besitzer der Stimme mit ausgestreckter Hand entgegenkam.

»Achten Sie gar nicht auf unseren guten Bankmanager, Mr. Brennan. Er denkt immer noch, er ist im Büro und wir sind alle seine Lakaien. Pete Bull – Bariton, freut mich, Sie kennenzulernen!«

Jack schüttelte Petes massige Hand. Sie war rau und rissig, eindeutig nicht die Hand von jemandem, der in einem Büro arbeitete.

»Das ist ein wenig unfair, Pete«, sagte Roger. »Es ist meine Pflicht, für die …«

»Ach, lass es um Himmels willen gut sein, Roger«, unterbrach ihn eine weibliche Stimme weiter hinten, und Jack merkte, wie Roger sich bereits zurückzog.

»Freut mich ebenfalls, Pete. Und, bitte, nennen Sie mich Jack, okay?«

»Sicher doch, und herzlich willkommen im Rotarierchor!«, sagte Pete.

Es folgte ein Wirrwarr aus »Willkommen« und »Nett, Sie kennenzulernen«. Auf einmal wurde Jack klar, dass er nun im Mittelpunkt stand, umringt von den anderen Chormitgliedern. Alle Augen waren neugierig auf ihn gerichtet.

»Tenor oder Bariton, Bester?«, fragte eine andere Stimme, die sehr viel weicher klang als Petes.

Ein großer Mann in einem edlen, maßgeschneiderten Tweed-Sakko und einer Designer-Jeans trat vor und legte eine Hand auf Jacks Schulter.

»Tja, ich schätze, Tenor«, antwortete Jack, dem die Berührung unangenehm war, doch er verkniff sich eine Bemerkung.

»Hervorragend! Auf Sie haben wir gewartet! Ach ja, ich bin Simon Rochester.«

»Freut mich, Simon.«

»Wir brauchen dringend Verstärkung. Die Moral in der Truppe ist in letzter Zeit ein bisschen angeschlagen …«

»Den dürfen Sie ebenfalls ignorieren, Jack«, bemerkte eine lebhafte junge Frau in den Dreißigern, die vortrat und Jack beiseitenahm. »Er ist letztes Jahr den Reservisten beigetreten, und seitdem redet er wie ein alter Soldat.«

»Na, wenn ich neben euch in diesem Chor singe, fühle ich mich auch wie ein alter Soldat, Beth!«, rief Simon und lachte laut über seinen eigenen Witz.

»Etwas weniger ›alt‹, wenn ich bitten darf, Simon, sonst ziehe ich Ihnen eins mit meinem Stock über«, ertönte eine brüchige, aber nicht im Mindesten schwächliche Stimme inmitten des Gelächters.

Die scheppernd hallenden Klänge eines Klaviers durchschnitten die allgemein gelöste Stimmung, und Jack bemerkte erst jetzt, dass sich der Chor in seine einzelnen Gruppen aufgeteilt hatte – Sopran, Alt, Tenor, Bariton – und er bei den Tenören stand.

Anscheinend hatte Roger Reed seinen Chor gut organisiert. Jack zählte fünf weitere Tenöre. *Gerade genug, um mich hinter ihnen zu verstecken,* konstatierte er dankbar.

»Also, uns bleibt nur noch sehr wenig Zeit bis zum großen Abend, deshalb werden wir zusätzliche Proben brauchen«, gab der Chorleiter bekannt.

Roger Reed war neben das Klavier getreten, auf das eine grauhaarige Frau mit strengen Zügen einhackte, die nicht den Eindruck machte, Albernheiten zu schätzen. Ihr Stock lehnte an der Klavierbank.

»Als Erstes begleitet uns Martha durch einige Übungen«, teilte Roger mit. »Gerade genug, um die paar Extra-Pints gestern Abend im Ploughman wiedergutzumachen, was, Pete?«

Jack ertappte sich dabei, wie er mit den anderen lachte, und auf einmal fiel ihm die besondere Gemeinschaft in den Chören seiner Jugendzeit wieder ein.

Das hier hat durchaus etwas Schlichtes und Gutes, dachte er.

»Wir nehmen uns den *Rutter Wexford Carol* vor«, fuhr Roger fort. »Und ich hoffe, dass Sie alle heute Morgen ›in Form‹ sind.«

Jack fühlte ein zartes Stupsen an seinem Arm. Zu seiner Verwunderung entdeckte er Beth neben sich.

»Singen Sie Tenor?«, fragte Jack.

»Muss sein«, antwortete sie. »Uns fehlen geeignete Männer.«

»Was Sie nicht sagen.«

Sie lehnte sich etwas näher zu ihm. »Keine Sorge, falls Sie

im Notenlesen aus der Übung sind. Folgen Sie einfach meinem Finger, und wir stehen das zusammen durch.«

»Das Notenlesen ist mein kleinstes Problem«, flüsterte Jack. »Es ist zwanzig Jahre her, seit ich zuletzt gesungen habe – also, wer weiß! Ich könnte inzwischen ein Sopran sein.«

»Die Augen nach vorn, bitte! Wie oft muss ich das noch sagen?«, rief Roger. »Gut, Martha, geben Sie mir ein ›G‹, bitte, und dann sorgen wir dafür, dass wir alle einen klaren Kopf bekommen!«

Jack holte tief Luft und sang seine erste Tonleiter seit zwanzig Jahren …

Jack rührte in seinem Instantkaffee und blickte sich um. Die Probe war zu Ende. Überall um ihn herum unterhielten sich die Chormitglieder und stürzten sich auf die Teller mit Keksen und Kuchen.

Kann sein, dass ich zu viel Zeit alleine verbringe, dachte er. *Das hier ist in Ordnung. Und, hey, so schlecht war ich ja gar nicht …*

»Ein Penny für Ihre Gedanken«, sagte Beth und setzte sich auf den Plastikstuhl neben ihm. »Planen Sie Ihre Flucht?«

»Nein«, antwortete Jack lachend und nahm einen Bissen von seinem Haferriegel. »Ganz im Gegenteil.«

»Mich würde es freuen, wenn Sie bei uns bleiben. Wir brauchen ein paar neue Gesichter.«

»Denken Sie, ich habe den Test bestanden?«

»Hundertprozentig. Von Ihnen könnte sich Sinatra noch eine Scheibe abschneiden, Jack.«

»Tja, wenn das so ist – wie soll ich da ablehnen?«, erwiderte Jack. »Obwohl ich zugeben muss, dass mir ein bisschen vor der Kostümierung graut. Wie ich gehört habe, sind die Kostüme eher … altmodisch.«

»Keine Sorge. In diesem Jahr verzichten wir auf die volle Kostümierung.«

»Puh, da bin ich aber froh.«

»Ja. Alle meinten, dass es sich – nach der Geschichte mit Kirsty, Sie wissen schon – nicht richtig anfühlen würde, zu viel Brimborium zu machen.«

»Kirsty. Ach ja, das ist die Frau, die einen allergischen Schock hatte, nicht?« Jack entging nicht, dass Beth mit ihren Gefühlen rang. »Tut mir leid. Wir müssen nicht darüber reden …«

»Nein, nein. Eigentlich will ich darüber reden«, entgegnete Beth, setzte sich kerzengerade hin und drehte sich zu ihm. »Ich will sogar unbedingt darüber reden.«

Auf eine solche Reaktion war Jack nicht gefasst gewesen. Andererseits hatte er so etwas schon oft im Zusammenhang mit plötzlichen Todesfällen erlebt. Starke Gefühle konnten sich unvermittelt Bahn brechen, wenn ein Fremder auftauchte – auch wenn es sich in seinem Fall um einen Cop gehandelt hatte.

Schuld, Wut, Misstrauen.

Er sah Beth aufmerksam an und legte seinen Keks hin.

»Und was ist es, worüber Sie gerne sprechen würden?«, fragte er ruhig.

Beth blickte sich im Saal um, als wollte sie nachsehen, wer in Hörweite war. Dann rückte sie ihren Stuhl näher zu Jack.

»Alle sagen, dass es ein tragischer Unfall war, aber das glaube ich nicht. Ich denke, dass jemand es absichtlich gemacht hat. Ich glaube … Ich glaube, sie ist umgebracht worden.«

Jack verzog keine Miene und sah sie an. Zweifellos war sie von dem überzeugt, was sie behauptete.

»Okay«, sagte er. »Und wer, glauben Sie, hat sie ermordet?«

»Na, jemand aus dem Chor natürlich. Ist das nicht offensichtlich?«

Die Leute und ihre Verdächtigungen.

Jack lehnte sich auf seinem Sitzplatz zurück und betrachtete die kleinen Gruppen, die sich bei ihrem Tee und Kaffee, ih-

274

ren Keksen und Kuchen unterhielten. Harmloser könnten sie kaum wirken.

Er kannte allerdings Cherringham mittlerweile gut genug, um zu wissen, dass unter dem charmanten, harmlosen Äußeren immer Geheimnisse lauerten, dunkle noch dazu. Aber könnte dieser Chor – der hier so friedlich im Gemeindesaal versammelt war – einen Mörder in seiner Mitte beherbergen?

Das schien höchst unwahrscheinlich.

Er wandte sich wieder zu Beth, die ernst und mit ihrer leeren Tee- und Untertasse auf dem Schoß dasaß.

»Wer wäre denn Ihr Hauptverdächtiger?«

Beth zögerte. »Halten Sie mich auch nicht für verrückt?«

»Das könnten Sie sein. Oder auch nicht. Aber ich höre immer erst mal zu.«

Beth stand auf.

»Nehmen Sie Ihre Tasse mit. Wir spülen unser Geschirr hier oben selbst. Danach treffen wir uns draußen, und ich erzähle Ihnen, was ich glaube, dass passiert ist. Und wer es war.«

Folgsam trank Jack seinen Kaffee aus, aß seinen Haferriegel auf und ging zu der kleinen Teeküche in der Ecke.

Ein weiterer Mord in Cherringham. Wer hätte das gedacht?

5. Ein Landspaziergang

Jack zog seine Jacke fest zu, um sich vor dem kalten Wind zu schützen, und lauschte Beth Travers, als sie ihm von Kirsty Kimballs letzten Stunden erzählte.

Sie hatten sich wie vereinbart am Dorfrand getroffen. Beth hatte ihn anschließend den Hügel hinab zur Ecke beim Ploughman geführt, von wo aus sich eine schmale Allee durch die Felder zur kleinen Siedlung zog, in der Kirstys Cottage stand.

Die Allee war nicht länger als eine halbe Meile.

Beth zufolge war es einst die Zufahrt zu einem großen Herrenhaus weiter oben auf dem Hügel gewesen, das inzwischen in mehrere kleine Apartments aufgeteilt worden war. Eines von ihnen bewohnte kein Geringerer als Simon Rochester, der gelackte Alphamännchen-Bariton aus dem Chor.

»Heute wird dieser Weg eigentlich nur noch von den Leuten benutzt, die nach oben zu den Farm-Cottages wollen«, erklärte Beth, die sorgfältig den Schlaglöchern auswich. Jack folgte ihr und begab sich schließlich an ihre Seite, als die Allee leicht anzusteigen begann und der Boden ebener wurde.

»Und da wohnte Kirsty?«, hakte Jack nach.

Beth nickte.

»Allein?«

»Seit ich sie kenne, ja. Sie kam vor ungefähr fünf Jahren aus dem Ausland nach Cherringham. Soweit ich weiß, hatte sie keine Familie.«

»Was ist mit einem Partner? Gab es jemanden?«

»Nichts Ernsthaftes – und falls doch, hat sie mir zumindest nie etwas erzählt. Sie hatte zwar immer irgendwas laufen – um es mal so zu sagen -, aber etwas Festes wollte sie im Grunde nicht.«

»Und haben Sie sie gut gekannt, Beth?«

»Besser als jeder sonst im Dorf, würde ich sagen. Sie war witzig – für jeden Spaß zu haben. Als sie das Knick Knack aufmachte, habe ich ihr bei einigen Einkäufen geholfen, und ich bin im Laden für sie eingesprungen, bis sie jemanden für die Kasse eingestellt hat. So wurden wir Freundinnen. Gute Freundinnen.«

»Also wussten Sie von ihrer Allergie?«

»Gott, ja. Aber das wussten alle. Es war ja kein Geheimnis. Die Allergie war lebensbedrohlich, daher war es wichtig, dass jeder Bescheid wusste.«

»Und deshalb denken Sie, dass jemand absichtlich Erdnüsse ins Essen getan hat?«

»Offensichtlich. So muss es sein. Wir alle wussten, dass sie ein Problem mit Erdnüssen hatte. Jeder, der Kekse oder Kuchen mitbrachte, hat höllisch aufgepasst, dass nicht mal eine Spur von Erdnüssen drin war.«

»Und daraus schließen Sie, dass es Absicht gewesen sein muss, wenn doch Erdnüsse in das Gebäck geraten konnten.«

»Genau. Und deshalb war es Mord.«

Beths Logik brachte Jack zum Schmunzeln.

Spielt denn jeder gerne Schnüffler?

»Was ist, wenn es doch nur ein Unfall war? Jemand hat vielleicht versehentlich die falsche Backmischung benutzt oder das Mehl in der Nähe von Erdnüssen aufbewahrt? So etwas kann vorkommen. Tut es sogar immer wieder.«

»Ja, es kann vorkommen, aber ich bin sicher, dass es kein Zufall war. Ich … habe das schlicht im Gefühl. Vor allem wegen der Sache mit dem EpiPen.«

Beth hatte berichtet, dass die Polizei einen benutzten EpiPen in Kirstys Hand gefunden hatte, aber keine Spur von dem Mittel in ihrem Körper.

»Schon, dennoch leuchtet die Erklärung der Polizei ein, Beth. Sie bekam Panik und hat den Stift versehentlich in den Boden gerammt.«

»Blödsinn. Ehrlich, die Polizei hier denkt sich das bloß aus, damit sie aus dem Schneider sind. Kirsty war nicht bescheuert.

Und außerdem haben sie einen Bluterguss an ihrem Bein gefunden, genau da, wo sie eindeutig versucht hat, sich zu spritzen.«

Vielleicht ist sie doch keine naive Hobbydetektivin, dachte Jack.

»Was sie auch versucht haben könnte, *nachdem* die Spritze schon auf dem Boden aufgeschlagen war. Oder sie hat sich versehentlich einen benutzten EpiPen eingesteckt.«

»Selbst wenn – was ist mit dem Ersatzstift? Sie hatte immer einen zweiten Ersatz-Pen bei sich.«

»Und den hat die Polizei nicht gefunden?«

»Nein.«

Beth blieb unvermittelt stehen. »Wie dem auch sei, hier ist sie gestorben. Genau hier.«

Beth zeigte zum Straßenrand, wo noch immer jede Menge Fußabdrücke und Reifenspuren zu sehen waren.

Jack hockte sich hin – die übliche Pose des Detectives, dachte er spöttelnd. Irgendwie wollte man wohl intuitiv dem Opfer näher sein, selbst wenn es längst von hier fortgeschafft worden war.

Er blickte die Allee entlang. Zu beiden Seiten wiegten sich die Bäume im Wind, und die letzten Herbstblätter verfingen sich in der niedrigen Hecke, wo sie sich anhäuften. Wie musste es wohl gewesen sein, in der finsteren Nacht hier unten zu liegen und zu wissen, dass man bald sterben würde, nur wenige Meter vom Ende des Weges entfernt? Er erschauderte.

Dann bemerkte er etwas Farbiges im Gras. Er griff hinein und entdeckte eine einzelne rote Rose, die frisch gepflückt war und unversehrt am Straßenrand lag.

»Von Ihnen?«, fragte er Beth freundlich, als er sich aufrichtete.

»Nein«, antwortete sie sichtlich verwirrt. »Gestern war die noch nicht hier. Da war ich auch an dieser Stelle und hätte sie sicher gesehen.«

»Wie es aussieht, sind Sie nicht die Einzige, die um Kirsty trauert, Beth«, meinte Jack und legte die Rose zurück ins Gras.

Und jetzt war das komplexe Rätsel um ein weiteres Element reicher.

»Wollen Sie die nicht behalten?«, fragte Beth. »Das sollten Sie. Die Rose ist ein Beweisstück. Wahrscheinlich mit Fingerabdrücken drauf. Und Sie sollten sie mit einem Taschentuch aufheben.«

Jack lächelte. »Ich bin hier nicht im Dienst, Beth.«

Trotzdem steckte er die Blume achselzuckend in seine Jackentasche.

Diesen CSI-Serienmachern ist gar nicht klar, was sie anrichten …

Er sah hinüber zu den leeren, gepflügten Feldern, auf denen die Erde schwarz und steinig war.

»Im Dorfsaal haben Sie behauptet, dass Sie wüssten, wer sie umgebracht hat«, sagte er ernst. »Wollen Sie es mir jetzt verraten?«

Im ersten Moment schien Beth erschrocken ob der direkten Frage. Dann atmete sie tief ein …

»Dieses Miststück Martha Bernard.«

Eine Sekunde lang glaubte Jack, den Namen falsch gehört zu haben. Was hingegen den puren Hass in Beths Tonfall betraf, war jeder Irrtum ausgeschlossen.

»Martha?«, wiederholte er so ruhig wie möglich. »Sie meinen wirklich die nette alte Dame, die Klavier spielt?«

»Hach, von wegen nette alte Dame! Martha Bernard ist die böse Hexe von Cherringham, und das wird Ihnen jeder bestätigen. Sie hat Kirsty umgebracht – und ich wette, es war nicht mal ihr erster Mord. Ich jedenfalls bin verdammt vorsichtig, mich ja nicht mit ihr anzulegen.«

Jack fand, dass es absurd klang.

Aber er wusste auch, dass es bei Verbrechen oft die irrwitzigsten Theorien waren, die sich am Ende bewahrheiteten.

Und ob es ihm gefiel oder nicht: Allein durch seinen Beitritt in den kleinen Rotarierchor war er – wie man so schön sagte – zurück ins Spiel gekommen.

6. Es geht nicht um das, was man weiß ...

»Mach schon, Daniel! Abstand halten! Pass auf, du lässt dich da hineinziehen. Verschaff dir freien Raum, Junge, schon vergessen? Raum!«

Sarah beobachtete, wie Daniel auf Befehl seines Trainers hin brav zum Feldrand trottete.

Es war eines dieser Spiele, bei denen alles schiefging. Er verfehlte den Ball, verpasste die Tackles und vermasselte schließlich eine hundertprozentige Chance zum Punkten.

Doch wer würde an einem Tag wie diesem kein furchtbares Spiel abliefern? Es waren nur wenige andere Eltern erschienen, um das Cherringham-Team anzufeuern. Im Sommer, an jenen lauen, langen Juninachmittagen, wenn Cricket der Sport der Saison war, wuselten zwanzig und mehr Eltern um das Klubhaus herum, machten Tee oder boten ein bisschen Training auf den von Netzen abgetrennten Übungsplätzen an.

Jetzt jedoch, im finsteren November, wo der Football-Platz eine einzige Matschfläche war und beißender Nordwind Schnee ankündigte, hatten die Eltern der anderen Kinder grundsätzlich andere wichtige Termine.

Bis auf Sarah.

»Vorwärts, Cherringham!«, rief sie und klatschte in die mit Fäustlingen verhüllten Hände. »Ihr schafft das!«

»Bist du sicher?«, fragte eine Stimme neben ihr. Auf Anhieb erkannte sie Jack an seinem Akzent und drehte sich zu ihm.

Da stand er in seiner großen, dick gepolsterten Winterjacke, mit einer Wollmütze auf dem Kopf und dicken Handschuhen an, als wäre er unterwegs nach Alaska.

»Niemals aufgeben, egal was passiert«, erwiderte sie. »Sagen sie das nicht auch immer im Film?«

»Ich glaube, den kenne ich nicht.«

»Das ist einer der Vorteile, wenn man Kinder hat: Man sieht richtig viele Filme.«

»Steht es nicht gut für sie?«, erkundigte sich Jack und zog sich seine Mütze noch weiter über die Ohren.

»Sie liegen schon mit drei Toren im Rückstand.«

»Autsch! Das ist schlecht, oder?«

»Leider ja. Aber das Spiel geht noch fast eine Stunde. Wenn wir es schaffen, den Rückstand im einstelligen Punktebereich zu halten, wäre das schon ein Erfolg.«

Der Ball flog auf sie zu. Jack fing ihn automatisch und warf ihn Daniel zu, der keuchend angelaufen kam, um den Wurf zu übernehmen.

»Durchhalten, Junge. Du machst das gut«, ermunterte Jack ihn, und Daniel brachte ein erschöpftes Grinsen zustande, bevor er warf und ins Spiel zurücklief.

»Ich bin froh, dass du es geschafft hast herzukommen, Jack. Er findet es super, wenn du ihm beim Spielen zuguckst.«

»Gerne, obwohl ich nicht sagen kann, dass das jemals mein Spiel war. Ich war mehr der Hockey-Fanatiker.«

»Ernsthaft?«, fragte Sarah grinsend. »Wir haben einen Hockey-Platz im Dorf. Da könntest du dich den Veteranen anschließen!«

»Veteranen? Ah, du meinst Hockey auf Rasen.« Er lächelte. »Nein, ich mag Hockey lieber auf Eis.«

»So wie deine Martinis?«

»Ha, sehr gut! Und generell bin ich mir nicht so sicher, was all diese Vereinssachen anbelangt. Das hat auch seine Nachteile.«

»Ja, habe ich schon gehört. Wo auch immer du hingehst – die fragwürdigen Todesfälle sind anscheinend nie weit.«

»Tja ... also, wie ich schon am Telefon sagte, könnte dieser ein reines Fantasieprodukt sein.«

»Dann ist der Keksmörderfall schon zerbröselt?«

Jack grinste. »Der war von Anfang an nicht besonders knusprig, und solche Geschichten wiederum gehen mir schnell auf den Keks.«

»Okay, Friede – keine Keksscherze mehr«, sagte Sarah lachend. »Aber im Ernst: Willst du nicht hören, was ich gestern Abend rausgefunden habe?«

»Okay, du erzählst es mir ja sowieso.«

»Stimmt. Warten wir bis zur Halbzeit. Bei einer Tasse Tee und einem Stück Kuchen wirst du es mehr genießen.«

»Sehr passend.«

Sarah wandte sich wieder dem Spielfeld zu, da die wenigen Cherringham-Fans schwächlich jubelten.

»Hey! Wir haben ein Tor!«

»Und mit einer Vorlage von Daniel – heißt das so?«, wollte Jack wissen.

»Klingt gut, finde ich. Aber was verstehe ich schon von Football?«

Just in diesem Moment ertönte der Pfiff zur Halbzeit.

Sarah wartete, bis die letzten Spieler und Fans zur zweiten Halbzeit zurück waren, bevor sie sich zu Jack gesellte, der neben einer großen braunen Teekanne und einer Platte mit Keksen saß.

Im kleinen Klubhaus war es kaum einen Grad wärmer als draußen, und Sarah zurrte sich beim Hinsetzen ihren Schal fester um.

»Okay«, sagte Jack und nippte an seinem Tee. »Dann lass mal hören.«

»Also, gestern war Mädelsabend, was dieser Tage eine echte Seltenheit ist. Wir sind runter zum Ploughman ...«

»Um einiges billiger als der Angel!«

»Genau! Und einige von uns picheln ganz schön was weg ... Wie dem auch sei. Ich hatte über das nachgedacht, was du am Telefon über den EpiPen gesagt hast. Und irgendwie ergab das für mich einfach keinen Sinn.«

Sarah sah nach draußen zum Himmel, wo sich dichte Wolken zusammenbrauten. Es würde wohl bald Regen geben.

»Na, ich kam also mit meiner Freundin Val ins Plaudern, die in der Arztpraxis arbeitet. Kennst du sie? Sie ist am Empfang.«

Jack nickte.

»Sie gibt jeden Tag die Rezepte aus und weiß über alles Bescheid, was in der Praxis vor sich geht. Nicht, dass sie davon auch nur ein Sterbenswörtchen erzählen darf, wohlgemerkt. Aber nach ein paar Drinks und ein bisschen Tratsch sagt sie manchmal mehr, als sie sollte. Und sie ist nicht blöd.«

»Und was hat sie gesagt?«

Sarah sah Jack an, dass sie sein Interesse geweckt hatte. »Erstens, dass Kirsty Kimball pedantisch darauf achtete, immer und überall ihre Pens griffbereit dabeizuhaben. Sie hat sogar einen der Ärzte überredet, ihr ein paar zusätzliche Rezepte auszustellen, damit sie die Dinger in ihrem ganzen Haus verteilen kann – und ständig zwei in der Handtasche hat. Anscheinend kriegt man die immer im Doppelpack.«

»Okay, das ist nichts Neues. Wir wissen schon, dass sie ihren Pen bei sich hatte.«

»Aber wo ist der zweite gewesen? Sie hat ihren Freundinnen erzählt, dass immer zwei mit hat, wie wir wissen. Und das ist noch nicht alles. Val sagte, dass die Polizei mit ihrem EpiPen bei der Apotheke war, um zu überprüfen, ob es der war, den sie ihr gegeben hatten. War er, allerdings stammte die Hülle, die sie bei Kirsty auf dem Weg fanden, aus einer anderen Charge. Die sind nummeriert!«

»Na, das … ist interessant. Könnte sie die Pens und die Hüllen zu Hause vertauscht haben?«

»Laut Val kam die Hülle von einer Charge, die in der Praxis hier nie verschrieben wurde.«

»Vielleicht hat Kirsty sich einige Pens woanders gekauft, als sie verreist war oder so, und sie dann mit den anderen durcheinandergebracht.«

»Da ist noch etwas. Nachdem die Polizei weggegangen war,

unterhielten sich die Ärzte darüber, was sich da wohl abgespielt hatte. Und sie konnten es sich nicht erklären. Es gab Spuren auf Kirstys Schenkel – Blutergüsse an den Stellen, wo sie den Pen fest gegen ihr Bein geschlagen haben musste, um sich eine Injektion zu geben. Aber der EpiPen, den sie gefunden haben, war überhaupt nicht geleert worden.«

»Dann war er fehlerhaft? Sie hat ihn auf ihr Bein geschlagen, aber er funktionierte nicht?«

»Angeblich war der völlig in Ordnung. Die Polizei glaubt, dass Kirsty ihn in ihrer Verzweiflung falsch herum gehalten hat. Doch Val meint, das wäre Kirsty nie passiert. Man übt diese Sachen, wieder und wieder. Sie haben Kirsty sogar zu Kursen und Workshops geschickt, um es ihr genau zu zeigen. Übrigens war ich heute Vormittag auf dem Weg hierher kurz bei Val, und sie hat mir einen der Demo-Pens gegeben, die sie dort benutzen.«

Sarah genoss dies hier richtig.

Wie eine Staranwältin griff sie in ihre Tasche, zog den Demo-EpiPen hervor und legte ihn auf den Tisch.

Jack hob die Röhre hoch, betrachtete sie eingehend und öffnete den Verschluss.

Sarah konnte sehen, wie er es in Gedanken Schritt für Schritt durchging.

»Keine Angst, ist nicht geladen, Officer.«

»Freut mich. Übrigens, falls er es doch wäre und ich ihn versehentlich benutze, was würde passieren?«

»Nach Vals Aussage – nichts, wenn man fit und gesund ist. Hat man jedoch ein angegriffenes Herz, kann es einen umbringen.«

Sie beobachtete, wie er den Pen umfasste und ihn auf seinen Schenkel schlug. Dann sah er sich den Mechanismus nochmals an.

»Diese Sache mit den Chargen, den unterschiedlichen Rezepten …«, sagte er langsam. »Kann es sein, dass die Cops denken, Kirsty hätte einen Pen selbst aus dem Behälter genommen und gegen einen anderen ausgetauscht?«

»Möglich.«

Jack schüttelte den Kopf. »Wieso sollte sie das tun? Und, guck mal, hier steht sogar, dass man die Dinger nach dem Öffnen wegwerfen soll, falls man sie nicht braucht.«

»Dann stimmst du mir also zu, dass es keinen Sinn ergibt?«

Er nickte. »Ja, du hast recht.«

Draußen vom Feld war abermals Jubel zu hören. Sarah trat an die Tür und blickte zum Spiel.

»Wir haben noch ein Tor. Und ich glaube, das hat Daniel erzielt. Verdammt!«

»Das ist übel. Willst du ihn belügen und sagen, dass du es gesehen hast?«

»Wenn ich wüsste, dass ich damit durchkomme, ja. Aber Daniel durchschaut mich sofort. Er wird geknickt sein.«

»Dann musst du es anders machen, Sarah. Gib mir die Schuld.«

»Wie?«

»Du erklärst ihm, dass wir an einem neuen Fall dran sind und ein Rätsel zu knacken haben, vielleicht sogar einen Mord. Das wird ihm gefallen.«

Sarah fühlte das vertraute Kribbeln, als er es sagte. Jack und sie waren wieder im Geschäft.

7. Fragen an den Chor

Jacks Ankunft zur zweiten Probe in dem zugigen Raum oben im Gemeindehaus wurde von weniger Trara begleitet. Die Leute unterhielten sich untereinander, lächelten Jack zu und winkten kurz.

Keiner von ihnen schien eine Ahnung von seinem Verdacht zu haben, dass der Tod eines ihrer Mitglieder vor wenigen Wochen kein Unfall, sondern Mord gewesen war.

Einzig Beth warf ihm einen vielsagenden Blick zu, als wären sie Verschworene. Nachdem sie Jacks Neugier geweckt und sein Misstrauen befeuert hatte, wollte sie wahrscheinlich sehen, was er als Nächstes tat.

Er sah Martha Bernard am Klavier sitzen, ihren Gehstock neben sich angelehnt. Sie ging die Noten für die Probe durch und hielt dabei ihren Kopf in verschiedenen Positionen, um den besten Winkel für ihre Gleitsichtbrille zu finden.

Sie war allein. Vielleicht war dies ein günstiger Zeitpunkt, ihr einige Fragen zu stellen.

Doch dann ertönte ein lautes Klatschen.

Roger Reed, der übereifrige Chorleiter, streckte die Hände hoch über den Kopf und befahl den Chor mit einem weiteren donnernden Klatschen auf seine Plätze.

Das Gerede verstummte, während sich alle entsprechend ihrer Singstimmen aufstellten.

Jack ging zu Beth.

»Hallo«, sagte er.

Er bemerkte, dass Beth zum Klavier blickte, wo Martha auf die Noten blinzelte.

»Wollen Sie …?«, begann Beth, ohne den Satz zu beenden.

Jack nickte. »Ja, ich rede mit ihr. Nach dem … Singen und Frohsein.«

Beth nickte ernst. Grimmig beinahe. *Noch eine Frau, die man sich besser nicht zum Feind machen soll,* dachte Jack.

»Gut«, sagte sie.

Jack war drauf und dran zu antworten: *Freut mich, dass Sie zustimmen.*

Das sprach er lieber nicht aus.

Roger Reed verkündete: »Chor, sind wir bereit? Schön, dann nehmen wir uns *Good King Wenceslas* vor. Und können wir diesmal bitte versuchen, zusammenzubleiben? Ich muss Sie wohl nicht erinnern, dass wir nur noch drei Proben haben, ehe es ernst wird!«

Aus dem Hintergrund war ein kurzes aufgeregtes Getuschel zu hören. Dann spielte Martha die ersten Takte an, und die Probe im kalten Saal begann.

Über den Snacks nach dem Probenende bildeten sich neue Grüppchen, die plaudernd zusammenstanden.

Jack fand sich unversehens in ein Gespräch mit Pete Bull, dem Klempner, verstrickt, der ihn fragte, ob er »noch auf ein Pint mitkommen wollte«, bevor sie nach Hause gingen.

Jack lächelte. »Nächstes Mal vielleicht. Ich habe ... noch was zu tun.«

Heute Abend gab es keine Kekse, wie Jack auffiel. Es wurden Kuchen gereicht, die man in den Staaten als »Rosinenpuffer« ausgegeben hätte. *Aber weiß der Himmel, wie die hier heißen.* Und es standen zwei große Heißgetränkespender auf einem Tisch hinten im Saal, der eine mit Teewasser, der andere mit Kaffee.

Jacks Augen waren auf Martha gerichtet, die ihren Stock aufnahm und ihn als Stütze benutzte, um sich aufzurichten.

Sie war immer noch allein, weit weg von den anderen Chormitgliedern.

Ein idealer Zeitpunkt für eine kleine Unterhaltung – solange alle anderen hinten bei den Snacks waren und Martha für sich blieb.

»Entschuldigen Sie, ich habe eine Frage an unsere Begleitung«, sagte Jack zu Pete Bull und ging nach vorne.

Nur war Martha plötzlich nicht mehr allein.

Roger Reed stand da und hielt seine Hand mit zwei ausgestreckten Fingern nach vorn, als würde er etwas abmessen.

Aber was bloß?

Als Jack näher kam, konnte er Rogers Worte verstehen.

»Die Motette, Martha. *Viel* zu langsam. Die darf uns nicht alle abbremsen.«

Jack konnte sehen, wie Martha zu dem viel größeren Reed aufblickte und die faltigen Lippen schürzte, dass einem der glücklicherweise nicht wiederbelebte Smok-Look der Siebziger in den Sinn kam.

Das kann spannend werden. Man legt sich nicht mit einem alten Schlachtross an.

»Wirklich? Ich spiele das Stück im vorgegebenen Tempo, Roger.« Sie sprach seinen Namen voller Verachtung aus. »Und, sehen Sie, hier steht *lento*, also ...«

Der Chorleiter rang sich ein Lächeln ab. Er drehte sich um, sah Jack und wandte sich sofort wieder zu Martha. »Ja, meine Liebe, aber es gibt *lento* und ›lento‹. Ein bisschen schwungvoller, bitte. Immerhin feiern wir fröhliche Weihnachten!«

Als Martha nichts darauf entgegnete, lächelte Reed kurz zu Jack, bevor er sich vom Schlachtfeld in die sichere hintere Ecke des Raumes zu luftigem Kuchen und Kräutertee zurückzog.

Und im selben Moment richteten sich Marthas Augen auf Jack.

Als würde sie denken: *Der Nächste.*

Jack sprach leise, weil er nicht wollte, dass jemand anders es mithörte: »Martha, darf ich Ihnen vielleicht ein paar Fragen stellen?«

Sie schaute ihn skeptisch an. Ahnte sie, was kommen würde? Jeder hier kannte seine Lebensgeschichte und wusste, was Sarah und er in dem nicht so friedlichen Örtchen Cherringham schon getan hatten.

Dann aber – vielleicht, weil sie Jack irgendwie mochte, vielleicht, weil ihr gefiel, dass er Amerikaner war – entspannten sich ihre geschürzten Lippen zu einem Lächeln, und sie sagte: »Schießen Sie los!«

Es kam so witzig und unerwartet heraus, dass Jack sie anlächelte. »Wollen wir uns setzen?«, fragte er und zog zwei Klappstühle nahe zusammen.

Marthas Lächeln wurde breiter.

Sie beißt wohl doch nicht jedem den Kopf ab.

Martha setzte sich. »Nun, haben Sie viele Fragen?«, wollte sie wissen. »Es ist schon spät.«

Jack lächelte immer noch. Und er hatte den Eindruck, dass diese Frau unmöglich etwas mit Kirstys Tod zu tun haben konnte, auch wenn Beth sie als die böse Hexe von Cherringham bezeichnete.

»Es ist wegen der Kekse«, begann er vorsichtig, doch Marthas Lächeln erstarb augenblicklich.

»Jeder wusste, dass Kirsty diese Allergie hatte«, erklärte sie. »Wir hatten nie einen Zwischenfall. Die Kekse waren von unseren Mitgliedern selbst gebacken worden, und von denen wusste ausnahmslos *jeder*, dass keine Erdnüsse drin sein durften, nicht mal eine Spur davon.«

»Dann denken Sie, dass es … ein Unfall war?«

Die Frage schien Martha zu verwundern. Hatte sie ehrlich nicht damit gerechnet?

»Ich … Nun ja. Ich meine, was soll es denn sonst gewesen sein?«

Eine Hexe, dachte Jack.

»Richtig. Und welche Kekse hatten Sie gebacken, Martha?«

Die alte Klavierspielerin nickte. »Keine. Sie müssen wissen, Mr. Brennan, dass ich nicht dem Klischee der alten Dame entspreche, die den ganzen Tag in der Küche steht, um lauter leckere Sachen für andere zu backen. Das tue ich nicht und habe ich nie getan. Die anderen bringen die Kekse mit. Und, nein, ich kann Ihnen nicht sagen, wer an dem Abend was mitgebracht hat. Sie stellen sie einfach vor der Probe auf den Tisch.«

Jack spürte, dass er einen Hauch von Zweifel in der Frau geweckt hatte. Plötzlich kam ihr der Unfall auch nicht mehr wie ein unglücklicher Zufall vor.

»Ist wohl Zeit für einen Tee«, sagte Martha und legte die Hand fester um ihren Gehstock.

Sie ist eisenhart, dachte Jack, doch er mochte diese alte Frau. Er legte eine Hand auf ihren Ellbogen.

»Sie haben recht, Martha. Es kann ein Unfall gewesen sein. Aber eine Frage noch … wo Sie schon so lange hier sind.« Jack machte eine Pause, um sich ihre volle Aufmerksamkeit zu sichern. »Hatte jemand hier einen Grund, Kirsty nicht zu mögen?«

Marthas Augen verengten sich, und sie nickte langsam.

In dem Moment kam eine andere Frau aus dem Chor, Emma Hilloc, zu ihnen. »Tee, Martha? Es ist kalt heute Abend.«

Jack befürchtete schon, seine private Unterhaltung mit Martha wäre vorbei, doch dann erwiderte die alte Frau: »Gleich, Emma. Ich unterhalte mich gerade so nett mit Mr. Brennan.«

Emma nickte, lächelte Jack zu und kehrte zu den Erfrischungen zurück.

»Okay. Jetzt zu Ihrer Frage, hmm?«

Und Jack konnte es nicht erwarten, ihre Antwort zu hören.

8. Die singenden Verdächtigen

Jack beobachtete, wie Martha erst zum hinteren Teil des Saals blickte und dann ihn ansah. Mit einer Hand hielt sie ihren Stock fest, als wollte sie jemandem damit eins überbraten.

»Kirsty hat für einige Unruhe gesorgt, als sie dem Chor beitrat.« Martha schnaubte. »Wenn man das so nennen will. Sie war ganz schön von sich eingenommen und hat offen herumgeschäkert – eine von diesen modernen ledigen Frauen.«

»Verstehe ich das richtig – Sie mochten Kirsty nicht besonders?«

Martha bekam große Augen. Vielleicht wurde ihr bewusst, dass sie gerade die Glaubwürdigkeit ihrer vorherigen Beteuerung, sie selbst könnte absolut nichts mit der fatalen Erdnuss und Kirstys Tod zu tun haben, ins Wanken gebracht hatte.

»Mich hat das nicht gestört. Leben und leben lassen. Jedem Tierchen sein Pläsierchen.«

Jack fragte sich bereits, wie viele Sinnsprüche noch kommen würden.

Die Pianistin seufzte. »Und man redet nicht schlecht über die Toten, sage ich immer.«

»Ich auch«, rutschte es Jack heraus, der sogleich fürchtete, sein Anflug von Sarkasmus könnte Martha verstummen lassen.

»Aber«, fuhr sie mit gesenkter Stimme fort, »es gibt auch andere. Wie zum Beispiel den alten Erbsenzähler Reed. Ich habe gehört, wie sie sich sehr hitzig über einen Kredit unterhielten, gewiss für ihr Geschäft.« Wieder ein Schnauben. »Wurde bestimmt abgelehnt.« Sie neigte sich näher zu Jack. »Ich hatte den Eindruck, dass sie etwas gegen ihn in der Hand haben könnte. Ein Schlitzohr wie Roger hat immer seine Geheimnisse, und vielleicht kannte Kirsty einige von denen.«

Nun steckten sie knietief in Verdächtigungen und Charakterschmähungen, weshalb Jack sicherheitshalber zu den anderen weiter hinten schaute. Doch bisher schien niemand von ihrer Unterhaltung Notiz zu nehmen.

Marthas Gesicht kräuselte sich in Dutzende Falten, wie eine Schienennetzkarte.

»Und dann wäre da noch Emma.«

»Die Sopranistin?«, vergewisserte sich Jack.

»Ja«, antwortete Martha, die sich jetzt offenbar in einem »Wer ist der Mörder«-Spiel mit Jack wähnte. »Sie hatte nie ein gutes Wort für Kirsty übrig. Ich schwöre, wenn ich bei den Proben rübersah, funkelte sie Kirsty geradezu an. Da war eindeutig böses Blut.«

Anders als bei Ihnen, ergänzte Jack in Gedanken.

»Sonst noch jemand?«, fragte er, wenngleich er fand, dass sie inzwischen mehr als genug Kandidaten für den »Mord durch Erdnüsse« hatten, selbst wenn die Motive noch sehr vage anmuteten.

»Haben Sie mit Simon Rochester geredet?«, entgegnete Martha.

Aufgrund ihres Tonfalls konnte Jack sich lebhaft vorstellen, dass diese alte Frau Simon – und ihre anderen Verdächtigen – zu gerne los wäre.

»Also, der ist irgend so ein Finanzmensch. Ich glaube, er hat was mit Versicherungen, Geldanlagen oder so zu tun. Und ich habe oft gesehen, wie er nach der Probe mit Kirsty gesprochen hat. Er ist ein bisschen ein … Windhund, unser Simon. Und es heißt, dass sie ihm Geld zum Anlegen gegeben hat. Das ist auch so eine Sache! Woher soll so eine Frau …«

Was für eine Art von Frau?, fragte sich Jack.

»… Geld zum Anlegen haben? Ja. Diese ganze Geschichte ist sehr verdächtig.«

Jack stellte fest, dass sich Beths Argwohn neben Marthas wilden Verdächtigungen geradezu harmlos ausnahm.

Dann bemerkte er den Chorleiter. Roger Reed hielt eine Teetasse, auf deren Untertasse er ein Kuchenstück balancierte.

Er sah hinüber zu Jack und Martha, und plötzlich riss er die Augen weit auf und kam zu ihnen geeilt.

»Mr. Brennan, kommen Sie, und schließen Sie sich dem geselligen Teil nach der Probe an!«

Er will wohl nicht, dass die alte Frau vor dem Neuen die Chorgeheimnisse ausplaudert.

Jack lächelte. »Das wollte ich gerade.«

Er stand auf. Das meiste von dem, was Martha ihm erzählt hatte, dürfte komplett nutzlos sein – wüste Spekulationen einer Frau, die jedem misstraute.

Aber es war ein Ansatz, und genau den brauchten Sarah und er.

Während er sich zum Rest des Chors gesellte, blickte er kurz nach hinten. Das Schlitzohr, wie sie ihn genannt hatte, flüsterte aufgeregt mit der bösen Hexe ...

Jack stand auf den Stufen des Gemeindehauses, als sich alle anderen verabschiedeten.

Pete Bull fragte wieder, ob er noch auf ein Pint mitkommen wolle, und wieder lehnte Jack ab. »Nächstes Mal bestimmt«, versprach er.

Der Klempner könnte eine ganz eigene Ansicht zu alldem haben, doch vorerst wollte Jack niemandem außer Sarah etwas von den Verdächtigungen sagen. Er sah den anderen Chormitgliedern nach, die in ihren Wagen oder zu Fuß in den gewundenen Straßen Cherringhams verschwanden.

Vor allem achtete er auf die drei Personen, auf die Marthas knorriger Finger gewiesen hatte.

Roger Reed eilte so schnell von dannen, als käme er zu spät zu einer Party. Simon Rochester, der mit einer der jungen Sopranistinnen plauderte, lächelte süßlich und tippte sich an seinen Borsalino, als andere Rotarier und Jack an ihm vorbeigingen.

Er förderte hier eindeutig mehr als nur sein Geschäft ...

Dann waren da Emma Hilloc und ihr Mann Thomas, ein Hüne, der ganz hinten in der Bariton-Gruppe sang und mit dem Jack noch nicht gesprochen hatte. Er wusste, dass die beiden eine kleine Buchhandlung hatten, und fand, dass sie ein seltsames Paar abgaben. Thomas war mindestens einen Meter fünfundneunzig groß, und seine Frau reichte ihm knapp bis zur Brust.

Stumm gingen die beiden weg.

Wie Buchhändler sehen sie allerdings schon aus, dachte Jack.

Bald leerten sich die Straßen, und Stille legte sich über Cherringham. Die Wolken klarten auf, und hinter den letzten erschien ein Halbmond, der die nunmehr klare Nacht beleuchtete.

Jack holte sein Handy hervor und rief Sarah an.

»Bin ich auch nicht zu spät?«, fragte er.

»Nein, überhaupt nicht.«

»War eine interessante Probe heute Abend. Diese Martha Bernard sollte Krimis schreiben. Oder zumindest in welchen vorkommen!«

Sarah lachte. »Ah, demnach stieß sie bei dir auf ein offenes Ohr, hmm?«

»Auf zwei.«

Jack berichtete Sarah von Marthas Verdächtigenliste.

»Spannend. Ich hatte noch nichts davon gehört«, sagte Sarah. »Andererseits könnte sie sich das alles auch bloß ausdenken. Mich wundert, dass sie nicht den gesamten Chor für verdächtig hält.«

»Hätte sie vielleicht noch.«

»Und? Irgendwelche Ideen?«, wollte Sarah wissen.

»Einige. Martha mag einen Tick zu misstrauisch sein. Aber eine Art, das herauszufinden, besteht darin, ein paar Fragen zu stellen.«

»Stimmt. Tja, ich kenne natürlich Roger Reed – wer nicht?

Er ist der hiesige Bankmanager. Ich glaube, er hat sich mal Hoffnungen auf eine … persönlichere Beziehung gemacht als nur die Vermittlung meiner Hypothek.«

»Erstaunt mich nicht. Das war möglicherweise auch ein Grund für Marthas Verdacht gegen ihn, was Kirsty anbelangt.«

»Ich könnte mit ihm reden, mich nach meinem Kontostand erkundigen und das Gespräch auf Kirsty lenken. Mal sehen, was dabei rauskommt.«

»Es könnte gar nichts sein.«

»Ach ja, und dieser Simon Rochester … Wenn er so ein Investmentguru ist, will er eventuell mal mit dir plaudern, dem geheimnisvollen Amerikaner, der heimlich Millionen hortet.«

Jack lachte. »Schön wär's! Aber das ist eine gute Idee.«

»Lade ihn doch auf dein Boot ein. Das könnte ihn gesprächiger stimmen.«

»Und das Buchhändlerpaar?«

»Das kommt mir sehr unwahrscheinlich vor. Sicher ist dieser Verdacht bloß Marthas Paranoia entsprungen. Die beiden sind so still, zumindest Thomas. Ich glaube, ich habe ihn noch nie mehr als fünf Wörter am Stück sagen gehört.«

»Dafür redet seine Frau umso mehr.«

Das machte Sarah nachdenklich. »Ja, jetzt, wo du es sagst … Die beiden sind nicht gerade ein Paradebeispiel für das Sprichwort ›Gleich und gleich gesellt sich gern‹.«

»Wie geht es übrigens Chloe?«

»Ich gebe ihr Vitamin C, Echinacea und diese Schleimlöser, aber es wird nicht besser. Morgen gehe ich mit ihr zum Arzt, wenn sich bis dahin nichts getan hat.«

»Falls ich helfen kann, sag Bescheid. Ich weiß ja, dass du viel zu tun hast.«

Stille.

Freunde, dachte Jack.

»Vielen Dank, Jack! Das ist sehr nett.«

»Kein Problem«, sagte er. »Und jetzt wird es zu kalt, um weiter das Gemeindehaus zu bewachen. Reden wir morgen?«

»Unbedingt.«

»Gute Nacht!«

Nachdem Jack das Gespräch beendet hatte, sah er sich auf dem verlassenen Platz um. Ein einsamer Yankee in einem idyllischen kleinen Dorf. Nur wusste er allzu gut, dass es ganz und gar nicht idyllisch war.

9. Die Kontenangelegenheit

Roder Reed fuhr wie ein Springteufel hoch, als Sarah am nächsten Morgen in sein Büro geführt wurde.

»Sarah!«, rief er, was sich anhörte, als hätte ihr Name auf einmal einige Zusatzsilben bekommen.

»Roger, ich hoffe, es macht Ihnen nichts aus, dass ich ohne Termin vorbeikomme?«

»Bei Ihnen? Niemals!«

Sarah ging weiter herein und schloss die Tür hinter sich.

Lächelnd setzte Roger sich wieder hinter seinen Schreibtisch, auf dem alles fein säuberlich geordnet war, und forderte sie mit einer höflichen Geste auf, sich auf einem der Stühle vor seinem Arbeitsplatz niederzulassen.

Danach faltete er die Hände vor sich.

»Nun, was kann ich für Sie tun? Ist mit der Hypothek alles in Ordnung? Sie denken doch nicht …« – und hier blickte er skeptisch drein – »… an eine Refinanzierung, oder? Falls ja, sollten Sie am besten schnell …«

Sarah schüttelte den Kopf.

»Nein, ich habe mir nur etwas durch den Kopf gehen lassen. Sie hatten doch erwähnt, dass ich erheblich sparen kann, wenn ich monatlich ein wenig mehr bezahle, nicht wahr?« Diese plausible Erkundigung hatte sie sich als Gesprächsauftakt ausgedacht.

Reeds Kopf wippte bereits auf und ab, ehe sie ausgeredet hatte. Er begann etwas in den Computer einzutippen, der zwischen ihnen auf dem Schreibtisch stand.

»Unbedingt. Es hängt natürlich davon ab, wie viel Sie zusätzlich tilgen und so weiter und so fort … Soll ich mal Ihr Konto aufrufen, und wir …« – nun grinste er, als wären sie im Begriff, etwas Unanständiges zu tun – »… werfen einen Blick drauf?«

»Das wäre super.«

Er drehte den Monitor so, dass sie ihn beide sehen konnten, und lehnte sich über den Schreibtisch.

Sarah fühlte sich ein klein wenig mies, weil sie das Interesse des Mannes an ihr so ausnutzte. Aber dann dachte sie: Tun das nicht auch echte Detektive? Alles Mögliche zu versuchen, um die Wahrheit zu entdecken?

»Hmm, also, sehen Sie hier? Offensichtlich zahlen Sie im Moment hauptsächlich Zinsen. Aber mit … An welchen zusätzlichen Betrag hatten Sie gedacht?«

»Hundert oder so?«

»Ja. Okay, nun, über die Hypothekenlaufzeit, ja, sehen Sie, würden Sie annähernd zwanzigtausend Pfund sparen!«

Wie ein Jahrmarktszauberer, dem es gelungen war, ein Kaninchen aus seinem Hut zu ziehen, setzte Reed sich mit einem zufriedenen Lächeln zurück.

»Nicht schlecht, was?«

»Ganz und gar nicht. Und ich kann einfach meine Rate um den Betrag aufstocken?«

»Ja, ganz schlicht und ergreifend.«

Sarah lächelte. »Danke, Roger! Dann sehe ich mal, ob ich das hinkriege.« Sie holte tief Luft. »Ach ja, und ich … wollte Sie noch etwas anderes fragen.«

Seine Augen verengten sich. Vielleicht spürte er, dass es unangenehm werden könnte.

»Wegen Kirsty. Ich weiß, dass sie ihre Konten hier hatte. Und, nun ja, ich habe mit Ihrem neuen Chormitglied geredet, Jack Brennan, meinem amerikanischen Freund.«

Sarah wusste, dass Roger von ihrer gemeinsamen Detektivarbeit gehört hatte.

»Ich darf wirklich nicht über die Konten von anderen sprechen, Sarah. Vor allem nicht von Toten.«

Sarah neigte sich vor. Es wurde Zeit, ihren Charme spielen zu lassen.

»Oh, das weiß ich doch. Aber die Sache ist die, Roger: Es

gehen einige sehr merkwürdige Gerüchte über Kirsty im Dorf um. Gerüchte, die schnellstens erstickt werden sollten, bevor sich Leute aufregen.«

Wie eine Schildkröte, die nach einem Nasenstüber instinktiv den Kopf einzieht, zuckte Roger auf seinem Stuhl zurück.

»Gerüchte? Was für Gerüchte?«

»Das übliche Gerede. Darüber, wie sie gestorben ist, mit wem sie was hatte, bevor sie starb. Und ich will ehrlich zu Ihnen sein – leider habe ich Ihren Namen in dem Zusammenhang auch häufiger gehört.«

»Was?«

»Natürlich war mein erster Gedanke: Was für ein Unsinn! Und dann dachte ich, wenn Sie und ich uns ein bisschen unterhalten würden, könnte ich Ihnen vielleicht helfen, diese Dinge zu klären.«

»Das ist doch eine Unverschämtheit! Wer verbreitet solche Gerüchte über mich und Kirsty Kimball?« Roger blickte zur Decke, als suchte er dort nach der Antwort, und schaute dann wieder Sarah an. »Ah, ich wette, ich weiß, wer. Diese alte Sch…«

»Ganz ruhig, Roger. Ich frage ja nur.«

Sarah sah ihm an, dass seine Körpertemperatur gestiegen war. Seine Wangen waren gerötet, und die für ihn typische Ruhe und Beherrschtheit eines Pedanten hingen an einem seidenen Faden.

»Ja, ich weiß«, fuhr sie fort. »Es sind bloß Kleingeister, die nichts Besseres zu tun haben. Doch als Vorsitzender des hiesigen Rotary Clubs können Sie einfach nicht zulassen, dass das Gerede weitergeht. Das wäre unter Umständen sehr schädlich.«

»Aber was genau beinhalten diese Gerüchte?«

Rogers Stimme war nun piepsig, und Sarah musste sich ein Grinsen verkneifen. Sie beugte sich vor und blickte sich verschwörerisch um.

»Die Leute sagen …«

»Jetzt erzählen Sie schon, Sarah!«

Spontan beschloss Sarah, sich ein Gerücht auszudenken und abzuwarten, wohin es führte.

»Die Leute sagen, dass Sie und Kirsty letztes Jahr eine Affäre hatten.«

»Was?«

»Und dass Sie, als sie unschön endete, das Darlehen ablehnten, das sie beantragt hatte und mit dem sie fest rechnete.«

»Aber das ist …«

Diese Art der Recherche erschien ihr so vielversprechend, dass Sarah weitermachte.

»Und dass Sie, als Kirsty drohte, zum Gebietsleiter zu gehen und sich über Ihr unangemessenes Verhalten zu beschweren … sie umgebracht haben.«

»Das ist doch völlig absurd! Sie hat einfach den falschen Keks erwischt, dieses Erdnussding. Wie hätte ich denn …«

»Es sind bloß Gerüchte, Roger. Doch es wäre gut, sie im Keim zu ersticken, nicht?«

Roger lehnte sich auf seinem Chefsessel zurück; die Arme hingen schlaff an den Seiten herab, und der Mund war offen vor Fassungslosigkeit. Sarah fragte sich, ob sie zu weit gegangen war. Was, wenn der arme Kerl einen Herzinfarkt bekam? Schließlich wollte sie nichts als ein paar Hintergrundinformationen.

Dann erinnerte sie sich an die schreckliche Stunde, die sie vor ein paar Jahren in diesem Büro verbracht hatte, als sie ein Hypothekendarlehen für das Haus brauchte. Roger hatte darauf bestanden, jedes winzige Detail ihrer wöchentlichen Ausgaben durchzugehen – als wäre sie eine Schülerin –, um das Darlehen zu prüfen, das er ihr letztlich so gnädig bewilligte …

Ach was, wieso nicht, dachte sie. *Er muss dringend mal ein, zwei Gänge zurückgeschaltet werden.*

War sie auch schon so gewesen, bevor Jack und sie mit dem Ermitteln begonnen hatten?

Hmm, ja, ich glaube, so war ich, als ich die Schule abschloss. Und es war ziemlich witzig …

»Dieses Dorf hört nie auf, mich in Erstaunen zu versetzen«, seufzte Roger.

»Ja, ich weiß«, sagte Sarah und rang sich einen Anflug von Mitgefühl ab. »Egal, wie angesehen und anständig man ist, irgendwer findet sich immer, der einen zu Fall bringen will.«

Sie beobachtete, wie er nachdachte.

»Glauben Sie, Sie können dieser üblen Nachrede ein Ende setzen?«

»Auf jeden Fall kann ich es versuchen. Die Wahrheit kommt am Ende doch immer raus, nicht? Apropos …«

Roger starrte sie an – und Sarah hielt seinem Blick stand.

»Na gut. Okay, Sarah, aber was ich Ihnen jetzt erzähle, kommt nicht von mir, verstanden?«

»Natürlich«, antwortete sie freundlich. »Ich bin hier ja ganz auf Ihrer Seite, Roger.«

»Kirsty kam vor ungefähr einem halben Jahr zu mir und wollte einen Firmenkredit. Die Bankenkrise hatte sie arg getroffen. Einige ihrer Anlagen waren eingebrochen. Und ihr kleiner Laden – The Knick Knack – bekam die Rezession zu spüren. Deshalb brauchte sie vorübergehend Hilfe, um einen Engpass zu überbrücken. Bis irgendwelches Geld einging, das sie erwartete. Wir haben einige Male zusammengesessen …«

»Ah, daher rühren wahrscheinlich die Gerüchte!«

»J-ja, sicher. Aber es waren gänzlich harmlose und legitime Treffen, die nur dem Ziel dienten, die Fakten zu klären.«

»Außerhalb der Öffnungszeiten, nehme ich an?«

»Ein- oder zweimal, ja.«

»Im Angel. In ihrem Cottage?«

»Möglich. Genau erinnere ich mich wirklich nicht mehr. Aber Firmenkredite können nicht immer im Büro verhandelt werden, meine Teure.«

Autsch! Wenn es zwei Worte gab, die Sarah richtig zum Kochen brachten, waren es »meine Teure.«

Nenn mich niemals ... Teure!

»Jedenfalls ging es ihrem Geschäft schlecht. Aber sie konnte mir nicht sagen, woher das mysteriöse Geld kommen sollte, das sie erwartete. Daher musste ich ihre Bitte um einen Kredit ablehnen. Es ist sinnlos, einer lahmen Ente eine Krücke zu geben – verzeihen Sie meine Metapher.«

»Sie muss sehr enttäuscht gewesen sein.«

»War sie. Als wir mit dem Weihnachtschor begannen, musste ich sie bitten – höflich, versteht sich –, unsere geschäftliche Beziehung beiseitezulassen und an den Rotary Club und unsere wohltätige Arbeit zu denken.«

»Was sie nicht konnte?«

»Offenbar nicht. Sie war weiterhin sehr verärgert. Nahm die ganze Sache persönlich. Mir ist die Vorstellung zuwider, dass diese Gerüchte aufgrund von Äußerungen entstanden sind, die sie vor ihrem Tod von sich gab. So etwas geht einfach nicht.«

»Also waren Sie nicht ... romantisch verbandelt mit Kirsty?«

»Das wäre höchst unprofessionell.«

»Selbstverständlich.«

»Wie Sie wissen dürften, Sarah, bin ich in allen meinen geschäftlichen Angelegenheiten vollkommen geschlechtsblind.«

»Vollkommen«, wiederholte Sarah und schenkte Roger ihr nettestes, verständnisvollstes Lächeln, während sie mit dem Wunsch rang, sich seine Tastatur zu schnappen und sie ihm auf den Kopf zu schlagen.

Die Informationen mochten gut sein, doch sie hatte inzwischen das Gefühl, in diesem Raum und dieser Gesellschaft zu ersticken. Sarah hielt es keine Minute länger hier aus.

»Tja, das war sehr hilfreich, Roger.«

»Im Gegenteil, Sie helfen mir!«

»Ich fand, Sie sollten unbedingt von dem Gerede erfahren. Nicht, dass am Ende Ihre Vorgesetzten davon hören und denken, sie hätten den Bock zum Gärtner gemacht.« Sie stand auf und musste sich beherrschen, nicht über seinen Gesichtsausdruck zu lachen. Offensichtlich wusste er nicht, wie er ihre Metapher auffassen sollte.

»Ähm, sicher«, sagte er und erhob sich ebenfalls.

»Eines noch.« Sarah hoffte, dass ihr Timing richtig war. »Was denken Sie, wie es dazu gekommen ist, dass Kirsty einen Keks mit Erdnüssen gegessen hat? Irgendwelche Theorien?«

»Offen gesagt, bin ich ratlos. Jeder wusste um die Gefahr – schon die winzigste Spur genügte angeblich. Und die Mitglieder hatten die Kekse und Kuchen selbst gebacken. Furchtbar.«

»Hat die Polizei nachgeforscht?«

»Oh ja! Wie ich hörte, haben sie alle restlichen Kekse zur Untersuchung mitgenommen. Martha und Emma gingen herum und sammelten sie für die Polizisten ein.«

»Aber sie haben nichts gefunden?«

»Keine Spur. Wie mir zu Ohren kam, wurden bei der Obduktion Hinweise auf winzige Mengen Erdnuss gefunden, doch man kann unmöglich sagen, wie die arme Frau sie zu sich genommen hatte.«

»Eine Tragödie.«

»Ja.«

»Ich sorge dafür, dass die Leute diesen Tratsch einstellen, sowie er wieder aufkommt.«

»Das ist sehr freundlich von Ihnen, Sarah.« Er kam hinter seinem Schreibtisch hervor, um sie zur Tür hinauszubegleiten.

Sie lächelte und war heilfroh, dass es überstanden war. Wie hatte sie nur diesen Auftrag übernehmen können!

»Wir sollten bald mal abends zum Essen ausgehen – das haben Sie mir versprochen, wissen Sie noch?«, sagte er und reichte ihr die Hand.

Sarah schüttelte sie, wobei sie feststellte, dass seine Haut ein wenig feucht war.

»Ja, das weiß ich noch«, antwortete sie absichtlich ausweichend und ging rasch hinaus.

Ein Abendessen mit Roger Reed kam ganz sicher nicht infrage.

10. Manche mögen's heiß

Jack fuhr vor den protzigen Eingang des Mead End House, stellte den Motor ab und schälte sich aus seinem kleinen Austin Sprite.

Das georgianische Herrenhaus mit der weißen Stuckfassade war anscheinend in vier Wohnungen unterteilt worden – und Simon Rochester hatte ihm erzählt, dass er in einem der Erdgeschossflügel wohnte.

Jack schritt auf die Haustür zu, konnte jedoch nur eine Klingel entdecken, die für das Haupthaus zu sein schien. Er trat zurück und betrachtete das Anwesen. Das Haus war von alten Eichen umgeben, efeuberankt und hervorragend instand gehalten. In der kiesgestreuten Parkbucht standen ein paar Porsches und ein Audi-Geländewagen.

Irgendwo im Haus erklang Musik.

Wie es aussah, gehörten weder Simon noch dessen Nachbarn zur großen Zahl derer, die von der Weltwirtschaftskrise betroffen waren. Was nicht weiter überraschte … Jack zog seine Jacke fester zu, weil ein eisiger Wind wehte. Wie ihm schnell klar geworden war, gehörte der zum Cherringham-Winter. Jack folgte einem Kiesweg um das Haus herum.

War die Fassade schon eindrucksvoll, so war es der Ausblick von der riesigen Terrasse aus erst recht, wenn nicht sogar noch mehr. Jack blieb stehen, um alles in sich aufzunehmen: Sein Blick glitt über die sanften Hügel, die sich hinunter ins Tal zogen, wo die sich schlängelnde Themse in der Morgensonne glitzerte.

Und dort war seine geliebte *Grey Goose*, ganz hinten in der Reihe der am Dorfrand festgemachten Kanalboote und Kähne. Auf dem gegenüberliegenden Hügel war Cherringham klar zu erkennen, ebenso wie die schmale Allee, in der Kirsty gestorben war.

Jacks Augen wanderten den Weg entlang. Die Allee führte an den Cottages vorbei, wo Kirsty gewohnt hatte, durch den

Wald und dann, nach zahlreichen Knicks und Kurven, bis hier hinauf zur Rückseite von Mead End House.

Interessant.

Als Jack die Rückseite des Hauses entlangging, wurde die Musik lauter und deutlicher vernehmbar: Charlie Parker, unverwechselbar. Klassisch und elegant.

Ein hoher, efeubewachsener Zaun trennte die Gartenbereiche der Wohnungen voneinander. Jack schob den Riegel an einer Pforte im Zaun auf, ging in den Garten – und erstarrte.

Wenige Meter vor ihm saß Simon Rochester in einem großen blubbernden Whirlpool, las die *Financial Times* und trank Kaffee. Dampfschwaden waberten um ihn herum. Auf einem Tablett neben ihm standen eine Cafetiere und ein Laptop. Der Jazz, den Jack gehört hatte, drang durch offene Glasflügeltüren nach draußen, die von Töpfen mit Rankenpflanzen und Sträuchern umgeben waren.

»Na, was sagt man dazu? Wenn das nicht unser neuer Tenor und Privatdetektiv in Personalunion ist!«

Simon legte seine Zeitung beiseite und winkte Jack zu sich.

Wie ein mittelalterlicher König bei Hofe, fuhr es Jack durch den Kopf.

»Sie sind früh dran, alter Knabe. Und ich dachte immer, die Yankees kommen zu jeder Party zu spät.«

»Spät oder früh«, entgegnete Jack, »wir sind immer da, wenn wir gebraucht werden.«

»Ah – *touché*!« Simon versuchte, in einem texanischen Tonfall zu sprechen, doch es gelang ihm nur ungenügend. »Gesprochen wie ein wahrer Amerikaner. Nehmen Sie sich Kaffee. Überhaupt, springen Sie mit rein, wenn Sie wollen. Im Haus gibt es sicher noch eine Badehose für Sie.«

»Kaffee ist gut, aber was den Whirlpool angeht – ein anderes Mal, wenn es Ihnen nichts ausmacht.«

»Weise Entscheidung«, sagte Simon. »Ist man erst mal drin, fällt es verflucht schwer, wieder auszusteigen.«

»Machen Sie das jeden Morgen?«, erkundigte sich Jack, während er sich Kaffee einschenkte und auf der Bank neben der großen Wanne Platz nahm.

»Bei Wind und Wetter. Schnell und früh zuschlagen, sage ich nur. Um sechs laufe ich, danach Workout im Fitnessstudio; anschließend geht's in den Whirlpool, wenn die Börsen öffnen.«

»Kein schlechter Job.«

»Ein harter Job. Und nicht für jeden gemacht.«

»Sicher nicht.«

»Aber er zahlt sich aus.«

»Auch für die Klienten?«, fragte Jack.

»Für die meisten.«

»Auch für Kirsty Kimball?«

»Autsch! Das war jetzt ein Schlag unter die Gürtellinie, Jack.«

»Schnell und früh zuschlagen.«

»Ah, gut zurückgegeben!«, lobte Simon, schenkte sich Kaffee nach und rückte so im Whirlpool herum, dass sie sich gegenübersaßen.

Jack fragte sich, was den sonnengebräunten, selbstbewussten Broker aus der Fassung bringen könnte. Seine schmierige Selbstsicherheit wurde allmählich ärgerlich, aber Jack durfte die Beherrschung nicht verlieren.

»Natürlich wusste ich, dass Sie nicht hier raufgekommen sind, weil Sie eine Anlageberatung wollen«, fuhr Simon lächelnd fort. »Arme Kirsty. Alles wegen einer Erdnuss. Eine Tragödie, nicht wahr?«

»Sicher.«

»Sehen Sie, Jack, das Wesentliche beim Rotary Club ist doch, dass wir alle gegenseitig auf uns aufpassen. Sie können nicht rumlaufen, Unruhe stiften und erwarten, dass wir es nicht sofort erfahren. Vor allem, wo Sie, na ja, nicht aus der Gegend sind ...« – wieder der affige Akzent – »... nicht von hier.«

Jack hob beide Hände, als wollte er sich ergeben.

»Das Letzte, was ich will, ist Unruhe stiften, Simon. Ich möchte lediglich herausfinden, wie eines Ihrer Mitglieder alleine auf einer Landstraße sterben konnte, wenn alle so gut aufeinander aufpassen. Und ich hoffe, dass Sie mir dabei helfen können.«

»Wie?«

»Es heißt, dass sie einen Haufen Geld bei einer Anlagepleite verloren hat – und dass Sie dafür verantwortlich waren.«

»Ich habe ihre Anlagen betreut. Aber das heißt nicht, dass ich ›verantwortlich‹ bin.«

»Oh! Tja, das müssen Sie mir aber jetzt genau erläutern. Denn in meiner Welt passen diese beiden Sätze nicht zusammen.«

»Lassen Sie es mich ausführlicher erklären. Kirsty hatte ein Erbe, das ich für sie am Markt anlegen sollte. Ich fragte sie, was für eine Art von Portfolio sie wollte: Kapitalwachstum oder Einkommen, Hightech oder Rentenpapiere, Tiger oder Old-School, solche Fragen …«

»Und hatte sie eine Ahnung davon, worüber sie entscheiden sollte? Oder davon, was Sie für sie machten?«

»Absolut. Sie wollte hohes Wachstum, hohes Risiko, schnelle Resultate.«

»Lassen Sie mich raten. Sie bekam das Wachstum, das sie wollte, aber nicht die Resultate?«

»Genau. Ganz nach dem alten Spruch: ›Aktien können nach unten und nach oben gehen.‹«

»Und ihre sind nach unten gegangen?«

»Im Sturzflug.«

»Wie viel hat sie verloren?«

»Fast alles. Plus meine Gebühren, versteht sich.«

»Ich nehme an, sie war ziemlich aufgebracht.«

»Und wie! Bis dahin waren sie und ich ziemlich gute Freunde, aber danach war sie richtig sauer auf mich. Hat mich geschnitten, um ehrlich zu sein.«

»Gute Freunde, ja? Wie ich gesehen habe, führt ein Weg von hier direkt an ihrem Cottage vorbei.«

»Und?«

»Es dürfte nur wenige Minuten dauern, da hinzufahren. Zu der Allee und ihrem Cottage.«

Jack sah, wie Simon Rochester begriff.

»Ach, Jack, wollen Sie das *echt* fragen? Wie meine Beziehung zu der Toten war?«

»Wie war sie?«

»Wir waren erwachsen. Sie kam hier rauf. Ich ging zu ihr. Dann war es vorbei. Punkt. Würden Sie mir jetzt bitte ein Handtuch geben?«

Jack griff hinter sich zu einem Stapel sauberer Handtücher und reichte Simon eines, als der aus dem Whirlpool stieg. Noch während er sich abtrocknete, klopfte sich Simon eine Zigarette aus einer Schachtel und zündete sie an.

»Jack, es ist wunderbar, dass Sie uns bei dem Weihnachtskonzert aushelfen, aber Sie machen sich wahrlich keine Freunde, indem Sie in diesem Kram herumwühlen. Kirsty war kein Opfer, müssen Sie wissen. Weit gefehlt.«

»Ach was?«

»Sie hat versucht, mich bei der FINRA anzuschwärzen, unserer Aufsichtsbehörde. Dann sagte sie, wenn ich ihr das verlorene Geld nicht erstatte, erzählt sie den Rotariern von … na ja, meinem Privatleben, Bettgespielinnen, solchen Sachen eben.«

»Also war sie eine Belastung – meinen Sie das?«

»Verdammt richtig. Sie war eine Bedrohung für meine Reputation – meinen Lebensunterhalt.«

Jack vertraute seinem Instinkt, und obwohl Rochester ein Motiv hatte, nahm er keinerlei Anzeichen wahr, dass dieses nicht allzu große Finanzgenie Kirsty umgebracht haben könnte.

»Und was halten Sie von dieser ganzen Geschichte mit den EpiPens?«

»Tja, das verstehe ich überhaupt nicht. Sie hatte die Dinger überall rumliegen – neben dem Bett, auf dem Küchentisch, im Bad. Ihr Cottage war praktisch voll von denen.«

»Und dennoch war keiner da, als sie einen davon dringend brauchte.«

»Japp. Wie ihr Yankees zu sagen pflegt: ›Isses nich' immer so?‹«

Jack hatte das Gefühl, dass dieses Treffen vorbei war. Doch zu seiner Überraschung erschien eine Gestalt an der Terrassentür. Es war eine junge Frau um die zwanzig – in einem Hemd und nicht viel mehr.

Sie ignorierte Jack völlig.

»Simon, das beknackte Internet geht schon wieder nicht. Kannst du mal nachgucken? Das nervt dermaßen!«

»Bin schon dabei, Süße«, sagte Simon, warf ihr eine Kusshand zu und drehte sich wieder zu Jack um. Das Mädchen schüttelte verärgert den Kopf und ging wieder nach drinnen.

»Wie Sie sehen, Jack, bin ich ziemlich beschäftigt. Aber ich bin froh, dass ich Ihnen helfen konnte. Sie finden alleine raus, oder?«

Zum Abschied winkte er seinem Besucher zu. Jack war sich nicht sicher, ob dieses Geplauder am Whirlpoolrand viel gebracht hatte.

Als er an der Pforte war, rief Simon ihm munter hinterher: »Bis morgen bei der Probe!«

Übertrieben leise schloss Jack die Pforte hinter sich.

Mit einem Blick auf die Wiesen und den Weg, der zu Kirstys Cottage führte, ging er zurück zu seinem Sprite. Dabei dachte er über das nach, was Simon ihm erzählt hatte, und fragte sich …

Was übersehe ich?

11. Wer war's?

Sarah schob die Tür von The Bookworm auf. Rasch zog sie den Kopf ein, um ihn sich nicht am oberen Türrahmen zu stoßen, der ziemlich niedrig war.

Die kleine Glocke an der uralten Tür bimmelte wie in einem altmodischen Krämerladen.

»Hallo!«, rief eine weibliche Stimme aus einem Hinterzimmer. »Sagen Sie mir Bescheid, wenn Sie Hilfe brauchen!«

Sarah begab sich in den hinteren Teil des Ladens, vorbei an voll gestellten Bücherregalen. *Hier ist es schon immer sauber wie geleckt gewesen*, dachte sie, *der Teppichboden stets frisch gesaugt, kein Staubkörnchen auf den Regalen oder den Bücherrücken.*

Eine Vase mit bunt gemischten Blumen sorgte für einen Hauch von Landhausambiente, während der alte Lederohrensessel und der Pembroke-Tisch mit den gefächerten Literaturzeitschriften an einen Kulturverein oder das Büro eines Literaturagenten erinnerten.

Viel gemütlicher kann eine Buchhandlung wohl nicht sein.

Sarah erreichte das Ladenende, doch die Frau, die eben noch gerufen hatte, schien verschwunden zu sein.

Sie blickte sich im hinteren Raum um. Er hatte die gleiche niedrige Decke, mit unverputzten Balken, wie der Laden vorn, und Sarah fragte sich, wie eine Buchhandlung mit so wenig Lagerfläche überleben konnte.

Dieser Laden war schon immer eine Buchhandlung gewesen – auch bereits, als sie noch in dem Dorf zur Schule gegangen war. Und Sarah hatte sogar mal einen Sommer hier hinter der Kasse gestanden, bevor sie Cherringham verließ, um zu studieren. Die Inhaber hingegen hatten recht oft gewechselt: Erst vor wenigen Jahren war der Laden von Thomas und Emma Hilloc übernommen worden.

Sie kannte die beiden nur flüchtig, gerade ausreichend, um

ihnen zuzunicken, wenn sie hinter dem Ladenfenster standen oder ihr auf der Straße begegneten.

Jacks Quelle im Chor zufolge sollten sie auf der Liste der »Verdächtigen« stehen. Was angesichts dieser friedvollen Atmosphäre eher unwahrscheinlich wirkte.

»Eisig da draußen, nicht?«, sagte die Stimme, deren Besitzerin nun mit einem strahlenden Lächeln aus der Küche hinten kam. »Ich habe eben den Wasserkocher angestellt. Kann ich Ihnen einen Tee anbieten?«

Sarah erwiderte ihr Lächeln. »Sehr gern … Nur Milch, keinen Zucker, bitte.«

Die Frau, die ihr jetzt gegenüberstand, machte einen freundlichen, wenn auch etwas forschen Eindruck. *Eine von diesen Hyperaktiven*, dachte Sarah. *Sicher macht sie sich täglich eine Liste, was zu erledigen ist, und hakt sie der Reihe nach ab.*

»Ich bin Emma – Emma Hilloc«, stellte die Frau sich vor. »Sie kenne ich doch, nicht? Haben Sie nicht das kleine Designbüro oben über dem Makler?«

»Ja, das bin ich. Sarah Edwards.«

»Freut mich, Sarah. Und wie überleben Sie die Krise?«

»So einigermaßen«, antwortete Sarah. »Leicht ist es nicht. Miete, Strom …«

»Instandhaltung, Versicherungen, Abgaben, Wasser, Werbung …«

»Sie sagen es!«

»Tja, da hilft nur Zusammenhalten, wenn Sie mich fragen.«

»Richtig«, pflichtete Sarah ihr bei. »Jedes Pfund, das die Leute im Dorf ausgeben statt in Oxford oder draußen in einem der großen Einkaufszentren, hält uns am Leben.«

»Sie machen so Online-Sachen, nicht? Ich fürchte, wir sind hier eher Technikverweigerer. Leider.«

»Technikverweigerer?«, wiederholte ein großer Mann, der die Treppe hinten im Laden herunterkam. Sarah wusste, dass sie zu einer kleinen Wohnung im Obergeschoss führte. »Du bist vielleicht eine Technikverweigerin, Schatz, aber ich gewiss nicht.«

Emma verdrehte die Augen, wobei sie Sarah freundlich angrinste, und neigte sich näher zu ihr.

»Mein Mann Thomas. Seit er unser Bestellsystem beherrscht, hält er sich für einen Computerexperten!«

Sarah sah, wie Thomas einen Stapel Bücher von einem Ecktisch nahm und sie nacheinander in die Regale zu sortieren begann. Dabei sagte er etwas, doch er schien eher vor sich hin zu murmeln, als dass er seiner Frau eine Erwiderung gab.

»Stimmt's nicht, Thomas?«, rief Emma.

Plötzlich fühlte Sarah sich unwohl, als wäre dieser Wortwechsel die Fortsetzung einer privaten Unterredung – eines Streits möglicherweise –, die sie mit ihrer Ankunft unterbrochen hatte.

Thomas räumte das letzte Buch in eines der Regale und kam hinüber zu Sarah und Emma. Er war groß, zu groß für die niedrigen Decken hier, sodass er seinen Kopf immerzu gesenkt halten musste, damit er nicht gegen die Deckenbalken stieß. Eine Körperhaltung, die in Verbindung mit seinem müde wirkenden Gesicht auf eine beinahe komische Weise an einen traurigen Basset erinnerte.

Sarah bekam ein bisschen Mitleid mit ihm, weil er hier gefangen war wie ein Tier in einem Käfig.

»Kann ich Ihnen helfen?«, fragte er matt. »Suchen Sie nach etwas Bestimmtem?«

Erst jetzt wurde Sarah bewusst, dass sie sich keine Strategie für diesen Besuch ausgedacht hatte. Was wollte sie denn hier?

»Einen Krimi«, antwortete sie. »Ich interessiere mich für Krimis.«

Thomas schien geradewegs durch sie hindurchzusehen, wie ausgeknipst – ein Roboter ohne Strom.

»Ja, natürlich«, sagte er und blinzelte hektisch. »Wir haben eine ziemlich große Auswahl, dort drüben am Fenster.«

Sie folgte seinem Blick. Tatsächlich war da eine ganze Wand voller Krimis. *Sehr gut*, dachte Sarah, *vielleicht gibt mir das ein paar Ansätze, diese nette Unterhaltung in eine Befragung zu drehen.*

Und herauszufinden, ob Mr. und Mrs. Bookworm irgendetwas mit Kirsty Kimballs Tod zu tun hatten.

Sarah lächelte Thomas Hilloc an und legte ihren Stapel ausgeblichener Krimiklassiker auf den Kassentresen. Es waren mehr Bücher, als sie zu kaufen geplant hatte, doch eigentlich erkaufte sie sich ja die Chance, das Gespräch in trübere Gewässer zu lenken …

Thomas nahm die Bände einen nach dem anderen auf, schlug den Preis auf dem Vorsatzblatt nach und schrieb ihn auf einen Notizblock.

»Margery Allingham, Dorothy L. Sayers, Gardner … Sammeln Sie solche Bücher?«

»Nein, ich lese sie bloß zum Spaß. Ist mal was anderes als Dan Brown.«

»Oh ja, das kann man wohl sagen!«

»Und Mord ist so ein spannendes Thema.«

Sie betrachtete Thomas' müde, unbewegte Miene, doch da war nicht mal ein Zucken. Dies dürfte sich als teurer Reinfall erweisen. Eine falsche Spur – oder wie immer so etwas heißen mochte.

»Für die Opfer allerdings eher nicht«, fügte sie lachend hinzu.

»Nein, für die nicht«, bestätigte Thomas.

Sarah erschrak, als Emma Hilloc auf einmal hinter Thomas auftauchte. Sie musste die ganze Zeit hinten in der winzigen Küche gestanden haben.

»Soll ich sie Ihnen in eine Tüte packen, Sarah?«, fragte sie lächelnd.

»Ja, das wäre nett. Ich habe keine Tasche dabei. Eigentlich wollte ich ja nur ein Buch kaufen, und jetzt sehen Sie, was passiert ist!«

»Ja, das geht schnell«, meinte Emma, nahm die Bücher einzeln auf und legte sie in eine alte Plastiktüte.

»Ich sagte eben zu Ihrem Mann, dass Mordgeschichten so spannend sind.«

»Ach ja?«, entgegnete Emma. »Ehrlich gesagt, ist das eher Thomas' Abteilung. Ich bin mehr für Biografien und Romane.«

»Das ist nicht ganz richtig, Schatz ...«, widersprach Thomas und blinzelte hinter seinen Brillengläsern.

»Oh doch, das ist es, *Schatz*. Jedenfalls sehe ich dich am Wochenende nie mit der Literaturbeilage der *Times* ...«

»Weil ich da gewöhnlich versuche, online ein bisschen zusätzlichen Umsatz zu machen, nicht?«

»Ah, und ich dachte, du kaufst im Internet Bücher, die wir nicht unterbringen können, weil ...«

Sarah beobachtete die beiden stumm. Ihnen schien plötzlich wieder einzufallen, dass Sarah noch da war und wartete – und der Streit endete, bevor er richtig angefangen hatte.

Der jedoch garantiert weitergehen wird, fuhr es Sarah durch den Kopf.

Emma erholte sich als Erste. »Du liebe Güte, was müssen Sie nur von uns halten! Zwei Zankäpfel!«

»Schon gut. Ich weiß, wie stressig es sein kann, ein Geschäft zu führen.«

»Und es hört nie auf«, murmelte Thomas vor sich hin.

Wahrscheinlich reden wir hier nicht nur vom Geschäft.

Sarah sah ihre Chance gekommen. »Ich nehme an, deshalb singen Sie beide.«

»Singen?«, fragte Emma verdutzt.

»Im Chor. Das Weihnachtskonzert der Rotarier?«, half Sarah ihr auf die Sprünge.

»Ach so, ja«, sagte Emma. »Richtig.«

»Hilft sicher, Stress abzubauen«, fügte Sarah hinzu.

»Es ist ... eine Flucht«, offenbarte Thomas.

»Sicher war es ein furchtbarer Schock, als Kirsty Kimball starb.«

Sarah kam sich schlagartig wie in diesem Kinderspiel vor, wo alle erstarren mussten und sich nicht rühren durften, ehe die Musik wieder einsetzte.

Nur würde es hier keine Musik geben.

Emma Hilloc hatte die Augen starr auf Sarah gerichtet und umklammerte eine besonders schöne Georges-Simenon-Ausgabe mit beiden Händen, während Thomas Hilloc seinen Stift halb in die Höhe hielt, um den Preis in sein kleines Notizbuch zu schreiben. Beide warteten anscheinend auf irgendein Kommando, das sie zu den Lebenden zurückholte.

Vor lauter Schreck stand auch Sarah zunächst wie versteinert da. Dann brach sie den Bann. »Halten Sie es für denkbar, dass jemand absichtlich Erdnussstückchen in Kirstys Kekse gegeben hat, um sie umzubringen?«

Emma und Thomas regten sich nicht.

»Und falls ja, wie hat derjenige es angestellt? Ausgerechnet im Gemeindesaal!«

Sarah bemerkte, wie Thomas' Augen flackerten. War das ein Seitenblick zu seiner Frau?

»Und vor allem, warum? Weshalb wollte jemand sie umbringen?«

Sarah hatte auf irgendeine Reaktion gehofft, jedoch nicht erwartet, dass beide zu Statuen erstarrten. Und für einen Moment kam ihr ein schrecklicher Gedanke:

Sie haben nichts damit zu tun. Sie waren Kirstys Freunde, und Kirsty wurde nicht von ihnen ermordet. Ich habe sie gerade zutiefst verletzt. Bin ich denn wahnsinnig ...?

Sie setzte ihr unschuldigstes Lächeln auf.

»Oh nein, hör sich einer mich an!«, sagte sie betont munter.

»Wer zu viele Krimis liest, sieht irgendwann überall Verbrechen, nicht?«

Nun fing Emma sich wieder. »Ja, ist wohl so.«

Sarah setzte ihr unbeholfenes Theaterspiel fort und beugte sich verschwörerisch vor.

»Obwohl einige Leute im Dorf behaupten, dass ihr Tod kein tragischer Unfall war. Es gehen entsetzliche Gerüchte um.«

»Wirklich?«, fragte Thomas und sah sie verständnislos an.

»Ja, leider. Aber warten Sie – sie hatte den Laden gleich um die Ecke, oder? Dann haben Sie sie gekannt! Oh Gott, und ich rede solchen Unsinn!«

»Nein«, sagte Emma rasch.

Zu rasch?

»Wir haben sie kaum gesehen«, sagte Thomas. »Vielleicht ab und zu bei Chorproben mit ihr geredet.«

»Aber mehr nicht«, ergänzte Emma. Die Statue erwachte zum Leben und reagierte schnell.

Thomas blickte nach unten auf sein Notizbuch.

»Äh, das macht dann fünfundzwanzig Pfund.«

Sarah holte ihr Portemonnaie hervor und gab ihm das Geld. Ohne ein Wort reichte Emma ihr die Plastiktüte mit den Büchern über den Tresen.

Sarah nickte, ging zur Tür und drehte sich noch einmal um. »Es tut mir aufrichtig leid. Ich hätte das alles nicht sagen dürfen ...«

»Ist schon gut«, erwiderte Emma tonlos. »Viel Spaß mit den Büchern!«

Sarah ging hinaus und zog die Tür hinter sich zu.

Für eine Sekunde schloss sie die Augen. Entweder war sie soeben über etwas gestolpert, das helfen könnte, den Mord an Kirsty Kimball aufzuklären, oder sie hatte sich entsetzlich un sensibel und gedankenlos benommen.

Sie hatte das ungute Gefühl, dass eher Letzteres zutraf.

Ihr Handy klingelte. Sie blickte auf das Display: Es war Daniel.

»Hi, Spatz«, meldete sie sich. »Ist alles okay?«

Daniels Stimme klang weinerlich, und sofort war Sarah in Alarmbereitschaft. Sie trat in die Eingangsnische eines Ladens, um dem Wind zu entkommen und besser hören zu können.

»Nein, Mum«, sagte er. »Ich bin zu Hause, und mit Chloe ist irgendwas. Sie atmet komisch und hustet Sachen aus. Was soll ich machen?«

»Keine Angst, Daniel, ich bin unterwegs ...«

Sarah rannte zu ihrem Wagen, noch ehe sie ihr Handy wieder eingesteckt hatte. Ihr Mantel wehte auf, und ihre Schuhe schlitterten über das rutschige Pflaster.

12. Achte auf die Kleinigkeiten

Jack griff nach dem Telefon, doch Daniel kam ihm zuvor.

»Mum! Was ist? Wie geht's Chloe? Geht es ihr gut?«

Jack beobachtete, wie Daniel mit dem Telefon am Ohr zunächst in Sarahs kleinem Wohnzimmer auf und ab ging, von einem Fuß auf den anderen hüpfte, sich auf den Tisch lehnte, dann an die Wand, im Schneidersitz auf den Boden hockte und sich schließlich neben die Heizung legte.

Sobald Sarah ihn angerufen und ihm mitgeteilt hatte, dass sie Chloe schnellstens nach Oxford ins Krankenhaus bringen musste, war er hergeeilt, um zu helfen. Daniel hatte Angst gehabt, doch Jack war es gelungen, ihn zu beruhigen.

Sie geben ihr ein Antibiotikum, Dan, und dann geht es ihr wieder gut. Solche Sachen kommen schnell und sind genauso schnell wieder vorbei.

Er glaubte, was er sagte – immerhin hatte er das mit seiner eigenen Tochter auch durchgestanden. Trotzdem hielt sich im Hinterkopf hartnäckig der Gedanke: *Was, wenn es wirklich ernst ist?*

Dann hatte Sarah ihm eine SMS geschickt: *Alles gut, sie wird wieder. Melde mich später.* Und jetzt rief sie an.

Es war nicht ganz das, was er für heute Abend geplant hatte, aber Sarah war auf ihn angewiesen.

Ihre Eltern kamen erst spätabends aus London zurück, und die anderen Leute, die sonst einsprangen, konnten ausnahmsweise nicht. So kam es, dass der Ex-Cop aus New York zum Babysitter wurde.

Vor allem musste er Daniel beschäftigen und ihm die Angst nehmen.

Was sogar recht gut funktioniert hatte. Der Junge war bedrückt, hatte aber von Jacks Chili-Pasta gegessen, seine Hausaufgaben gemacht und danach versucht, Jack Fußballspielen auf einer Konsole beizubringen.

Geschlagene fünf Minuten hatte Jack gebraucht, um auch nur herauszufinden, welches Team er steuerte.

Anschließend hatten sie beide sich ein wenig unterhalten – über die Schule, Verbrechen, Mörder, das FBI, Entführung, Misshandlung …

Und jetzt rief Sarah an.

»Ist gut, Mum, dann bis morgen«, sagte Daniel. »Ja, mach ich … Nein, mach ich nicht … Hab dich lieb! Gute Nacht!«

Daniel gab ihm das Telefon.

»Sie wird wieder, genau wie du gesagt hast. Und Granny kommt in einer halben Stunde, um dich abzulösen.«

»Das ist schön, Daniel. Wie wäre es, wenn du jetzt den Abwasch fertig machst und ich mit deiner Mum rede?«

Daniel klatschte Jacks Hand ab und ging in die Küche, vollkommen befreit von der Last der dramatischen Ereignisse.

Jack hob das Telefon an sein Ohr. »Hi, Sarah, alles okay?«

Sie berichtete ihm, wie Chloe sediert worden war und dass sie die Bronchialkrise bald überstanden hätte. Und sie erzählte ihm von ihrem Einkaufstrip im Buchladen.

»Die stillen Buchhändler. Also denkst du, sie verbergen etwas?«, fragte Jack.

»Ehrlich gesagt, waren die einfach nur *schräg*. Ich kann mir nicht vorstellen, dass es einer von ihnen alleine war, allerdings auch nicht, dass sie es zusammen gemacht haben. Und ich erkenne kein Motiv.«

»Hmm. Simon Rochester hingegen hatte durchaus ein Motiv. Und ich würde ihm auch keinen makellosen Charakter bescheinigen. Dennoch hatte ich nicht das Gefühl, dass er dazu fähig wäre. Ihm liegt viel zu viel an seinen Annehmlichkeiten. Was ist mit Roger, dem Schlitzohr?«

»Igitt! Aalglatt. Er verbirgt etwas. Aber kannst du ihn dir als Mörder vorstellen? Seit wann bringen Bankmanager ihre Kunden um?«

»Na ja, ich bin sicher, dass schon einige von ihren Kunden umgebracht wurden!«

»Also, wo stehen wir?«, fragte Sarah merklich frustriert.

»Bei null, denke ich. Wir haben einige Verdächtige, aber kein Motiv. Und wir haben keinerlei Hinweis auf den Tathergang.«

»Glaubst du immer noch, dass wir überhaupt einen Mord haben?«

»Gute Frage. Manchmal ist ein Unfall einfach ein Unfall. Doch in diesem Fall … Wenn es faulig riecht …«

»Und faulig aussieht«, ergänzte Sarah.

»Ist was faul!«, rief Daniel, der hinter Jack aufgetaucht war und die letzten Worte des Gesprächs mitgehört hatte.

»Du hast deinen Sohn gehört«, sagte Jack. »Und er ist jetzt der hiesige FBI-Experte, musst du wissen.«

»Gib ihn mir noch mal, Jack«, bat Sarah. »Und wir reden morgen, ja? Ich gehe davon aus, dass ich vormittags zurück bin. Sie wollen Chloe über Nacht hierbehalten.«

»Pass auf dich auf, Sarah, und liebe Grüße an Chloe«, verabschiedete sich Jack und gab Daniel das Telefon zurück.

Familienleben.

Selbst wenn es mehr Tiefen als Höhen hatte – er vermisste es.

Jack blickte sich in der Kombüse um und vergewisserte sich, dass alles bereit war: der Caesar-Salad war fertig, der Rotwein atmete, das Rib-Eye-Steak lag parat, und der Tischgrill heizte sich auf …

Er schob ein Blech Pommes frites in den Ofen – die einzige Fertigkosterfindung, die er von Herzen guthieß -, nahm sich seinen Martini und die kleine Schale grüner Oliven und ging durch zum Wohnzimmerbereich der *Grey Goose*, wo er sich auf dem Chesterfield-Sofa zurücklehnte.

Mann, hatte er einen Hunger …

Elf Uhr war im Grunde keine Zeit mehr für ein Abendessen, doch die Übergabe an Sarahs Eltern hatte später als erwartet stattgefunden. Und so war es schon zehn gewesen, als er wieder auf seinem Boot stromaufwärts von der Cherringham Bridge ankam.

Dann hatte er Riley noch zu seinem Abendspaziergang am Flussufer ausgeführt, und danach war der Tag fast schon vorbei.

Trotzdem blieb noch reichlich Zeit, über den Fall nachzudenken. Und um diese Uhrzeit, wenn der Fluss still war und Jack sein Boot ganz für sich hatte, konnte er oft am besten nachdenken.

Er trank von seinem Martini und legte die Füße auf den Couchtisch. Irgendwo in den Wiesen auf der anderen Flussseite schrie eine Eule.

Neben Jack auf dem Sofa lag ein Paket, das heute Morgen mit der Post gekommen war. Er wusste, was drin war, deshalb hatte er es mit dem Öffnen nicht eilig. Doch wie sein Captain ihm damals immer gesagt hatte, als Jack auf seinem ersten Revier als Nicht-Uniformierter antrat: *Achte auf die Kleinigkeiten, Brennan. Die Antwort liegt immer in den Details.*

Jack öffnete das Päckchen und nahm eine Schachtel heraus. Sie enthielt zwei EpiPens in ihren Plastikhüllen, die sich problemlos übers Internet bestellen ließen. Es war nichts weiter nötig gewesen, als ein kurzes Formular auszufüllen.

Er legte die Röhren vorsichtig auf den Tisch.

Sie waren identisch mit dem Vorführ-Pen, den Sarah ihm gezeigt hatte. Anderer Hersteller, aber dieselbe Machart. Na klasse! Und was wollte er hiermit herausfinden?

Er öffnete den einen Plastikdeckel und nahm den EpiPen heraus. *Die Dinger sehen alle völlig gleich aus,* dachte er.

Plötzlich kam ihm eine Idee.

Er stand auf und ging in die Kombüse zurück. Im Kühlschrank lag ein zweites Steak fürs Wochenende. Es war schön groß und dick.

Zwischen einem Rumpsteak und einem menschlichen We-
sen sind die Unterschiede nicht allzu groß, schätze ich.

Er nahm das Steak heraus, griff sich ein Küchenmesser und schnitt ein kleines Stück ab.

Ich sollte ein größeres Stück nehmen, aber das ist ein teuf-
lisch gutes Steak und zu schade, um es an ein Experiment zu
verschwenden ...

Als Nächstes nahm er sich ein Geschirrtuch, kehrte zum Sofa zurück, faltete das Tuch in der Mitte und legte es über das Steak. Dann folgte er den Anweisungen auf der Verpackung, packte den EpiPen und rammte ihn durch das Geschirrtuch ins Steak.

Da er keinen Forensiker anheuern wollte und konnte, kam dies einem Nachstellen von Kirsty Kimballs verzweifeltem Versuch, ihr Leben zu retten, am nächsten. Genau das hatte sie in jener dunklen Nacht auf der Allee getan.

Nur dass ihr Versuch, das eigene Leben zu retten, erfolglos gewesen war.

Jack zog den EpiPen heraus und legte ihn auf den Tisch. Er sah sich das Geschirrtuch an. Dort gab es keinerlei Anzeichen, dass die Nadel durchgestochen hatte, dennoch war das Fleischstück nass von dem flüssigen Medikament.

Das Experiment hatte funktioniert – nur was genau bewies ihm das?

Jack lehnte sich zurück, trank einen Schluck von seinem Martini und aß eine Olive. Nun hatte er sich die Kleinigkeiten vorgenommen. Job erledigt.

Jetzt sollte er sein Steak auf den Grill werfen ...

Er nahm den benutzten EpiPen, steckte ihn zurück in die Plastikhülle und wollte den Deckel wieder schließen.

Doch der ließ sich nicht schließen.

Seltsam ...

Jack überprüfte, ob er ihn nicht falsch herum hielt. Nein. Er sah genauer hin und erkannte, dass diese Pens so gemacht waren, dass sie nach dem Benutzen nicht mehr in die Hülle passten und folglich der Deckel nicht geschlossen werden konnte.

Eine schlaue Konstruktion, denn so wurde verhindert, dass jemand versehentlich einen benutzten Pen für den Notfall mitnahm. Das konnte nicht passieren, weil der Pen bei dem Versuch, ihn wieder in den Behälter zu stecken, sofort herausfiel.

Wie also konnte Kirsty Kimball sich aus Versehen einen gebrauchten EpiPen in die Handtasche gesteckt haben?

Das war unmöglich.

Es sei denn, jemand hatte einen bereits benutzten Pen manipuliert – also das Ende abgebrochen, ihn zurück in die Hülle gesteckt und sie dann verschlossen.

Ein Mordinstrument, das einer geladenen Waffe in nichts nachstand.

Nur schwieriger – sehr viel schwieriger – zu entdecken.

Der Mörder hatte nichts weiter tun müssen, als den manipulierten EpiPen gegen einen normalen auszutauschen, nachdem das Opfer tot gewesen war.

Und das setzte einen kühlen Kopf, Vorsatz und eine Menge Planung voraus.

Was wiederum einen tiefen, lange schwelenden Hass gegen das Opfer nahelegte.

Es *war* also Mord.

Und Jack wusste, was Sarah und er als Nächstes tun mussten.

Mit einem weiteren Schluck kühlen Martini klärten sich die letzten Wolken in Jacks Kopf.

Jack hatte seinen Sprite weiter unten an der Straße geparkt, außer Sichtweite von Kirstys Cottage.

Er blickte auf seine Uhr.

Kurz nach elf und keine Sarah.

Gab es ein Problem mit Chloe? Aber dann hätte sie ihm bestimmt eine SMS geschickt. Die letzte Nachricht von ihr war vor wenigen Stunden eingegangen, gleich nach Sonnenaufgang.

Ich treffe dich dort.

Dann hörte er das Rumpeln ihres RAV4, der durch die schmale Allee fuhr. Um die Cottages herum war alles still, kein Mensch draußen, was bei dem nasskalten Wind kein Wunder war.

Sarah parkte ihren Wagen hinter ihm. Leicht könnte jemand in den umliegenden Häusern eine Gardine beiseiteziehen und sie beide beobachten.

Oder sogar die Polizei rufen und ihr auffälliges Verhalten melden.

Schließlich war das, was sie vorhatten, vollkommen illegal.

Sarah stieg aus. Sie lächelte, doch Jack bemerkte sofort, dass sie müde und erschöpft aussah.

Er wusste sehr gut, wie lang eine Nacht im Krankenhaus sein konnte, in der man über sein Kind wachte.

Wenig Schlaf, viele düstere Gedanken.

»Wie steht es?«

Sarahs Lächeln wurde etwas gedämpfter. »Gut. Na ja, zur Schule kann Chloe vorerst nicht. Die Großeltern sind jetzt voll im Einsatz, kochen Suppe, schütteln Kissen auf. Sie beten Chloe an.«

»Wer würde das nicht? Und du?«

Das Lächeln von eben kehrte zurück. »Fertig. Diese Elternsache ist ganz schön hart.«

»Ich weiß. Aber am Ende ist es jedes bisschen Sorge und Angst wert. Vor allem bei deinen beiden.«

»Vielen Dank, Jack, auch für gestern Abend.«

»Jederzeit.«

Sie blickte die Straße entlang. Ein Cottage rechts, dann noch eines weiter zum Rand der kleinen Siedlung hin.

Das war Kirstys. Es stand abseits und ganz für sich allein.

»Also, wollen wir das machen?«

»Ich denke, wir müssen es. Die Polizei wird uns wohl kaum reinlassen.«

»Deine Entdeckung letzte Nacht ist sensationell.«

»Detektivarbeit alter Schule. Alles ausprobieren.«

»Hast du einen Notfallplan? Falls etwas passiert?«

Nun war es an Jack zu lächeln. »Nein, ich wüsste keinen. Hoffen wir mal, dass alle, die zu Hause sind, entweder lange schlafen oder vor dem Fernseher sitzen. Ich hätte es ja nachts gemacht, aber dann würde garantiert jemand Alarm schlagen.« Er holte tief Luft. »Bist du bereit?«

Auf Sarahs Nicken hin gingen sie beide die Straße hinauf zu Kirstys Cottage.

Sie beschlossen, sich von der Vordertür fernzuhalten und hinten nach einem Eingang zu suchen. Eine Hintertür war nicht vorhanden, aber auf der rechten Seite, zur Allee hin, gab es einen Nebeneingang, der in die Küche führte.

Durchs Fenster sah Jack Stiefel und Regenschirme gleich neben der Tür.

Er betrachtete das Schloss.

»Kriegst du das auf?«, fragte Sarah.

»Ja, ich denke schon.« Er blickte nach oben. »Keine Alarmanlage. Zumindest soweit ich das sehen kann.«

»Normalerweise wäre dann so ein Warnaufkleber da.«

Wo sie standen, waren sie von den anderen Cottages und

der Straße aus nicht zu sehen. Allerdings würde jeder, der die Allee vom Dorf heraufkam, sie direkt im Blick haben.

»Wie heißt es noch bei Shakespeare?«, sagte Jack. »›Wär's abgetan, so wie's getan, wär's gut, ,s wär schnell getan.‹«

Er holte ein dünnes Metallstück und ein bisschen Draht aus seiner Tasche.

»Ich bin mir nicht sicher, ob dem guten William bei seinen Worten dies hier vorschwebte«, merkte Sarah an.

Jack benutzte das flache Metallstück, um die Schlosszunge nach vorn zu schieben. Dies war der leichte Teil.

Damit der Riegel allerdings nachgab, musste er mit dem Draht den Mechanismus ertasten, die Stelle finden, an der er ein wenig nachgab, und den Draht dort tiefer hineinführen.

Und dann konnte er nur hoffen, dass der Draht fest genug war, um das Schloss zu bewegen.

»Fast geschafft«, sagte er.

Der Draht stieß jedoch immer wieder gegen Riegelteile, die ihn stoppten.

Ich bin aus der Übung, stellte Jack im Stillen fest.

Er stocherte tiefer, und der Draht bog sich ein wenig.

Wenn er nun an der richtigen Stelle saß, könnte Jack ihn drehen und, mit ein bisschen Glück, den Stift innen verschieben.

»Ich wünschte, ich könnte irgendwas tun«, sagte Sarah.

»Bete.«

Er drehte den Draht. Nichts tat sich. Der Schließmechanismus schien sich kein bisschen zu bewegen.

»Komm schon«, murmelte Jack.

Das ist kein raffiniertes Schloss, kein Hightechsystem, sondern nur ein altes Türschloss. Da muss es doch gehen!

Muss einfach.

Und das tat es schließlich auch. Jack hielt den Draht fest in der Position, um nicht den Kontakt zu verlieren, und bewegte den Stift drinnen wenige Millimeter weit.

Nach ein paar weiteren Millimetern klickte es.

Grinsend sah Jack zu Sarah auf.

»Tja, ich habe es offensichtlich noch nicht verlernt.«

Mit dem Metallstück hielt er weiterhin den Klinkenriegel hoch und sagte: »Darf ich bitten?«

Sarah griff nach dem Messingknauf, drehte ihn, und die Tür zu Kirstys Cottage ging auf. Die beiden schlüpften hinein und schlossen die Tür hinter sich.

Sarah blickte zu Jack, der in der Dunkelheit des kleinen Wohnzimmers wie ein großer Schatten aussah.

Kirsty Kimball war fort, doch in der kalten, feuchten Luft kam es Sarah so vor, als könnte sie die Person noch spüren, die hier gelebt hatte.

Mit anderen Worten: Es war unheimlich.

Jack schnupperte. Natürlich hatte er solche Sachen schon häufiger gemacht, doch für Sarah war das neu und – was nur? – ein Einbruch.

Beeilen wir uns lieber.

Jack drehte sich zu ihr. In dem spärlichen Licht, das durch die dicken Vorhänge und Jalousien drang, war sein Gesicht kaum zu sehen.

»Alles okay?«, flüsterte er.

Sie nickte. »Ja. Nur ... nun ja, das ist fremd für mich.«

Auch sie sprach unwillkürlich leise.

»Dann sehen wir uns mal um.«

Jack begann langsam durchs Wohnzimmer zu gehen – zunächst zu einem Lehnsessel, dann hinüber zu einem Beistelltisch, auf dem sich Bücher stapelten.

Er nahm das oberste auf, dann das nächste und las den Titel: »*Die heimliche Liebschaft. Eine Urlaubsaffäre ...*«

Sarah kam zu ihm. »Anscheinend mochte sie Liebesgeschichten.«

Ein Lesezeichen steckte in der Mitte eines Buches. Jack zog

es heraus. »Von diesem erfährt sie das Happy-End nicht mehr.«

Auf dem Lesezeichen aus Karton waren zwei ineinander verschlungene Regenwürmer zwischen Bücherstapeln abgebildet.

»The Bookworm«, sagte Sarah.

»Hmm?«

»So heißt die Buchhandlung im Dorf.«

»Leuchtet ein.«

Sie sah Jack an. »Emma und Thomas Hilloc haben beide behauptet, Kirsty nicht näher gekannt zu haben. Aber wenn ich mir das hier anschaue – es sieht so aus, als wäre sie Stammkundin bei ihnen gewesen.«

Jack schürzte nachdenklich die Lippen. »Interessant. Wollen wir weitermachen?«

Sie gingen aus dem Wohnzimmer und durch den engen Flur, der zur Haustür führte.

Rechts von der Tür blieb Jack bei einer Vase mit welken, vertrockneten Blumen stehen, deren Farben bereits verblassten.

Sarah trat näher.

In der Vase waren rote Rosen, Lilien und mehrere einst bunte Chrysanthemen.

Ein recht romantischer Strauß.

Jack griff in seine Jackentasche und nahm die einzelne, inzwischen verwelkte Rose heraus, die er an der Stelle gefunden hatte, an der Kirsty gestorben war.

»Jemand wusste, dass sie Rosen mochte«, flüsterte er.

Sarah beugte sich zu der Vase hinab. Um das Kristallglas war ein Band mit einer Schleife geschlungen.

Sie berührte das seidige Material mit einem Finger und sah wieder zu Jack.

»Ein Geschenkband? Das ist ungewöhnlich, wenn man die Blumen für sich selbst kauft.«

Sie neigte sich zu den vertrockneten Blumen. Der süßliche Duft war längst verflogen.

»Also ein Geschenk«, stellte Jack fest. »Für eine Frau, die angeblich keinen festen Freund hatte.«

Er wollte schon weiter in Richtung Esszimmer gehen, als Sarah ihm eine Hand auf den Arm legte, sodass er stehen blieb.

»Jack, ich könnte schwören, dass ich den gleichen Strauß – die gleiche Zusammenstellung von Blumen – in der Buchhandlung gesehen habe.«

»Ach ja? Könnte es … bloß eine beliebte Kombination für diese Jahreszeit sein?«

»Möglich«, sagte sie.

Die Blumen in der Buchhandlung waren allerdings frisch gewesen – ganz anders als diese.

Trotzdem war es dieselbe Zusammenstellung.

Jack ging langsam weiter durch den Flur, und nachdem Sarah noch einen letzten Blick auf den toten Strauß geworfen hatte, folgte sie ihm.

Sie entdeckte Jack mit einem Telefon in der Hand neben dem kleinen Esstisch. »Die Polizei hat Kirstys Handy hiergelassen.«

»Ist das merkwürdig?«

»Nein. Nicht, wenn sie keinen Grund haben, von einem Verbrechen auszugehen. Dann bleibt es Bestandteil des Besitzes und geht mit den anderen Sachen an die nächsten Angehörigen. Mal sehen.«

Das Handy hing noch am Ladekabel. Jack drückte auf den flachen Bildschirm, und das Display leuchtete auf – zu hell für dieses dunkle Zimmer. Im nächsten Augenblick ertönte ein trillerndes Geräusch, das ihnen beiden unglaublich laut vorkam, weil sie sich bewusst sehr still verhielten.

Sarah ging zu Jack und sah auf den Bildschirm.

»Wollen wir nachgucken, was drauf ist?«

Jack tippte auf das Telefonsymbol und scrollte zu den eingegangenen Anrufen.

Das Display zeigte keinen einzigen.

»Also, das ist merkwürdig«, sagte er.

»Was meinst du?«

»Keine Anrufe? So etwas sieht man nur bei jemandem, der penibel darauf achtet, sämtliche Aufzeichnungen von Anrufen zu löschen.« Jack atmete tief ein. »Und das tut man …«

»Wenn man etwas zu verbergen hat?«

»Richtig. Vielleicht hatte Kirsty ein Geheimnis. Leider«, er schwenkte das Telefon hin und her, »wird uns das hier nicht viel verraten.«

Sarah nickte.

»Jack, wir sollten uns beeilen. Wenn jemand vorbeigeht und uns sieht …«

»Ja, gute Idee. Sehen wir uns nur noch einmal kurz um.«

»Klar.«

Sarah konnte es nicht erwarten, aus dem Cottage zu kommen, das sich wie eine Leichenhalle anfühlte, und lief voraus in die Küche.

Jack öffnete den Kühlschrank – sodass es noch mehr unerwünschtes Licht gab – und hielt die Tür eine Minute lang offen.

»Ein bisschen karg«, meinte er und schloss die Tür wieder. »Nicht unüblich für eine allein lebende Frau, nehme ich an.«

Sarahs Aufmerksamkeit war jedoch auf etwas gerichtet, das sich neben dem Kühlschrank befand.

Sie ging hinüber. Durch das Flügelfenster über der Spüle fiel Licht auf diese Seite des Kühlschranks.

Gerade genug Licht, dass man den Kalender sah, der noch November zeigte: ein Foto von Bäumen mit rostrotem Herbstlaub.

Dann die Monatstage darunter.

Ein halbes Dutzend oder gar mehr waren fein säuberlich eingekreist.

»Jack, sieh dir das an.«

»Probentermine?«

Sarah schüttelte den Kopf. »Nein, die Chorproben finden grundsätzlich donnerstags statt, ausgenommen kurz vor dem Konzert. Was für wichtige Termine könnten an diesen Tagen gewesen sein?«

»Alles Mögliche.«

Sarah nickte. »Genau. Aber warum trägt sie es nicht ein? Zahnarzt, Verabredung, irgendwas.« Sie drehte sich zu Jack. »Ich meine, das würde man doch normalerweise machen, oder nicht?«

»Normalerweise, ja.«

Als sie sich wieder zum Kalender wandte, fühlte sie Kirstys Präsenz in diesem Haus zunehmend stärker.

»Es sei denn, man will nicht, dass Besucher zufällig sehen, was an dem jeweiligen Datum ist.«

Jack zeigte unter den Kalender.

»Guck mal da. Sie nahm das mit dem anaphylaktischen Schock ziemlich ernst.«

Unter dem Kalender klebte ein großes Poster mit Zeichnungen, die genau illustrierten, wie man einen EpiPen anwandte.

»Das passt nicht zu der vermeintlichen Unachtsamkeit, was?«, sagte Jack. »Wollen wir mal oben nachschauen?«

Und Sarah nickte, obwohl sie ehrlicherweise das Haus lieber verlassen hätte.

Stattdessen folgte sie Jack die Treppe hinauf in das kleine Dachgeschoss des Cottages.

14. Gesellschaft

Sarah ging oben als Erstes ins Badezimmer und öffnete einen kleinen Medizinschrank, der voller Tiegel und Tuben war. Zudem gab es ein Regalfach, in dem bis oben hin EpiPens in ihren Schachteln lagen, die gebrauchsfertig aufgestapelt waren.

Dann betraten die beiden ein kleines Schlafzimmer, das eindeutig unbenutzt war: keine Tagesdecke auf dem Bett, keine Bettwäsche. Am anderen Ende des oberen Stocks lag ein größeres Schlafzimmer. Dort neigte sich das Mansardendach über dem Bett, und die vorstehenden Dachbalken zogen sich über die gesamte Länge des Zimmers.

Zur Linken befand sich ein Kleiderschrank mit Doppeltüren neben einer klauenfüßigen Kommode.

Sarah bemerkte einen offenen Karton auf der Kommode, etwa dreißig mal dreißig Zentimeter groß. Sie ging hinüber und hob ihn hoch.

»Was ist das?«, fragte Jack.

Sie schüttelte ungläubig den Kopf. »Der ist voll mit ihren EpiPens. Kirsty fehlte es jedenfalls nicht an neuen Medikamenten.«

Sarah fröstelte. Hier oben war es noch kühler und unheimlicher als unten. »Ich weiß nicht, Jack, irgendwas stimmt hier nicht. Davon bin ich fest überzeugt.«

»Ich auch. Das passt alles nicht zusammen. Aber mir kommt es vor, als würden wir etwas Entscheidendes übersehen: Vielleicht müssen wir noch mit jemand anders reden, etwas Bestimmtes finden, oder ...«

»Inzwischen sind Wochen vergangen. Vielleicht ist es zu spät.«

Dazu sagte Jack nichts, und Sarah nahm an, dass es möglicherweise wirklich zu spät sein könnte, um noch herauszufinden, was mit Kirsty passiert war.

»Hier oben haben wir wohl alles gesehen«, meinte Jack. »Also ...«

Doch gerade als er ihre illegale Hausdurchsuchung beenden wollte, hörte Sarah das Klappern und Quietschen der Haustür unten, die aufgeschlossen wurde.

Instinktiv schnellte ihre Hand zu Jack vor.

»Jack …«

Er legte einen Finger an seine Lippen. Sie sah, wie seine Augen zur Zimmertür huschten. Dann drangen Stimmen von unten herauf. Es war unverständliches Gemurmel – doch eindeutig von zwei Männern, die sich unterhielten, während sie sich unten durchs Haus bewegten.

Sarah sah zu Jack, der sich rasch umblickte.

Es war sonnenklar, dass sie nicht riskieren konnten, nach unten zu gehen und sich zur Küchentür hinauszuschleichen.

Jack berührte Sarahs Ellbogen und wies zum Kleiderschrank.

Im Ernst? Wir sollen uns im Kleiderschrank verstecken?, dachte sie.

Doch dann bekam sie genau den Ansporn, den sie benötigte: Sie hörte das Geräusch von Schritten auf der Treppe.

Es war vielleicht keine tolle Idee, aber leider die einzige.

In dem Kleiderschrank hingen Kleidungsstücke – Kirstys Sachen -, sodass Sarah und Jack ziemlich gut versteckt waren, als sie sich an die hintere Schrankwand drückten.

Vorausgesetzt, fuhr es Sarah durch den Kopf, *niemand würde nach unten gucken und inmitten der eleganten Pumps, Turnschuhe und Stiefel reale Beine und Füße entdecken.*

Doch so beängstigend das Ganze auch war – es fühlte sich zugleich spannend an, wie Sarah mit klopfendem Herzen feststellte.

Es erinnerte sie an etwas.

Mal wieder an einen Film. Aber an welchen noch mal?

Dann fiel es ihr ein. Sie hatte ihn vor ungefähr einem Jahr mit ihren Kindern auf BBC2 gesehen.

E.T. Die Szene, in der die Kinder den kleinen Alien in einem Wandschrank versteckten.

Bei der Erinnerung musste Sarah beinahe lachen.

Ausgerechnet in dem Moment, in dem die beiden Männer ins Schlafzimmer kamen ...

»Das Hauptschlafzimmer. Gemütlich, wie Sie sehen können, und mit direktem Zugang zum Bad.«

»Ein bisschen klein, Cecil.«

Sarah erkannte eine der beiden Stimmen wieder. Es war Cecil Cauldwell, der Hausmakler.

Eine Besichtigung.

»Nun ja, es soll doch nur für zwei Personen sein, sagten Sie, nicht? Für Ihre Tochter und deren Partner?«

Der andere Mann stieß einen Grunzlaut aus. Auch seine Stimme kam Sarah bekannt vor, nur wusste sie nicht, woher.

»Erst mal. Aber die haben schon die wildesten Pläne. Eine eigene Firma, und Kinder wollen sie auch! Mann, die sind ja selber noch nicht mal erwachsen!«

»Ähm, es gibt noch ein zweites Schlafzimmer, wie gemacht für einen kleinen Knirps ...«

»Wie groß ist der Schrank?«

Schritte näherten sich. Sarah hielt die Luft an; Jack neben sich konnte sie überhaupt nicht atmen hören.

Es wurde am Schranktürgriff gerüttelt, und eine der beiden Türen ging auf.

Dann blieb sie etwa zu einem Viertel offen stehen. »Diese ganzen Möbel – die sind doch im Preis inbegriffen, oder? Die beiden haben nämlich nix.«

»Mit den Erben arbeiten wir noch an den Einzelheiten. Sind nur ein Onkel und eine Tante in Birmingham. Aber sowie alles mit den Anwälten geregelt ist, wird das Haus sicherlich möbliert verkauft.«

Für Sarah war es wie ein Geschenk, als der Kaufinteressent die Schranktür wieder schloss.

»Gut. Die brauchen alles, was ich ihnen beschaffen kann.«

»Kann ich mir vorstellen. Also, wollen wir zurück in mein Büro fahren und ein wenig, wie man so schön sagt, mit den Zahlen jonglieren?«

»Klar, meinetwegen. Aber heute unterschreibe ich noch gar nix.«

»Das würde mir im Traum nicht einfallen.«

Sarah erlaubte sich einen tiefen Atemzug, als sie endlich Schritte auf der Treppe hörte, die zusammen mit den Stimmen immer leiser wurden. Zu guter Letzt war das laute Quietschen der verzogenen Haustür zu vernehmen.

Binnen Minuten hatte sie Jack quasi die Treppe hinuntergescheucht. Jetzt, da die Gefahr überstanden war, musste Sarah richtig lachen. An der Seitentür sah Jack sich noch einmal kurz um, ob auch alles unberührt wirkte, ging hinter Sarah aus dem Haus und schloss wieder ab.

Betont gelassen schlenderten sie zurück zu ihren Wagen, als kämen sie von einem Spaziergang auf der Allee zum Dorf.

Bei Sarahs Wagen drehte Jack sich grinsend zu ihr um.

»Ich dachte schon, du würdest wegen des Sauerstoffmangels da drinnen in Ohnmacht fallen.«

»Wäre ich auch fast.«

Eine Windböe peitschte um sie herum, und da sich obendrein die Wolken verdunkelten, glaubte Sarah, dass es bald regnen würde.

»Jack, wir sind uns doch einig, oder?«

»Hmm?«

»Na, dass das, was Kirsty passiert ist, kein Unfall war.«

»Kann es nicht gewesen sein. Dagegen spricht diese Sache mit dem EpiPen.«

»Okay. Ich muss nach Hause, nach Chloe sehen. Aber was jetzt? Stecken wir in einer Sackgasse?«

»Ich hoffe nicht. Heute Abend ist wieder Chorprobe. Und

nachdem wir nun – wie heißt es noch so schön? – in ein paar Wespennester gestochen haben, kann ich vielleicht etwas mehr erfahren.«

»Falls ja …«

Jack lachte. »Schon klar, dann rufe ich dich sofort an, okay?«

Auch Sarah lachte. »Genau.«

»Und wünsch Chloe gute Besserung von mir. Ich wette, dass deine Eltern sie wie eine Prinzessin behandeln.«

»Eher wie die Königin.«

»Kann ich mir vorstellen.«

Sarah schaute zu, wie Jack sich in seinen winzigen Sportwagen zwängte und dann fortfuhr. Sie war sich überhaupt nicht sicher, was sie bisher in der Hand hatten – auf jeden Fall keine Beweise.

Doch Jacks Zuversicht bewirkte, dass sie das Gefühl hatte, sie würden herausbekommen, was wirklich mit Kirsty geschehen war – und, was noch wichtiger war, ihren Mörder finden.

15. Misstrauische Geister

Frostig hier, dachte Jack, als er den Probensaal betrat.

Und das lag nicht allein an den Temperaturen hier drinnen.

Während einige der Chormitglieder ihm zunickten und Pete Bull ihm sogar mit einem Lächeln zuwinkte, strengten sich bestimmte andere an, ihn zu ignorieren.

Die Hillocs hielten sich abseits und redeten miteinander, wobei hauptsächlich Emma sprach, während Thomas' Kopf sich auf und ab bewegte.

Roger Reed stand vorn und blätterte eifrig in den Noten, als hätten sie das Programm nicht schon mindestens ein Dutzend Mal geprobt.

Einzig Simon Rochester sah Jack direkt an und bedachte ihn mit einem schmierigen Grinsen, das nach einer Herausforderung aussah.

Rochester verströmte extrem viel Selbstvertrauen und – wie Jack annahm – gewiss auch ein sehr teures Eau de Toilette, mit dem er den Geruch seiner Whirlpoolbäder vertrieb.

Jack hatte überlegte, noch einmal mit jedem von ihnen zu sprechen, bis ihm eine weit bessere Idee in den Sinn gekommen war.

Nachdem Sarah und er nun überzeugt waren, dass irgendjemand Kirstys Tod bewusst herbeigeführt hatte, verfolgte Jack einen Plan, der mit ein bisschen Glück und hinreichend Paranoia die Antwort auf die Frage, wer der Mörder gewesen war, hervorlocken sollte.

Er ging hinüber zu Martha Bernard, die auf ihrer Klavierbank saß und sich mit einer Frau unterhielt, die genauso alt sein musste wie sie.

»Verzeihung, Martha«, sagte Jack und nickte der anderen Frau mit einem Lächeln zu. »Dürfte ich Sie wohl kurz sprechen?«

Martha musterte ihn auf die für sie typische Art, bei der

Jack sich des Eindrucks nicht erwehren konnte, dass ihre Brille zugleich eine Laserwaffe war.

Dann wandte sie sich an die andere Frau. »Rosie, entschuldigst du uns bitte?«

Rosie blickte von Martha zu Jack, rang sich ein Lächeln ab und zog von dannen – zweifellos mit einer Menge von Vorstellungen darüber, was »der Amerikaner« im Schilde führte.

»Was für eine Tratschtante«, sagte Martha. »Seien Sie gewarnt, Jack. Erzählen Sie ihr nichts, was nicht das ganze Dorf erfahren soll.«

Jack lächelte immer noch. »Gut zu wissen, Martha. Danke.« Dann setzte er sich zu ihr auf die Klavierbank.

Er bemerkte, dass Emma zu ihnen blickte und ihrem Mann einen nicht sehr unauffälligen Knuff verpasste.

Schön. Sie sehen es.

Roger Reed schaute von seinen Noten auf und verengte die Augen, als er Jack so nahe bei seiner Klavierbegleitung entdeckte.

Und Simon Rochester gab vor, ins Gespräch mit einem der jüngeren Sänger vertieft zu sein, während sein Blick immer wieder zu Jack huschte.

Perfekt.

»Und, Mr. Brennan, wie geht ihre Detektivarbeit voran?«

»Ah, Sie haben davon gehört.«

»In Cherringham hört man alles.«

Jack nickte. »Ich wollte Ihnen danken. Für Ihre Hinweise.«

Plötzlich bekam Martha vor Aufregung große Augen. »Haben Sie etwas entdeckt?«

»Ich denke schon. Sagen wir, Kirsty Kimball hinterließ etwas, von dem ich denke, dass es uns verrät, was – besser gesagt: wer – ihren allergischen Schock herbeiführte … und ihren Tod.«

»Glauben Sie, es war Mord?«

»Das glaube ich. Genau genommen bin ich mir so gut wie sicher.«

»Und wer soll das gewesen sein?«

Marthas Frage passte wunderbar zu ihrem eulenartigen Gesichtsausdruck.

»Tja, Martha, da bin ich mir noch nicht hundertprozentig sicher. Aber dank Ihnen und Ihren … ähm, Hinweisen …«

»Ja, die haben Sie von mir, nicht? Ganz wie im Fernsehen!«

Sie schien vollkommen entzückt von der Vorstellung zu sein.

Ehrlicherweise hätte Jack sagen müssen, dass es eher böswillige Unterstellungen waren, die sie ihm gegenüber geäußert hatte. Doch er musste zugeben, dass sie nützlich gewesen waren.

»Ja, das habe ich. Wofür ich Ihnen überaus dankbar bin«, erwiderte er strahlend. »Sehr bald sollte ich einige Antworten haben.«

»Heute Abend noch?«

Jack nickte. »Könnte sein. Und falls ja, werden Sie unter den Ersten sein, die es erfahren.«

Es hatte den Anschein, als würde die kleine grauhaarige Pianistin jeden Moment von ihrer Klavierbank abheben und geradewegs hinauf ins Deckengebälk fliegen.

Im nächsten Moment kündigte Reed mit einem Händeklatschen den Probenbeginn an.

Und Jack dachte: *Meine Arbeit hier ist getan. Jetzt liegt es an Martha und den Verdächtigen.*

Müsste er eine Wette abschließen, wüsste er, auf wen er als Täter setzen würde.

Eine Karte war noch auszuspielen, und dann sollten die Spieler – schuldig oder nicht – in Bewegung gesetzt werden.

Bei der heutigen Probe zeigte sich Roger Reed noch pedantischer als sonst, und in gewisser Weise verstand Jack sogar seinen Verdruss, denn der Chor klang trotz der vielen Stunden emsigen Übens keinen Deut besser.

Dennoch sollte es genügen, um ein wenig Feiertagsstimmung auf dem kalten Dorfplatz aufkommen zu lassen, wenn Cherringhams Weihnachtsbeleuchtung eingeschaltet wurde.

Irgendwie freue ich mich darauf.

»Ich weiß nicht, was ich noch machen soll, Leute. Die vielen Proben, all die Anleitung, und ihr hört euch immer noch an wie …«

»Ach, krieg dich ein, Roger!«, fiel einer der jüngeren Männer ihm ins Wort, und alle lachten.

Reed schüttelte den Kopf, als suchte er nach einer Möglichkeit, den Zwischenruf ungeschehen zu machen und mit seiner Standpauke fortzufahren. Doch stattdessen …

»Gönnt euch am Tag der Tage nur bitte ein bisschen Ruhe Bitte!« Dann wurde er sehr ernst und feierlich. »Wir haben alle hart gearbeitet. Schenken wir dem Dorf eine herrliche Aufführung!«

Hierauf applaudierte der eben noch lachende Chor seinem mitgenommenen Leiter, der sich sogar zu einem Lächeln hinreißen ließ, als sich die Sänger in den hinteren Teil des Saals zu den obligatorischen Snacks zurückzogen.

Jetzt muss rasch gehandelt werden.

Und ein bisschen Organisation ist gefragt, sagte sich Jack.

Er lief hinüber zu Pete Bull.

»Pete.«

Auf Jacks Stimme hin wandte Pete sich von Beth Travers ab

Die beiden sind ein Paar?, fragte Jack sich unwillkürlich

Pete trug einen Ehering, und Beth schien Single zu sein. Aber Jack hatte Schwingungen bei ihr wahrgenommen.

»Jack?«

Beth drehte sich weg, um mit jemand anders zu reden.

»Wie wäre es heute mit dem Pint, das Sie erwähnten?« schlug Jack vor. »Und … sollen wir nicht den Tee ausfallen lassen?«

Pete war eindeutig für ein Bier im Pub anstelle eines Tees im eisigen Dorfsaal.

Aber Jack spürte noch etwas anderes bei Pete, weshalb er beschlossen hatte, auf dessen bereits zweimal ausgesprochene Einladung zurückzukommen.

»Sicher. Holen wir uns unsere Mäntel, und dann nichts wie ab zum Ploughman«, sagte Pete.

»Ich würde lieber zum Angel gehen, falls es Ihnen nichts ausmacht«, erwiderte Jack. »Und ich gebe aus.«

Pete zuckte mit den Schultern und schien zu denken: *Ein Gratis-Pint ist ein Gratis-Pint, egal wo man es trinkt.*

So folgte Jack ihm in den Garderobenraum und die breite Treppe hinunter nach draußen.

»Das Gleiche für mich«, sagte Jack zur Kellnerin, die Bulls Lager auf einen abgenutzten Untersetzer stellte.

Von dort aus, wo Jack stand, konnte er den Eingang des Gemeindehauses durch das alte Pubfenster sehen und würde folglich mitbekommen, wenn die Chormitglieder mit ihren bescheidenen Erfrischungen fertig waren.

Die Kellnerin stellte ein zweites großes Bier mit Schaumkrone hin.

Beide Männer schwiegen einen Moment, während sie ihren ersten kühlen Schluck genossen.

»Verdammt, tut das gut«, entfuhr es Jack.

»Diese Singerei«, sagte Bull grinsend. »Macht einen mächtig durstig, nicht?«

»Und wie!«

Jack zwang sich, das anschließende Schweigen nicht zu brechen, sondern abzuwarten. Erst nachdem er mit Sarah in dem Cottage gewesen war, hatte er begriffen, dass ihm etwas Entscheidendes durch die Lappen gegangen sein könnte.

Pete hatte versucht, mit ihm zu reden, und selbst wenn er

nichts als ein bisschen Kameradschaft suchte, könnte er immer noch etwas Hilfreiches zu sagen haben.

Und das hoffte Jack hier, am Ende der Bar und außer Hörweite von allen anderen, herauszufinden.

»Sie kennen unsere Mitsänger alle recht gut, was?«

Bulls Lächeln schwand. »Ja, ich bin in dem Dorf hier aufgewachsen. Also kenne ich sie, und sie kennen mich. In meiner Jugend habe ich es hier ganz schön bunt getrieben.«

»Haben wir das nicht alle?«

Jack atmete tief ein. Immer noch hatte keiner der anderen das Gemeindehaus verlassen. Aber es würde nicht mehr lange dauern, und dann wäre seine Chance auf hilfreiche Informationen von Bull dahin.

»Kannten Sie Kirsty?«

Ein Nicken. »Nicht besonders gut. Nette Frau …«

»Auch gut aussehend.«

»Ja … na ja, schon. Aber ich bin ja verheiratet und so, da habe ich nicht …«

Jack lehnte sich ein bisschen näher zu ihm. »Deshalb sind wir ja nicht gleich blind, was, Pete?«

Ein zögerliches Grinsen. »Auch wieder wahr, schätze ich.«

»Und dass sie so gestorben ist. Irgendwie …« Jack tat so, als würde er nach dem richtigen Wort suchen. »seltsam.«

Wieder nickte Bull und sah sich im Pub um. Da es spät war, hockten nur einige wenige Stammgäste bei ihren letzten Pints für heute.

»Eben, das ist es«, sagte Bull. »Übrigens, ich wollte Ihnen das schon früher sagen, weil ich ja weiß, dass Sie sich die Geschichte genauer angucken … also ihren Tod und so. Und Sie sind ja schließlich ein großer Detective aus New York.«

»War ich«, korrigierte Jack ihn. »Das scheint gerne vergessen zu werden.«

»Trotzdem … Sie und Sarah. Jeder weiß doch irgendwie, was Sie beide machen. Stellen Fragen, und …«

Bull verstummte. Jack hielt seinen Mund. Dank seines besonderen Spürsinns, den er über Jahrzehnte hinweg entwickelt hatte, fühlte er deutlich, dass der Mann im Begriff war, etwas Wichtiges zu sagen.

»Jedenfalls muss ich Ihnen da was erzählen. Was den Abend betrifft … und die Kekse.«

Und Jack ließ Bull die Wahrheit ans Licht bringen.

16. Eine kurze Fahrt über Land

Bull hatte zu Ende erzählt und beantwortete Jacks Fragen mit wachem, ehrlichem Blick.

Er hat keine weiteren Geheimnisse mehr, dachte Jack.

Dann blickte er hoch, und plötzlich flogen die Flügeltüren des Gemeindehauses auf, und der Rotarierchor kam heraus.

Sie sind unterwegs.

Er wandte sich wieder Pete Bull zu, der trotz Jacks Versicherungen noch recht unglücklich dreinschaute.

»Danke, dass Sie mir das erzählt haben, Pete.«

»Ich hätte es ja schon früher gemacht, Jack. Nur, na ja, Sie wissen selbst, wie dieser Rotarierhaufen sein kann. Die machen ein Heidentheater um ihre blöden Snacks.«

Jack grinste. »Oh ja, ich weiß.«

Dann zog er seine Jacke an und ließ sein halb volles Pint stehen. Bull sah ihn fragend an.

»Glauben Sie, das hat was zu bedeuten?«

Jack behielt die Leute draußen im Blick. Jetzt zählte jede Sekunde, und leider musste er sich eingestehen, dass dennoch nichts dabei herauskommen könnte.

Aber was Bull erzählt hatte, fügte sich bestens in Jacks Theorie, was an dem Abend geschehen war, als Kirsty starb.

»Kann sein, Pete. Auf jeden Fall danke, dass Sie es mir gesagt haben. Und für die nette Gesellschaft … Das machen wir mal wieder, wenn ich nicht so schnell weg muss wie jetzt.«

Bull nickte, und Jack verließ den Pub durch die Seitentür, die auf den Platz führte, wo sein Sprite wartete.

Jack fuhr auf der East Charlton Road aus dem Dorf heraus. Diese Straße kannte er nicht besonders gut, wusste allerdings, dass sie direkt um die kleinen Cottages herumführte, wo Kirsty gewohnt hatte.

Er hätte gerne seine Scheinwerfer ausgestellt, doch die englischen Straßen waren ohnehin schon tödlich genug, da wollte er kein zusätzliches Risiko eingehen.

Und sollte er gesehen werden, würde jeder annehmen, dass er auf dem Heimweg zur *Grey Goose* war und lediglich einen Umweg fuhr.

Er verlangsamte das Tempo, als er eine Abbiegung erreichte, und fuhr nach links in eine noch schmalere Straße hinein. Es handelte sich um eine alte römische Straße, wie Sarah ihm mal erzählt hatte. Er war erstaunt gewesen, dass diese gerade Straße tatsächlich aus der Zeit der römischen Eroberer stammte.

Nun wurde er noch langsamer. Er wollte tunlichst die ebenso peinliche wie komische Szene vermeiden, in der er vor den Cottages vorfuhr und sich Kühler an Kühler mit demjenigen wiederfand, der aus der anderen Richtung gekommen war.

Wenn jemand zu Kirstys Haus fuhr, sollte er lieber als Erster dort eintreffen.

Das macht richtig Spaß, dachte Jack unvermittelt.

Er hielt ein gutes Stück vom Cottage entfernt an und stellte den Motor seines Sportwagens ab. Warmes Licht und das Flackern von großen Flachbildfernsehern ergoss sich aus den Fenstern der Cottages.

Kirstys Cottage konnte Jack noch nicht ganz sehen, doch mit dem Auto durfte er sich nicht näher heranwagen.

So schwang er sich aus dem Fahrersitz und knallte dabei – mal wieder! – mit dem Knie gegen das Lenkrad.

Vielleicht brauche ich doch einen praktischeren Wagen. Aber ich liebe den Sprite.

Als er zu Fuß um die Kurve zum Cottage ging – irgendwie empfand er alles völlig anders als bei der nachmittäglichen Erkundungstour im hellen Tageslicht -, sah er einen Wagen.

Ein roter Ford Fiesta parkte in sicherer Entfernung von Kirstys Cottage.

Jack blieb im Schatten, als er hinüberging und ins Wageninnere spähte: ein Navi auf dem Armaturenbrett, ein Mantel auf der Rückbank, ein Karton auf dem Beifahrersitz.

Das Fahrzeug könnte einem Bewohner aus einem der anderen Cottages gehören.

Oder einem Übernachtungsgast? Das ließe sich leicht überprüfen.

Schließlich hatte er Martha erzählt, dass Sarah und er eine »Entdeckung« gemacht hätten – wohl wissend, dass sie es zügig weiterverbreiten würde.

Jack konnte sich lebhaft ausmalen, wie sie jeden ihrer Hauptverdächtigen ansprach ...

Wissen Sie schon, dass er etwas gefunden hat?

Und sie alle dürften sich brennend dafür interessiert haben, was der Detective entdeckt hatte.

Allerdings würde eine der fraglichen Personen nicht bloß neugierig, sondern darüber hinaus entsetzt sein. Sie würde Gefahr wittern und jenes scheußliche Gefühl empfinden, wenn sich einem der Bauch zusammenkrampfte – weil sie gehört hatte, dass irgendein Beweis im Cottage aufgetaucht war.

Jack machte einen Schritt vom Ford Fiesta weg. Plötzlich hörte er ein Klappern.

Dann sah er jemanden vor Kirstys Haustür stehen. Das war kein Einbruch; der Mann, der dort stand, hatte einen Schlüssel.

Und wie gelangt man zu einem Schlüssel? Gewöhnlich, in dem man ihn vom Hausbesitzer bekommt.

Er beobachtete, wie der Mann das dunkle Cottage betrat und die Tür hinter sich zuzog. Jack wartete, doch drinnen ging kein Licht an.

Folglich war es auch keine Maklerbesichtigung.

Jack bewegte sich lautlos durch die dunkle Cottage-Küche. Draußen schien kein Mond, sodass es beinahe stockfinster war. Aus dem Zimmer oben war Schaben und Gemurmel zu hören.

348

Hin und wieder zuckte ein Lichtkegel über die Treppe; wer auch immer dort oben war, musste eine Taschenlampe bei sich haben.

Jack war bewusst, dass er keine Waffe besaß – abgesehen vom Überraschungsmoment.

Er schlich zur Treppe und ging sie langsam, Stufe für Stufe, hinauf.

Die Hälfte war geschafft, als ein lautes Knarren unter seinem Fuß ertönte. Jack erstarrte. Er wartete, atmete so leise wie möglich. Eine Hand behielt er am Treppengeländer. Über ihm war alles still geworden, und auch der Taschenlampenstrahl bewegte sich nicht mehr …

Wer auch immer sich dort oben aufhielt, hatte das Knarren gehört.

Dann bewegte sich das Licht wieder, und das Schaben und Scharren setzte von Neuem ein.

Jack hob seinen Fuß und begann weiter hochzusteigen. Als er das obere Ende der Treppe erreichte, blickte er sich auf dem winzigen Flur um. Der Eindringling war in Kirstys Schlafzimmer; durch die halb offene Tür sah Jack den riesigen Schatten, der über Wände und Zimmerdecke zuckte.

Jack näherte sich der Schlafzimmertür, holte tief Luft und machte sich bereit.

Dann stieß er mit einer Hand die Tür auf und griff mit der anderen um die Ecke nach dem Lichtschalter.

Eine Sekunde lang war es blendend hell.

»Aahhh!«, schrie eine laute männliche Stimme im Schlafzimmer.

Jacks Augen hatten sich an das Licht gewöhnt und blickten auf den wenige Meter entfernt stehenden Thomas Hilloc. Der Buchhändler stand mit der Taschenlampe in der einen und einem leeren Papierkorb in der anderen Hand im Zimmer. Auf dem Bett neben ihm waren Schachteln mit EpiPens ausgekippt, von denen einige aufgerissen waren.

Thomas' Züge waren wie eingefroren, der Mund offen vor Schreck.

»Hi, Thomas«, sagte Jack munter. »Sind Sie vorbeigekommen, um ein bisschen aufzuräumen?«

Doch Thomas reagierte schnell.

Er schleuderte den Papierkorb nach der Deckenlampe, deren Birne zersprang, und in der plötzlichen Dunkelheit stürzte er sich auf Jack und die Türöffnung.

Jack versuchte ihn zu packen, aber Thomas war schon an ihm vorbei und stolperte in halsbrecherischem Tempo die Treppe hinunter.

Jack folgte ihm, wütend auf sich, weil er Thomas entkommen ließ. Er landete hart unten an der Treppe und stürmte durchs Wohnzimmer, wo er diverse Möbelstücke umwarf. Die Haustür erreichte er genau in dem Moment, als sie zurückschwang. Mit großer Wucht prallte sie gegen seinen Oberkörper.

Keuchend blieb er stehen und lehnte sich an den Türrahmen.

Gott, bin ich aus der Übung. Oder bin ich vielleicht zu alt ...

Er richtete sich wieder auf und lief aus dem Haus. Auf dem vereisten Weg rutschte er aus und fiel gegen den Gartenzaun. Als er wieder aufsah, saß Thomas schon in seinem Wagen – dem roten Fiesta – und versuchte, ihn zu starten.

Jack hatte es gerade bis zur Gartenpforte geschafft – da brauste der Fiesta mit ausgeschalteten Scheinwerfern in die Richtung, aus der Jack gekommen war.

Eilig lief Jack zu seinem Sprite, sprang hinein, ausnahmsweise ohne sich die Hüfte zu stoßen, und steckte den Schlüssel ins Zündschloss. Wunder über Wunder: Der alte Sportwagen startete auf Anhieb. Jack legte den Gang ein, riss das Lenkrad herum und vollführte die schnellste Drei-Punkt-Wendung, die er jemals auf einer dieser winzigen englischen Straßen probiert hatte.

Nachdem er die Scheinwerfer eingeschaltet hatte, trat er auf das Gaspedal und raste auf der überfrorenen Straße dem missmutigen Buchhändler hinterher.

Jack hielt am Straßenrand, stellte die Warnblinkanlage an und den Motor ab.

Die Verfolgungsjagd hatte nicht länger als eine Minute gedauert, schätzte er, obgleich ihn jede einzelne beängstigende Sekunde daran erinnerte, warum er sich vorzeitig vom NYPD in den Ruhestand verabschiedet hatte. Der kleine Sprite hatte Thomas' Flucht-Fiesta mühelos eingeholt, aber in den vereisten Kurven war es heikel gewesen, die Kontrolle zu behalten, weil das Heck immer wieder ausschwang und bedenklich hüpfte.

Zum Glück beschränkte sich die Fahrpraxis von Thomas eindeutig auf das Abholen von Büchern, sodass es für Jack nicht erforderlich gewesen war, seine gesamten Verfolgungskünste aus alten Tagen einzusetzen.

Der Buchhändler hatte eine halbe Meile auf der East Charlton geschafft, als die Doppelkurve zum Hügelgipfel kam. Die erste Biegung meisterte der Fiesta noch; bei der zweiten hingegen verschätzte Thomas sich völlig mit dem Tempo, und wo die Straße nach rechts bog, fuhr die kleine Familienkutsche geradeaus ...

... durch ein Holzgatter und in einen Graben hinein. Dann überschlug sie sich und schlitterte auf dem Dach circa dreißig Meter über ein Feld, bevor sie zum Stehen kam.

Im Scheinwerferlicht des Sprite marschierte Jack über das weiß gefrorene Gras auf den gestrandeten Wagen zu. Das Auto ächzte, knarzte und dampfte; aber der Motor war aus, und Jack konnte kein Benzin riechen.

Also besteht keine unmittelbare Gefahr, dachte er.

Aus dem Wageninnern war ein leises Stöhnen zu hören. Jack näherte sich der Fahrerseite und hockte sich hin.

Thomas Hilloc hing kopfüber in seinem Sicherheitsgurt, umgeben von den Resten eines erschlafften Airbags.

»Gott, was für ein Mist!«, sagte er und sah durch das zersplitterte Seitenfenster zu Jack. »Was für ein verfluchter Mist!«

»Warum sind Sie weggelaufen?«, fragte Jack.

»Sollte man das nicht machen?«, erwiderte der Buchhändler. »Ist es nicht das, was alle ... *Mörder* stets tun?«

»Dann sind Sie der Mörder, Thomas?«

»Ja.«

»Nur der Klarheit halber – Sie wissen schon, alles gemäß Vorschrift ... Wir reden hier über Kirsty Kimball, richtig?«

»Ja.« Thomas nickte. »Ich habe sie umgebracht.«

»Warum?«

»Was meinen Sie – warum?«

»Gehe ich recht in der Annahme, dass Sie beide eine Art Affäre hatten?«

»Das war keine Affäre. Wir haben uns geliebt, verdammt!«
Seine Wut war echt und unverkennbar.

»Warum haben Sie sie dann umgebracht?«

»Weil ... weil sie wollte, dass ich Emma verlasse. Und ... und als ich erklärt habe, das kann ich nicht, hat sie gesagt, dass sie es allen erzählt. Da ... na, da habe ich sie umgebracht.«

»Verstehe«, sagte Jack. »Einfach so, ja?«

»Ja, so war es. Und jetzt das. Sie haben Ihren Mann, wie man zu sagen pflegt. Und für mich ist das Spiel aus.«

»Sieht ganz so aus.«

»Was jetzt? Holen Sie mich jetzt aus diesem verfluchten Auto raus?«

»Sie müssen durchs Fenster rausrobben.«

»Gott, auch das noch!«

Mit gemeinsamer Anstrengung konnten sie den Gurt lösen, und Thomas purzelte nach unten. Jack streckte eine Hand in den Wagen und zog den Buchhändler an den Schultern durch das zerstörte Seitenfenster. Schließlich stand Thomas draußen und klopfte sich Glasscherben und Schmutz ab.

»Sind Sie verletzt?«, erkundigte sich Jack.

»Nur ein paar blaue Flecken.«

»Meinen Sie, Sie können gehen?«

Thomas zuckte mit den Schultern. Es stellte sich heraus, dass er doch von Jack gestützt werden musste, und so humpelten sie zum Sprite, der auf der Straße parkte.

»Wo fahren wir hin?«, fragte Thomas, der mittlerweile nicht mehr wütend klang, sondern nur noch elend. »Zur Polizei?«

»Nein«, antwortete Jack, öffnete die Beifahrertür und half dem Buchhändler, seine langen Beine in den Wagen zu bugsieren. »Noch nicht.«

Er schlug die Tür zu, ging zur Fahrerseite und stieg ein.

Im Augenblick hatte Jack ein anderes Ziel im Sinn.

17. Cotswold Crunch

Sarah erschauderte und trat dichter an die dunkle Ladentür des Knick Knack. Über dem Fenster von Kirstys Laden hing nun ein »Zu vermieten«-Schild. *Bald,* dachte Sarah, *wird jemand anders hier eine Geschenkboutique eröffnen und Kirsty von den meisten Leuten vergessen sein ...*

Auf der anderen Seite der Gasse war The Bookworm, wo alle Lichter ausgeschaltet waren, obwohl Sarah einen Schatten an einem der Fenster in der kleinen Wohnung oben vorbeigleiten sah. Ungeachtet der späten Stunde war dort also noch jemand auf.

Ein Wagen kam angefahren und parkte auf der Hauptstraße am Ende der Gasse. Sarah wusste, dass es Jack war, denn der kleine Sprite hatte sein ganz eigenes Motorengeräusch – ein besonders volltönendes Brummen. Und tatsächlich tauchte die unverwechselbare Silhouette gleich darauf in der Gasse auf.

Es war jemand bei ihm. Trotz der Dunkelheit konnte Sarah erkennen, dass die beiden Gestalten zwar nicht sonderlich eng nebeneinandergingen, Jacks Hand jedoch den Oberarm des anderen Mannes umklammert hielt.

Und zwar fest umklammert.

»Hi, Sarah«, sagte Jack leise, als die beiden näher kamen. Sie überquerte die Gasse in Richtung The Bookworm, um ihn zu begrüßen.

»Gutes Timing, Jack. Mir wurde gerade ein bisschen kalt.«

Nun fiel ein Lichtstrahl aus der oberen Wohnung auf das Gesicht von Jacks Begleiter.

Thomas Hilloc! Was war mit ihm passiert?

Sarah sah, dass Thomas' Jacke eingerissen und voller Schmutz war. In seinem Haar hingen kleine Teile, die zerbrochenem Glas ähnelten, und an einer Wange war getrocknetes Blut.

Überdies wirkte sein Gesicht noch resignierter als sonst

was Sarah bis zu diesem Moment für unmöglich gehalten hätte.

»Haben Sie Ihren Schlüssel?«, fragte Jack den Buchhändler. Thomas wühlte in seiner Hosentasche, bevor er beschämt den Kopf schüttelte.

Jack drückte auf die Klingel und wandte sich seelenruhig wieder Sarah zu, als wäre das Eskortieren eines Straftäters durch die nächtlichen Gassen Cherringhams eine alltägliche Angelegenheit.

»Wie geht es Chloe?«

»Oh, viel besser«, antwortete Sarah. »Sie hat heute Abend schon richtig gut gegessen, und jetzt schläft sie tief und fest. Sicher ist sie morgen wieder putzmunter.«

»Schön. Ende gut, alles gut, was, Thomas?«

Thomas war nicht zum Plaudern zumute, wie Sarah ihm deutlich ansah. Ehe sie fragen konnte, was geschehen war, ging das Licht im Laden an; und Emma Hilloc kam, um ihnen aufzuschließen.

»Was in aller Welt ist hier los?«, fragte sie, als sie die Eingangstür weit aufschwang.

»Wie wäre es, wenn Sie uns reinlassen, Mrs. Hilloc, damit wir es alle zusammen herausfinden?«, schlug Jack höflich vor.

»Also?«, sagte Emma schroff und verschränkte die Arme vor der Brust.

Sie hatte sie weder gebeten, Platz zu nehmen, noch ihnen Tee oder Kaffee angeboten.

Sarah stand bei Jack und Thomas Hilloc und fühlte sich, als wäre sie zu einer Strafpredigt ins Büro der Schuldirektorin bestellt worden.

Aus Jacks Miene jedoch folgerte sie, dass er am Ende derjenige sein würde, der hier irgendwen bestrafte. Diesen Blick kannte sie schon.

»Nur zu, Thomas«, forderte Jack den armen Mann mit einem leichten Knuff auf. »Erzählen Sie allen, was Sie mir erzählt haben … Nachdem Sie den Wagen Ihrer Frau zu Schrott gefahren haben.«

»Was?«, rief Emma aus. »Nein, sag's nicht, lass mich raten. Mit allen Onlinebestellungen im Kofferraum? Typisch!«

»Es tut mir schrecklich leid, Emma. Sicher haben die Bücher überlebt. Ich bin nur zu schnell in eine Kurve hineingefahren.«

Sarah lauschte aufmerksam, als langsam die ganze Geschichte herauskam. Von Thomas' Affäre mit Kirsty Kimball. Von Kirstys Drohung, Emma alles zu erzählen. Davon, wie Thomas – diesen Teil konnte Sarah kaum glauben – Kirsty umbrachte. Wie er einen benutzten EpiPen gegen ihren neuen austauschte.

Und dass er heute Abend in Kirstys Cottage gewesen war, um jeden Hinweis auf den Austausch verschwinden zu lassen.

Während Thomas redete – sein Geständnis ablegte –, beobachtete Sarah seine Frau. Emmas Gesicht zeigte keinerlei Reaktion. Vielmehr schien sie angestrengt nachzudenken.

Zu erfahren, dass der eigene Ehemann eine Affäre gehabt hatte, dass er seine Geliebte umbrachte, dass das gemeinsame Leben und Geschäft höchstwahrscheinlich ruiniert waren – vielleicht war das alles ja zu viel, um es auf einmal verarbeiten zu können.

Schließlich verstummte Thomas.

Und Jack applaudierte. Langsam. Spöttisch.

»Na, was sagen Sie dazu?«, fragte er. »Das ist mal eine Geschichte, was, Emma?«

»Ich weiß nicht, was ich sagen soll«, antwortete sie.

»Nein, sicher nicht«, sagte Jack lächelnd und wandte sich zu Thomas um. »Da ist nur eine Sache, die ich nicht ganz verstehe, Thomas.«

»Ja?«

Thomas Hilloc stand zerrupft und blinzelnd im hellen Licht des Ladens.

»Wie haben Sie das Gift in die Kekse bekommen?«

»Wie bitte?«

»Wie haben Sie dafür gesorgt, dass Kirsty ausgerechnet den einen Keks aß, in dem eine Erdnuss war?«

Sarah entging nicht, dass Thomas verwirrt war. Sie sah, wie er kurz zu Emma blickte, als könnte sie ihm bei der Antwort helfen.

»Weiß ich nicht«, erwiderte er. »Ich hatte ... eben Glück, denke ich.«

»Glück?«, wiederholte Jack. »Glück, dass Sie die Frau töten konnten, die Sie einst liebten? Was für eine eigenartige Wortwahl, Thomas.«

Der Buchhändler öffnete den Mund, um etwas zu erwidern, schwieg jedoch, als er sah, dass Jack sich zu Sarah umdrehte.

»Tust du mir bitte einen Gefallen, Sarah?«, sagte Jack mit ungleich strengerer Stimme als zuvor. »Pass kurz auf die beiden hier auf.«

Mit diesen Worten ging er durch den Laden zum hinteren Bereich und verschwand.

»Was zur Hölle geht hier vor?«, wollte Emma wissen.

Sarah wartete. Sie wusste es auch nicht. Aber ihr war klar, dass Jack wusste, was er tat.

Und der kehrte mit einer Kekspackung in einer durchsichtigen Beweismitteltüte zurück.

»Sie haben hoffentlich nichts dagegen«, sagte er zu den Hillocs. »Ich fand die hier in Ihrem Küchenschrank.«

Er legte die Tüte in ein Bücherregal neben Emma, auf einen Stapel alter grüner Taschenbuchkrimis.

»Cotswold Crunch«, sagte er wie ein Anwalt, der sein Plädoyer vor Gericht eröffnet. »Oder – wie ich sie lieber nennen möchte – die Mordwaffe.«

»Was soll das heißen, Jack?«, fragte Sarah. »Ich dachte, alle Kekse wurden von den Chormitgliedern selbst gebacken.«

»Oh ja, das erwartet man«, entgegnete Jack grinsend. »Aber

kürzlich erfuhr ich etwas Interessantes. Pete Bull – unser wundervoller Klempner-Bariton – hat eine in jeder Hinsicht reizende Frau, sagt er, die allerdings nicht backen kann. Und weil Pete selbst ebenfalls nicht bäckt, steckte er ein bisschen in der Klemme, was das traditionelle Wettbacken für die Chorabende anbelangte. Wie hat er wohl sein Problem gelöst?«

Jack sah zu Emma, doch Sarah erkannte, dass die Buchhändlerin nicht antworten würde. Deshalb tat sie es.

»Er hat Kekse gekauft«, sagte sie. »Und so getan, als hätte seine Frau sie selbst gebacken.«

»Genau«, bestätigte Jack. »Und keiner hat etwas gemerkt.«

Sarah wartete gelassen ab, als er eine Pause einlegte. Sein Timing war einfach perfekt ...

»Habe ich gesagt, keiner? Ach nein, nicht ganz ›keiner‹. Eines Abends nämlich, als Pete Bull glaubte, er würde unbeobachtet seine Kekspackung auf einen Teller schütten, wurde er von einem gewissen Chormitglied erwischt. Pete versank vor Scham im Boden. Ein Keksskandal im Chor – nicht auszudenken!«

Sarah glaubte, eine Veränderung in Emma Hillocs Gesicht wahrzunehmen.

Jetzt wird ihr ein bisschen schlecht, dachte sie.

Jack fuhr fort: »Aber das fragliche Chormitglied beruhigte ihn, er solle sich keine Sorgen machen. ›Das sind solche Snobs im Chor‹, sagte die Frau zu ihm. ›Behalten wir dieses kleine Geheimnis einfach für uns‹, fügte sie hinzu. Und Pete war damit einverstanden. Aber dann, als die Polizei vorbeikam und Fragen wegen der Kekse stellte, war er auf einmal in seiner kleinen Notlüge gefangen.«

»Und genau so war's!«, rief Sarah. »Niemand kam dahinter, wie die Erdnuss in die Kekse gelangt war. Doch der Mörder hatte natürlich nichts weiter tun müssen, als ein paar präparierte Cotswold-Crunch-Kekse mitzubringen, sie gegen die auf dem Teller auszutauschen – exakt im richtigen Moment, bevor sie Kirsty angeboten wurden – und nach vollbrachter Tat wieder zurückzutauschen …«

»Es bedurfte lediglich einer winzigen Menge Erdnuss, nicht mehr als ein Krümelchen«, sagte Jack. »Für die Operation musste dann nur noch die Sache mit den EpiPens geregelt werden. Doch wer Zugriff auf einen Schlüssel für das Cottage hatte und jederzeit dort hineingehen konnte, um den Austausch vorzunehmen, brauchte bloß auf eine passende Gelegenheit zu warten. In der Mordnacht ließ man dann dem Opfer gut zehn Minuten Vorsprung, fand die Leiche und ersetzte den unbrauchbaren EpiPen durch einen intakten.«

Erst jetzt ging Sarah auf, dass sie alle – Jack, Thomas und sie – Emma anstarrten.

Emma Hilloc, die Mörderin.

»Tut mir leid, Emma«, entschuldigte sich Thomas. »Ich habe dich mal wieder enttäuscht, nicht? Ehrlich gesagt, glaube ich, dass ich diese alberne Geschichte sowieso nicht lange durchgehalten hätte.«

Emma Hilloc schüttelte den Kopf.

»Es war dumm von mir, dir das zuzutrauen«, sagte sie. »Du bist schlicht zu schwach, stimmt's? Das war schon immer das Problem.«

Plötzlich drehte sie sich um und rannte durch den Buchladen in die Küche.

Sarah trat erschrocken einen Schritt zurück.

»Jack! Sollten wir ihr nicht nachlaufen?«

»Das hat keine Eile«, antwortete er und schob Thomas vor sich her zum hinteren Ladenbereich.

Sarah folgte ihnen. Zu dritt betraten sie die kleine Küche.

Dort saß Emma Hilloc auf dem Boden neben den Küchenschränken. Eine Schublade war herausgerissen und lag direkt neben ihr. Ihr Inhalt war in der ganzen Küche verstreut.

Emma hieb sich einen EpiPen fest auf den Oberschenkel, wieder und wieder, während ihr Tränen über die Wangen liefen.

359

»Verdammtes Ding, es will nicht …«

»Nein«, sagte Jack und hockte sich zu ihr. »Es wird nicht funktionieren, Emma, weil ich den Stift eben gegen einen gebrauchten ausgetauscht habe. Sehen Sie?«

Er griff in seine Tasche und zog einen EpiPen in einer weiteren Beweismitteltüte hervor.

»Dies hier ist der, von dem ich annehme, dass er mit Ihren Fingerabdrücken übersät ist, Emma.«

Sarah stand stumm da, als Emma in heftiges Schluchzen ausbrach und ihren Kopf auf die Brust senkte.

»Übrigens, Emma«, sagte Jack schließlich. »Es hätte Sie nicht umgebracht, sofern Sie kein sehr schwaches Herz haben Und in Anbetracht der zurückliegenden Geschehnisse bin ich nicht sicher, wie viel Herz Sie überhaupt haben – ob schwach oder nicht.«

18. »Schnee lag tief und hart ums Haus«

Als Jack die Schlusszeile des letzten Weihnachtsliedes sang, fühlte er sich endgültig in einen Dickens-Roman versetzt.

Seine Mitsänger standen in dicken Mänteln und Schals um ihn herum, hielten ihre Noten in der einen Hand und Laternen an Stäben in der anderen. Bei den Bariton-Stimmen gab Pete Bull alles, was er hatte.

Neben Pete war Simon Rochester, der Jack zuzwinkerte, als wäre nie etwas gewesen, und sich an eine junge Sopranistin lehnte, die an seiner anderen Seite stand. Vorne spielte Martha die schmetternden Akkorde auf einem Klavier, das auf wundersame Weise aus einem der Pubs herbeigeschafft worden war.

Und in der Mitte, auf einem kleinen Podest, schwang Roger, das Schlitzohr, in altmodischer Kniebundhose und Weste seinen Taktstock, als würde er die Londoner Symphoniker dirigieren.

Hinter ihm auf dem dicht gedrängten Marktplatz konnte Jack den großen Weihnachtsbaum sehen, an dem nicht bloß bunte elektrische Lichter funkelten, sondern erstaunlicherweise auch richtige Kerzen.

Von den Buden, die den Platz umstanden und an denen Glühwein, Cider, Schweinebraten, Würstchen, Putenrollen und kleine Pasteten serviert wurden, wehten geradezu mittelalterliche Düfte herbei. Und an sämtlichen Laternenpfählen und Schaufensterfronten strahlte die berühmte Weihnachtsbeleuchtung von Cherringham ... die perfekter nicht hätte sein können.

Die Menge, die aus Hunderten von Erwachsenen und Kindern bestand, deren Gesichter vor Freude leuchteten, stimmte in den letzten Refrain mit ein. Das Blasorchester der Schule traf (fast) alle hohen Töne, und sollte das Wort »Jubel« jemals wahrhaft angebracht sein, dann ganz sicher hier und jetzt, fand Jack.

Vielleicht bin ich ja doch ein Gemeinschaftsmensch, dachte er.

Und ich hätte gerne einen Drink, fügte er in Gedanken hinzu, als der Applaus endlich verklang.

Genau in diesem Moment kam Sarah mit ihrer Familie aus der Menge, um den Sängern die Hände zu schütteln und ihnen zu gratulieren.

»Ihr wart fantastisch, Jack!«, rief Sarah und umarmte ihn herzlich.

»Ich glaube, ich habe deine Stimme sogar herausgehört, Jack«, sagte Daniel. »Zwischen allen anderen ...«

»Hmm, ich weiß nicht recht, ob das gut oder schlecht ist, Daniel. Aber ich nehme es mal als Kompliment. Übrigens, wie geht es deiner Schwester?«

»Der fehlt nichts. Sie ist zu Hause und guckt fern«, antwortete Daniel, als hätte es nie einen dramatischen Notfall gegeben.

Jack sah zu Sarah, die ihre Augen verdrehte.

Dann tippte ihm jemand auf die Schulter. Jack drehte sich um. Es war Beth.

»Ich wollte Ihnen danken, Jack, dass Sie mich ernst genommen haben, als es niemand sonst tat.«

Sie streckte ihm die Hand entgegen, und Jack schüttelte sie.

»Ich bin froh, dass ich helfen konnte, Beth.«

Es trat eine peinliche Stille ein. Jack hasste solche Momente, weshalb er froh war, dass Michael, Sarahs Vater, zu ihnen kam und Beth sich verabschiedete.

»Ich weiß, was du jetzt brauchst, Jack«, verkündete Michael.

»Und ob«, sagte Jack. »Aber die Schlangen sind eine Meile lang.«

»Vergiss die Schlangen«, entgegnete Michael, zückte einen Flachmann aus einer Tasche und einen kleinen Metallbecher aus einer anderen. »Vierundzwanzig Jahre alter Single Malt. Genau das, was der Arzt verschrieben hat, oder?«

Er schenkte Jack großzügig ein und gab ihm den Becher.

»Cheers!«, rief Jack.

Sarah hatte ein Glas Glühwein in der Hand, sah Jack an und prostete ihm zu.

»Auf uns, Jack, und auf einen weiteren gelösten Fall.«

Jack erhob seinen Becher. »Auf uns. Wenn ich mich so umsehe – ich weiß nicht, was diese ganze Veranstaltung noch vollkommener machen könnte?«

Und dann fing es zu schneien an.

Weiche Flocken schwebten herab, blieben an Überständen hängen und auf dem Pflaster liegen. Sie verwandelten Cherringham – nur kurz – in ein Postkartenidyll.

»Dein erster Schnee in Cherringham, Jack«, sagte Sarah.

»Ja, das stimmt, glaube ich. Und nicht der letzte, so wie ich euer englisches Wetter kenne.«

Die Community für alle, die Bücher lieben

Das Gefühl, wenn man ein Buch in einer einzigen Nacht verschlingt – teile es mit der Community

In der Lesejury kannst du

- ★ Bücher lesen und rezensieren, die noch nicht erschienen sind
- ★ Gemeinsam mit anderen buchbegeisterten Menschen in Leserunden diskutieren
- ★ Autoren persönlich kennenlernen
- ★ An exklusiven Gewinnspielen und Aktionen teilnehmen
- ★ Bonuspunkte sammeln und diese gegen tolle Prämien eintauschen

**Jetzt kostenlos registrieren: www.lesejury.de
Folge uns auf Facebook:
www.facebook.com/lesejury**